Ruth

JAN WEILER

DER MARKISENMANN

ROMAN

HEYNE <

MIX
Papier | Fördert
gute Waldnutzung
FSC® C014496

Penguin Random House Verlagsgruppe FSC® N001967

2. Auflage
Vollständige Taschenbuchausgabe 04/2023

Umschlaggestaltung: © t.mutzenbach design, München,
unter Verwendung eines Fotos von svekloid/shutterstock.com
Motiv auf den Innenseiten: © shutterstock.com/ByMarietta
Satz: Uhl+Massopust, Aalen
Druck und Bindung: GGP Media GmbH, Pößneck
Printed in Germany
ISBN: 978-3-453-42749-5

www.heyne.de

Für Milla

Prolog

Wenn ich an diesen Moment an diesem Sommertag im Juli 2005 zurückdenke – einem Donnerstag, und es war kurz nach 17 Uhr –, fällt mir kein Bild ein, sondern ein Gefühl: Enttäuschung. Ich war wirklich enttäuscht, als ich zum ersten Mal meinen Vater sah.

Ich hatte mir Ronald Papen anders vorgestellt. Bis meine Mutter mit mir fortging, als ich zweieinhalb Jahre alt gewesen war, habe ich ihn wahrscheinlich ständig gesehen. Aber zweieinhalb ist zu jung, um ein richtiges Bild vor Augen zu haben, eine Stimme im Ohr oder eine Erinnerung an seinen Geruch, seine Wärme oder seine Art, sich zu bewegen. In den folgenden dreizehn Jahren hatten wir keinen Kontakt. Mama hat das immer damit begründet, dass mein Vater kein Interesse an mir habe.

Heute weiß ich, dass das nicht stimmte und woran es lag, dass ich niemals etwas von meinem Vater hörte. Er schrieb jedenfalls keine Weihnachtskarten, er schickte keine Geschenke, er rief nicht an, und er ließ nichts ausrichten. Als einziger Beleg dafür, dass er überhaupt jemals existiert hatte, diente ein Foto, das es von ihm und Mama gab. Hintendrauf stand in ihrer Handschrift »Plitvice 88«. Man konnte sein Gesicht darauf kaum erkennen, weil er eine merkwürdige breitkrempige Mütze und eine Sonnenbrille trug. Außerdem war das Foto verwackelt und rotstichig. Ein richtig schlechtes Bild, eines von jener Sorte, die man eigentlich aussortiert, um Fotoecken zu sparen. Dass Mutter sich die Mühe gemacht hatte, es einzukleben, wies darauf hin, dass sie ihr einmal wichtig gewesen war, diese eine missglückte Erinnerung an Ronald Papen. »Das ist dein Papa«, war alles, was sie dazu sagte.

Als kleines Kind habe ich das quadratische Foto mit dem weißen Rand oft betrachtet. Mama sah darauf sehr hübsch aus, soweit man das in der Unschärfe beurteilen konnte. Im Hintergrund waren Zelte zu erkennen. Wahrscheinlich wurde es auf einem Campingplatz aufgenommen.

Das Bild war das letzte im Album. Dahinter folgten ungefähr dreißig leere Seiten. Als sei ein Faden gerissen, als habe jemand mitten in einer Geschichte aufgehört, diese zu erzählen, um sich irgendeiner wichtigeren Tätigkeit zuzuwenden.

Als ich in die Schule kam und rechnen lernte, erhielt die Interpretation des Fotos eine neue Wendung. Falls das Bild tatsächlich aus dem Sommer 1988 stammte, war Mutter darauf noch nicht mit mir schwanger, denn ich wurde am 1. August 1989 geboren. In Österreich auf der Durchreise. Und zweieinhalb Jahre später trennten meine Eltern sich schon.

Natürlich fragte ich Mama nach meinem Vater, aber sie schwieg, wiegelte ab oder wurde ungeduldig, wenn ich von ihm anfing. Und irgendwann war das Foto nicht mehr im Album. Sie ließ Ronald Papen verschwinden, und das Bild von dem Paar auf dem Campingplatz verwischte mit der Zeit wie ein Traum, an den man sich nach dem Aufwachen erst genau, dann bruchstückhaft, dann unsicher und schließlich gar nicht mehr erinnern kann. Ich bekam ihn nicht mehr zusammen. Hatte er auf dem Bild gelächelt oder nicht? Steckte eine Zigarette in seinem Mund, oder war das ein Kratzer auf dem Fotopapier gewesen? Je mehr ich versuchte, mich zu erinnern, desto intensiver wurde das Ersatzbild, das ich mir aus meinen Informationen zurechtbastelte.

Wenn mein Stiefvater Heiko meinen Vater erwähnte, nannte er ihn den »feinen Herrn Papen«. Ich wusste noch nicht, was Sarkasmus war, aber diesen feinen Herrn stellte ich mir als einen Mann mit Sonnenbrille und dreiteiligem Anzug vor, sehr groß, wie alle Väter sind, sehr freundlich auch, aber beschäftigt mit ernsten Details eines unbegreiflichen Berufes. Manchmal tagträumte ich, wie ich ihn in seinem Büro überraschte und plötzlich vor seinem Schreibtisch stand, die Hände in die Hüften gestemmt. Er wedelte Zigarrenrauch beiseite, um mich besser sehen zu können, und ich rief: »Warum kommst du mich nie besuchen!« Mehr Klage als Frage. Aber ich erhielt keine Antwort und konnte sein Gesicht in den Schwaden nicht richtig erkennen. Sosehr ich mich in diesen Film hineinträumte und so viel ich auch darüber nachdachte: An dieser Stelle endete die Handlung, denn mir fiel kein plausibler Grund für sein Verhalten ein, und deshalb konnte ich ihn nicht antworten lassen.

»Ich habe keine Zeit.«

»Ich habe kein Interesse an dir.«

»Ich darf nicht.«

»Ich trau mich nicht.«

Keiner dieser Sätze passte, auch nicht der Gedanke, dass er mich nicht hätte finden können. Schließlich hatte ich ihn ja auch aufgespürt, zumindest in meinem Tagtraum.

In späteren Jahren verfestigte sich bei mir die dramatische

Vorstellung, dass er nicht dazu in der Lage war, sich zu melden, weil er seine Stimme eingebüßt hatte oder noch grauenhafter: sein Gedächtnis. Lange Zeit stellte ich mir vor, dass er von einem Berg gefallen war und dabei sämtliche Erinnerungen verloren hatte. Ich fragte meine Mutter, was mit solchen Menschen geschehe, und sie sagte: »Die kommen in ein Heim, und man wartet ab, ob ihnen wieder einfällt, wer sie sind.« Und was sei, wenn es ihnen nicht einfalle, wollte ich wissen. Sie zuckte mit den Schultern. »Dann bleiben sie eben für den Rest ihres Lebens dort. Sie gehören ja nirgends hin.« Ich nahm also an, dass mein Vater irgendwo in einem Sessel saß und verzweifelt versuchte, sich an mich zu erinnern. Eine törichte Idee, denn wenn sich jemand nicht besinnen kann, dann weiß er meistens auch nicht, worauf. Er wird sich also kaum die Frage stellen, wo sein Kind ist und wie es noch mal heißt, sondern, ob er jemals eines hatte. Ich stellte mich darauf ein, dass der Prozess seiner Gesundung lange dauern könnte. Und darüber verlor ich allmählich mein Gefühl der Neugier und des Wohlwollens gegenüber Ronald Papen.

Mehr noch: Ich entwickelte einen regelrechten Unwillen gegen den unscharfen Mann, weil ich ihm unterstellte, sich nicht genug Mühe mit seiner Erinnerung zu geben. Oder: Womöglich hatte er längst aufgegeben und eine neue Familie gefunden. Vier Kinder gezeugt, sein altes Leben in eine Klarsichthülle geschoben, abgeheftet und den Ordner im Keller verstaut. Es machte mich mit der Zeit ungnädig, an ihn zu denken.

In meinen Gedanken entwickelte er sich schließlich zu einem grobschlächtigen Kerl mit dicker Nase und riesigen Füßen. Manchmal malte ich ihn mir in einem grotesk großen

Anzug aus, denn auf meine Frage, was er beruflich mache, antwortete Mama, dass er »Geschäftemacher« sei, was Ungutes vermuten ließ. Bei mir bekam er also eine dröhnende Stimme und ein unstetes Wesen. Ich vermutete, dass er kriminell war und meine Mutter sich deswegen von ihm getrennt hatte. Vielleicht saß er bereits seit Jahren im Gefängnis, oder er hatte sich auf Nimmerwiedersehen ins Ausland abgesetzt.

Mit diesem Bild hakte ich ihn ab, und als ich fünfzehn war, dachte ich kaum mehr an Ronald Papen. Wenn Freundinnen bemerkten, dass ich nicht so hieß wie meine Mutter und ihr Mann und nach meinem richtigen Vater fragten, sagte ich, was man sagt. Was viele sagen, weil es wahr ist, und weil es die Bedeutung des Unscharfen so weit herunterspielte, wie nur irgend möglich: »Ich kenne ihn nicht. Meine Eltern haben sich getrennt, als ich noch klein war.« Und wenn sie weiterfragten, ob ich nicht neugierig auf ihn sei, antwortete ich, dass er sich nicht für mich interessiere und ich mich daher nicht für ihn. Es sei okay so. Und damit war das Thema erledigt.

Und außerdem hatte ich ja besagten Heiko. Mama wollte, dass ich ihn »Papa« nenne, obwohl mir schon früh bewusst war, dass er das nicht war. Er sah mir so wenig ähnlich wie ein Klavier einer Geige, und er betonte sehr regelmäßig, wie teuer Kinder seien, und dass der feine Herr Papen nicht bereit sei, für meinen Unterhalt zu bezahlen. Was das bedeutete, verstand ich lange nicht. Das waren jedenfalls die einzigen Momente, in denen mein Familienname bei uns zu Hause erwähnt wurde. Als sei er mit einem Makel behaftet. »Papen« war so etwas wie »Schmarotzer« oder »Parasit« oder »Tochter aus erster Ehe«. Heiko Mikulla schien den Vater der Tochter seiner Frau nicht zu mögen, er schien auch mich nicht zu mögen, und ob er meine Mutter mochte, war manchmal ebenfalls unklar. Aber er hatte immerhin ein großes Haus in Hahnwald gekauft, in dem wir wohnten. Mama fand, wir sollten ihm dafür dankbar sein. Sie war es jedenfalls und ertrug Heiko mit einer Ausdauer, die mir damals fast wie hündische Ergebenheit vorkam.

Ich bekam nie so ganz genau heraus, wann oder wie sie sich kennengelernt hatten, aber es gab wohl einen nahtlosen Übergang von Ronald Papen zu Heiko Mikulla. Womöglich hatte er sie meinem Vater ausgespannt. Oder sie hatte sich in Heiko verliebt und eine Affäre mit ihm begonnen. Vielleicht Plitvice '88. Das hätte aber bedeutet, dass ich womöglich gar nicht meines Vaters Kind gewesen wäre, was ich kategorisch ausschloss, weil ich keinesfalls Heikos Tochter hätte sein wollen. Lieber die des Unscharfen als die des Unerträglichen.

Heiko und Mutter bekamen noch einen Sohn und heirateten vor dessen Geburt. Sie nahm seinen Namen an, und damit war ich eine Papen zwischen drei Mikullas. Heiko, Susi und Geoffrey Mikulla. Sie nannten ihn Jeff oder Jeffy, als sei er ein Cockerspaniel.

Ich bin sechs Jahre älter als er, komme in die Schule, und kein Mensch interessiert sich dafür, weil Jeff Koliken hat und ständig herumgetragen werden muss. Ich bin acht und mache den Freischwimmer, was unbeachtet bleibt, weil Jeffy anfängt zu laufen. Ich bin gut in der Schule und ansonsten weitgehend unsichtbar, während Geoffrey alles unternimmt, um wahrgenommen zu werden. Er ist eine menschgewordene Heulboje, die bei der kleinsten seelischen Erschütterung in Betrieb geht.

Der Vorteil dieser familiären Konstruktion bestand darin, dass ich meistens meine Ruhe hatte. Das ist die euphemistische Beschreibung des Umstandes, dass sich kein Mensch um mich kümmerte. Ich nahm Mama das nicht einmal übel, ich kannte es ja nicht anders und fühlte mich in der Unsichtbarkeit sogar ganz wohl. Niemand sagte mir, wann ich ins Bett gehen sollte, und niemand schimpfte wegen der Poster an der Wand meines Zimmers oder der Unordnung darin, weil einfach keiner zu mir reinkam.

Aber manchmal wünschte ich es mir. Dann saß ich am Schreibtisch und zeichnete und stellte mir vor, dass Mutter hereinkam, an mich herantrat, meinen Nacken kraulte und mich lobte. Dafür würde ich ihr das Bild schenken, und sie würde es an den Kühlschrank kleben. Aber dort klebte nie etwas.

Das klingt melancholisch. Dabei ging es mir gut. Ich hatte ein ziemlich großes Zimmer für mich alleine und sogar ein halbes Bad. Die andere Hälfte benutzte Geoffrey, den ich insgeheim Shrimp nannte, für mich damals der Inbegriff für ein verschlagenes, wurmhaftes Wesen, dem jede Anmut oder wenigstens eine herzwärmende Menschenähnlichkeit fehlt, die selbst Amphibien aufbringen können. Ich hasste meinen kleinen Halbbruder regelrecht, dabei konnte er nichts dafür, der geliebte Wunschsohn neben einer unerwünschten Pflichttochter zu sein. Geoffrey hier, Geoffrey da.

Während Mama und Heiko damit beschäftigt waren, über die Anschaffung sinnloser Dinge zu diskutieren, mit denen sie das Haus nach und nach vollstopften, verbrachte ich meine Kindheit damit, so zu werden wie sie, nämlich weitgehend konsumorientiert und ichbezogen. Ich könnte an dieser Stelle schwindeln und behaupten, schon immer sozial engagiert gewesen zu sein, Mitglied bei den Pfadfindern oder wenigstens erfolgreich im Sportverein. Oder schon ganz früh politisch interessiert. Aber ich bin bis heute in keinem Verein und fand Politik schon immer langweilig. Die Wahrheit ist, dass ich eine emotional vernachlässigte, aber materiell verwöhnte Tochter war. Und dass Heiko und Susi Mikulla irgendwann lieber mit dem Teufel Golf gespielt hätten, als auch nur eine Minute länger als nötig mit mir zu verbringen. Kein Wunder, dass mein Stiefvater und meine Mutter mir vollkommen gestört erschienen.

Man sagt, dass Hunde kein Sättigungsgefühl verspüren. Solange man ihnen eine Praline vors Maul hält, schnappen sie danach. Selbst wenn sie bereits fünf Kilo davon im Bauch haben. Ungefähr so waren die Mikullas. Heiko hatte ein Vermögen mit Beteiligungen gemacht. Er kaufte und verkaufte Firmen. Investierte in die Ideen anderer. In seiner Sprache hieß das: »Ich handele mit Visionen.« Wenn er sich für eine Firma begeisterte, die zum Beispiel weiße Billardtische für reiche Araber herstellte, dann kaufte er Anteile oder gleich den ganzen Laden, knüpfte Kontakte zu vermögenden Kunden, organisierte das Geschäft neu, und wenn es funktionierte, verkaufte er das Unternehmen weiter. Natürlich hatten wir dann auch einen weißen Billardtisch.

Heiko und Mama waren ständig irgendwo eingeladen und fuhren durch halb Europa, um sich irgendwelche Investitionsmöglichkeiten anzusehen. Fitnessgeräte für Hotels. Das letzte Auto von John Lennon. Eine Farm, auf der Gänse gestopft wurden. Heiko interessierte sich niemals für die Menschen, deren Geschäfte oder Produkte er kaufte. Sein todsicherer Instinkt für die Monetarisierung von Ideen trieb ihn an.

Ob meine Mutter ihn liebte, bewunderte oder fürchtete oder alles zur selben Zeit empfand, wusste ich nicht. Ihre Beziehung war mir damals so sehr ein Rätsel wie ihre gemeinsame Geschichte. Sie stritten eigentlich die meiste Zeit, und wenn einmal Frieden zwischen ihnen ausbrach – anders kann man das nicht nennen –, war mir das viel unheimlicher, als wenn sie sich gegenseitig Gemeinheiten oder Crushed Ice an den Kopf warfen, weil er an ihrem Essen herummeckerte. Womit er übrigens meistens völlig recht hatte.

In den guten Phasen umgurrten sie sich und gingen derart aufgegeilt miteinander um, dass man ständig das Gefühl hatte, bei einem ersten Rendezvous zu stören. Ich machte mich also noch unsichtbarer, als ich es ohnehin bereits war, und verschwand buchstäblich in meinem Zimmer. Oder bei Delia.

Delia brachte mir mit elf Jahren das Rauchen bei. Sie wohnte in der Nachbarschaft, und ihr Vater saß im Vorstand eines Dax-Unternehmens. Deshalb genoss er Personenschutz und wurde jeden Tag wie exotische Feinkost in einem klimatisierten Fahrzeug morgens abgeholt und abends wieder nach Hause gebracht. Heiko war darauf neidisch. Aber er fand es auch von Vorteil, weil auf diese Weise die Straße sehr gut bewacht war und er sich den Betrieb der Alarmanlage sparen konnte. Unsere war seit Jahren ausgeschaltet, weil Mama einmal nachts um vier betrunken in den Pool gestolpert war und mit dem Alarm den halben Hahnwald aufgeweckt hatte.

Delia wies mich auch in die Kunst des Klauens ein, und bis ich vierzehn war, gelang es mir bei unseren Beutezügen in der Kölner Innenstadt, für ein paar Tausend Euro Kosmetik zu stehlen, die ich anschließend unter Handelspreis in der Schule verkaufte. Dabei hätte ich das Geld nicht gebraucht. Was mir viel mehr bedeutete, war die Bewunderung der kleinen Mädchen, die bei mir Lippenstifte oder Rouge bestellten. Ich zog ihnen das gefaltete Taschengeld aus den kleinen Portemonnaies und vergaß es. Irgendwann hatte ich in jeder Jeans klumpige Zehneuroscheine, die einfach mitgewaschen wurden, verschwanden oder wieder auftauchten.

Die Freundschaft mit Delia, die älter war als ich und bereits zwei Mal wiederholt hatte, hielt, bis ich selbst sitzenblieb. Danach wollte sie nichts mehr mit mir zu tun haben, weil ich ihr zu jung wurde. Ich war ja dann erst in der achten Klasse, und sie hätte eigentlich in die Elfte gehört.

Sie verließ mich, und ich brachte es nicht in den Zusammenhang, in den es gehörte: Der Unscharfe hatte mich verlassen, Mama hatte mich auf eine gewisse Weise verlassen, und nun hatte mich Delia verlassen. Das waren die drei Personen, die mir in dieser Zeit am meisten bedeuteten. Es war mir nicht bewusst, aber natürlich hatte es Folgen, denn ich kämpfte mich danach immer mehr mit meiner Unsichtbarkeit ab. Ich trat dagegen an, weil ich gesehen werden wollte. Und das gelang mir schließlich, wenn auch keineswegs auf die Weise, die ich mir insgeheim gewünscht hatte.

Als der Kaufhofdetektiv mich am Arm festhielt, hatte ich gerade ein Schminkpinsel-Set unter meinen Pullover geschoben. Es fiel heraus und auf den Boden. Das war Pech, weil es zerbrach und ich es anschließend auch noch bezahlen musste. Ich bekam eine Anzeige und Hausverbot, aber das Schlimmste war, dass Mama angerufen wurde. Sie schimpfte nicht einmal, sondern ignorierte mich völlig, als sie in das Büro des Detektivs kam. Man spielte ihr die Aufnahme der Überwachungskamera vor, erklärte ihr die nächsten Schritte, und sie fing sogar noch an, mit dem Typen zu flirten. Ob man da wirklich jeden Winkel ausspähen könne. Und dass er ja Adleraugen habe. Sie nannte ihn »Inspektor« und spielte die Doofe. Schließlich fragte sie ihn, ob man die Sache nicht einfach gegen einen angemessenen Betrag, eine Art Belohnung für seine Umsicht, als Übung betrachten könne. Das machte ihn verlegen, aber am Ende sagte er, dass er den Vorfall schon angezeigt habe, es sei zu spät. Mama vollzog in Sekundenbruchteilen einen beeindruckenden Stimmungswechsel und erkaltete wie eine verloschene Kerze in einer Gruft.

Dann drehte sie sich zu mir um, machte eine knappe Kopfbewegung, und ich folgte ihr ins Parkhaus. Auf der Rückfahrt sagte sie kein Wort. Abends erklärte Heiko Mikulla, dass er wenig Lust habe, mit einer Asozialen am Tisch zu sitzen. Ich wurde gebeten, in der Küche zu essen, wo ich das Risotto in den Mülleimer gleiten ließ. Ich war sicher, dass Heiko darauf neidisch war. In den Wochen darauf herrschte bei uns eine Stimmung wie im Führerbunker am 30. April 1945. Das gefiel mir beinahe, weil dadurch auch die quälende Eintracht der Mikullas in guten Phasen wegfiel.

Die Ehrenrunde sowie die neunte Klasse schaffte ich knapp, obwohl ich manchmal ganze Tage damit verbrachte, mit Freundinnen auf der Domplatte zu sitzen oder am Rhein, wo die Polizei seltener nach Schulschwänzern suchte. Heiko, Mama und ich hatten eine Art Nichtangriffspakt geschlossen: Ich machte ihnen keinen Ärger, und sie ignorierten mich.

Immerhin wurde ich nicht volltrunken nach Hause gebracht, und ich kiffte auch nicht wie die meisten aus meinem Freundeskreis. Ich bewahrte keine Bong zu Hause auf, und ich klaute nicht mehr, zumal ich irgendwann wirklich fast alles schon einmal hatte mitgehen lassen, mit Ausnahme eines U-Bootes und der britischen Kronjuwelen. Es besaß keinen Reiz mehr; wenn ich irgendwas haben wollte, kaufte ich es mit meiner Notfall-Kreditkarte, die das Haushaltskonto belastete. Geld war eben genug da, es interessierte mich nicht. Was ich lieber gestohlen hätte, was sich aber nicht stehlen ließ, waren gute Momente mit Mama. Manchmal gab es sie, dann waren wir gemeinsam albern, und sie berührte mich oder gab mir einen Kuss. Sie teilte mir ihre Liebe zu, und sie entzog sie wieder, als würde sie sich ihrer schämen. Es war dann, als fiele ihr wieder ein, wessen Kind ich war.

Als ich in die zehnte Klasse kam, verliebte ich mich in Max, den schönsten Jungen der Schule. Keine besonders originelle Wahl, wie man rückblickend sagen muss. Es war kein Kunststück, hingerissen von ihm zu sein. Umgekehrt verteilte er seine Gunst ziemlich strategisch, und als er auf einer Silvesterparty die Chance sah, mich zu entjungfern, ließ er sich dazu herab, was ich unfassbar romantisch fand. In der ersten Januarwoche wurde klar, dass damit keineswegs die von mir ersehnte lebenslange Liebesbeziehung begann, sondern genau genommen überhaupt gar nichts. Er reagierte nicht auf meine Anrufe, und er ging lächelnd an mir vorbei, als ich ihn zu Hause abpassen und zur Rede stellen wollte.

Das machte mich traurig und wütend. Ich empfand mich wieder einmal als verlassen, auch wenn Max ja nie mit mir zusammen gewesen war und mich daher auch nicht sitzen gelassen hatte. Aber in meinen Träumen war er mein erster fester Freund gewesen, und der Schmerz über seinen Verlust war größer als die tröstliche Gewissheit, in meinem ganzen zukünftigen Leben nie wieder so stümperhaften Sex zu haben.

In den Wochen und Monaten nach der Sache mit Max zog ich mich jedenfalls immer weiter zurück. Und da ich keine Lust hatte, ihm in der Schule andauernd über den Weg zu laufen, ging ich noch seltener hin. Meine Entschuldigungen fälschte ich, und wenn ein Attest gebraucht wurde, ging ich zur Frauenärztin und klagte über Bauchschmerzen, was ohne weitere Untersuchungen zu einer Bescheinigung führte. Die Schule gab mir nichts. Ich gab nichts zurück.

Natürlich verlor ich den Anschluss; um Ostern herum kam der Brief mit der Mitteilung, dass ich wahrscheinlich das Klassenziel nicht erreichen werde. Mama tat, wovon sie dachte, dass es angemessen sei, und rauchte wie wild, während sie mir einen Vortrag darüber hielt, wie wichtig Bildung sei, und dass ich mein Leben wegwerfe. Gerade für eine junge Frau sei es wichtig, einen ordentlichen Abschluss zu haben. Schon, um nicht in Abhängigkeit zu geraten. Da sprach sie von sich selbst, was ich so traurig fand, dass ich sofort anfing zu weinen. Mutter nahm mich in den Arm, und wir hielten uns über zehn Minuten lang. Das war bis dahin beinahe der beste Moment meiner Jugend. Sie fing sich und sagte, es sei ein Drama mit mir, diese Mischung aus Faulheit, Verstocktheit und Desinteresse. Dabei sei ich nicht dumm, jedenfalls habe sie das immer gedacht. Was man mit mir machen solle? Dann eben doch Internat, seufzte sie, und dass sie das Thema mit Papa, also mit Heiko, besprechen werde.

Ich machte mir keine Sorgen, dass sie mich abschieben würden, da konnte ich mich vollkommen auf Heiko verlassen, der abends erklärte, dass er sein schwer verdientes Geld nicht dafür verballern werde, aus mir ein brauchbares Mitglied der Gesellschaft zu machen. Wenn jemand ein Internat zahlen solle, dann ja wohl der feine Herr Papen. Und damit war die Sache vom Tisch. Mama besaß ja kein eigenes Geld.

Natürlich hatte ich wenig Lust, eine weitere Ehrenrunde auf dem Gymnasium Rodenkirchen zu drehen, und fing dann doch an, mich gegen das Schicksal zu stemmen. Wobei man da nicht von einem wirklich energischen Aufbäumen sprechen kann, eher von einem schwachen Aufrichten. Ich schaffte es einfach nicht, genug Energie für die vier Fächer aufzubringen, in denen ich gefährdet war. Es ging nichts hinein in diesen Kopf. Oder alles gleich wieder hinaus.

Nach Pfingsten hatte ich mich zwar in drei Fächern leicht verbessert, aber in einem noch weiter verschlechtert. In Mathematik. Glatte Sechs, völlig hoffnungslos. Es war, als würde man klare Brühe durch ein Sieb schütten. Und natürlich war es auch viel zu spät. Ich trieb unaufhaltsam in einem Strom von mathematischen und chemischen Formeln, nicht gelernten Vokabeln und nur überflogenen Schullektüren auf die Kante eines Wasserfalls zu, der mich magischerweise ein weiteres Mal in die zehnte Klasse und dann wieder in genau dieselben Stromschnellen befördern würde. Ich sah mich als Versagerin, zumal mir jede Idee fehlte, was ich mit meinem Leben hätte anfangen können.

Ich erzähle das alles, damit klar wird, wie es um mich bestellt war in jener Zeit, Monate vor dem einen Vorfall, der danach mein Leben bestimmte. Dinge geschehen nicht einfach so. Oft gibt es lange Ketten von Ereignissen. Um zu verstehen, was dazu führte, dass ich schließlich bei Ronald Papen abgeliefert wurde, muss ich von diesen Ereignissen erzählen. Und von diesem Tag, an dem sich mein Leben buchstäblich explosionsartig ändern sollte.

Heiko hatte ein neues Produkt entdeckt, das er groß machen wollte, richtig groß. Das war Ende Mai. Er hatte es aus den USA mitgebracht, wo er es bei einem Bekannten in Florida gesehen hatte. Bei dem Ding handelte es sich um einen sagenhaft scheußlichen Grill. Ein Monstrum, in dem man sowohl Kohle verfeuern als auch mit Gas heizen konnte. Je nachdem, was man zubereiten wollte. Heiko war kaum zu bremsen in seiner Begeisterung. Der Grill verfügte über einen schweren Deckel, um das Fleisch schonend garen zu können, über einen Dampfbereich für Gemüse und natürlich über herkömmliche Barbecue-Flächen. Bei Heiko klang das alles so großspurig, als handele es sich bei dem ganzen riesigen Aufbau nicht um einen Grill, sondern um eine Marsstation. Er wusste bloß noch nicht, wie er das Teil nennen sollte. »The Barbecue Beast« vielleicht. Oder »Grill-Gigant«. Oder »Würstchen-Panzer«. »Heikos heiße Hütte«. Er war wahnsinnig aufgeregt, was immer ein Zeichen dafür war, dass er ein riesiges Geschäft imaginierte.

Gegen Abend kamen drei Paare aus der Nachbarschaft, und Heiko begann mit einem ebenso langweiligen wie begeisterten Vortrag über die Vorzüge der *American Pool-Kitchen*. Immerhin waren die Gäste ganz aus dem Häuschen, und als alle bereits stark angeheitert waren, zündete er endlich die Kohle an, was ihm nicht auf Anhieb gelang. Er spritzte ungefähr einen halben Liter Brennspiritus in die Briketts, aber die wollten nicht durchglühen. Mir war das egal, aber Mama wurde langsam sauer, weil sie Hunger bekam, und der Ton wurde gereizter. Alle riefen durcheinander, besonders Geoffrey, der es kaum ertragen konnte, nicht im Mittelpunkt zu stehen.

Heiko fing an, über den Grill zu fluchen, was man als Eingeständnis werten konnte, einer Schnapsidee aufgesessen zu sein. Aber irgendwann glühte die Kohle dann doch, und er legte Würstchen, Schaschlik und Fleisch auf den Rost, was die Stimmung deutlich verbesserte. Es wurde schon dunkel, und der Salat war praktisch aufgegessen. Ich hatte die ganze Zeit brav am Tisch gesessen, weil Mama meine Unsichtbarkeit nicht akzeptierte, wenn Gäste da waren. Vor anderen mussten wir natürlich heile Familie spielen.

Als einer der Gäste, der bodenlos schmierige Glotzer Hüttenwald, mich fragte, wie es in der Schule laufe, antwortete ich nicht, weil mir nicht einfiel, was ich dazu sagen sollte, dafür sprach Heiko und erklärte der Grillgesellschaft, dass die kleine Papen mal wieder vor einer Ehrenrunde stünde. Und dass er leider seine Gene nur ein Mal verbreitet habe, sonst sähe die Sache ganz sicher anders aus.

Hüttenwald lachte und starrte auf meine Titten, seine Frau keuchte, dass man es sich mit den lieben Kleinen nicht aussuchen könne. Und Mama sagte zu meiner Verteidigung nur: »Sie ist ja nicht dumm, bloß so hoffnungslos verstrickt in ihre kleinen Seelennöte.« Als sei ich gar nicht dabei. Ich wäre am liebsten aufgestanden, aber das hätte ihnen ja recht gegeben: Da läuft es, das verstockte Ding. Also blieb ich sitzen, schaute auf den Tisch und suchte nach etwas, um mich abzulenken. Ich wollte etwas tun, nicht bloß auf dem Präsentierteller hocken wie ein kranker Bonobo im Affenhaus. Also griff ich nach einer Plastikflasche, die auf dem Tisch herumstand, und begann, darauf herumzudrücken.

Heiko schien den Krieg gegen das Grillgut zu gewinnen und rief: »Nur noch wenige Minuten, dann werdet ihr für eure Geduld mehr als belohnt!« Damit ebbte das Interesse an mir ab. Die Gäste stießen an, und ich saß weiter auf meinem Stuhl, als würde ich innerlich brennen, die Flasche in der Hand, den Blick auf den Boden gerichtet.

In diesem Moment kam Geoffrey angetanzt und zwar buchstäblich. Er hatte zwei Gartenfackeln in den Händen und turnte am Rand des Pools entlang. Er vollführte eine Art schamanischen Beschwörungstanz oder was er mit seinen neun Jahren dafür hielt. Mama rief »Jeffy, pass auf mit dem Feuer«, und Heiko brüllte, das sei der Hahnwalder Würstchentanz. Er und die Gäste klatschten rhythmisch, was Jeffy noch weiter aufheizte und seine Bewegungen noch gewagter und alberner aussehen ließ.

»Klatsch mit, Kim«, forderte mich Mama auf, aber Heiko winkte ab und sagte: »Lass sie doch, die beleidigte Leberwurst. Jeff! Jeff! Jeff!« Alle riefen seinen Namen. Jeff. Jeff. Jeff. Klatsch. Klatsch. Klatsch. Der Kleine drehte auf, und ich drückte fest auf die Flasche. Im nächsten Moment stand mein Bruder in Flammen.

Über diesen Moment ist in den Wochen danach so viel geredet worden. Warum ich das getan hatte? Was mir dabei durch den Kopf gegangen war? Ob mir klar war, was ich tat? Und ob ich Geoffrey umbringen wollte? Meine Antworten blieben immer dieselben.

Ich weiß es nicht.

Nichts.

Nein und noch einmal nein.

Ich habe es einfach getan. Ohne zu denken oder zu fühlen. Jedenfalls kann ich mich an nichts erinnern. Die Psychologin in der geschlossenen Abteilung der Kinder- und Jugendpsychiatrie baute mir eine Brücke und sagte mir vor, dass ich vielleicht gedacht habe, es sei Wasser in der Flasche. Ich hätte geglaubt, Geoffrey könnte sich mit den Gartenfackeln verletzen. Womöglich wollte ich Gutes tun und ihn löschen. Ich hätte mir diese Sichtweise aneignen können, aber das wäre lächerlich gewesen. Natürlich wusste ich, dass die Flasche, mit der ich da herumspielte, Brennspiritus enthielt. Und dass oben in der Kappe ein Loch war. Und dass man mit einem heftigen Druck auf die Flasche einen festen Strahl aus Spiritus abschießen konnte. Es war mir klar.

Ich sehe mich auf dem Stuhl neben dem Grill sitzen. Heiko hat die Flasche mit dem Brennspiritus neben meinem Platz abgestellt. Es wird dunkel. Ich fühle mich nutzlos, gedemütigt und angeglotzt. Geoffrey ist der Größte. Alle lachen und schreien. Dann dieses furchtbare Geklatsche. Vielleicht war es das Klatschen. Oder das Gesicht, mit dem mein Halbbruder auf mich zu tanzte. Dieser Gesichtsausdruck, der ausschließlich zu mir zu sprechen schien: »So macht man den Eltern eine Freude! Du Versagerin! Du Verschwendung! Du Papen!«

Ich bezweifle inzwischen, dass so etwas in dem Gesicht eines Neunjährigen steht. Aber ich weiß, dass Fünfzehnjährige so etwas darin lesen können. Geoffrey war nur fröhlich und hat geguckt, wie ein leicht überdrehter kleiner Junge eben guckt, wenn er unter der Anfeuerung von einem Rudel angetrunkener Erwachsener mit zwei Gartenfackeln herumtanzt.

Jeff bewegt sich auf den Tisch zu. Der Tisch steht an der Längsseite des Pools. Das Licht im Schwimmbad ist eben automatisch angegangen, weil die Sonne untergeht. Es beleuchtet ihn schwach, aber stimmungsvoll bei seinem Auftritt. Die Würstchen pfeifen, die Gläser klirren, Heiko brüllt »Jeff«, alle brüllen »Jeff«, alle sind besoffen. Nur ich bin nüchtern, und ich will, dass es endlich aufhört, das Gebrüll, das Gefuchtel, das Geräusch der Flammen, das Geklatsche, der Gestank von Fenchel-Würstchen, der ganze Scheiß in unserem Garten. Aber ich kann nicht weglaufen. Und in der nächsten Sekunde halte ich die Flasche in seine Richtung und spritze einen dicken Strahl Brennspiritus mitten auf sein T-Shirt. Ich sehe genau, wie die Tropfen durch die Flamme einer der Gartenfackeln schießen und sich dabei entzünden. Die brennenden Tropfen landen auf seinem von Brandbeschleuniger durchtränkten Hemd, und in der nächsten Tausendstelsekunde verpufft alles in einer riesigen Stichflamme.

Bis heute sehe ich diesen Moment in Zeitlupe ablaufen und auch, was danach passiert. Heiko lässt die Grillzange fallen, schießt an mir vorbei auf seinen Sohn zu, reißt ihn um und stürzt sich mit ihm in den Pool, wo auch die beiden Fackeln landen. Sofort sind sämtliche Flammen gelöscht. Alles in allem dauert der ganze Moment nicht länger als vielleicht drei oder vier ewige Sekunden, für deren Vergegenwärtigung ich heute noch zehn Minuten brauche. Und wenn es etwas gibt, wofür ich Heiko Mikulla bis an mein Lebensende dankbar bin, dann für seine Geistesgegenwart in diesem Augenblick.

Ich habe die Flasche immer noch in der Hand, als die anderen Gäste Heiko dabei helfen, seinen Sohn aus dem Wasser zu bekommen. Frau Rath steht vor mir und sagt, ich sei Satan. Sie sehe die Bosheit in meinen Augen. Hüttenwald ruft einen Notarzt, und weil er dabei erwähnt, dass soeben ein Mordanschlag verübt wurde, kommt auch gleich noch die Polizei mit drei Autos.

Zwei Stunden später sitze ich in der Aufnahme der Jugendpsychiatrie. Die Polizei hat meinen Stiefvater kaum beruhigen können, Mama ist bei Geoffrey im Kinderkrankenhaus, mich hat man gleich nebenan in der psychiatrischen Abteilung abgeliefert. Und die Würstchen kann man nicht mehr essen.

Ich blieb gute sechs Wochen in der Psychiatrie und musste nicht mehr in die Schule, es hätte auch nichts gebracht. Auf der Station gefiel es mir sogar, mir war nicht danach, zu Hause zu sein. Mama kam mich immerhin drei Mal besuchen.

Ich teilte mir das Zimmer mit einem Mädchen in meinem Alter aus Erftstadt, das sich seine langen Haare wie eine Gardine vor das Gesicht hängte und alles Mögliche unternahm, um an spitze Gegenstände zu kommen, mit denen es sich dann auf der Toilette ritzte. Ich nahm jeden Tag an einer Gruppentherapie teil, wir kochten gemeinsam und aßen an einem langen Tisch. Abends sahen wir Filme oder spielten. Jeden Nachmittag hatte ich eine Sitzung mit einer jungen Psychologin, die ich mochte, die mir aber nicht helfen konnte, weil ich mich gar nicht als krank empfand.

Ich war noch nie aggressiv oder gewalttätig aufgetreten, weder gegen andere noch gegen mich selbst. Ich wurde nicht missbraucht und auch nicht geschlagen. Ich nahm keine Drogen, wenn man von Zigaretten und meiner aufkommenden Leidenschaft für Prosecco einmal absah. Eine Weile hatte ich viel geklaut, ich war schlecht in der Schule und zu Jahresbeginn unglücklich verliebt gewesen. Für ein fünfzehnjähriges Mädchen war das nichts Besonderes. Dennoch hatte ich meinen kleinen wehrlosen Halbbruder beinahe umgebracht. Und das nicht aus Versehen. Die Psychologin sprach von einer Episode. Davon, dass unter einem großen emotionalen Stress so etwas passieren könne. Jeder noch so unauffällige Mensch könne auf eine Weise angetriggert werden, dass er etwas Ungeheuerliches tat. Dass es vielleicht schon lange in mir geschlummert habe. Dass es sicher auch mit meinem schwierigen Verhältnis zu meiner Mutter zu tun hätte. Und dass wir etwas gegen den Stress unternehmen müssten. Dem konnte ich zustimmen. Ich hatte bloß keine Ahnung, was. Als sie nach meinem leiblichen Vater fragte, antwortete ich, was ich in diesen Fällen immer antwortete. Die Therapeutin nickte verständnisvoll.

An einem Donnerstagmittag kam Mutter und holte mich ab. Die Einrichtung wurde über die Sommerferien geschlossen, und am letzten Schultag mussten alle Jugendlichen die Station verlassen. Das Mädchen aus meinem Zimmer wurde von seinem Vater abgeholt, der genauso aussah wie es, inklusive der Haare.

Mama kam, sprach mit der Psychologin in deren Büro, und ich packte meine Sachen. Dann saßen wir im Auto, und ich fragte sie, ob Geoffrey schon wieder aus dem Krankenhaus zu Hause sei. »Jeff ist mit Heiko am Flughafen. Wir fliegen nach Miami.«

Ich war irritiert. Das war ein ziemlich seltsamer Ortswechsel. Eben noch Anstalt, dann Urlaub in Florida. »Echt? Jetzt? Nach Amerika?«, fragte ich.

»Wir fliegen. Du bleibst hier.«

Wir hielten an einer Ampel. Mutter sah mich durch ihre Sonnenbrille an, aber ich erkannte trotzdem, dass sie weinte. Dann erklärte sie mir, dass es ihr nicht gelungen sei, Heiko davon zu überzeugen, mich wieder aufzunehmen. Sie wisse nicht, wie es weitergehen solle. Sie würden nach Miami fliegen, um den Deal mit dem Grillhersteller auszuhandeln. Und um Urlaub zu machen. Es gäbe da auch einen Spezialisten, der Jeff weiter behandeln würde. Abstand sei jetzt wichtig. Vor allem für Heiko.

Eine Weile fuhren wir am Rhein entlang, dann Richtung Hahnwald. Nach fünf Minuten fragte ich: »Und wo soll ich hin in den Ferien?« Mama brauchte ein wenig, um zu antworten. Fast kam es mir so vor, als überlegte sie jetzt erst, was aus mir werden sollte. Aber das war nicht so. Es fiel ihr bloß schwer, die richtigen Worte zu finden. »Du kommst für die Ferien erst einmal zu deinem Vater.«

Die Vorstellung, zum Unscharfen zu müssen, überforderte mich sofort. Und natürlich betrachtete ich die Entscheidung der Mikullas als Vergeltungsschlag. Ronald Papen war also so etwas wie ein Straflager. So klang es jedenfalls. Niemals hätte ich gedacht, dass es dazu kommen würde. »Ich will da nicht hin. Ich kenne den gar nicht«, rief ich.

»Dann lernst du ihn kennen.«

»Er hat sich nie für mich interessiert. Und ausgerechnet jetzt, wo ich in der Psychiatrie war, soll sich das geändert haben?«, rief ich. Die Vorstellung, zu meinem Vater zu müssen, machte mir mehr Angst als jene, mit Geoffrey in den Urlaub zu fahren.

»Nein, ausgerechnet jetzt, wo du deinen Bruder angezündet hast«, schrie Mama. Wir fuhren für ein paar Minuten schweigend weiter. Nachdem sie sich wieder beruhigt hatte, sagte sie: »Ich habe mit deinem Vater gesprochen. Also mit deinem richtigen Vater. Und wir beide und auch Heiko halten es für das Beste, wenn du mal eine Auszeit von uns hast. Und wir von dir. Am Ende der Ferien sehen wir weiter.«

»Und wo wohnt mein Vater?«, fragte ich in der vagen Hoffnung, dass der Geschäftemacher Papen auf einer Jacht vor Nizza oder in einem toskanischen Schloss lebte.

»In Duisburg.«

»Wo ist Duisburg?«

»Nicht sehr weit von hier. Du wirst packen, dann bringe ich dich zum Bahnhof und fahre von dort gleich weiter zum Flughafen.«

Mutter dachte sogar daran, mir den Haustürschlüssel abzunehmen, für den Fall, dass ich beim Unscharfen ausreißen und nach Hause fahren würde. Sie brachte mich zum Hauptbahnhof, drückte mir den Fahrschein in die Hand und gab mir einen Kuss. Dann fuhr sie weg. Ich fand sie etwas zu eilig und daher sentimentaler Gefühle unverdächtig. Der Zug ging pünktlich, brauchte nicht einmal eine Stunde nach Duisburg, und als ich gegen 17 Uhr ausstieg, waren es deutlich über dreißig Grad. Die Sonne blendete mich, während ich das Gleis nach einem Geschäftsmann absuchte. Als der Zug weiterfuhr, leerte sich der Bahnsteig, und es blieb nur ein Mensch übrig, der als der feine Herr Papen infrage kam. Er kam auf mich zu, und ich war wirklich auf Anhieb vollkommen enttäuscht.

Teil 1

Der Sommer mit meinem Vater

Tag 1

Enttäuschung ist bloß das Ergebnis zu großer Erwartung. Sagt man so. Dabei waren meine Erwartungen nicht einmal groß, eher diffus. Sie zu unterlaufen war für Ronald Papen ein ziemliches Kunststück, wenn man bedenkt, dass ich gerade von meiner Familie abgeschoben worden war und einem völlig ungewissen Sommer entgegensah. Sehr viel schlimmer, als die vergangenen Wochen verlaufen waren, konnte mein restliches Leben gar nicht mehr werden. Von großen Erwartungen war also wirklich kaum die Rede. Und dann so was. Wobei: Vielleicht mischte sich in die Enttäuschung auch viel Überraschung. Als die Reisenden den Bahnsteig verlassen hatten und nur noch Herr Papen und ich dort standen, vielleicht zehn oder zwölf Meter voneinander entfernt, da sah ich nämlich gar nicht meinen Vater dort stehen. Sondern mich.

Ronald Papen, der Unscharfe, auf dem Foto kaum zu erkennen, verborgen hinter einer Mütze, viel Schatten und dem Unvermögen des Fotografen, ein gutes Bild zu machen, mein Vater also war die Inkarnation von mir als mittdreißigjährigem Mann. Er hatte denselben breiten Mund wie ich und hohe Wangenknochen, die irgendein Lehrer von meiner Schule einmal als »nordisch« bezeichnet hatte, was auch immer das bedeuten mochte. Ich hatte es zwar nicht verstanden, mir aber dennoch zu eigen gemacht, weil ich fand, dass es geheimnisvoll klang. Er besaß meine hohe Stirn und darüber dünnes blondes und dunkelblondes sowie mittelblondes Haar, das in keiner erkennbaren Frisur, halblang oder jedenfalls nicht sehr kurz, aus seinem Kopf herauswuchs. Das sah nicht vernachlässigt aus, sondern eher vergeblich, denn die lichten Stellen erkannte man trotzdem. Als er auf mich zukam, erkannte ich in seinem Gesicht hinter einer schiefen Brille meine hellblauen Augen. Er sah mich daraus mit derselben Mischung aus Verwunderung und Neugier an, die meinem eigenen Blick immer zugesprochen wurde. Er wirkte wie ein Kind und gleichzeitig wie ein alter Mann. Ronald Papen vermittelte einen zerstreuten Eindruck, wie man ihn von alten Herren kennt, die mit wachsendem Furor nach der Brille suchen, die sie sich kurz zuvor auf den Kopf geschoben haben. Gleichzeitig schien er aber auch aufgeregt, irrlichternd, wie ein kleiner Junge, der betäubt von Duft und Licht um den Weihnachtsbaum fliegt, überwältigt von den Möglichkeiten des Lebens und der Auswahl an Geschenken, die es einem bereitet. Dabei waren beide Gesichtsausdrücke ein und derselbe; Ronald Papen schien gleichzeitig sehr alt und deutlich jünger als ich zu sein. Und er war erkennbar überfordert.

Und dann war da seine Erscheinung und Statur. Der feine Herr Papen stellte sich nicht als der buchstäblich große Geschäftemacher heraus, sondern als ein zartes Männlein. Papen trug auch nicht den von mir imaginierten Anzug, sondern eine Jeans mit einem etwas ausgeleierten Gürtel, der die Hose im Bund zusammenzurrte wie ein Kälberstrick. Sein weißes Hemd war ihm zu groß, und die Schuhe waren auf beinahe fatale Art und Weise unmodisch und abgetragen, auch wenn man sah, dass er sie geputzt hatte. Dazu trug er ein dünnes Cordjackett, dessen Farbe man am zutreffendsten als »Erbrochenes« hätte bezeichnen können. Immerhin fehlte kein Knopf. Aus der vollgestopften Brusttasche des Sakkos ragten ein Stück Papier und ein Filzstift.

Er war nur wenig größer als ich und lächelte schief.

Nachdem wir uns mehr als dreizehn Jahre nicht gesehen oder gesprochen hatten, stand diese fremde Ausgabe meiner selbst vor mir und sagte: »Unerhört. Da bist du ja.«

Ich stellte meinen Koffer ab, und wir umarmten uns fast ohne Körperkontakt. Ich hatte mir zuvor so oft diese Begegnung vorgestellt. Wie ein riesiger Mann, der mein Vater ist, sich zu mir herunterbeugt, mich gleichsam verschattet und umhüllt. Doch der kleine Mann hatte nichts mit meinen Vorstellungen gemein. Der feine Herr Papen wirkte tatsächlich fein. Oder zart.

Und sofort kam die Wut. Dein eigener Vater sieht dich zum ersten Mal seit über einem Jahrzehnt, und alles, was er sagt, ist: »Unerhört«? Das klang wie ein Vorwurf, als habe er auf mich warten müssen. Ich ließ ihn los, und wir standen noch einen sprachlosen Moment lang auf dem Bahnsteig, bis er sich mein Gepäck griff und sagte: »Dann wollen wir mal.«

Er schleppte den Koffer die Treppe hinunter und mit zunehmender Atemlosigkeit Richtung Ausgang. Ich folgte ihm mit einigen Metern Abstand.

Papen stakste auf den Parkplatz zu, er trug dabei schwer an meinem Koffer. Der war randvoll mit Bademoden, Sportkleidung, Kosmetik, Sachen für abends, Sachen für morgens und Wechselkleidung für tagsüber, wenn man keine Lust mehr hatte, am Pool zu liegen. Ich ahnte noch nicht, dass ich kaum etwas davon brauchen würde. Für die sechs Wochen mit meinem Vater hätte eine kleine Sporttasche gereicht. Aber wenn mir das vorher klargemacht worden wäre, hätte meine Mutter mich bewusstlos nach Duisburg schleifen müssen.

Der Unscharfe blieb vor dem Heck eines alten Kombis stehen und fing an, im Schloss der Kofferraumklappe herumzunesteln.

»Was ist denn das?«, fragte ich, denn ich hatte noch nie so eine vergammelte Karre gesehen. Wenn meine Vorstellung von meinem Vater als Topmanager bei seinem ersten Anblick Risse bekommen hatte, fiel sie nun vollends in sich zusammen. Er fuhr eine totale Schrottkiste. Er drehte sich um und sagte mit ehrlicher Begeisterung: »Das ist mein Papen-Mobil.«

»Aha.«

»Na, dann mal rein mit den Klamotten«, keuchte er und wuchtete meinen Koffer auf die Ablagefläche des Kombis, die bereits gut gefüllt war mit allerhand Krempel. Aus dem Inneren des Autos wehte eine unheilvolle Brise. Als würde er darin wohnen. Papen knallte die Hecktür zu und sagte: »Alles einsteigen, Türen schließen.« Dieser Frohsinn machte mir Sorgen. Nichts von dem, was ich bisher gesehen hatte, gefiel mir auch nur ansatzweise. Wenn es nach mir gegangen wäre, hätte ich einfach nur den Bahnsteig gewechselt und wäre wieder zurückgefahren. Es ging aber nicht nach mir; ich hatte kein Geld für die Fahrkarte und keinen Schlüssel für unsere Haustür.

Also ging ich um Papens Auto herum, öffnete die Beifahrertür und setzte mich, nachdem mein Vater alles, was bis eben auf meiner Seite gelegen hatte, auf den Rücksitz geworfen hatte.

Ich spürte seine Nervosität, schließlich war er gerade erst

seit vier Minuten mein Vater, und so rasch stellt sich keine Routine ein. Und ich war genauso nervös wie er. Trotzdem wollte ich wissen, was mir bevorstand. Es sah nicht so aus, als würden wir umgehend in die Ferien fahren. Und wer weiß: Womöglich gab es noch eine Frau zu diesem Auto. Und Kinder.

Ronald Papen schnallte sich an und fummelte einen Sonnenclip an seine verbogene Brille, was einiges an Geschick erforderte. Schließlich startete er den Wagen, und wir rollten auf die Straße.

»Und was machen wir jetzt?«, fragte ich und suchte mit den Augen immer noch hoffnungsvoll das Innere des Wagens nach Antworten ab. Vielleicht lagen irgendwo Flugtickets. Oder Reiseproviant.

»Ach so. Ich dachte, wir fahren erst einmal nach Hause. Du bist ja sicher neugierig, wo du die nächsten eineinhalb Monate wohnen wirst.«

»Ich dachte, wir fahren in die Ferien?« Während ich das fragte, ackerte sich das Auto durch Duisburg, eine Stadt, deren Existenz mir bis vor wenigen Stunden unbekannt gewesen war. Wir fuhren über eine breite Straße, vorbei an Fassaden von Häusern, die aussahen wie Menschen, die sich nicht mehr schick machen, weil sie nichts mehr vorhaben im Leben. In der Sommerhitze schien der Ort zu vibrieren, als sei er das Organ eines großen, eines riesigen Körpers.

Auf einmal hatten wir die Stadt hinter uns, passierten Felder und überquerten dann einen tümpelhaft trägen Fluss, der aber immerhin ein sehr grünes Ufer hatte.

»Du hast Ferien. Ich leider nicht«, sagte Ronald Papen. Und als er nicht weitersprach, fragte ich: »Und was machst du?«

»Ich arbeite. Ich arbeite immer. Aber du machst Ferien.«

»Wo? Hier etwa?«

Wir fuhren nun durch eine Gegend, in der niemand wohnte. Fabrikgebäude aus braunen Ziegeln und schäbige, aber mit großzügigem Farbauftrag gestrichene, flache Zweckbauten mit vergitterten Fenstern. Es war der deprimierendste Ort, den ich je gesehen hatte, und ich verstand meine Frage als rhetorischen Kniff, denn ich konnte mir nicht vorstellen, dass es auf der ganzen Welt jemanden gab, der hier Urlaub machen würde. Oder wollte. Oder konnte.

Aber dann bogen wir nach links in eine schmale Straße ab, mehr einen Weg, der zu beiden Seiten von vergammelten Autos gesäumt war. Ronald Papen sagte: »Gleich sind wir da«, und klang dabei, als stünde mir der Eintritt zum Paradies bevor. Dann erreichten wir einen kleinen unbefestigten Platz, in dessen Mitte sich eine offenbar nie versiegende riesige Pfütze befand. Jedenfalls schien das so, denn der letzte Regen war damals schon zwei Wochen her.

Papen hielt vor einer Lagerhalle mit einem breiten Rolltor. Das alte Gebäude war cremeweiß gestrichen und hatte große, aber blinde Sprossenfenster in rostigen Fassungen. »Da wären wir«, sagte mein Vater und schnallte sich ab. Er legte den Sonnenbrillenclip auf die Ablage und stieg aus dem Wagen.

»Wo bitte sind wir?«, fragte ich nicht ohne eine gewisse Panik, während ich ihm zum Seiteneingang der Halle folgte. Er schloss die Tür auf, öffnete und sagte: »Zu Hause. Hereinspaziert.«

Ich betrat einen Raum, den Papen mit Bahnen von schwarzem Tuch vom Rest der Halle abgetrennt hatte. Ein lautes Klacken war zu hören, dann wurde es hell. Er hatte vier große Lampen eingeschaltet, die von einer dunklen und weit entfernten Decke herabhingen. In dem Raum befand sich unter anderem ein angestoßenes Sofa, eine Küchenzeile, eine Werkbank, ein Schreibtisch und allerhand Plunder. Der nackte Betonboden war zwar alt und rissig, aber sauber. Die Stirnseite des Raumes wurde von dem Rolltor beherrscht, welches anscheinend nie geöffnet wurde, denn Papen hatte es von innen mit Möbeln und Krempel zugestellt.

Der ganze Raum strahlte etwas Provisorisches aus. Hier drin zu leben war, als wartete man in einer Telefonzelle darauf, dass der Regen aufhörte. Der Anblick dieser Halle brachte mir drei Gewissheiten: Mein Vater war ein armer Schlucker, er lebte allein, und ich hatte die schwierigsten sechs Wochen meines Lebens vor mir. Wenn ich hierblieb. Was ich ganz sicher nicht vorhatte.

»Und jetzt zeige ich dir dein Reich«, sagte er freudig und winkte mich zu sich heran. Er durchquerte den Raum und ging auf zwei Türen an der entgegengesetzten Wand zu. »Hier geht es ins Bad«, sagte er und öffnete die linke Tür. Dahinter wurde ein kleines, nicht direkt ungepflegtes Badezimmer sichtbar, das so roch und aussah, als wäre es gerade frisch geputzt worden. Dann öffnete er die rechte Tür und sagte: »Hier. Bitteschön. Dein Zimmer.«

Bei dem Zimmer handelte es sich um einen fensterlosen Raum. Ronald Papen hatte ein Bett hineingestellt, dazu einen schmalen Nachttisch mit einer Lampe und einen Kleiderständer. In einem mannshohen Regal an der Wand stapelten sich Werkzeug und Gerätschaften, Kartons mit Schrauben, Muttern und Nägeln, außerdem Kleinteile, Öle, Farbdosen und Verdünner, Pinsel und Planen, leere Kanister von irgendwas, Holzlatten, Mehrfachstecker und Kabel. Drei Fächer hatte

Ronald Papen für meine Kleidung leer geräumt und außerdem ein oranges Tuch vor die nackte Glühbirne an der Decke gehängt. Zumindest das Licht hatte etwas Wohnliches. Das war es aber auch schon. Ich wollte nach Hause.

»Ich will nach Hause«, sagte ich tonlos.

»Ich schlafe immer in der Halle«, sagte mein Vater verunsichert.

»Mir egal, wo du schläfst, ich will nach Hause.« Ich hätte mir lieber sechs Wochen lang ununterbrochen das entstellte Gesicht meines Halbbruders angesehen, als nur eine einzige Minute in diesem Kabuff zu schlafen.

»Ich weiß, es ist nicht ideal, aber ich dachte, es ist besser als nichts.«

»Ich will nach Hause«, wiederholte ich, und dann begann ich zu weinen. Ich war gar nicht traurig, eher überfordert mit der Situation. Und wütend, weil ich wusste, dass Geoffrey, Heiko und meine Mutter jetzt wahrscheinlich im Bordkino den ersten Film auf dem Flug nach Florida ansahen. Sie hatten mich abgeschoben zu einem mittellosen wildfremden Mann, der nun versuchte, mich auf eine unbeholfene Art tröstend zu umarmen. Ich riss mich los, was ihn erschreckte. Er trat drei Schritte zurück und sagte: »Ich verstehe dich ja. Ich habe mir das auch nicht ausgesucht.«

Das tat weh. Er wollte mich gar nicht. Man hatte ihn genauso gezwungen wie mich. Er hatte gar kein Interesse an seinem Kind gehabt, und nun hatte man mich ihm aufgedrängt. Tatsächlich wollte mich weder meine Mutter, noch wollte mich mein Vater. Das hatte ich nicht bedacht. Nicht nur ich war in einer Zwangslage. Ronald Papen ging es offensichtlich genauso. Aber weh tat es trotzdem.

Er ging aus der Halle und ließ mich allein. Wenig später kam er mit dem Koffer zurück. Er stellte ihn mitten in den Raum und sagte: »Vorschlag: Du packst aus, und dann machen wir uns etwas Feines zu essen. Ich habe eingekauft. Wir grillen.« Alleine bei dem Gedanken daran drehte sich mir der Magen um.

»Es gibt Würstchen«, fügte Ronald Papen hinzu. »Und Salat.«

Ich ging meine Optionen durch. Natürlich konnte ich einfach streiken, in meine Zelle gehen, mich einschließen und darauf warten, dass ich zwischen Schraubenziehern und Fettabscheidern erstickte. Oder ich konnte versuchen davonzulaufen. Das erschien mir machbar.

Nach kurzer Abwägung entschied ich, erst einmal den Koffer in mein Gemach zu rollen und mich aufs Bett zu setzen. Dort schmiedete ich Fluchtpläne. Später würde ich scheinbar beruhigt etwas essen und die Gegend auskundschaften. Mit etwas Glück gab es in der Nähe eine Bushaltestelle. Ich hätte dann eben schwarzfahren müssen. Ich würde mich zum Hauptbahnhof durchschlagen, irgendwie nach Köln kommen, dort war ich auf bekanntem Terrain. Ich konnte versuchen, bei uns zu Hause einzubrechen. Wenn Heiko für die Reise nicht die Alarmanlage scharf gestellt hatte. Ich würde bestimmt etwas kaputt machen, aber das war mir im Moment vollkommen egal.

Die Aktion barg Risiken. Wenn ich weglief, würde Ronald Papen vermutlich die Polizei anrufen. Und die wären schneller in Hahnwald als ich. Es war ja naheliegend, dort zu suchen. Woandershin konnte ich nicht. Ohne Geld. Der ganze Plan erschien aussichtslos. Aber immer noch besser, als an diesem trostlosen Ort bei diesem trostlosen Mann zu bleiben.

Ich öffnete meinen Koffer, um wenigstens zum Schein etwas auszupacken. Er sollte denken, dass ich mich mit meinem Schicksal ausgesöhnt hatte. Also legte ich ein paar Sachen ins Regal und setzte mich wieder aufs Bett. Ich betrachtete das winzige Zimmer und sah, wie der Kram im Regal Schatten an die Wand warf. Und selbst die Schatten sahen rostig aus. Die Absurdität meiner Situation wurde dadurch unterstrichen, dass ich in einem fensterlosen Raum herumsaß, während draußen gleißend die Sonne schien. Überall war Sommer, bloß nicht um mich herum.

Irgendwann steckte Ronald Papen seinen Kopf durch die Tür und sagte: »Komm doch raus, Kim. Es ist so schön. Und wir können essen.« Ich nickte, dann erhob ich mich mit der ganzen inneren Schwere eines Menschen, der einen großen Fehler begangen hat und ewig dafür büßen muss.

Ich folgte meinem Vater nach draußen. Er hatte die Jacke ausgezogen und die Ärmel seines Hemdes hochgekrempelt. Vor der Halle baute er nun ein Tischchen auf, stellte zwei Campingstühle dazu und justierte einen winzigen Grill auf vier Beinchen. Darauf lagen vier Würstchen. Alles an dieser Konstruktion war so fragil wie seine Erscheinung, aber auch genauso hoffnungsvoll und unverdrossen. Wenn man so etwas über einen Grill sagen kann. Das Ding war das exakte Gegenteil des Monstrums, mit dessen Einweihung vor Wochen diese ganze Geschichte begonnen hatte. Als ich den Brennspiritus neben dem Grill auf dem Boden stehen sah, verging mir der Appetit. Mein Vater bemerkte es und stand auf, um die Flasche aus meinem Sichtfeld zu bringen.

Dann setzte er sich an den kleinen Tisch und öffnete eine Flasche Wasser, aus der er sehr langsam zwei Gläser vollgoss.

Er nahm eines und trank. »Ist es wahr, dass du deinen Halbbruder verbrannt, also angebrannt hast? Oder versengt?«

»Mama hat es dir erzählt?« Ich schämte mich in diesem Moment so sehr, dass es kaum zu ertragen war.

»Sie hat mich angerufen. Stimmt die Geschichte?«

Es schien für ihn demnach nicht völlig ausgeschlossen zu sein, dass Mama sie erfunden hatte. Ich konnte darauf aufspringen. Nein, natürlich stimmt die Geschichte nicht. Sie wollte mich bloß loswerden. Aber was hätte mir die Lüge gebracht, außer das darauffolgende innere Eingeständnis, dass ich wirklich das Letzte war.

»Ja. Sie stimmt. Aber es kommt darauf an, wie man sie erzählt.« Ich wollte wissen, was er wusste.

»Sie hat gesagt, du hättest im vergangenen halben Jahr viele Probleme gehabt. Sie ist nicht gut mit dir zurechtgekommen. Und dann bist du durchgedreht und hast deinen Bruder mit Spiritus vollgespritzt, als er mit einer offenen Flamme hantiert hat.«

Das konnte man so stehen lassen. Ich nickte und wartete auf die Frage der Fragen. Aber er stellte sie nicht. Er stand auf, ging zum Grill und wendete die Würstchen mit den Fingern. Dann setzte er sich wieder. »Wie heißt er noch mal?«

»Geoffrey.« Warum fragte er nicht die Frage? Jeder fragte sie. Er nicht.

»Ach ja. Geoffrey. Genau. So hättest du geheißen, wenn du ein Junge geworden wärst. Geoffrey.«

Das machte mich neugierig. Mutter hatte ja nie viel erzählt. Und auf einmal fielen mir hundert Fragen ein. Vielleicht sogar zweihundert. Das Problem war, dass ich mich mit meiner nicht geringen Bockigkeit in eine Ecke des Missmuts manövriert hatte, aus der ich nicht so rasch herauskam. Und auch nicht herauswollte. Ich wollte immer noch abhauen. Sobald es dunkel wurde.

»Es gefällt dir hier nicht besonders, oder?«, fragte er und schaufelte gekauften Nudelsalat auf unsere Teller. »Wahrscheinlich wohnt ihr sehr schön. Heiko hat ja bestimmt Erfolg und kann euch etwas bieten.«

»Du kennst Heiko?«

»Aber ja. Wir waren Freunde. Früher.«

Das wunderte mich. Der großspurige und hochfahrende Heiko passte überhaupt nicht zu diesem weichen Mann, der langsam seinen Salat aß wie eine Schildkröte und dabei die Würstchen nicht aus den Augen ließ.

Nachfragen oder nicht? Jedes freiwillig geführte Gespräch brachte mich näher an die fensterlose Werkzeugbude heran. Ich wollte nicht vertraulich werden mit diesem Unbekannten, mir keine Gründe zur Flucht nehmen.

»Und warum seid ihr keine Freunde geblieben? Wegen Mama?«

»Die Würstchen sind fertig«, sagte er und erhob sich, um sie vom Grill zu nehmen. Senf stand auf dem kleinen Tisch. Ich wagte nicht, nach Ketchup zu fragen. Zu viel Nähe. Wer nach Ketchup fragt, möchte es gut haben. Und ich wollte es nicht gut haben. Die Frage stand immer noch wie die Hitze im Gewerbehof.

»Manchmal leben sich Freunde eben auseinander. So könnte man das sagen.« Und es war klar, dass er dieser sehr allgemeinen Antwort nichts hinzufügen wollte.

Wir aßen schweigend, und ich sah über den Platz. Gegenüber lag das flache Gebäude einer Spedition, davor einige

Lastwagen mit schmutzigen Planen. Rechts daneben eine gammelige Autowerkstatt, dort ging es wieder Richtung Straße. Und links führte ein schmaler asphaltierter Weg ins Grüne.

»Du redest wohl nicht gern darüber.«

»Du redest ja auch nicht gerne über deinen Bruder.«

Und das war die Antwort auf die Frage, wieso er mich nicht nach dem »Warum?« gefragt hatte: Er wollte auch nicht nach dem »Warum?« gefragt werden.

»Lecker, oder?«, sagte er und deutete auf sein Würstchen. »Das sind Gala-Würstchen, mit Majoran drin. In jede gute Wurst gehört Majoran.« Er war ein Meister des Themenwechsels. Nach einer längeren Pause, in der er mit seiner Wurst in einem Geschwür aus Senf herumrührte, sah er ein, dass wir über Majoran schlecht in einen Dialog finden würden. »Du hast sicher Fragen, oder? Ich meine, ich weiß nicht, ob deine Mutter etwas von mir erzählt hat. Wahrscheinlich eher weniger, oder?«

Das war bisher der längste zusammenhängende Text, den ich von Ronald Papen zu hören bekommen hatte. Und es stimmte, natürlich hatte ich Fragen. Aber nur eine wichtige.

»Wieso hast du dich nie gemeldet?«

Es war das Laserschwert der Fragen, sie verbrannte die ohnehin heiße Luft auf dem Schotterplatz vor Ronald Papens Lagerhalle, und mir kam es vor, als würde ich von meinem Stuhl abheben und schweben, weil ich sie gestellt hatte. Zum wahrscheinlich fünftausendsten Mal. Aber zum ersten Mal laut. Mit meiner Stimme, sodass ich sie selbst hören konnte.

»Warum?«

Ich hatte keine Zeit.

Ich hatte kein Interesse an dir.

Ich durfte nicht.

Ich habe mich nicht getraut.

Ronald Papen nahm einen Schluck Wasser, sah nach vorne Richtung Spedition und sagte etwas ganz anderes. Etwas, das ich nie in Erwägung gezogen hatte: »Weil es nicht ging.«

»Und wieso ging es nicht?«, fragte ich mit dem Ausdruck größter Patzigkeit, zu der ein fünfzehnjähriges Mädchen imstande ist.

»Das ist schwer zu erklären.«

»Versuch es.«

Darauf verfiel der Unscharfe in eine Art Starre. Er hörte auf zu essen und schaute auf seinen Teller. Nach einer Ewigkeit sagte er: »Stell dir Folgendes vor: Du baust richtig großen Mist. So richtig großen. Größer geht es nicht. Und Menschen, die dir sehr nahe sind, haben darunter zu leiden. Und du kannst es nicht wiedergutmachen. Kannst du dir das vorstellen?«

Das konnte ich sehr gut. Ich nickte.

»Du hast auch um Verzeihung gebeten. Das Problem ist nur, dass du dir nicht einmal selbst verzeihen kannst. Du hasst dich selbst so sehr für das, was du getan hast, dass es dir nicht einmal helfen würde, wenn die anderen dir vergeben würden. Du kannst dann nur noch eins machen: gehen.«

»Dann hast du uns verlassen und nicht Mama dich?«

»Es ist nicht so einfach.«

»Dann ist es eben schwierig. Aber ich habe ein Recht darauf, es zu wissen.« Behauptete ich einfach mal. Papen stand auf und lächelte. »Du hast ein Recht auf Schulferien«, sagte er. »Aber ich habe leider überhaupt keinen Schimmer davon, wie man Schulferien macht.«

»Lenk nicht ab.«

»Deine Mama und ich haben damals entschieden, dass es nicht mehr ging. Wir haben beschlossen, dass du bei ihr bleibst. Und dass wir nur Kontakt haben, wenn es wirklich ganz wichtig ist. So wie jetzt.«

»Du hast mir meinen Vater weggenommen.«

»Ja, in gewisser Weise. Ich wünschte, du könntest es verstehen.«

Und damit sprang er plötzlich auf und stellte sich vor mich. »Aber es ist nie zu spät. Wir haben noch unser ganzes Leben vor uns.« Ich verwarf für den Moment die Idee, ihn über seine angeblich furchtbare Tat zu verhören. Erstens dachte ich, dass sie kaum schrecklicher sein konnte als meine, und zweitens ahnte ich, dass dabei nichts herauskommen würde. Ich musste das Gespräch über seine Schuld vertagen. Das bedeutete aber auch, dass ich nicht flüchten würde. Jedenfalls nicht an diesem Abend.

»Ich will dir was zeigen«, sagte Ronald Papen. »Komm mit, es wird dir gefallen.«

Damit ging er los, ohne sich umzuschauen. Er wusste, dass ich zu neugierig war, um sitzen zu bleiben. Er ging über den Platz Richtung Spedition und dann nach links, wo der Weg zwischen Büsche und Bäume führte. Ich folgte ihm, und nach zwei Minuten standen wir am Wasser. Es roch ein wenig schwefelig. Aber es war grün, und der Abend brodelte aus dem Ruhrgebietsboden.

»Das ist der Rhein-Herne-Kanal«, sagte Papen. »Und wenn du nach rechts guckst, da vorne, da fließt er in die Ruhr. Und noch ein bisschen weiter fließt die Ruhr in den Rhein. Weit dahinten.«

Den Rhein kannte ich.

»Schön, oder?«

Merkwürdigerweise war es das. Dieser Ort war weder Florida noch Mallorca, im Grunde war es überhaupt kein Ort. Vor uns im Kanal dümpelte ein alter Kahn herum, und die Mücken tanzten vor meinem Gesicht Lambada. Außerdem war mir wegen unseres Gespräches und meiner Schuld, meiner bis an das Ende meiner Tage geltenden Schuld, schlecht. Aber auf eine ganz bezaubernde Weise war dieser Ort friedvoll, sicher und bei aller Brüchigkeit des Anlegers, auf dem wir standen, im dunkler werdenden Sonnenlicht tatsächlich: schön.

»Hier kann man doch mal Urlaub machen, finde ich«, sagte er, auch wenn er vorher noch behauptet hatte, nicht zu wissen, wie man Urlaub macht. »Du kannst ausschlafen, baden, lesen, in der Sonne liegen, Musik hören und einfach mal …«, er suchte nach Worten, »na, fünfe gerade sein lassen.«

»Sechs Wochen lang«, sagte ich mit der Fassungslosigkeit der Jugend. Ich konnte immer noch nicht glauben, dass es praktisch kein Programm geben sollte. Also gar keines, außer auf diesem Grundstück herumzuhängen.

»Na ja. Wir können ja mal Dinge unternehmen«, eierte mein frischgeborener Vater. »Minigolf. Oder Fußballplatz. Was junge Mädchen so machen.«

»Und was treibst du so den ganzen Tag?«, fragte ich.

»Na, ich arbeite.«

Ich konnte mir absolut nicht vorstellen, was das bei ihm bedeutete. Zwar hatte ich die Werkbank und die vielen Teile und Werkzeuge gesehen, aber nicht, was er damit anstellte.

»Und was arbeitest du so?« Das kam fast spöttisch, denn besonders ertragreich war es offensichtlich nicht. Oder mein

Vater war ein König des Understatements, in Wahrheit superreich, aber bescheiden. Oder geizig. Deshalb auch die Würstchen.

»Ich bin im Direktvertrieb tätig«, sagte er etwas geschwollen. »Das bedeutet, ich verkaufe direkt an den Endverbraucher, ohne Zwischenhandel.«

»Und was verkaufst du direkt ohne Zwischenhandel?«

»Markisen.«

»Markisen?«

»Du weißt, was Markisen sind?«

Natürlich wusste ich, was Markisen sind. Wir hatten welche auf der Terrasse. Weiße Bahnen, die Heiko mit einer Fernbedienung auf Schienen aus- und einfahren konnte. Ich nickte. »Du meinst diese Textildinger für Balkons und Terrassen, damit man nicht so in der Sonne schmort wie wir vorhin.«

»Exakt.«

»Also hast du ein Markisengeschäft.«

»Ohne Geschäft, also ohne Laden. Ich verkaufe meine Produkte direkt beim Kunden. Quasi unmittelbar. Markisen und praktische Erfindungen zur Verbesserung des Lebensstandards und zur Sicherung des Hausfriedens.« Das klang überaus wuchtig. »Komm mit, ich zeige es dir.« Er drehte sich um und lief zurück zur Halle. Das weiße Hemd klebte an seinem Rücken. Es wurde allmählich dunkel.

Ich folgte ihm in seine alte Lagerhalle, und als ich neben ihm stand, zog er das schwarze Tuch beiseite, mit dem er die Halle in einen Wohn- und einen Lagerraum geteilt hatte. Als er das Licht einschaltete, sah ich sie. Rollen aus Stoff und Befestigungsmaterial. Turmhoch. Ein gigantischer Vorrat an Markisen, mit denen man halb Deutschland verschatten konnte.

Jedenfalls sah es so aus. Und ich wusste nichts von Deutschland.

»Wie viele Markisen sind das?«, fragte ich.

»Dreitausendvierhundertundsechs.«

»Und die verkaufst du jetzt an wen genau?«

»An jeden, der einen Balkon hat.«

»Und woher weißt du das, ob jemand einen Balkon hat?«

»Ich kundschafte es aus. Ich fahre herum, schaue auf die Häuser und sehe also: Aha, da ist ein Balkon ohne Markise. Also klingele ich und verkaufe den Leuten eine. Inklusive Montage und Wartung. So einfach ist das.«

Mein Vater war also Vertreter für Markisen. Einmal im Rausch der Begeisterung angekommen, erzählte er weiter. »Es ist natürlich ein Saison-Geschäft. Markisen gehen ab März und bis August. Im September schafft niemand mehr eine an, weil der Herbst vor der Tür steht. Dann muss ich das Angebot variieren. Aber jetzt habe ich Hochsaison mit meiner Ware. Warte hier.«

Mein Vater verschwand im Halbdunkel und kehrte wenig später mit zwei Stoffrollen unter den Armen wieder zurück. Er ging zu seiner Werkbank und lud sie dort ab.

»Ich kann Markisen in jeder gängigen Breite anbieten. Und zwei Dessins.« Damit rollte er erst den einen, dann den anderen Stoff aus. Zum Vorschein kamen die beiden abstrusesten Muster, die ich je gesehen hatte. Diese Markisen waren derart scheußlich, dass ich unwillkürlich lachen musste. Während die eine aus einer Melange von braunen, gelben und orangefarbenen Farbverläufen bestand, bestach die andere durch ein schreiendes Neongrün mit gelben und blauen geometrischen Mustern darin. Es war grotesk.

»Wo kommen denn die her?«, fragte ich entgeistert. Irgendwo musste es Menschenhände geben, die dazu fähig waren, etwas Derartiges herzustellen.

»Die habe ich übernommen. Nach der Wende. Da war Goldgräberstimmung. Damals hat die Treuhandanstalt die ganze marode DDR-Industrie abgewickelt. Man konnte Firmen zu einem ganz lächerlichen Preis einfach aufkaufen. Da habe ich mir«, sagte er und tätschelte die grüne Stoffbahn, »die hier gesichert.«

»Herzlichen Glückwunsch«, sagte ich entgeistert. Es wunderte mich kein bisschen, dass er bei den Dingern zum Zug gekommen war.

»Ich habe die Markisen erworben und diese Halle. Und warum diese Halle?«, fragte er listig.

»Keine Ahnung?«

»Weil sie hier ist. In Duisburg. Im Ruhrgebiet. Nirgends sonst in Deutschland wohnen so viele Menschen auf relativ engem Raum wie im Ruhrgebiet. Wenn man also ein Produkt hat, wie ich eines habe, muss man bloß systematisch das Areal abfahren, und schon hat man Tausende und Abertausende von potenziellen Kundinnen und Kunden.«

Er ging von der Werkbank zum Schreibtisch. An der Wand hing eine große Karte vom Ruhrgebiet, in der winzige Nadeln mit roten und grünen Köpfen steckten.

»Das ist mein Hauptinstrument. Eine genaue Kartierung des Verkaufsraumes. Von Duisburg«, er zeigte auf Duisburg, »bis Hamm«, er zeigte auf Hamm, »und von hier«, er zeigte auf Marl, »bis hier unten«, wobei er auf Schwerte zeigte. »Das sind viereinhalbtausend Quadratkilometer. Mit fünf Millionen Einwohnern in von mir geschätzt zwei Millionen Haushalten.

Nun hat natürlich nicht jede Wohnung einen Balkon. Und manche Leute haben bereits eine Markise. Aber«, er hob den Zeigefinger der rechten Hand, denn jetzt wurde es wichtig, »es sind noch mindestens zweihunderttausend Terrassen und Balkons zu vergeben.«

Ronald Papen rollte die Stoffe wieder ein. »Was sagst du nun?« Ich verstand nichts von seinem Geschäft. Er zwar auch nicht, aber das wusste ich da noch nicht. Auf Anhieb hatten mich seine Ausführungen jedenfalls überzeugt. Auch wenn ich die Stoffe wirklich grauenhaft fand.

»Es klingt nach einer guten Geschäftsidee«, sagte ich vage. »Du hast das also alles vor vierzehn Jahren aufgekauft, und seitdem fährst du mit den Markisen durchs Ruhrgebiet!?«

»Ganz genau«, rief er aus den Tiefen seiner Lagerhalle. Er war dabei, die Rollen wieder an ihren Platz zu bringen. Als er zurückkam, fragte ich: »Und wie viele Markisen hast du in der Zeit verkauft?«

»Na, an die zweihundert, so ungefähr.«

Draußen wurde es dunkel. Ich half ihm mit dem Geschirr, und wir wuschen gemeinsam ab. Ich war zu müde zum Fliehen. Und zu verwirrt, um böse zu sein. Ronald Papen hatte etwas angestellt, er hatte einen riesigen Haufen hässlicher Markisen angeschafft, die er seit vierzehn Jahren unverdrossen an der Haustür zu verkaufen suchte. Ich legte mich ins Bett und versuchte auszurechnen, wie viele von den seltsamen Dingern er jährlich an die fünf Millionen Bewohner des Ruhrgebietes vertickte. Eine Sekunde, nachdem ich es trotz meiner erheblichen Dyskalkulie ausgerechnet hatte, schlief ich ein. Es waren knapp vierzehn. Pro Jahr.

Tag 2

Eine Gefängniszelle ist mindestens neun Quadratmeter groß und verfügt normalerweise über ein Fenster. Insofern verstieß Ronald Papens Tochterknast gegen den Grundsatz der humanen Unterbringung von Heranwachsenden. Das Bett war neu, wenigstens das. Decke, Kopfkissen und Bezüge ebenfalls. Er hatte sich damit Mühe gegeben. Aber der Raum maß höchstens sechs Quadratmeter, von denen ein gutes Drittel mit dem Regal vollgestellt war.

Ohne Fenster konnte man nach dem Aufwachen unmöglich sagen, wie spät es war. Tiefe Nacht oder bereits Vormittag. Brodelte der Duisburger Boden vor Hitze, oder regnete es, dass die Riesenpfütze anschwoll? Kein Fenster, keine Geräusche. Ich machte die Nachttischlampe an und betrachtete die bizarren Schatten des Trödels im Regal. Ich malte mir aus, in einer Tropfsteinhöhle zu leben, und mir war auch, als habe sich Kondenswasser an der Decke gebildet. Und der Sauerstoff war verbraucht. Wahrscheinlich würde man keine Kerze mehr anzünden können. Ich befand mich in Lebensgefahr.

Es gab also keinen Grund, weiter in diesem Bett zu liegen, außerdem musste ich auf die Toilette. Trotzdem stand ich nicht auf, denn ich wollte mich gegen jede Normalisierung meiner Situation wehren. Auf die Toilette zu gehen, die Zähne zu putzen und einen Tee zu trinken wäre einem Einverständnis gleichgekommen. Es hätte bedeutet, die Lage anzuerkennen, es brachte mich einer Übereinkunft mit Ronald Papen und meiner Mama näher. Schließlich hielt ich es nicht mehr aus. Entweder ich wäre erstickt, oder ich hätte ins Bett gemacht. Ich schlug die Decke zurück und zog mich an. Ich wagte nicht, in Unterwäsche aus meinem Verschlag zu kommen, denn ich wusste nicht, ob der unscharfe Vater da war.

Als ich die Tür öffnete, blendete mich das Licht, das durch die Fenster in die Halle strahlte. Es war, als käme ich aus einem Tunnel. Ronald Papen saß an seinem Schreibtisch zwischen allerlei Papieren und trank aus einer großen Tasse. Er drehte sich zu mir um und sagte: »Jetzt hatte ich mir gerade Sorgen gemacht. Es ist schon halb zehn.« Damit stand er auf und ging zu seiner Küchenzeile. »Trinkst du Kaffee? Oder Kakao? Ich habe Kakao für dich gekauft. Löslichen Kakao. Man muss nur Milch ins Pulver gießen und bekommt einen herrlichen Trunk. Das mögen alle Kinder.« Er wartete meine Antwort nicht ab und schüttete Milch in ein Glas. »Kakao mögen alle Kinder«, wiederholte er, als sage er eine Zauberformel auf.

Wäre ich sechs Jahre alt gewesen, hätte ich sofort zugestimmt. Ungefähr so lange war es her, dass ich Kakao getrunken hatte. Ich hatte es immer gemocht, wenn sich das Pulver nicht richtig auflöste. Man stieß mit einem Löffel gegen die braunen Schokoladeninseln, die auf der Oberfläche umherschwammen; sie platzten, und das Pulver sank die Milch hinab. Papen wirbelte mit dem Löffel begeistert in dem Glas herum und reichte es mir. Zwar wäre ich von selbst nie auf die Idee gekommen, so etwas zu trinken, aber seine hilflose Fürsorge rührte mich. Wieder ein klitzekleiner Moment der Verbundenheit, der mich gleichzeitig wärmte und ärgerte.

Ich trank einen Schluck und ging dann auf die Toilette. Bei meiner Rückkehr saß er wieder zwischen seinen Unterlagen. »Und jetzt?«, fragte ich.

»Jetzt ist Freitagmorgen, und die Werktätigen gehen kregel und pflichtbewusst ihrer Arbeit nach«, kam es vom Schreibtisch. »Ich muss gleich los, wenn du willst, kannst du mitkommen. Wir können uns unterhalten, und ich zeige dir das Ruhrgebiet.«

Mir fiel auf Anhieb nichts ein, worauf ich weniger Lust hatte. Mit ihm zu plaudern oder stundenlang durch diese Industriebrache zu gondeln. Außerdem war ich immer noch im Fluchtmodus. Es konnte mir gar nichts Besseres passieren, als dass er alleine fuhr. »Das klingt verlockend, aber vielleicht kann ich ja auch einfach hierbleiben und mich ein bisschen eingewöhnen«, sagte ich mit möglichst pragmatischem Unterton. »Ich kann auch einkaufen oder so was. Oder putzen.«

»Einkaufen ist kompliziert, da musst du ziemlich weit laufen. Hier gibt es nichts. Und putzen? Ist doch alles picobello.«

Darüber konnte man geteilter Meinung sein. Dennoch war ich froh über seine Antwort, weil ich gar nicht gewusst hätte, wie putzen ging.

»Ich würde einfach gerne hierbleiben.« Wir schwiegen eine Weile, in der ich den zugegebenermaßen fabelhaften Kakao trank und an der Küchenzeile lehnte, während Papen in einem zerfledderten Kartenheft blätterte und dann mit einem Filzstift hineinschrieb.

»Was machst du da?«

»Ich lege die Route für den heutigen Tag fest. Erst suche

ich aus, in welche Stadt ich fahre. Und dann die Gegend. Ich sehe nach, wann ich sie das letzte Mal besucht habe oder ob ich überhaupt schon einmal da war. Falls ja, steht dort ein Datum. Wenn es länger als ein Jahr her ist, kann ich wieder hin. Und hier war ich überhaupt noch nie«, sagte er beflissen und tippte auf eine Seite. »Diese Gegend von Oberhausen ist quasi Terra incognita für mich, denn da ist noch kein Datum. Also schreibe ich das von heute hinein, und dann ist es markiert.« Es schien, als spräche er mehr mit sich als mit mir. Er nahm die Kappe von seinem Filzstift, umrandete einen Teil von Oberhausen und schrieb das Datum dazu. »Oberhausen, ich komme. Und dann habe ich noch zwei Wartungstermine. Einen in Datteln und einen in Herdecke.« Er sah zu mir herüber, als erwartete er einen Marschbefehl. Oder eine Meinung. Ich hatte keine, zumal ich nicht wusste, wo Oberhausen war oder Datteln. Oder Herdecke.

»Aha«, sagte ich. Er wirkte nicht übermäßig gut organisiert, ich sah nicht einmal einen Computer. Bei Heiko wimmelte es von Bürogeräten. Er hatte so früh Internet gehabt, dass man meinen konnte, er habe das Internet erfunden.

»Hast du WLAN?«, fragte ich.

»Nein«, sagte er mit der Geringschätzung derjenigen, die absolut nicht wissen, wovon sie sprechen, es aber aus grundsätzlichen Erwägungen ablehnen. »Ich habe etwas viel Besseres: Fax. Damit bin ich für meine Kunden immer erreichbar, wenn sie Servicewünsche haben. Oder natürlich am Telefon. Hier oder mobil.« Er holte ein Nokia 3310 aus der Hosentasche und zeigte es mir, als hätte er es unter Umgehung von 300 Laserstrahlen aus dem Tower of London entwendet.

»Aber E-Mail hast du nicht«, sagte ich.

»Ach, E-Mails, Internet, WWW und so weiter und so fort. Das sind doch bloß Modeerscheinungen. Man muss auf Beständigkeit setzen. Auf die Macht der Dauer.«

Ich verstand nicht, was er damit meinte. Er drehte sich auf seinem Bürostuhl zu mir und rief: »Kann dein Internet die Sonne verdunkeln?«

Ich zuckte mit den Schultern und sagte: »Wozu sollte das gut sein?«

»Nicht ausweichen. Kann es, oder kann es nicht?«

»Nein, kann es nicht.«

»Siehst du«, rief er triumphierend. »Aber meine Markisen, die können das.« Ganz streng genommen konnten sie es natürlich nicht, aber ich wollte auf keinen Fall darüber diskutieren.

»Wenn irgendwann die letzte E-Mail verschickt ist und das ganze Dings-Netz wegen Erfolglosigkeit abgeschaltet wird, dann sind meine Markisen immer noch da und schützen die Balkons von Oberhausen gegen das grelle Licht der Sommersonne.«

Dem hatte ich wenig entgegenzusetzen. Das konnte schon sein. »Und wie heißt deine Firma?«, fragte ich, um das Thema zu wechseln.

»Papen Markisen und Ideen.«

»Und wie viele Leute arbeiten da?«

»Na ich.«

»Und wer noch?«

»Na, niemand. Bloß ich. Ist ein Ein-Papen-Betrieb.«

Ich konnte seine Begeisterung nicht ganz nachvollziehen. Der einzige Einmannbetrieb, den ich bis dahin kennengelernt hatte, war der Typ mit seinem Eiswagen gewesen, der im Sommer immer durch unser Viertel fuhr. Heiko hatte uns einmal vorgerechnet, wie viele Kugeln Eis der verkaufen musste, um den Wareneinsatz, das Auto, das Benzin, seine Miete und den Unterhalt für seine vielköpfige Familie bezahlen zu können. Natürlich hatte der Mann in Heikos Vorstellung mindestens fünf Kinder. Am Ende kam er zu dem Schluss, dass »Eis fürn Arsch« sei.

Auch wenn Ronald Papen keine Mitarbeiter zu bezahlen und keine Familie zu versorgen hatte, also sämtliche Einnahmen der Firma *Papen Markisen und Ideen* zu einhundert Prozent ihm alleine zugutekamen, konnte ich mir nicht vorstellen, dass er davon leben konnte. Es sei denn, er erhielt für diese hässlichen Dinger sehr viel Geld. Aber danach sah es wirklich nicht aus.

»Also, kommst du mit nach Oberhausen? Oder bleibst du lieber hier und genießt die Ferien?«

Das klang beinahe zynisch, aber ich kannte ihn immerhin schon so gut, dass mir klar war, dass er es ganz ernst meinte. Die Ferien auf einem Gewerbehof in Duisburg genießen. Er konnte sich das absolut vorstellen.

»Ich glaube, ich bleibe ein bisschen hier«, sagte ich so überzeugend wie möglich.

Er klatschte seine Hände auf die Oberschenkel, drehte sich wieder zum Tisch, sammelte Unterlagen und seinen Atlas ein und stand auf. »Na gut. Wollen wir heute Abend grillen?«, fragte er. »Ich würde unterwegs Würstchen kaufen.«

»Super Idee«, log ich, und ich log gut, weil ich damit rechnete, dann schon auf halbem Weg nach Köln zu sein. Und dann zeigte er mir, dass er mich die ganze Zeit durchschaute. Papen lächelte und sagte: »Es wäre sehr schön, wenn du dann noch da wärst. Ich würde mich wirklich darüber freuen.«

Er machte ein paar Schritte auf seine ertappte Tochter zu,

bereit zu einer väterlichen Umarmung, die aber dann mit seinen Händen auf meinen Oberarmen endete. »Mach dir einen schönen Tag«, sagte er und sah von seinen blauen Augen in meine blauen Augen, in sein Spiegelbild.

Dann ging er. Ich hörte, wie er sein altes Auto startete und langsam über den Hof davonfuhr. Nach Oberhausen. Und er ließ mich verwirrt zurück. Die Informationen, die ich von ihm bekam, waren ebenso präzise wie dürftig. Wovon lebte der Mann? Und wie hielt er es in dieser armseligen Einöde aus? Noch dazu ohne Fernsehen und Internet. Ich beschloss, mich umzusehen und in seiner Lagerhalle nach Erkenntnissen zu schürfen. So wenig Lust ich hatte, eineinhalb Monate bei ihm zu bleiben, so neugierig war ich jetzt doch auf ihn und seine Welt. Und Flucht kam heute schon allein deshalb nicht in Betracht, weil er offenbar damit rechnete. Und ich wollte ihn in seiner Annahme, dass ich es nicht bei ihm aushalten könnte, nicht bestätigen.

Er hatte offenbar keine Frau, er besaß nicht die mindeste Neigung, nach Mallorca oder wenigstens an die Ostsee zu fahren. Er trug heute dieselbe Kleidung wie gestern, und er besaß einen Haufen Markisen sowie Ideen, worin diese auch immer bestanden. Ronald Papen tuckerte durch dieses ominöse Ruhrgebiet und verkaufte potthässliche Markisen an der Haustür. Und er grillte Würstchen. Mal abgesehen davon, dass er ein freundlicher schmaler Mann war, hatte er nichts zu bieten. Ich sagte mir, dass eine Frau wie Mama sich nicht ohne Grund gegen ein Leben mit diesem Kerl entschieden hatte. Aber immerhin hatten sie eine Tochter gezeugt, und das deutete darauf hin, dass ihr gemeinsames Leben vielleicht einmal hoffnungsvoll, spannend, vielversprechend gewesen war.

Und gerade weil man dieser Lagerhalle keine Hoffnung, keine Spannung und rein gar nichts Vielversprechendes ansah, interessierte mich das Leben meines Vaters auf dieselbe Weise, wie es einen Wissenschaftler interessiert, warum sich eine Fliege den Kopf putzt. Ich stellte den Kakao ab und begab mich auf Erkundungstour.

Den hinteren Bereich der Halle bildete Ronald Papens Warenlager. Die Markisen bestanden aus je einer Stoffrolle und einem Paket mit Befestigungsmaterial, den ausfahrbaren Armen und einer Kurbel. Die Rollen lagen auf dem Hallenboden von Wand zu Wand. Er hatte sie aufgestapelt, und wenn ich besser in Mathe gewesen wäre, hätte ich leicht ausrechnen können, wie viele Markisen dort herumlagen. Er hatte von über dreitausend gesprochen, und das kam mir eher wie eine konservative Schätzung vor. Um den ganzen Haufen zu verkaufen, hätte es einer riesigen Drückerkolonne bedurft oder eines verkäuferischen Genies. Aber mein Vater schien nicht einen Funken von Heikos Talent zu besitzen. Ich verstand zwar am allerwenigsten davon, aber ich begriff, dass mein Vater seit Jahren auf einem mausetoten Gleis herumfuhr.

Neben dem Warenlager befand sich auch noch eine Art Werkstatt. Er schien dort an irgendetwas zu basteln, denn es standen alle möglichen mechanischen Apparate herum. Etwas, das aussah wie eine Wanduhr auf Rädern. Ein Kasten mit zwei roten Lichtern auf dem Deckel. Und jede Menge Folie, die er an den Seiten mit Gummibändern verklebt hatte. Ich vermutete, dass es sich dabei um die »Ideen« handelte, die er wahrscheinlich ebenso unermüdlich und erfolglos an die Menschen zu verkaufen versuchte wie seine Markisen.

Draußen neben der Halle bewahrte Papen Möbel auf. Er

brauchte nicht mehr als drinnen standen, deshalb hatte er einige Sachen ausgelagert, und sie gammelten unter einer Plane vor sich hin. Ich sah eine Couchgarnitur, ein breites Bett, allerhand Stühle und einen Tisch sowie Kommoden und Regale und einen Fernseher, dem die Rückwand fehlte.

Vor der Halle stand das kleine Camping-Ensemble. Die Sonne brannte auf den Platz, und eine Markise wäre an dieser Stelle keine schlechte Idee gewesen. Ich beschloss, meinen Aktionsradius zu vergrößern, und schlenderte über den Platz, wobei ich einen großen Bogen um die Pfütze machen musste, die braun und heiß um Mücken warb. Nach links ging es zum Kanal, nach rechts zur Straße. Ich bog rechts ab und ging an der Autowerkstatt vorbei, in der jemand gerade dabei war, einen Kotflügel zu schweißen. Die Funken flogen um den hageren Mann herum. Er mochte Anfang sechzig sein, und er hätte jünger gewirkt, wenn seine Haare nicht weiß gewesen wären. Er trug eine Latzhose und ein verdrecktes T-Shirt, aus dessen Ärmeln verblasste Tätowierungen lugten. Als er mich sah, ließ er den Brenner sinken, schob die Schweißermaske hoch und rief: »Hallo! Du da! Was machst du hier?« Er klang eher überrascht als alarmiert. Es gab keinen Grund für ein Mädchen, auf dem Gelände herumzulaufen.

Ich blieb stehen und rief: »Ich bin zu Besuch hier!«

»Bei wem bist du denn zu Besuch?«

»Ich bin die Tochter von Herrn Papen.« Ich erschrak beinahe ein wenig, denn ich hatte diesen Satz in den fast sechzehn Jahren meines Lebens noch nie gesagt. Diese Selbstverständlichkeit. Es war ja auch nie eine gewesen.

»Der hat 'ne Tochter?«, kam es ungläubig zurück. »Und du bist zu Besuch?«

»Ja. Für die Ferien.«

»Na, dann viel Spaß«, sagte der Mann, schob sich die Maske wieder über das Gesicht und schaltete das Schweißgerät an. Die Unterhaltung war beendet. Während ich weiterging, sinnierte ich darüber, was der Mann gesagt hatte: Der hat 'ne Tochter? Und auch wenn es mir egal sein konnte, wie der fremde Kerl die Fertilität des Ronald Papen einschätzte, schmerzte mich der Satz. Es machte mich zu so einer Art Laune der Natur. Und es entwertete meinen Vater. Das gefiel mir nicht.

Die anderen Lagerhallen und auch die Spedition lagen unter einer dunstigen Schwüle. Obwohl es erst zehn Uhr war, stand die Luft und war erfüllt von einem Geruch, den ich hier zum ersten Mal atmete. Ich konnte ihn erst nicht richtig zuordnen, tatsächlich bestand er aus allen möglichen Schmierstoffen, Ölen, Bremsscheiben, Muff aus Polstern und alten Schränken. Es war eine Melange aus allen denkbaren Industriearomen und natürlich aus Eisen, Rost, vergammelten Kabeln und unter den Schuhen knirschenden Scherben. Das alles roch. Es stank nicht, denn dafür war dieses Odeur viel zu wenig aufgeregt. Es kämpfte sich nicht in die Nase und ließ die Augen tränen. Der Geruch sank eher ins Gemüt, als dass er in der Nase stach. Das beruhigte mich und machte mich neugierig. Und als ich weiterging, fand ich die Quelle dieses in der Sommerhitze vor sich hin gärenden Aromas: Der Gewerbehof, in dem sich Ronald Papen neben einer Spedition und einer Autowerkstatt niedergelassen hatte, war gesäumt von Schrottplätzen und Recycling-Anlagen.

Rechts von dem schmalen Weg, der in die Sackgasse und damit zu *Papen Markisen und Ideen* führte, befand sich ein riesiges Grundstück, auf dem alles Mögliche herumlag, gesammelt, getrennt und aufgeschichtet wurde. Glänzende Haufen Aluminium, daneben sich türmende Mengen von Kabeln und Leitungen sowie ordinärer schwerer Schrott. Es war, als sortierte ein Riese Kaffeepulver, Reis, Nudeln, Mehlstaub, Grieß und Zucker. Ich hatte noch nie darüber nachgedacht, dass Fabriken nicht nur herstellten, sondern ebenfalls hergestellt wurden. Und wie andere hergestellte Dinge, wie ein Radio oder ein Föhn, wurden auch Industrieanlagen irgendwann nicht mehr benötigt, abgebrochen und auf Plätze wie diesen hier verfrachtet, wo man die Rohstoffe herausklopfte und wiederverwertete. Und deshalb war dieser Platz keineswegs ein Friedhof, kein Ort der letzten Ruhe, sondern vielmehr eine Geburtsstätte. Alles, was hier herumlag, wartete auf ein neues Leben. Aber das begriff ich erst lange nachdem ich Alik kennengelernt hatte.

Ich sah ihn über einen Schrotthaufen zu einem riesigen Stahlbehälter hinüberklettern. An dem Tank waren Ventile befestigt und große metallene Rohrstutzen mit Gewinden. Diese wiederum waren mit Gummimanschetten umkleidet, und der Junge bemühte sich, dieses dicke Gummi abzuziehen. Er turnte in der prallen Sonne auf dem Tank herum, setzte sich rittlings darauf und sah aus, als würde er auf einer riesigen Bombe reiten. Ich hockte mich auf einen Haufen Schrott und sah ihm zu, die linke Hand als Sonnenschutz vor der Stirn. Was mich an ihm auf Anhieb faszinierte, war sein Wille, diese Unbedingtheit gegenüber der Aufgabe und seine Unverzagtheit. Das fand ich deshalb so beeindruckend, weil mir beides vollkommen fehlte. Ich konnte mir nicht vorstellen, dass ich jemals so eine

Aufgabe angenommen, geschweige denn gemeistert hätte. In meiner Welt kam man gar nicht auf die Idee, sich mit etwas zu beschäftigen, das einen ins Schwitzen brachte. Entweder man ließ so etwas von einem Fachmann machen, oder man warf die Dinge weg. Meine Geduld reichte nicht einmal dazu aus, einen Fahrradreifen aufzupumpen. Als ich einmal einen Platten hatte, bestand ich darauf, ein neues Fahrrad zu bekommen. Dabei fehlte nur das hintere Ventil. Mama besorgte eines, und dann fuhr das Rad wieder.

Der Junge mühte sich weiter mit der Gummi-Ummantelung ab, und gerade als ich dachte, sie müsste sich jeden Moment lösen, ließ er die Zange sinken und starrte auf sein unfertiges Werk, als überlegte er, welche Alternativen es zu der großen Zange gab. »Ich würde es mit Dynamit versuchen«, sagte ich.

Er erschrak und sah sich nach mir um. Ich saß höchstens sechs Meter entfernt von ihm, aber er hatte mich in seiner Zangenmeditation nicht wahrgenommen. »Was machst du hier? Betreten ist für Unbefugte verboten. Das ist gefährlich.«

»Das ist gefährlich«, äffte ich ihn nach. Er hatte eine richtige Jungsstimme. Noch nicht wirklich männlich und in der Empörung etwas steil, aber auch angenehm, ein bisschen wie Big Red, das Zimtkaugummi. Nur als Stimme.

»Geh da runter«, sagte er ärgerlich. »Du hast da nichts zu suchen.«

»Ist das dein Schrott?«, fragte ich ihn amüsiert.

»Das ist kein Schrott, das sind wertvolle Recycling-Materialien.« Ich tat ihm den Gefallen und stieg von dem Haufen. Er ließ sich mit den Füßen nach vorne von dem Tank gleiten, die letzten eineinhalb Meter im Sprung. Er landete mit den Füßen auf dem rötlich schillernden Boden, dass es staubte.

»Also. Was machst du hier?«

»Nichts. Spazieren gehen.«

»Hier kann man nicht spazieren gehen.«

»Siehst du doch.«

»Das ist Privatgelände.«

»Und du bist der Besitzer, oder was?«

Er wurde verlegen und sah mich aus verkniffenen Augen an. Ich mochte ihn sofort. Aber das wollte ich mir nicht anmerken lassen. »Ich arbeite hier«, sagte er, wie um sich für seinen wichtigtuerischen Ton zu rechtfertigen.

»Du arbeitest hier? Du bist doch noch nicht mal fünfzehn«, sagte ich.

»Fünfzehn im November«, antwortete er etwas indigniert. »Ich arbeite schon seit drei Jahren hier. Immer in den Ferien und manchmal wochentags, wenn ich Lust habe. Ich habe sogar einen eigenen Spind. Mit meinem Namen drauf.«

»Was du nicht sagst.«

»Wahrscheinlich brauchen sie mich gar nicht. Sie lassen mich einfach. Ich suche mir meine Arbeit selbst. Und mache hier alles Mögliche. Ich schreibe meine Stunden auf, und am Ende des Monats bekomme ich das Geld ausgezahlt.« Dann gab er mir die Hand und sagte: »Ich bin Alik.«

Ich habe oft über diese erste Begegnung mit Alik nachgedacht. Und ich glaube, dass ich in den siebzehn Jahren danach, also bis heute, im Grunde genommen immer nach einem Mann gesucht habe, der so ist wie er. Alik hatte Humor, er hatte braune Augen und hellbraune Haut, einen riesigen Mund und ständig staubige dunkle Locken. Er war nicht dünn oder dick, klein oder groß, sondern genau in der Mitte, ein mittelgroßer, mittelschlanker Kerl, der genug zu verbergen hatte, um interessant zu sein, aber nicht so verschroben auftrat, dass er sonderbar wirkte. Er besaß eine Ernsthaftigkeit, die mich für ihn einnahm, und er bemühte sich, mich zu verstehen. Einmal sagte er, ich sei ein wirklich großes Rätsel, und man müsse mich womöglich in einem Labor halten. Und später in Bernstein gießen. Er würde sich das etwas kosten lassen, auch wenn ich für einen Briefbeschwerer zu groß sei.

Nun stand dieser eingedreckte Junge vor mir und musterte mich, während ich ihm die Hand drückte. Er hatte zuvor die viel zu großen Handschuhe ausgezogen. Ich sagte: »Was ist so toll daran, mit einer Zange auf einem Rohr herumzukloppen?«

»Ich kloppe nicht drauf herum, ich trenne Materialien«, sagte er gedehnt, als spräche er mit einem kleinen Kind.

»Und wofür soll das gut sein?«

»Die Stoffe, die wir hier trennen, können anschließend sehr gut wiederverwertet beziehungsweise verkauft werden. So wie ihr das zu Hause mit Papier und Plastik macht.«

Wir trennten zu Hause weder das eine noch das andere, weil Heiko der Ansicht war, dass Mülltrennung die Vorstufe zum Sozialismus sei. In einem freien Land sei es das unverbrüchliche Recht jedes Einzelnen, mit seinem Müll anzufangen, was er wolle. Ich machte mir diese Argumentation zwar nicht zu eigen, war aber dankbar dafür, weil sie zu einem bedenkenlosen Entsorgen von allem Möglichen in den Hausmüll führte. Wir dachten schlicht und einfach nicht darüber nach. Als ich dies Alik gegenüber einmal einräumte, wurde er richtig wütend und nannte Heiko einen verantwortungslosen Menschen. Bei allem Respekt vor den Älteren und ohne ihn persönlich zu kennen.

Ich ließ den Blick über den riesigen Platz schweifen und

sagte, was ich sah: »Also für mich ist das nur Schrott und Dreck und Müll.«

»Ja, man sieht es dem Bestand nicht auf Anhieb an. Aber in Wahrheit liegen hier Schätze. Wir sammeln, trennen, reinigen und bewahren hier die wichtigsten Stoffe auf, die man in der Industrie braucht«, dozierte er. »Da ist natürlich erst einmal der klassische Schrott, der zu Edelstahl verarbeitet wird. Daran denken die meisten, wenn sie unser Gelände sehen.«

»Hm«, machte ich. Mein Interesse begann sachte nachzulassen, was Alik kein bisschen störte.

»Aber wir betätigen uns auch bei Werkzeugstahl, also bei Schnellarbeitsstahl, bei Warm- und Kaltarbeitsstahl, dann natürlich bei Hartmetall, wie man es für Fräsen oder Bohrköpfe braucht. Dann die Wolframlegierungen und nicht zu vergessen Titan.«

»Das ist ja der Wahnsinn«, sagte ich, was Alik erkennbar anspornte.

»Ist noch nicht alles. Man betrachte nur mal die Reinmetalle und die Neumetalle, die wir hier teils in kleinsten Mengen wiedergewinnen. Das ist Kunst, wundervolle Kunst: Nickel, Kobalt, Chrom, Tantal, Niob, Rhenium, Vanadium, Mangan, Zirkonium. Molybdän!«

»Ja, klingt wirklich sehr mondän.«

»Molybdän!«, sagte er ungeduldig.

»Aha. Und was ist das bitte?«

»Ein Übergangsmetall. Es verhindert bei der Edelstahlherstellung die Anlassversprödung und wird oft bei der Fertigung von Teilen für die Raumfahrttechnik verwendet, weil es so hitzebeständig ist. Als Sulfit gibt es einen sehr guten Schmierstoff ab.«

»Das ist ja rasend interessant.«

»Ja, ist es. Über Wolfram könnte ich dir Geschichten erzählen …«, drehte er auf, sodass ich ihn einfach unterbrechen musste.

»Das war ironisch gemeint. Es ist kein bisschen interessant«, sagte ich und bereute es sofort. Alik hatte einen intensiven Anti-Bildungs-Impuls bei mir ausgelöst. Und ich hatte ihn gekränkt.

»Ach so. Na ja. Für mich schon.«

Er wippte von einem Fuß auf den anderen und hatte keine Lust mehr, noch etwas von sich preiszugeben. »Und du gehst hier spazieren.«

»Ja, ich wohne dort vorne.« Ich drehte mich um, und tatsächlich konnte man den Giebel von Ronald Papens Lagerhalle hinter der Mauer sehen.

»Du wohnst dort?«

»Ja, für die Ferien. Ich bin zu Besuch bei meinem Vater.«

»Wer soll denn das sein?«

»Ronald Papen heißt er.«

»Der hat 'ne Tochter?«

Ich überhörte die Beleidigung, weil ich mich darüber wunderte, dass er ihn kannte, und fragte ihn, woher.

»Den kennt hier jeder, der ist ja schon immer da. Der Markisenmann.«

»Du sprichst übrigens von meinem Vater.« Es war das zweite Mal an diesem Tag, dass ich das Bedürfnis hatte, Papen vor der Welt in Schutz zu nehmen.

»Entschuldige, natürlich. Ich bin ein Idiot.«

»Wohnst du auch hier?«

Alik lebte in einer Siedlung ungefähr zwei Kilometer entfernt. Er kam zu Fuß oder mit dem Fahrrad her. »Direkt hier wohnt so gut wie niemand. Der Lütz in seiner Autowerkstatt, dein Vater, dann der Achim aus der Spedition und vielleicht noch irgendwer unten an der Baldusstraße. Das weiß ich nicht. Ist ja prinzipiell keine Gegend zum Leben. Weiter in Richtung Rhein ist Ruhrort auch bewohnt. Aber hier …« Er schüttelte den Kopf und erläuterte dann, dass sich der Platz auch gar nicht mehr in Ruhrort befinde, sondern ganz genau genommen in Meiderich, was mir ziemlich egal war. Ich bekam langsam Hunger.

»Ich muss jetzt nach Hause«, sagte Alik. »Zum Mittagessen. Meine Mutter wird nervös, wenn ich nicht pünktlich bin. Möchtest du mitkommen?«

Ich wollte sogar ziemlich gerne. Und ich war neugierig auf Alik.

»Nein danke. Ich habe keinen Hunger. Und ich muss noch etwas machen.«

»Was denn?«

»Buchhaltung. Für die Firma meines Vaters. Sozusagen mein Ferienjob.«

»Verstehe«, sagte Alik, legte sich die riesige Zange über die Schulter und stapfte zu einem Häuschen, dessen Tür klemmte und in dem er das Werkzeug ablegte.

Wir verabschiedeten uns, und Alik bestieg sein Fahrrad, ein ziemlich altes Hollandrad für Damen.

»Ich bin morgen wieder da«, sagte er. »Wie heißt du noch mal?«

Ich hatte ihm meinen Namen gar nicht gesagt. »Kim.« Alik nickte und fuhr davon. Und ich blieb mit meinem Hunger zurück. Ich war einfach noch nicht so weit.

In den folgenden zwei Stunden stellte ich fest, dass das Thema Recycling in dieser Gegend eine beherrschende Rolle spielte. Es gab die Gelände einer Boden- und Bauschuttaufbereitungsfirma und diverser Schrott- und Entsorgungsunternehmen, auch für Altöl und andere gefährliche oder stinkende Substanzen. Dann eine Raffinerie, ein Betonwerk, einen Service für Lokomotivengetriebe und einen für Hydraulik sowie eine Karbonfaser-Recycling-Anlage. Das las ich auf einem Schild. Im Umkreis von einem Kilometer gab es nichts als Schutt, Beton, Qualm, Gummi und zwei Pommesbuden. Im Norden wurde die Gegend von riesigen Gleisanlagen begrenzt, im Süden vom Rhein-Herne-Kanal. Die Nachbarschaft war vielleicht ähnlich groß wie Hahnwald in Köln, aber ungefähr so dicht besiedelt wie die Sahara. Wenn Alik es sich anders überlegte und nie wieder aufkreuzte, würde ich wahrscheinlich vor Langeweile einrosten und entweder zu Staub zerfallen oder von irgendeinem Entsorgungsunternehmen ausgeschlachtet.

Auf dem Rückweg durch den schmalen Weg zur Halle, der wie unabsichtlich von der Hauptstraße abzweigte, entdeckte ich noch eine Kneipe. *Rosi's Pilstreff* klemmte sich in einem geduckten Bau direkt neben die Autowerkstatt. Es schien fast so, als wollte man Besuch vermeiden, denn außer dem Schild wies eigentlich nichts auf gastronomische Betätigung hin.

Den Rest des Tages verbrachte ich in Agonie. Besser lässt sich meine grauenhafte Langeweile nicht beschreiben. Ich legte mich auf mein Bett und starrte auf die Glühbirne. Ich durchsuchte den Kühlschrank und aß sämtliche Fruchtzwerge auf, die mein Vater offenbar in der Annahme, dass ihn ein Kleinkind besuchte, angeschafft hatte. Ich streifte vor der Halle herum und ging zum Kanal, dann wieder zurück, trank eine Cola. Noch eine. Brachte das Radio zum Laufen und hörte eine Weile 1live auf dem Sofa. Und tatsächlich sehnte ich die Ankunft meines Vaters herbei. Oder Alik.

Gegen 17:30 kehrte Ronald Papen von seiner Tour zurück. Das alte Jackett hatte er bei der Fahrt abgelegt. Das Hemd klebte an seinem Rücken. Ich saß vor der Halle im Campingstuhl, der bereits halb im Schatten lag, und mein Vater kam auf mich zu. »Unerhört! Das nenne ich ein Leben in Saus und Braus«, rief er. »Da liegt man einfach mondän in der Sonne.«

»Molybdän«, sagte ich.

»Wie bitte?«

»Egal. Und? Wie war dein Tag? Wie viele Markisen hast du heute verkauft?«

Mein Vater setzte sich in den Stuhl neben meinem, der quietschte wie ein kleines Tier. »Na ja. Eine. Fast! Die sind reif, wenn ich in eineinhalb Jahren wieder vorbeikomme. Ich habe richtig gespürt, wie es sie in den Fingern gejuckt hat. Aber so eine Anschaffung will natürlich gut überlegt sein.«

»Sehr gut, ja«, pflichtete ich ihm bei.

Er sah müde aus. Müde und enttäuscht. »Man darf die Erwartungen nicht so hoch hängen«, fügte er hinzu, als müsse er mich trösten. »Die kommen schon, die wollen meine Ware, sie wissen es nur noch nicht.«

»Schon klar«, sagte ich. »Und heute wieder Würstchen?«

Er schlug sich vor die Stirn. »Verflixt. Vergessen. Egal.«

Er stand auf und stellte sich Schatten spendend vor mich. »Dann gehen wir eben essen. Komm, ich habe Hunger.«

Ich erhob mich und folgte ihm. Papen ging mit schnellen

Schritten über den Hof, sodass ich Mühe hatte, ihm zu folgen. Er steuerte geradewegs auf *Rosi's Pilstreff* zu.

»Da gibt es was zu essen?«, fragte ich besorgt.

»Na ja, manchmal schon. Mal sehen«, sagte er und öffnete die Tür.

Als wir eintraten, sah ich erst einmal nichts. Nachdem sich meine Augen an das Dunkel gewöhnt hatten, erkannte ich, dass der ganze düstere Raum aus einer langen Holztheke bestand, über der eine Art Schrank hing. Auf der entgegengesetzten Seite des Raumes blinkte ein Spielautomat mit einem Barhocker davor. An den trüben Fenstern standen zwei kleine Tische mit je zwei Stühlen, an der Theke fünf weitere Hocker, von denen drei besetzt waren. Die Scheiben der Fenster waren dunkelbraun getönt, sodass es hier nicht einmal hell gewesen wäre, wenn Rosi mehr als zwanzig Watt in die Fassungen gedreht hätte. Der Laden war sicher in den vergangenen zwanzig Jahren nie renoviert worden. Und Rosi war offensichtlich ein Mann.

»Ahh, die Pappe«, gurgelte er, als er meinen Vater sah. Der grüßte freundlich und sagte zu mir: »Das ist Klaus, dem gehört der Laden. Er hat ihn von seiner Frau übernommen, als sie gestorben ist.« Dann zeigte er auf das Trio an der Theke und sagte: »Das da ist der Lütz, hier, das ist der Achim und hier vorne, das ist Oktopus.«

»Hallo«, sagte ich ebenso tonlos wie schockiert. Der Anblick dieser Sauftruppe machte mir Angst.

»Und wer ist das junge Fräulein?«, brummte der dicke alte Mann, den mein Vater mir als »Oktopus« vorgestellt hatte.

»Das ist seine Tochter«, schnarrte Lütz. Das war der Automechaniker, den ich vormittags kennengelernt hatte.

»Der hat 'ne Tochter?«

Tag 3

Es war mein erster Abend in einer Kneipe, und ich muss rückblickend sagen, dass ich mich später noch häufig schlechter amüsiert habe als mit den fünf Herren in *Rosi's Pilstreff*. Man kann natürlich einwenden, dass ein fünfzehnjähriges Mädchen absolut nichts in einer speckigen Duisburger Hafen-Pinte verloren hat. Wenn ich eine minderjährige Tochter hätte, würde ich das jedenfalls so sehen. Aber es hat sich damals nicht falsch angefühlt.

Am nächsten Tag wachte ich in meinem Kabuff auf, weil Papen Musik angemacht hatte. Und nicht gerade leise. Vielleicht wollte er mich wecken und traute sich nicht in meinen Palast. Ich stand auf, um mich zu beschweren, denn es war gerade mal halb acht, und das ist keine Aufstehzeit, wenn man fünfzehn ist und Ferien hat.

Er saß an seinem Schreibtisch und markierte die Tour des Tages mit konzentrierter Hingabe. Ich rief: »Kann man das mal leiser machen?« Er erschrak und ließ den Stift fallen. Dann stand er auf, ging zu seiner verstaubten Stereoanlage und senkte die Lautstärke. »Was ist das überhaupt für'n Quatsch? Das ist ja furchtbar«, rief ich, denn ich brachte wirklich überhaupt kein Verständnis für diese Musik auf.

Er reagierte keineswegs gekränkt, sondern voller Begeisterung. »Na, die Puhdys! Kennste nicht? Puhdys.« Und damit drehte er wieder lauter.

Alt wie ein Baum möchte ich werden
Mit Wurzeln, die nie ein Sturm bezwingt
Alt wie ein Baum, der all' die Jahre so weit, weit, weit, weit
Kühlenden Schatten bringt

Er sah mich Beifall heischend an, fast als habe er vor, die Plattenhülle zu apportieren. Das war seine Musik. Ich fand sie so grauenhaft, dass ich ins Bad flüchtete und so lange drinblieb, bis er freiwillig leiser machte, was eine gute Viertelstunde dauerte. Dann trieb mich der Hunger wieder heraus, und ich ging zur Küchenzeile, um mir Froot Loops zu machen. Noch etwas, das er für typische, beliebte Kindernahrung hielt. Und in diesem Falle hatte er sogar recht. Ich bereitete mir außerdem einen Kakao zu und sah ihm bei seiner Arbeit zu.

»Hast du noch andere Platten, die genauso toll sind?«, fragte ich ihn. Mir war danach, ihn zu ärgern. Ich musste allerdings feststellen, dass das beinahe unmöglich war.

»Na klar. Ich habe die ganzen guten Sachen.« Er drehte sich zu mir um und benutzte seine Finger, um die Highlights seiner Plattensammlung aufzuzählen: »*Klaus Renft Combo. City. Stern-Combo Meißen*. Ich habe *Karussell*, natürlich Gundermann und Stefan Diestelmann. Und *Die Firma*.«

»Klar«, sagte ich. Ich hatte wirklich keine Ahnung, wovon der Mann sprach. »Kenn ich nicht«, sagte ich und begriff sofort, dass das ein Fehler war.

»Das können wir ändern«, jubelte Ronald Papen und machte

sich daran, in seiner Plattensammlung nach Beispielen für seinen fabelhaften Musikgeschmack zu kramen.

»Das muss jetzt gar nicht sein«, sagte ich. »Mir ist so früh am Morgen noch gar nicht nach Musik.«

»Ja, klar«, sagte er und stellte eine Platte von *Transit* zurück. »Ich habe dafür auch gar keine Zeit. Ich muss ja los.« Er ging zurück zu seinem Tisch, suchte seine Unterlagen zusammen und trank seinen Kaffee aus.

»Wo geht es denn heute hin?«, fragte ich.

»Nach Unna. Vor allem nach Unna«, sagte er geschäftig.

»Und macht das eigentlich Spaß?«

»Na sicher«, gab er zurück. »Die Kaltakquise ist mein Leben. Man weiß nie, was einen hinter der nächsten Tür erwartet. Das ist das Spannende. Die Kunden sind wie«, er machte eine lange Pause, um nach einem passenden Vergleich zu suchen, »wie Haselnüsse. Manchmal schwer zu knacken, aber innen dann …«

»Lecker?«

»Nein, also nicht, dass ich wüsste.«

»Braun? Taub?«

»Auch nicht. Eher so etwas wie ertragreich, wenn du verstehst, was ich meine. Wie gesagt, du kannst gerne mitkommen.«

Aber ich war noch nicht so weit. Außerdem hoffte ich auf ein Wiedersehen mit Alik.

»Ich mache es mir hier schön«, sagte ich. »Vielleicht lese ich was und höre Musik.«

Ronald Papen lächelte verlegen, und ich merkte, dass ich damit begann, ihn anders anzusehen. Mehr wie einen Vater, weniger wie einen Tubifex im Biounterricht. Es war von Anfang an klar gewesen, dass ich ihn mögen würde, schon am Bahnhof. Aber da diente das Gefühl noch eher meiner Beruhigung, es bestärkte mich in der Annahme, dass von dem Unscharfen keinerlei Gefahr für Leib und Leben ausging. Aber nun verwandelte sich dieser Eindruck völliger Harmlosigkeit in eine andere Form der Zuneigung. Ich mochte, wie er mit mir war, dass er mich ernst nahm, vielleicht sogar zu ernst. Er behandelte mich gleichzeitig mit großer Zurückhaltung und echter Besorgnis. Er hatte ein Bett samt Decke und Kissen, Laken und Bezug gekauft, dazu Kinderessen und Würstchen. Mehr hatte er nicht zu bieten, und natürlich schämte er sich dafür. Vielleicht tat er deshalb so fröhlich, als er sich schließlich verabschiedete, um zu seiner Tagestour aufzubrechen. In dem heiteren Ton, in dem er mir einen schönen Tag wünschte, lag bereits die Melancholie seiner erfolglosen Arbeit und seiner erschöpften Wiederkehr. Und obwohl ich von dieser Arbeit noch gar nichts wusste, ahnte ich, dass sie demütigend und sinnlos war.

Nachdem er mit seinem Kombi vom Hof gefahren war, inspizierte ich die Pfütze und schlenderte zu Lütz rüber, der im Motorraum eines Autos herumwühlte. Ich sah ihm einige Minuten lang zu, bis er mich bemerkte. Er war viel freundlicher als am Vortag.

»Die Königin von Meiderich«, rief er gespreizt. »Darf ich Euer Durchlaucht eine Fanta anbieten?« Ich nickte huldvoll, und er brachte mir eine Dose Limonade. Dann setzten wir uns vor die Werkstatt und schwiegen. Das gemeinsame Schweigen als Kulturtechnik des sozialen Austauschs schien hier in der Gegend sehr verbreitet zu sein. Ich kannte das nicht. In meiner Welt wurde immer geredet, geplappert, getratscht, gemeckert oder geschrien. Wenn niemand etwas sagte, verunsicherte mich das mehr, als wenn ich nicht verstand, was geredet wurde. Dann war immerhin Ton. Aber nun stellte ich erstaunt fest, dass ich es genoss, neben Lütz auf einer alten Gartenbank zu sitzen, die kalte Fanta zu schlürfen und wie er schweigend in Richtung Lagerhalle zu blicken. Und ich verstand, dass das Schweigen nicht davon kam, dass man nicht wusste, was man sagen sollte, sondern daher, dass es einfach nichts zu sagen gab. Völlige Übereinkunft. Man sitzt da und trinkt was. Worüber soll man da noch sprechen? Ich wurde also nicht nervös, und Lütz war es erst recht nicht. Er rauchte eine Ernte 23, und als er fertig war, sagte er: »Ich mach dann mal. Was machst du?«

»Vielleicht gucke ich mal, ob Alik schon da ist.«

»Der kleine Russe? Was willst du denn mit dem kleinen Russen?«

»Magst du ihn nicht?«

Das war offenbar eine schwere Frage für Lütz. Er hatte sich ganz offensichtlich bisher keine Gedanken darüber gemacht. Und er hatte es auch nicht vor. »Jedenfalls mach ich dann mal. Und du renn dem nicht hinterher. Man darf nie hinrennen und gucken. Man wartet, ob der andere kommt. Wenn du nicht wartest, ob der kleine Russe zu dir kommt, weißt du nie, ob er Interesse hat.«

»Ich will ihn nicht heiraten. Und nenn ihn nicht den kleinen Russen. Er heißt Alik.«

Lütz tauchte wieder in den Motor hinab, und ich hörte ihn nur noch leise, als spräche er mehr mit dem Vergaser des alten Mercedes als mit mir: »Wenn du mich fragst, ist der bekloppt.« Das ärgerte mich, denn es stimmte nicht.

In einem hatte Lütz trotzdem recht: Man rennt niemandem hinterher. Falls Alik bis zum Mittag nicht aufkreuzte, konnte ich immer noch auf dem Recyclinghof nachschauen, ob er sich an irgendeiner rostigen Industrieleiche zu Tode geklopft hatte. Also ging ich wieder zurück, und dabei rutschte mir ein Satz heraus, er rutschte wirklich regelrecht heraus, vollkommen unbeabsichtigt. Und ich bin sicher, dass Lütz ihn entweder nicht hörte oder ihn für so normal hielt, dass er deshalb nicht darauf einging. Ich sagte: »Ich geh mal nach Hause.«

Dort suchte ich nach etwas Lesbarem und spürte, wie die Langeweile ihr grässliches Haupt müde und doch in einer bereits lähmenden Zwangsläufigkeit über mir erhob, als Alik in der Tür auftauchte. »Musst du arbeiten? Buchhaltung oder so?«

Er ging davon aus, dass ich nicht zum Vergnügen hier war, und ich, gefangen in meiner kleinen Lüge, sagte: »Eigentlich schon. Was willst du denn?«

»Nichts, nur mal gucken.«

»Was gucken?«

»Was du so machst. Und du machst ja nichts.«

Ich bot ihm einen Kakao an und sagte schließlich: »Eigentlich habe ich schon Feierabend. Wir könnten etwas unternehmen. Irgendwas.«

»Wir können an den Strand gehen«, sagte Alik. »Und uns in die Sonne legen.«

»Was für'n Strand?«, fragte ich und sah wieder den Strand von Miami vor mir, an dem Mama und Heiko sich gerade sonnten. Und dann gab es mir einen Stich, als mir klar wurde, dass Geoffrey sicher nicht in der Sonne lag. Für einen Moment hatte ich ihn vor Augen, die entsetzliche Panik in seinem Gesicht, sein stummer Schrei. Ich versuchte, es abzuschütteln, aber Alik sah mir den Albdruck an, der auf mir lag.

»Was ist? Willst du nicht zum Strand?«

»Doch, von welchem Strand redest du?«

»Na, von unserem Privatstrand.« Dann machte er sich daran, Joghurt, Käse und zwei Flaschen Wasser aus dem Kühlschrank zu klauben und in eine Plastiktüte zu stopfen. Dazu Gläser aus dem Hängeschrank. »Habt ihr Handtücher?«

Ich ging ins Bad und kam mit zwei großen Duschhandtüchern zurück. »Sehr gut«, rief Alik und stürmte aus der Halle. Ich folgte ihm über den Platz, er bog links ab, und ich rannte ihm hinterher bis zum Wasser. Er nahm mir die Handtücher ab und breitete sie auf dem Rasen aus, der durchsetzt war von Asphaltbrocken, Steinen, alten Schrauben und dicken Scherben, die er allesamt sorgsam aufpickte und ins Gebüsch warf. Dann zog er sein T-Shirt aus und setzte sich auf ein Handtuch. »Komm her«, rief er, und ich setzte mich neben ihn.

Und so saßen wir eine Weile und blickten über den Rhein-Herne-Kanal, der auf mich den Eindruck machte, jede Sekunde zu explodieren, weil es so warm war. Wir schwiegen und tranken dann und wann, bis Alik seine Jeans auszog und in Unterhose ans Ufer ging.

»Du willst nicht da rein, oder?«, fragte ich ihn.

»Warum nicht? Wofür ist das Meer denn sonst da.«

»Seit wann liegt Duisburg am Meer?«

»Seit immer«, sagte Alik und ließ sich ins Wasser fallen. Dann schwamm er ein paar Meter und rief: »Komm rein, es ist herrlich!«

»Vielen Dank auch«, rief ich lachend zurück und war neidisch auf seine Freiheit. Ich aß etwas von dem Käse und sah ihm dabei zu, wie er in dem kleinen Hafenbecken neben dem Kanal herumschwamm. Er war kein kleiner Junge mehr, aber auch noch kein junger Mann. Etwas dazwischen, ein Zwischenwesen. Die Sonne glitzerte in seinen Haaren. Ich schaffte es indes nicht, mich auszuziehen. Für Alik war alles echt, er war am Strand und schwamm im Meer. Ich hingegen saß mit angezogenen Knien auf einem Handtuch und kam nicht hinein in sein Spiel. Dabei fremdelte ich mehr mit mir als mit ihm.

Er kam aus dem Wasser und schüttelte sich wie ein Hund. »Donnerwetter, ist das Meer heute salzig«, sagte er und nahm das Handtuch, um seine Haare trocken zu rubbeln.

»Wie kommt es, dass du Russe bist und aussiehst wie ein Afrikaner?«, fragte ich ihn.

»Meine Mutter ist Russlanddeutsche, mein Vater ist Tunesier. Russischer Vorname, tunesischer Nachname. Alik Cherif«, sagte er und setzte sich auf das nasse Handtuch. »Aber eigentlich Malik.«

»Also was jetzt, Alik oder Malik?«

»Das weiß ich eigentlich selbst nicht so genau.«

»Wie kann man denn nicht wissen, wie man heißt?«

Alik fummelte mit seinem rechten Zeigefinger in seinem Ohr herum. Entweder Wasser oder Verlegenheit. Dann erklärte er mir den seltsamen Umstand, dass er gleichzeitig Alik und Malik hieß. Bei seiner Geburt wünschte sich seine Mutter Katharina, dass ihr Sohn einen russischen Namen trug: Alik, eine Kurzform von Alexander. Nun ist aber ein tunesischer Vater von konservativer Prägung kaum von solch einer in der muslimischen Welt abstrusen Idee zu überzeugen. Sohn. Erstgeborener. Stammhalter und überhaupt. Also schlug Katharina vor, dass man Malik in der Geburtsurkunde eintragen könne. Das ist ein arabischer Name, und er bedeutet »König«. Der Vorschlag gefiel dem jungen Vater Amin sehr. Katharina bestand im Gegenzug darauf, dass man dann aber im Alltag Alik verwendete. Das war klug, denn auf diese Weise setzte sich der russische Name durch. Niemand schaut jemals in eine Geburtsurkunde. Jeder, der ihn kannte, rief Alik Alik. Und er stellte sich auch so vor. Der einzige Mensch auf der Welt, der beharrlich Malik zu ihm sagte, war sein Vater, der sich deswegen von anderen andauernd verbessern lassen musste. Wenn er Alik Malik nannte, kam in der Regel die Frage, ob er den Namen seines eigenen Sohnes nicht kenne. Dabei kannte den niemand besser als Amin Cherif, der den Tag verfluchte, als er aus reiner Eitelkeit darauf bestanden hatte, dass »Malik« ins Stammbuch kam. Katharina Cherif hatte sich auf ganzer Linie durchgesetzt. Ich mochte die Frau jetzt schon.

Alik Cherif war nicht nur wegen seines bezaubernden russisch-tunesischen Namens der gleichzeitig sonderbarste und normalste Mensch, der mir bis dahin begegnet war. Er vereinte russische, nordafrikanische und deutsche Anteile in sich, stellte also ein seltenes Beispiel für eine ziemlich krude Mentalitätsmischung dar, verhielt sich dabei aber so vollkommen unbesonders und selbstverständlich, dass mich beides faszinierte. Er erzählte von seinem Zuhause, in dem Mutter und Vater ständig darum kämpften, ihre Herkunft bei ihm zur Geltung zu bringen, was mehr oder weniger gelang, weil Alik nun einmal eine ganz eigene Identität besaß. Er war für sein Alter sehr klar, als er sagte: »Ich kann es nicht als Russe schaffen und auch nicht als Tunesier. Aber als Alik Cherif kann ich jemand sein.«

Er hatte keine Freunde, weil er sich niemandem zugehörig

fühlte. Das war wohl der Grund dafür, dass er so gerne auf dem Schrottplatz arbeitete, wo ihn niemand störte oder beurteilte. Er hatte ein enormes Wissen angehäuft, und sein Traumjob hieß Recycling-Ingenieur, falls es so etwas gab. Er erzählte von den Metallen und den Maschinen, mit denen man sie trennen konnte. Nichts faszinierte ihn so sehr wie das Thema Wiederaufbereitung. Als er merkte, dass ich einem Nickerchen entgegendämmerte, fragte er: »Und du so?«

»Ich wie so?«

»Na, wo kommst du her? Wieso warst du noch nie hier? Was machst du so?«

Also erzählte ich ihm die ganze Geschichte. Von Mama und Heiko und Geoffrey, den ich Shrimp schimpfte. Von unserem Leben in Hahnwald, das Alik maßlos interessierte, weil es sich für ihn nicht sechzig Kilometer weit weg, sondern in einem anderen Universum abspielte. Ich erzählte ihm von meiner Klauerei, von Heikos Gemeinheiten und meinem Schuldesaster, das von Alik getadelt wurde. Er selbst war ein ausgezeichneter Schüler, behauptete er jedenfalls. Er werde als erstes Mitglied seiner Familie studieren. Dann fragte er, warum ich meine Ferien in Meiderich und nicht in Miami verbrachte.

Eigentlich hatte ich weder Lust dazu, noch wollte ich einen schlechten Eindruck auf ihn machen, also murmelte ich etwas von einem Streit, und dass es manchmal besser sei, wenn man etwas Abstand hätte. Aber Alik war viel zu klug, um es dabei bewenden zu lassen. Wenn jemand noch nie bei seinem Vater war und jetzt für sechs Wochen dorthin musste, dann gab es dafür einen handfesten Grund. »Was war da los? War es so schlimm?«

Und dann erzählte ich ihm von dem Abend, an dem ich

meinen Halbbruder beinahe umgebracht hatte. Ich erzählte alles genau so, wie es war. Mitsamt dem verdammten Grill und dem Swimming Pool und der Schilderung der dummen erwachsenen Gäste. Ich erzählte, wie Geoffrey mit den Fackeln angetanzt kam, wie Heiko mich vor allen Leuten lächerlich gemacht hatte, wie ich mit dem Spiritus herumgespielt und dann einfach auf die Flasche gedrückt hatte. Ich sagte, dass ich schuld sei, für immer. Und dass sie nicht mehr gewusst hatten, was sie mit mir machen sollten. Wie mich meine Mutter am Bahnhof abgeliefert hatte, um dann zum Flughafen zu fahren. Als sei die Reise nach Amerika vor allem eine Flucht vor mir. Diesem Monster von einem Kind. Nichts wie weg.

»Und jetzt bin ich halt hier. Noch fünfeinhalb Wochen.«

Alik aß einen Joghurt und schien nachzudenken.

»Und? Was denkst du darüber?«, fragte ich ihn. Ich stellte mich darauf ein, dass er mich verurteilen würde. Ich hatte es ja auch verdient.

Er fragte nicht nach dem Warum und dem Und-jetzt, und dafür war ich ihm dankbar. Er sagte auch nicht, dass Jeffy es verdient hatte, denn natürlich hatte der arme Kerl es nicht verdient. Nach einer Weile sagte er: »Sieh mal, die ganze Sache hat auch sein Gutes.«

»Ach ja?«

»Na, du bist hier! Wenn du keine Scheiße gebaut hättest, müsstest du jetzt in Miami Beach rumhängen anstatt in Meiderich Beach. Du würdest praktisch den besten Ort der Welt einfach verpassen. Und wir hätten uns nie kennengelernt.«

Das war zweifellos richtig und für mich ein ganz neuer Gedanke. Bis vor einigen Stunden hätte ich mir nichts sehnlicher gewünscht, als nicht da zu sein, wo ich war. Und nun gewann diese Situation plötzlich an Wert. Ich kannte nun den Beach von Meiderich, ich kannte Alik Cherif, und ich konnte nicht behaupten, dass mir etwas daran missfallen hätte.

Darüber hinaus hatte ich Lütz, Klaus, Achim und Oktopus kennengelernt. Ich erzählte Alik von der Begegnung mit den Männern, während er auf dem Bauch lag und mit den Füßen in der Luft herumwippte. Er sah mich dabei an wie ein kleiner Junge, der ein Märchen vorgelesen bekommt.

Nachdem Lütz mich den anderen Männern als Tochter des von ihnen Pappe genannten Ronald präsentiert hatte, ließ es sich Achim nicht nehmen, eine Lokalrunde auszugeben. Das bedeutete König Pilsener und Dornkaat für ihn selbst, Oktopus und Lütz, Wasser für meinen Vater und eine Fanta für mich. Die Fanta schenkte Klaus aus einer Flasche ein, die aussah, als stünde sie bereits ewig unangetastet in der Kneipe. Das Etikett von Fanta war jedenfalls seit der Anschaffung der Flasche mehrmals überarbeitet worden. Es war auch keine Kohlensäure drin.

Oktopus und Lütz zogen meinen Vater damit auf, dass er womöglich weitere geheime Kinder habe, Klaus fragte mich, was ich von meinem Vater hielte, so auf Anhieb, und ich antwortete, dass ich ihn relativ nett fände, was ehrlich gemeint war, aber brüllende Erheiterung bei der Stammbesetzung von *Rosi's Pilstreff* auslöste.

Ronald fragte, ob es etwas auf der Speisekarte gäbe, was Klaus in Verlegenheit brachte, weil er die Speisekarte zunächst nicht fand. Schließlich ging er in die Küche, kam Minuten später zurück und teilte mit, dass er Frikadellen habe. Und einen Kartoffelsalat. Wir bestellten, und er ging wieder in die Küche. Es dauere jetzt ein Weilchen. Wir sollten Geduld haben.

»Zehn Minuten«, sagte Lütz.

»Ich sage sechzehn«, sagte Achim.

»Nicht unter siebzehn«, sagte Oktopus. »Man weiß ja nicht, ob er warten muss.«

»Das stimmt«, sagte Ronald Papen. »Ich sage achtzehn.«

Dann legte jeder von ihnen einen Fünfeuroschein auf den Tresen, und Achim nannte laut die Uhrzeit als Startzeichen.

»Das machen sie dauernd«, sagte Alik an diesem Punkt der Schilderung. »Sie wetten um jeden Mist.«

In diesem Fall ging es darum, wie lange Klaus brauchte, um mit seinem Fahrrad zur Pommesbude zu fahren, Frikadellen und Kartoffelsalat zu besorgen und wieder zurückzukehren, das Rad abzuschließen, durch die Hintertür in seine Küche zu gelangen, Frikadellen und Kartoffelsalat anzurichten und zu servieren.

Es dauerte ganz genau achtzehn Minuten, dann platzte Klaus mit zwei Tellern aus der Küche und rief: »Zwei Mal Schürfwunde mit Erdäpfelsalat für die Pappe und das gnädige Fräulein.«

Er stellte die Teller ab, und Achim sagte: »Achtzehn, wie ich gesagt habe. Meine Herren, es war mir eine Freude.«

»Sechzehn hast du gesagt«, sagte Lütz.

»Habe ich nicht.«

»Jedenfalls hast du nicht achtzehn gesagt«, brummte Oktopus.

»Natürlich habe ich achtzehn gesagt.«

Oktopus wandte sich mir zu und sagte: »Das Fräulein soll schlichten. Wer hat was gesagt?«

Ich referierte die Wette und schloss damit, dass Papen »achtzehn« gesagt hatte. Wörtlich sagte ich: »Mein Papa hat achtzehn gesagt.« Und damit hatte ich es ausgesprochen. Zum ersten Mal in meinem Leben. In *Rosi's Pilstreff*. Mir war es erst gar nicht so bewusst, aber ich bemerkte Ronald Papens versonnenes Lächeln. Vielleicht lag das aber auch daran, dass Achim seine Gegenwehr aufgab, die Scheine einsammelte und zu ihm rüberschob. Einer landete im Kartoffelsalat.

»Worauf habt ihr denn gewettet?«, fragte der arglose Klaus.

»Kims Alter. Und da kennt die Pappe sich ja aus«, log Oktopus, der später noch behauptete, einem baltischen Adelsgeschlecht anzugehören. Wer ihm einen Hunderter zahle, dem zeige er das Familienwappen, welches sich als Tätowierung auf seinem linken Gesäßteil befinde. Er war dann beinahe ein wenig beleidigt, dass das Interesse an seinem Stammbaum trotzdem gering blieb. Es war ein sehr lustiger Abend.

»Oktopus ist großartig«, sagte Alik, als ich meine Erzählung beendet hatte.

»Du kennst ihn?«

»Ich kenne die alle. Manchmal helfe ich Lütz in seiner Werkstatt, räume auf und so. Da lernt man die kennen. Weißt du, warum der alte Oktopus so heißt?« Er drehte sich auf den Rücken und blinzelte in die Sonne.

»Nein. Warum?«

»Weil die anderen immer behaupten, er könne saufen wie ein Achtarmiger. Er ist übrigens auch Weltmeister im Bremsscheiben-Weitwurf.«

Ich lachte und sagte, von so einem Quatsch hätte ich noch nie gehört. Alik strahlte mich an. Er mochte, dass mir seine Geschichten gefielen. »Das ist wirklich wahr. Er ist offizieller Weltmeister.«

»Es gibt eine Weltmeisterschaft im Bremsenwerfen?«

»Bremsscheiben-Weitwurf. Ausgetragen hier auf dem Hof vor der Werkstatt. Oktopus hat gewonnen. Mit Weltrekord. Er wirft die Dreier-BMW-Scheibe zu neun Kilo sensationelle sechs Meter zwanzig weit. Glaubt man gar nicht, wenn man ihn sieht.« Er nickte beständig, als spräche er von einem uneinholbaren olympischen Rekord.

»Okay«, sagte ich.

»Auf den zweiten Platz kam Lütz. Der war ein bisschen sauer, weil er nur viereinhalb Meter schaffte.«

»Und mein Vater? Der wurde sicher Letzter.« Ich versuchte, mir vorzustellen, wie mein kleiner Vater so ein Ding hochhob.

»Nein, auch wenn er nur knappe zwei Meter geworfen hat. Aber Achim erzielte tatsächlich eine negative Weite.«

»Wie bitte?«

»Ihm ist die Scheibe beim Ausholen aus der Hand gerutscht und nach hinten geflogen. Negative Weite. Er verlangt seitdem eine Wiederholung des Wettbewerbs, aber Oktopus sagt, eine richtige Weltmeisterschaft gibt es nur alle vier Jahre.«

Wir blieben am Wasser, bis die Sonne Richtung Rhein zog. Wir redeten und lachten, und dann und wann erschlugen wir eine Mücke auf dem Bein oder dem Arm. Und mit jeder Minute mochte ich Alik mehr.

Wenn ich daran zurückdenke, an diesen Abend am Meiderich Beach, verstehe ich nicht, dass wir uns damals nicht wenigstens geküsst haben.

Tag 8

Man ist als Mensch erstaunlich anpassungsfähig. Auch wenn ich es damals nicht für möglich gehalten hätte, galt das auch für mich. Innerhalb einer guten Woche hatte ich mich so weit akklimatisiert, dass die Fluchtgedanken verschwunden waren. Natürlich ging es mir ziemlich auf die Nerven, dass mein Vater weder Internet hatte, noch einen funktionierenden Fernseher besaß. Ich vermisste mein Zimmer und in manchen Momenten meine Familie, obwohl mich das Zusammenleben mit ihnen an die Grenze des seelisch Aushaltbaren drängte. Ich vermisste auch unseren Pool zu Hause, die unendliche Auswahl an Softdrinks und Snacks. Alles immer haben zu können war ebenso angenehm wie anstrengend, denn der Konsumwahn der Mikullas führte zu einer Art Dauerstress. Im Supermarkt gab es eine neue Chipssorte: Her damit! Setz dich mal in diesen finnischen Saunastuhl: Und? Und? Und? Jetzt sieh dir den bekloppten Mähroboter an! Fährt andauernd im Kreis. Mit dieser Satellitenschüssel bekommen wir achthundert Sender mehr als mit der alten. Schmecken diese italienischen Würstchen geil oder nicht? Schmeiß die bunten Sofakissen weg, wir haben jetzt ausgestopfte Tiere zum Anlehnen. Gut, das Letzte war eine Erfindung von mir, aber den Rest gab es. Und Beamer als Fernseher, kanadische Frühstücksflocken mit Ahornsirup,

Mokassins aus Kaschmir und eine Fußbodenheizung im Heizungskeller. Ich vermisste die Beklopptheit meines Zuhauses. Und ich stellte fest, dass sie mir hier in der Lagerhalle meines Vaters zum ersten Mal überhaupt auffiel.

In Ronald Papens Welt gab es rein gar nichts von dem, was in Hahnwald als unverzichtbar galt. Ich weiß nicht, wie Papen im Winter geheizt hat, auf jeden Fall habe ich nie einen Heizkörper gesehen. Sein Kühlschrank hatte drei Fächer und nicht wie bei uns zwei Flügeltüren und ein sargähnliches Mittelschiff. Trotzdem verhungerte Papen nicht. Er kaufte im Gegensatz zu meiner Mama sehr gewissenhaft ein und schien ein meisterhafter Verbraucher zu sein, der genau wusste, wie lange der Schinken hielt und wann er wieder Schnippi-Käse besorgen musste. Dieses stabile Fundament seriöser Haushaltsführung geriet nun allerdings in Bewegung, die tektonischen Platten seiner Einkaufsplanung verschoben sich, weil ich da war.

Nach einer Woche – noch fünf standen mir bevor, ein Sechstel war vorüber – waren seine Vorräte erschöpft, und er verkündete morgens, dass er vor seiner großen Tour zum Einkaufen müsse. »Kommst du mit? Du warst jetzt eine Woche lang praktisch nur hier.«

Das war richtig und klang wie eine milde Kritik, dabei hatte ich mich in der Zwischenzeit gut beschäftigt. Zunächst einmal musste ich morgens die Pfütze kontrollieren, die am fünften Tag zu einer Lache getrocknet war. Drum herum verschwand der braune Rand zusehends, und am sechsten Tag goss ich einen Eimer Wasser nach, weil ich es nicht ertragen konnte, dass die Pfütze verschwand.

Ich schüttete also den Eimer zum brackigen Regenwasser, da kam Achim aus der Spedition. Er trug wie immer einen

Overall mit dem Aufdruck »Spedition Oehmke: immer gern nah und fern« und blieb stehen, um sich anzusehen, was ich da tat. Dann sagte er: »Dein Alter ist ja schon ein Spinner, aber du hast sie wirklich nicht alle.«

»Ich muss die Pfütze pflegen, sonst geht sie aus«, rief ich vergnügt.

»Du musst zum Arzt«, rief er zurück. Dann ging er weiter, um einen Lastwagen zu rangieren und zu tun, was man in seinem Job so machte. So richtig klar definiert schien das nicht. Manchmal kam es mir so vor, als sei Achim eigentlich nur dazu da, diesen Overall zu tragen und auf dem Gelände hin und her zu laufen. Achim war noch keine dreißig, und er sah nicht schlecht aus. Jedenfalls wirkte er auf Anhieb nicht wie einer, dessen Lebensplanung auf diesem Gewerbehof versandet war. Und dennoch verbrachte er sein Leben mit den Lkw, putzte die Planen, rangierte und überprüfte die Fahrzeuge nach Mängeln. Dann schritt er mit einem Klemmbrett über den Hof und machte sich wichtig. So ein richtiger Beruf war das in meinen Augen nicht, und ich fragte mich manchmal, was er tatsächlich gelernt hatte. Später erfuhr ich: nichts. Achim hatte sich als Jugendlicher aktiv gegen Bildung entschieden, und dabei war es geblieben. Seine Unkenntnis in fast allem in Verbindung mit einem gar nicht unattraktiven Silberblick führte dazu, dass man ihm nicht viel zutraute. Er wäre sicher nicht als Prokurist der Spedition infrage gekommen. Aber seine Aufgaben im Bereich Fuhrparkwartung und -logistik versah er mit einer Art Besitzerstolz, der ihm zwar nicht zustand, den ihm aber auch niemand streitig machte. Man konnte glauben, der Laden gehörte ihm.

Er war nicht der einzige Angestellte der Firma, aber die

meisten anderen waren Fahrer, die nur auftauchten, um wieder abzufahren. Außer Achim gab es nur noch einen Chef, der nie grüßte, und eine Sekretärin, die manchmal von ihrem Chef nach der Arbeit heimgefahren wurde. Immerhin, so nett war er.

Im Gegensatz zu Achim fand Alik meine Pfützengießerei keineswegs abwegig oder idiotisch. Im Gegenteil: Er pries mein Handeln als humanitäre Geste, auch wenn keine Menschen davon profitierten, sondern eigentlich bloß Mückenlarven. Und es amüsierte ihn, dass Achim sich darüber aufregte. Wir begannen dann damit, die Pfütze morgens gemeinsam zu gießen, wenn wir wussten, dass er seinen ersten Kaffee trank und aus dem Fenster sah. Achim zerbrach sich dann ganz sicher den Kopf darüber, was das sollte. Und wir kicherten uns bucklig.

Vor dem Einkaufen fertigte Ronald Papen eine penible Einkaufsliste an, deren Positionen er seinem gewohnten Weg durch den Supermarkt folgend notierte. Obst und Gemüse zuerst. Dann eine Schleife um die Marmeladen und Frühstücksartikel, es folgten Kaffee und Tee sowie Teigwaren und daran anschließend Wurst und Käse sowie Molkereiprodukte. Als er fertig war, fragte er mich nach meinen Wünschen und stellte dann fest, dass er die Liste noch einmal schreiben musste, weil der erste Entwurf den Weg für die zusätzlichen Artikel nicht berücksichtigte und die Positionen neu festgelegt werden mussten. Außerdem verzweifelte er an der unkonkreten Angabe »Knabberzeug«. Das konnten ja Chips sein und auch Nüsse oder sogar Knäckebrot. Er machte sich wirklich Gedanken darüber, die er mir murmelnd mitteilte, bis er sich schließlich dazu durchrang, das Knabberzeug an der Seite des

Zettels zu notieren. Ohne konkrete Zuordnung zu einer Abteilung.

Wir fuhren mit seinem Kombi vom Hof und bogen links ab Richtung Innenstadt. Also nicht Innenstadt Duisburg, sondern Innenstadt Ruhrort. Im Supermarkt schob er den Wagen in gleichbleibender Geschwindigkeit und sammelte hochgradig konzentriert und jeder Ablenkung regelrecht abhold ein, was er notiert hatte. Er war ganz offensichtlich nicht der Typ Spontankäufer, er unterschied sich damit auch hier wieder deutlich von seiner früheren Frau und ihrem Gatten, die jede Besorgung zu einer Art Hamsterkauf umgestalteten und sich schier nicht beruhigen konnten vor Begeisterung, wenn ein Toilettenpapier mit Bananenduft auf den Markt kam. »Verdammte Scheiße, sieh dir das an! Klopapier mit Banana-Flavour. Warum bin ich nicht darauf gekommen«, jubelte Heiko in solchen Fällen, kaufte sechzehn Rollen, die dann für immer in der Garage blieben, weil sie nach Affenkotze stanken, wie Heiko zu Hause empört feststellte. In der Garage störten sie ihn nicht weiter, weil er sie dann und wann gebrauchen konnte, um das Öl aufzuwischen, das aus seinem 500 SL Baujahr 1979 tropfte.

Bei den Mikullas wurde jedenfalls gekauft, bis die Kreditkarte glühte. Mein Vater besaß gar keine. Und er war für die Verführungen der Konsumwelt unempfänglich. Mehr noch, die Auswahl schien ihn regelrecht zu ärgern. Als ich impulshaft kaufbereit mit einer Ananas ankam, während er vor dem Milchregal stand, reagierte er ungehalten. »Wir waren schon beim Obst«, sagte er.

»Na und?«

»Ich meine nur. Obst immer am Anfang. Sonst gerät man in die Fänge der Supermarkt-Psychologie.«

»Wie bitte?«

Mein Vater legte einen Liter Milch in den Einkaufswagen und beugte sich zu mir vor. Er schaltete auf Verschwörerton und raunte: »Jedes Mal, wenn wir etwas vergessen und deshalb zurücklaufen, fällt uns irgendetwas auf, was wir glauben, übersehen zu haben oder brauchen zu können. Und so kaufen wir viel mehr ein, als wir eigentlich brauchen. Das ist das System. Man muss das System verstehen, wenn man es schlagen will.«

»Welches System?«, fragte ich verwirrt.

»Das System der Konsumverführung. Wir sollen immer mehr und immer blödsinnigeres Zeug kaufen.«

Ich warf einen Blick auf die Einkäufe, die ich zwischendurch in den Wagen geworfen hatte, und hoffte inständig, dass mein Vater weder die teigummantelte Mini-Salami noch den Sahnejoghurt mit den darin eingebauten Schokotränen von Prinzessin Cacau infrage stellte. Das waren Produkte, die ich nicht nur ausgesprochen sinnvoll, sondern geradezu lebensnotwendig fand. Er sah mich ernst aus seinen wasserblauen Augen an und fuhr fort: »Indem ich mir einen genauen Einkaufsplan mache, verhindere ich weitgehend die Anschaffung von Unsinn. Und damit schlage ich das System. Ich schade ihm sozusagen durch maßvollen Konsum.«

»Aber manchmal hat man doch Lust auf, sagen wir mal, Fleischsalat«, versuchte ich ein hedonistisches Gegenkonzept, und er reagierte darauf vollkommen unerwartet, indem er eine so gigantische Welle von Liebe über mich branden ließ, dass ich beinahe anfing zu weinen. Es war das erste von vielen Malen, wo er eine kerzengerade Haltung in Millisekunden aufgab, nur um mich in seine fünfzehn Jahre nicht abgerufene

Vaterliebe zu hüllen. Er lächelte und sagte beinahe bekümmert: »Wenn du Lust auf Fleischsalat hast, dann kaufen wir jetzt Fleischsalat. Das System hat nicht gewonnen, wenn wir für dich Fleischsalat kaufen.«

Es ist mir nicht gelungen herauszufinden, ob seine Systemkritik letztlich ein heiliges Anliegen oder nur eine Schrulle war, aber jedenfalls lief er los, um nach Fleischsalat zu suchen. Als er ihn in den Wagen legte, traute ich mich nicht, ihm zu sagen, dass ich das Zeug nicht mochte. Es war ja bloß ein Beispiel gewesen. Er hat dann jedes Mal Fleischsalat gekauft, und ich habe ihn tapfer runtergewürgt. Auch noch Jahre später.

Auf dem Heimweg erläuterte er mir die Psychologie des Supermarktes. Er hatte sich ins Thema eingearbeitet und eigene Beobachtungen mit Erkenntnissen aus Artikeln angereichert, die er in der Zeitung zu diesem Thema entdeckt hatte. Er erklärte mir, wie die Kunden geführt würden, nämlich immer linksherum. Dies habe zur Folge, dass die interessanten Regale immer in Gehrichtung rechts an der Wand stünden. Da die meisten Menschen Rechtshänder seien, sei es für sie so bequemer, Waren zu entnehmen. Obst und Gemüse stünden immer am Eingang, weil es gute Laune mache, wenn man zunächst gesunde Sachen im Wagen habe. Milch und Butter, die fast immer gekauft würden, stünden genau deshalb am weitesten weg von der Kasse. Auf diese Weise müsse man an allen Verführern vorbei. Alkohol und Chips lägen auf dem Kurs am Ende, damit man nicht zu lange damit gesehen wurde.

Ronald Papen erklärte mit seiner ruhigen Stimme, dass neben den teuren Dingen immer eine noch viel teurere Variante lag, um die teure günstiger erscheinen zu lassen. Und dass alles, was in Kopf- und Brusthöhe angeboten wurde, teurer sei als die Sachen ganz unten. Er war fasziniert von diesen Zusammenhängen. Und ich fand es faszinierend, ihm zuzuhören.

Als wir wieder auf den Hof kamen, bretterte er mit dem rechten Vorderreifen durch die Pfütze, dass es spritzte.

»Warum fährst du durch die Pfütze?«

»Ich will, dass sie austrocknet. Ich will, dass sie wenigstens ein Mal vollständig verschwindet. Ich habe das noch nie gesehen. Oder findest du das kindisch?«

Ich schüttelte den Kopf, denn ich fand es überhaupt nicht kindisch. Aber ich wusste, dass er diesen Triumph nicht erleben würde. Jedenfalls nicht in diesem Sommer.

Nachdem er zur Arbeit gefahren war – Wesel und Kleve, nie gehört, keine Ahnung, wo das wieder war –, ging ich mit meinem Handtuch an den Beach, wo Alik bereits lag und mich dabei beobachtete, wie ich im Bikini auf ihn zukam. Ich mochte diesen Blick. Er sah gut dabei aus.

Nachdem wir eine Weile nebeneinandergelegen und uns gebräunt hatten, sagte Alik: »Am Strand von Mallorca und Miami gibt es bestimmt Bars, in denen man sich vom süßen Nichtstun entspannen und auf einem Barhocker mit einem kühlen Drink in der Hand die Seele baumeln lassen kann, oder?« Manchmal klang er wie die Sprecher im Fernsehen bei einer Reportage über Leute, die ihr Badezimmer renovieren und dann die Nachbarn einladen, um ihnen zu zeigen, wie schön die Dusche geworden ist. Ich glaube, er hielt das für die Ausdrucksweise besonders eleganter Leute, jedenfalls redete er so, ohne sich anschließend kaputtzulachen. Und er meinte die Frage ernst. Für Mallorca konnte ich die Frage bejahen. Da kannte ich mich aus.

»Man müsste hier eine Bar eröffnen.«

»Wo hier?«

»Hier. Genau hier.« Dann stand er auf und stellte sich vor mich, direkt in die Sonne. Er gestikulierte herum und erklärte, wie man diese Bar konstruieren müsse, was auf der Getränkekarte zu stehen habe und was die Drinks kosten würden.

»Und wer soll bitte schön in deine Bar gehen? Hier ist doch keine Sau.«

»Stimmt nicht. Oktopus, Achim, Lütz, dein Vater. Das sind schon vier zahlende Gäste. Und wir.«

»Ich denke, wir arbeiten in der Bar.«

»Aber wir sind ja auch da. Da sind wir schon mal sechs.«

»Da wird sich der Klaus aber freuen.«

Ich stellte mir vor, wie wir dem armen Wirt von *Rosi's Pilstreff* seine einzigen Gäste wegnahmen und er sich vor lauter Unglück zum Sterben unter seinen Zapfhahn legte und aufdrehte.

»Wir können ihm ein Joint Venture anbieten und so eine Win-win-Situation herstellen«, sagte Alik. Schon wieder so ein Fernsehsatz. Allerdings anderes Programm. Und dann begann er in schillernden Farben auszumalen, wie bereits durch geringen Einsatz von Baumaterial eine erhabene gastronomische Fläche direkt am Wasser entstehen konnte. Der Umstand, dass wir für die Eröffnung von Event-Lokalen deutlich zu jung waren, schreckte ihn ebenso wenig ab wie die Tatsache, dass wir in unserem eigenen Laden lediglich Limonade trinken durften.

»Außerdem haben wir keinerlei Erfahrung mit so einem Geschäft.« Alik drehte sich zum Wasser. Offenbar war er verärgert. Meine Zweifel schienen ihm lästige Hindernisse zu sein. Und dann sagte er den großen philosophischen Satz: »Wenn der Erfolg einer Unternehmung nur vom Faktor Erfahrung abhängen würde, dann hätte nie ein Mensch den Mond betreten.« Keine Ahnung, wo er das herhatte, aber es klang einfach zu weltgewandt und vor allem zu richtig, um nicht einen Moment darüber nachzudenken. Und außerdem hatten wir Ferien und weiter nichts zu tun.

Also stand ich auf, und wir gingen los, um unsere Strandbar zu gründen. Auf dem Weg zum Schrottplatz dachten wir uns einen Namen aus. Darin war ich gut. Ich hatte jahrelanges Brainstormen mit Heiko Mikulla hinter mir, um Waffeleisen, Hundekörbe oder Bonsai-Dünger attraktiv zu machen.

Rosi-Bar. Pils at the Beach. Zum Rostfraß. Sunny Side. Ich ballerte mit Namen um mich. *Alikim. Duisburg Drinking. Harbour Nights.* Alik fand alle Ideen gleich gut. Er war klug, aber nicht sonderlich kreativ. Am Eingang zum Schrottplatz hielt ich ihn fest. Erleuchtet hob ich beide Hände und sagte: *»MBC.«*

»MBC? Und was soll das heißen? MBC?«

»Das ist, mein junger tunesisch-russisch-deutscher Freund und Geschäftspartner, der *Meiderich Beach Club.*«

»Okay«, sagte Alik. Er sagte es so tonlos und unbegeistert, dass ich ihm auch »Haferflocken« oder »Gelenkbus« hätte vorschlagen können. Ich denke, er wollte einfach nur etwas mit mir unternehmen und fügte sich mit dem ganzen Pragmatismus seiner Persönlichkeit unter das Joch meiner Euphorie.

Wir überlegten, was wir an Material brauchten, um daraus eine Event-Gastronomie für sechs Personen zusammenzubauen. Wir wurden auf dem Schrott fündig und bei dem

Kram, den Ronald Papen neben seiner Halle abgestellt hatte. Den ganzen Tag lang schleppten wir alte Möbel, Bretter und was wir für brauchbar hielten, um die Brache am Kanal in eine Strandbar zu verwandeln. Was uns dabei besonders fehlte, war Strand. Aber Alik war der Ansicht, dass man sich den eben denken müsse. »Wir haben den Strand in unseren Herzen«, behauptete er. Mit dieser Einstellung könne man sich auch auf einen rostigen Nagel legen.

Wir liehen uns eine Sackkarre bei Lütz aus, um unser Baumaterial zu transportieren. Schließlich holten wir noch die alte Sitzgruppe, die neben der Halle unter einer Plane nur darauf gewartet hatte, in eine Sommerlounge verwandelt zu werden. Schließlich gingen wir zu Klaus, um ihn als Partner zu gewinnen. Alik stellte unseren Vorschlag allerdings etwas ungeschickt dar, indem er verkündete, es sei mal Zeit für Klaus, aus seinem finsteren Loch rauszukommen. Und für seine Stammgäste böte sich die Gelegenheit, beim Saufen wenigstens im Sommer mal ein kleines bisschen Farbe zu tanken.

»Denen gefällt es hier so, wie es ist«, sagte Klaus beleidigt. Er konnte sich gar nicht vorstellen, dass es technisch möglich war, bei Tageslicht zu trinken.

»Aber überleg doch mal: Pilschen am Wasser«, lockte Alik, rief bei Klaus aber nur ungläubiges Kopfschütteln hervor.

»Ich habe keine Freischank-Konzession«, maulte Klaus.

»Na und? Ist doch gar keine offizielle Bar. Es ist nur ein Ferienclub.«

»Ein Ferienclub«, echote Klaus. »Ich habe nie Ferien.«

»Eben«, sagte ich. »Der MBC ist sozusagen der Platz für all jene, die nicht in den Urlaub fahren, weil sie nun einmal unabkömmlich sind. Feierabend am Kanal. Sozusagen.«

Klaus schien allmählich den Reiz des Projektes zu begreifen. »Und wofür braucht ihr mich da?«

»Für die Getränke. Wir haben doch nichts zu trinken. Getränke, Gläser, so Zeug brauchen wir.«

»So Zeug«, sagte Klaus. »Und das soll ich euch geben.«

»Du bekommst dafür die Einnahmen. Also die Hälfte. Die andere Hälfte kriegen Alik und ich«, sagte ich.

»Du meinst, ich kriege die Hälfte von dem, was ich sowieso an den Schluckspechten verdiene, bloß dass ich mir dabei einen Sonnenbrand hole. Das ist ja ein tolles Geschäft.« Da hatte er nicht unrecht. Ronald, Achim, Lütz und Oktopus würden in seiner düsteren Bude im Juli genauso rumsitzen wie im November.

»Wir dachten, du hättest vielleicht Spaß an unserer Idee«, sagte Alik. »Du könntest dir die Bar wenigstens mal ansehen.«

»Dafür habe ich keine Zeit. Ich habe zu tun«, sagte Klaus unwillig.

»Ach ja? Was denn?«, fragte ich.

Klaus holte tief Luft, und weil er nicht wusste, was er darauf antworten sollte, und weil er rein gar nichts zu tun hatte und vielleicht doch auch neugierig war, kam er hinter seiner Theke hervor und machte eine herrische Handbewegung. »Also gut, bitte, sehe ich mir das mal an.«

Eine Viertelstunde später trugen wir Gläser, Aschenbecher, Schnaps und zwei Kisten Bier zum Wasser. Außerdem Cola, denn Klaus' Fanta war nicht zu trauen. Er bestand darauf, auch seine Kaffeemaschine zum Beach Club zu schleppen, weil Achim nach der Arbeit gerne eine Tasse trank. Warum, war ihm allerdings schleierhaft, weil Achim dann meistens bereits zwei bis drei Liter intus hatte. Aber vielleicht war ihm einfach nicht nach Abwechslung. Jedenfalls besaß er einen enormen Kaffeedurst. Ein Begriff, den ich auch später nie irgendwo anders gehört habe als im Ruhrgebiet.

»Und wie kühlen wir die Getränke?«, fragte Klaus. »Wir können doch hier kein warmes Bier anbieten, das trinkt nicht einmal Oktopus.« Also liefen wir in die Halle und holten Papens Kühlschrank, den wir auf der Sackkarre zum Strand fuhren. Dann liehen wir uns vier Kabeltrommeln aus der Spedition und eine von Lütz. Am Nachmittag war der MBC fertig eingerichtet, und wir drei warteten auf Gäste. Klaus leitete sie mit einem handgemalten Schild an der Tür von *Rosi's Pilstreff* um.

Als Erster erschien Achim und bestellte ein Bier, ohne irgendeine Bemerkung zu machen. Das fand ich sensationell. Kam, setzte sich auf die alte Couch und sagte: »Klaus. Pils.« Das war alles.

Als Zweiter kam Oktopus mit seinem Fahrrad angeeiert. Er stieg mühsam ab, lehnte das Rad gegen einen Busch, worauf es umfiel, und sagte: »Was soll die Scheiße? Egal. Klaus. Pils. Gibt es hier draußen Nüsse?« Es gab Nüsse.

Dann tauchte Lütz auf, der als Einziger so etwas wie Begeisterung erkennen ließ. »Das ist ja mal eine Idee!«, rief er und setzte sich mit seiner ölverschmierten Latzhose auf den Barhocker, den Alik aus der Kneipe herübergetragen hatte und der ein wenig verloren herumstand, weil unser selbst gebauter Tresen lediglich achtzig Zentimeter hoch war. Lütz sah aus wie der Chef auf dem Gipfel des Affenfelsens.

Klaus wies uns in die Handhabung der Deckelrechnung ein. Für jede ausgeführte Bestellung gab es eine Markierung auf dem Bierdeckel. Die von den Bieren und die von den Schnäpsen sahen bei Klaus leicht unterschiedlich aus. Die Kunst des

Wirts bestand darin, selbst bei bester Laune kein Getränk zu vergessen und gleichzeitig die Striche am Deckelrand so beiläufig auszuführen, dass dem Gast nicht auffiel, dass er nicht eingeladen war.

Interessanterweise war die Stammbesetzung des Meiderich Beach Club sicher das, was man Gewohnheitstrinker nannte, aber nie habe ich einen von ihnen torkeln sehen. Niemals fiel jemand vom Hocker oder von der Couch. Keiner von ihnen hat mich oder Alik jemals blöd angeredet. Sie waren nur gegeneinander grob, aber sie wären, ohne zu zögern um die Welt gefahren, um einen von ihnen zu retten. Ich kann das einfach so behaupten, auch mit einer großen Sicherheit. Dabei weiß ich, dass Oktopus in seinem ganzen Leben kaum jemals weiter gekommen ist als bis nach Oberhausen.

Es wurde langsam dunkel, als wir Ronald Papens Kombi hörten. »Ich bin gespannt, was er sagt«, sagte ich.

»Ich weiß es: ›Hallo, ein Mineralwasser bitte‹, sagt der«, sagte Lütz.

»Fünf Euro, dass er ›Guten Abend‹ sagt«, sagte Achim.

»Ich sage, er sagt ›Was macht ihr denn hier?‹«, sagte Oktopus.

Die Männer legten jeweils fünf Euro auf den Tresen, und wir warteten ab. Nach fünf Minuten sahen wir meinen schmächtigen Vater in seinem weißen Hemd herankommen. Er sah in der Dämmerung aus wie ein Geist.

Als er nah genug war, hörten alle auf zu sprechen, weil immerhin fünfzehn Euro auf dem Spiel standen. Und Ronald Papen sagte: »Wo ist mein Kühlschrank?«

Schließlich freute er sich über ein Wasser, für das er aber nicht bezahlen wollte, weil es aus seinem eigenen Kühlschrank kam. So ein schlechter Geschäftsmann war er dann doch nicht. Er setzte sich in einen Sessel und blickte auf den Kanal, an dessen Ufer sich Mückenschwärme taumelnd vergnügten.

Der Abend verging mit den üblichen Quatschereien von Oktopus und Lütz, der behauptete, dass der MSV Duisburg unterirdisch über ein geheimes, aus dem Bergbau stammendes Tunnelsystem mit Rot-Weiss Essen und Schalke 04 verbunden sei. Man habe schon Spieler an einem Ort beim Training verschwinden und in einem anderen Verein wiederauftauchen sehen. Manche auch nie wieder. Oder in Düsseldorf. In diesem Fall seien ihre Seelen verloren.

Als es dunkel wurde, steckte Alik die Lichterkette ein, die uns Klaus aus seinem Fundus geliehen hatte, und ich hockte mich zu meinem Vater, der etwas abseits mit seinem Wasser saß und auf den Kanal sah. Die Melancholie dieses Mannes hatte ich in den ersten Tagen als so etwas wie schlechte Stimmung angesehen und weitgehend ignoriert. So machte ich es auch zu Hause, wenn Mama oder Heiko mies gelaunt waren. Man verhielt sich dann mit strategischem Weitblick zurückhaltend, um sie nicht auf die Idee zu bringen, in dieser Stimmung auch noch nach Schulleistungen zu fragen.

Aber die Melancholie meines Vaters hatte gar nichts Konfrontatives. Seine Laune richtete sich nicht gegen andere, schon gar nicht gegen mich, sondern nach innen. Es war eine Trauer in ihm, die nie ganz verschwand, sich höchstens mit einem schüchternen Lächeln tarnte oder in einem hellen Auflachen, wenn er etwas komisch fand. Ich verstand, dass er kein eigenbrötlerischer Menschenfeind war, eher schüchtern und abwartend. Aber er mochte die Stammbesetzung von *Rosi's Pilstreff*, diese Schicksalsgemeinschaft von Frühverrenteten,

Nichtsnutzen und Träumern, auch wenn deren Mitglieder ihn beharrlich »Pappe« nannten und mit seinem weichen Akzent aufzogen, der erkennbar nicht aus Duisburg stammte. Papen wirkte wie ein Reisender, der hier gestrandet war und nun, da er kein Geld für die Weiterfahrt besaß, einfach abwartete, sehnsüchtig zwar, was das Ziel seiner Reise betraf, aber auch mit Einsicht in die Lage. Sein ganzes Wesen schien transitorisch, er schien nie anzukommen, und deshalb kam er auch nur scheinbar zur Ruhe, wenn er wie jetzt auf einem Sessel saß und über den Kanal auf die andere Seite von Duisburg sah.

»Und? Wie war dein Tag?«, fragte ich.

»Ganz fabelhaft«, sagte er und lächelte mich an.

Hinter uns lief eine lautstarke Diskussion darüber, dass Achim behauptete, er könne jederzeit auf dem Barhocker einen Handstand absolvieren. Lütz wettete dagegen, Klaus und Oktopus ebenfalls. Achim bedankte sich und schnappte sich den Einsatz, den er blitzschnell in seine Hosentasche stopfte, ohne allerdings einen Handstand zu machen. »Ich habe nicht gesagt, dass ich einen *mache*, sondern dass ich einen machen *könnte*, wenn ich *wollte*. Das ist etwas ganz anderes. Da könnt ihr Armleuchter gegen wetten, was ihr wollt.«

»Hast du was verkauft?«

»Nein. Heute nicht«, sagte mein Vater, als sei das eine Ausnahme und nicht die Regel.

»Wann hast du denn die letzte Markise losgebracht?«, fragte ich. Er schien lange nachzudenken. Oder er wollte nicht antworten. »Im April«, sagte er schließlich. »Und eine im März.« Er lächelte wieder und trank einen Schluck, wohl weil er hoffte, das Thema damit abschließen zu können.

»Und was bringt so eine Markise?«

»Ganz unterschiedlich. Manchmal fünfhundert Euro, manchmal auch sechshundert oder nur dreihundert. Kommt drauf an.«

»Worauf?«

»Also auf die Größe natürlich und solche Sachen.« Es war ihm unangenehm, darüber zu sprechen. Später erfuhr ich, dass er den Preis in Wahrheit davon abhängig machte, was die Leute bezahlen konnten oder wollten. Eine richtige Preisliste gab es nicht.

»Verstehe«, sagte ich, ohne wirklich etwas zu verstehen. Alles, was ich begriff, war, dass es sich um ein mühseliges Unterfangen handelte. Bei Heiko hatte ich dann und wann mitbekommen, wenn Geschäfte sich als schwierig oder als Flops erwiesen. Und wie er sich dann ohne jede Gefühlsregung anderen Ideen zuwandte. Heiko war in jeglicher Beziehung vollkommen unromantisch. Oder pragmatisch. Eine Eigenschaft, die meinen Vater ganz offensichtlich nicht auszeichnete. Das beschäftigte mich.

»Darf ich dich etwas fragen?«

»Klar.«

Hinter uns war die Auseinandersetzung über die blöde Wette in eine neue Phase getreten, in der die Verlierer Achim aufforderten, entweder das Geld zurückzugeben oder darum zu spielen, was dieser ablehnte.

»Wenn das mit den Markisen so schwierig ist, und eigentlich gar kein Geld bringt und du jeden Abend traurig von der Arbeit kommst, warum machst du das dann?«

Ronald Papen antwortete lange nicht. Ich hatte zwar mit Lütz das Schweigen geübt, konnte es aber damals trotzdem nicht gut aushalten und kann es bis heute nicht. Also fügte ich hinzu: »Heiko hätte die Dinger längst auf den Müll geworfen. Oder verschenkt. Oder was weiß ich.«

»Jaja, der Heiko«, sagte Ronald leise. »Der weiß, wie's geht.« Es klang nicht ironisch, höchstens verbittert. Ich sah meinen Vater von der Seite an. Er presste die Lippen aufeinander und blickte weiter aufs Wasser, als wartete er auf ein Rettungsboot.

»Papa. Kannst du es mir erklären? Kannst du mir einfach erklären, warum du das machst?« Ich nannte ihn erst zum zweiten Mal so, was ihm auch auffiel. Er drehte sein Gesicht zu mir und lächelte. Und ich, seine Tochter, ihm aus dem Gesicht geschnitten und genauso hilflos dem Leben ausgeliefert, so ohne Waffen und Panzer und Visier, sah ihn an und erkannte mich selbst.

Er legte seine Hand auf mein Bein und sagte: »Du weißt, was ein Leuchtturmwärter macht, oder?«

Natürlich wusste ich das. Er sprach mit mir, als sei ich sechs Jahre alt. Aber ich nickte.

»Der sitzt sein ganzes Leben in dem Leuchtturm herum. Er schaltet das Licht an, wenn es dunkel wird, und passt auf, dass die Schiffe nicht aus Versehen gegen den Küstenfelsen fahren. Und er macht das auch dann, wenn gar keine Schiffe kommen. Weißt du, warum?«

»Weil er zu blöd ist, sich einen vernünftigen Job zu suchen«, sagte ich.

»Nein. Weil es nun einmal seine Aufgabe ist. Weil er sie ernst nimmt. Oder weil er es aus anderen Gründen muss. Auf jeden Fall macht er es so lange, bis es entweder keine Nächte mehr gibt oder keine Schiffe. Was beides nicht sehr wahrscheinlich ist. Verstehst du?«

Ja, es war ungefähr so wahrscheinlich, wie dass er dreitausend Menschen fand, die seine hässlichen Markisen haben wollten. Er war sozusagen der Leuchtturmwärter von Duisburg. Bloß ohne Turm. Und mit Markisen. Sein bescheuertes Leuchtturmwärtergleichnis hatte neue Fragen für mich aufgeworfen: Aus welchen »anderen Gründen« musste mein Vater DDR-Markisen verkaufen?

»Der Leuchtturmwärter könnte einfach gehen«, sagte ich trotzig.

»Nein, kann er nicht, denn dann ist der Turm unbesetzt. Es kommt auch niemand, der ihn ablöst.«

»Das wundert mich nicht«, sagte ich. »Das ist ein echter Scheißjob.« Ich war verdrossen, denn mir wollte nicht in den Kopf, warum der Leuchtturmwärter so unfrei war. Und das sagte ich auch.

»Das ist eine Frage der Perspektive«, sagte mein Vater. »Natürlich kann er seinen Posten nicht verlassen. Aber dafür wird er auch nie gestört. Er muss sich mit niemandem absprechen. Es redet ihm niemand rein. Er kann Bücher lesen oder malen. Oder die ganze Nacht Musik hören. Vielleicht mag er es, allein zu sein.«

»Und was hat das mit deiner Firma zu tun?«, fragte ich. »Du musst das doch nicht machen. Du kannst doch auch was anderes tun.«

»Nein, das kann ich nicht.«

»Und warum nicht?«

»Weil es dafür Gründe gibt.«

Hinter uns beruhigte sich das Geschehen, weil erstens Achim das Geld bei Stein-Schere-Papier an Lütz verlor und zweitens Oktopus seinen Abschied erklärte. Der Achtarmige übergab seinen Deckel feierlich dem Wirt und schritt zu seinem Fahrrad, um ohne Beleuchtung vom Gelände zu fahren. Komischerweise fuhr er gerader, als er ging.

»Kannst du mir bitte diese Gründe erklären? Haben sie was mit mir zu tun?«

»Mit dir? Nein, nicht direkt. Mein Leuchtturm ist die Halle da drüben. Ich muss die Markisen verkaufen, jede einzelne. Erst wenn ich das gemacht habe, ist es gut. Dann ist meine Schuld beglichen. So sehe ich das jedenfalls. Niemand zwingt mich dazu. Es ist eher so, dass ich das für mich entschieden habe. Ich hätte sonst nicht mehr in den Spiegel schauen können.«

Er lächelte wieder, es sah aus, als würde er sich selbst Mut zulächeln.

»Was ist das für eine Schuld?«

»Ich habe jemandem unrecht getan. Heiko.«

»Bitte? Dem Heiko? Dem Heiko von der Mama?«

Ronald Papen stand auf und brachte sein Glas zum Tresen. Ich lief ihm hinterher. »Papa, was hast du denn getan?«

»Ich habe unsere Freundschaft zerstört«, sagte Papen unbestimmt. Es war offensichtlich, dass er nicht mehr weiterreden wollte.

»Lütz hat auch eine Freundschaft zerstört«, krakeelte Achim, der auf Krawall gebürstet nach Mitstreitern suchte. »Guck mal«, sagte er und zeigte uns den Zeige- und den Mittelfinger seiner rechten Hand, die er zu einem »V« ausstreckte. »Wie sieht das für dich aus?«, fragte er mich.

»Das ist 'ne Schere«, sagte ich.

»'n Brunnen ist das!«, brüllte Achim.

»Brunnen geht so«, sagte Alik und formte mit Daumen und Zeigefinger einen Kreis.

»Ja, bei dir Arschloch vielleicht. Aber bei mir nicht. Ich kann das mit meinem steifen Daumen gar nicht. Also mache ich das so«, rief er und zeigte wieder das »V«. »Das ist mein Brunnen. Mein Brunnen ist das.«

»Du hast verloren und gut ist«, sagte Klaus bestimmt. Wenn er so sprach, wusste jeder, dass der Abend sich dem Ende zuneigte. »Und seit wann hast du einen steifen Daumen?«

»Seit immer!«

»Hast du nicht.«

»Wetten?«

Mein Vater öffnete den Kühlschrank, holte die letzten drei Flaschen Bier und eine Cola heraus, stellte sie auf den Tresen, zog den Stecker und schob die Sackkarre unter den Kühlschrank. Dann verabschiedeten wir uns und gingen mit unserem Kühlschrank nach Hause. Etwa auf halbem Weg hörten wir einen Schrei. Das war Achim.

»Du Sau hast mir den Daumen gebrochen!«, schallte es übers Gelände.

Wir mussten beide lachen. In der Halle räumten wir die Lebensmittel in den Kühlschrank.

»Sagst du es mir noch? Papa?«

Er hielt inne, sah mich an und sagte: »Ich habe Heiko verloren. Und damit auch deine Mama und dich. Und mich selbst. Indem ich das Schlimmste getan habe, was man unter Freunden nur machen kann.«

Er schloss den Kühlschrank. Ich wurde daraus immer noch nicht schlau, begriff aber, dass ich an dieser Stelle nicht weiterfragen konnte. Er hatte die Tür schon relativ weit geöffnet, und ich konnte hindurchsehen, auch wenn der Raum dahinter dunkel blieb. Der einzige Weg, ihn zu erhellen und mehr über das Geheimnis seiner Freundschaft mit Heiko zu erfahren und was Mama damit zu tun hatte, bestand darin, mehr Zeit mit ihm zu verbringen.

»Was machst du morgen?«, fragte ich ihn.

»Morgen? Mal sehen«, sagte er geschäftig. Er schien froh über den Themenwechsel zu sein. Er ging zu seinem Schreibtisch und blätterte in seinem zerfledderten Ruhrgebietsplan. Dann sagte er: »Morgen ist nur Buer.«

»Wo ist das?«, fragte ich.

»Das ist ein Stadtteil im Norden von Gelsenkirchen. Wenn das Wort Ruhrpott für einen Ort erfunden wurde, dann für Gelsenkirchen-Buer. Da fahr ich morgen hin. Es könnte sich dort ein gutes Geschäft anbahnen. Das spüre ich.«

Wissend, dass es mit diesem Gespür nicht viel auf sich hatte, nickte ich anerkennend. Dann sagte ich: »Darf ich mitkommen?«

Und mein Papa strahlte über das ganze Gesicht, trat auf mich zu, bremste sich wieder und sagte: »Aber klar. Zu zweit ist man schon mal doppelt so viel wie alleine.«

Tag 9

Am nächsten Tag hatte Ronald bereits alles vorbereitet, als ich aufstand. Er scharrte gewissermaßen mit den Hufen, denn er konnte es nicht abwarten, mir seine Vertreterwelt zu zeigen. Und wenn ich gewusst hätte, wie viel es ihm bedeutete, wäre ich auch schon früher mit ihm gefahren. So wie mein Vater vor mir stand, mit seiner Aktentasche, einer Plastiktüte mit Proviant und einem frisch gebügelten weißen Hemd, und sich einfach freute, begriff ich, dass es manchmal Wichtigeres gibt als die eigenen Interessen. Denn das war meine bisherige Lebensmaxime gewesen: Wie konnte ich das Beste für mich rausholen, selbst wenn ich andere dafür übervorteilen musste? Früher hatte ich sogar recherchiert, wie viel Geoffreys Weihnachtsgeschenke gekostet hatten, um Nachforderungen geltend machen zu können, wenn herauskam, dass ich weniger irre beschenkt worden war. Wenn ich meine Mutter alleine zum Einkaufen fahren ließ, dann nur deswegen, weil ich in ihrer Abwesenheit ungestört in Heikos Klamotten nach Kleingeld suchen konnte. Und wenn ich bis zu diesem Morgen nie mit meinem Vater gefahren war, dann deshalb, weil mir die Gesellschaft von Alik unterhaltsamer vorkam und ich keine Lust hatte, bei ofenartiger Sommerhitze in Papens unklimatisiertem Schrottauto von einem Misserfolg zum nächsten zu gurken. Als er nun so erwartungsfroh vor mir stand, freute ich mich auf unsere Tour.

»Also nach wo noch mal?«, fragte ich, während ich in Baggertechnik Froot Loops in mich hineinschaufelte.

»Gelsenkirchen«, sagte Ronald Papen. »Das Herz vom Ruhrgebiet, sozusagen«, fügte er hinzu, als sei er der Tourismusbeauftragte von Gelsenkirchen.

»Und woher weißt du, wo du hinmusst?«

Mein Vater stellte seine Sachen auf dem Boden der Halle ab und winkte mich zu seinem Schreibtisch. Dann klappte er den Ruhrgebietsatlas mit den Stadtplänen auf und blätterte zu der Seite mit Gelsenkirchen. »Wo könnten hier Häuser mit Balkons sein?«, fragte er.

Ich sah auf Gelsenkirchen herunter, und da waren große Straßen, kleine Straßen, Grünflächen und innerhalb der Straßenzüge einzelne Häuser als winzige graue Formen zu erkennen. Und Stadtgrenzen, Gewässer, Bahnlinien sowie wichtige Gebäude, die besonders hervorgehoben worden waren. Krankenhäuser, Bahnhöfe, Arena auf Schalke. Balkons waren nicht eingezeichnet.

«Ich habe nicht den Schimmer einer Ahnung«, sagte ich mit vollem Mund. Ein Milchtropfen fiel auf die Seite.

Ronald wischte ihn weg und sagte: »Richtig. Man kann auf so einer Karte nicht sehen, ob Balkons an den Häusern sind. Aber man sieht, ob die Gebäude in einer Straße groß sind. Manchmal handelt es sich dann um Büros oder Fabriken. Das kann man erkennen, denn die haben häufig große Parkplätze und einen Gleisanschluss. Aber die meisten der großen Häuser sind bewohnt. Und je größer ein Haus ist, desto mehr Wohnungen sind darin und ergo: Balkons.«

Ich stellte das Schälchen in die Spüle und sagte: »Du fährst also immer dorthin, wo die großen Häuser sind.«

»Da lauert jedenfalls das größte Geschäft. Man kann natürlich auch in die reinen Wohngebiete, zu den Einfamilienhäusern. Oder in Reihenhaussiedlungen. Aber dann nur in die neueren. Die alten sind schon bestückt.«

Er sagte »bestückt«, wenn Leute bereits Markisen besaßen. Das gefiel mir. Und sein Prinzip schien einigermaßen logisch. Auf der Karte hatte er Zonen eingezeichnet. Rote, gelbe und grüne. Ich fragte ihn, was sie bedeuteten.

»Rot ist aussichtslos. Zum Beispiel in den Innenstädten. Es ist umständlich zu parken, und es gibt dort nicht so viele Balkons. Wenn überhaupt, meistens nicht zur Straße hin. Ich kann also nicht von außen sehen, wo ich klingeln muss. Ich klingele ja nur, wenn ich sehe, dass jemand noch nicht bestückt ist.«

Ich nickte. Innenstädte also rot. Fabriken, Parks, Friedhöfe, Wald- und Gewerbegebiete ebenfalls. Wohngegenden waren gelb. Und überall dort, wo Ronald Papen bestückt hatte, war der ganze Umkreis grün, denn er setzte darauf, dass seine Markisen bei den Nachbarn Neid verursachten oder wenigstens Begehrlichkeiten auslösten, sodass es sich für ihn lohnen konnte, diese Stadtbezirke häufiger anzufahren.

»Und jetzt sehen wir uns das Verkaufsgebiet einmal in der Praxis an«, rief er, was bedeutete, dass wir losfuhren. Im Auto sortierte er seine Sachen auf den Rücksitz und zog das Jackett, das er eben erst angezogen hatte, wieder aus, um es von hinten über die Kopfstütze des Fahrersitzes zu hängen.

»Die Karte brauchst du nicht?«, fragte ich, denn er hatte mir das Kartenheft auf den Schoß gelegt.

»Ich brauche sie nicht für die Orientierung, nur für die Planung«, sagte er geschäftig und rollte vom Hof. »Gelsenkirchen-Buer-Hassel«, murmelte er. »Das ist die 59 und dann die 42 bis Oberhausen-West und dann die 3 beziehungsweise 2 bis Gladbeck, dann auf die 224, also auf die 52 bis Ausfahrt Scholven, und dann sehen wir mal. Oder stumpf die 40, in Gelsenkirchen-Süd raus und mitten durch die Stadt.«

Er entschied sich für den ersten Weg und bog links ab. Es ist mir bis heute nicht gelungen, hinter das Geheimnis seines Orientierungssinns zu kommen. Er kannte sämtliche Autobahnen, Abzweigungen, Bundesstraßen, Umgehungsstraßen, Fernstraßen und Wasserstraßen des Ruhrgebietes, das mir vorkam wie ein riesiger Teller Spaghetti. Die Orte waren große und kleine Hackfleischbällchen in einem Gewirr von Nudeln, die die Straßen darstellten. Man konnte von Duisburg im Westen nach Dortmund im Osten über genau eine einzige Straße gelangen oder aber auch auf hundert oder zweihundert anderen Wegen. Heute fasziniert mich das, damals fand ich es eher einschüchternd.

Ronald Papen schwang sich von Autobahn zu Autobahn in der Art, wie ein Schimpanse in einer Baumkrone die Äste wechselt. Elegant, gekonnt und mit ungeheurer Selbstverständlichkeit. Er verfuhr sich nie, und wenn, merkte ich es nicht. Später wurde mir klar, dass er bereits seit vierzehn Jahren nichts anderes tat, als in diesem Pastateller zu navigieren. Hätte man ihn nach Köln oder Hannover oder bloß außerhalb vom Ruhrgebiet in die Nachbarschaft, zum Beispiel nach Krefeld, geschickt, wäre die ganze Pracht seiner sicheren Navigation bereits nach einem Kilometer auf fremdem Gebiet in sich zusammengefallen.

»Gute halbe Stunde«, sagte Papen auf meine nicht gestellte

Frage nach der Fahrtdauer. Dann machte er sein Autoradio an und startete die CD.

Wenn ein Mensch kurze Zeit lebt
Sagt die Welt, dass er zu früh geht
Wenn ein Mensch lange Zeit lebt
Sagt die Welt, es ist Zeit
Meine Freundin ist schön
Als ich aufstand, ist sie gegaaaangen
Weckt sie nicht, bis sie sich regt
Ich hab mich in ihren Schatten gelegt

Absolut grauenhaft. Ronald sang leise mit. »Sind das wieder die Pupus?«, fragte ich, um ihn zu ärgern. Außerdem hatte ich den Namen der Band wirklich vergessen.

»Puhdys«, korrigierte er. »Was hörst du denn so?«

Da gab es einiges. Jennifer Lopez. Britney Spears. Sarah Connor. Kannte er nicht.

»Hörst du nie Radio?«, fragte ich.

»Nein, jedenfalls keine Musik. Musik habe ich ja schon.«

»Aha. Na ja.«

Jegliches hat seine Zeit
Steine sammeln, Steine zerstreu'n
Bäume pflanzen, Bäume abhau'n
Leben und sterben und Streit
Wenn ein Mensch kurze Zeit lebt
Sagt die Welt, dass er zu früh geht
Wenn ein Mensch lange Zeit lebt
Sagt die Welt, es ist Zeit, dass er geht

Wir fuhren eine Weile und schwiegen, während Maschine Birr weitersang. Wenn das noch lange so ging, würde in meinen Ohren eine Kernschmelze einsetzen. Schließlich sagte Ronald Papen: »Vorschlag zur Güte: Wir kaufen eine CD mit deiner Musik und wechseln uns ab. Mal hören wir deins und mal meins. Wie ist das?«

Diese Idee verschaffte mir eine gewisse Erleichterung. Das Ruhrgebiet zog vorbei, und tatsächlich waren wir eine knappe halbe Stunde später in Gelsenkirchen, das aussah wie Duisburg, allerdings ohne die rostbraunen Industriegerippe. Papen bog von der Autobahn ab und sagte: »Und jetzt zeige ich dir das Problem mit diesen Karten.«

Wir fuhren noch fünf Minuten, dann hielt er vor ein paar schmucklosen Mehrfamilienhäusern. Er nahm das Kartenheft von meinem Schoß, blätterte es auf und zeigte auf einen rot umrandeten Bezirk. »Hier, das ist die Siedlung Spinnstuhl. Auf der Karte ein klarer Erfolgsgarant. Siehst du?«

Er meinte die grauen Klötzchen im Plan. Die schmalen Straßen ließen auf ein Wohngebiet schließen. Er hatte recht, das sah sehr nach einem Treffer aus. »Und was siehst du, wenn du aus dem Fenster guckst?«

Ich verstand sofort, was er meinte: glatt verputzte Fassaden, keine Balkons, nirgends. Hunderte von Arbeiterwohnungen, aber kein einziger bunter Fleck aus Stoff.

»Die Karte kann täuschen. Hier geht nichts. Also kommt ein roter Rahmen drum, damit ich nicht versehentlich noch einmal herkomme.« Neben dem roten Rahmen stand ein Datum. Es war zwölf Jahre her, dass er die Siedlung Spinnstuhl zum ersten Mal besucht und als Pleitegegend markiert hatte.

Allmählich bekam ich ein Gefühl für die Größe seiner Aufgabe. Im Grunde kartografierte er das Ruhrgebiet, eine Fläche von viereinhalbtausend Quadratkilometern. »Und was machen wir jetzt?«, fragte ich.

»Wir fahren woandershin. Hassel ist groß.«

Das war zwar übertrieben, aber er behielt trotzdem recht, denn woanders gab es Wohnungen mit Balkons – und die Mehrzahl hatte auch bereits sehr hübsche Markisen oder wenigstens Sonnenschirme. Trotzdem bekam Papen gute Laune, als wir langsam durch die Wiebringhausstraße fuhren. Dauernd zeigte er aus dem Fenster. »Da. Und da. Und da. Sehr gut. Das wird heute alles abgegrast. Die Wiese ist grün und saftig.«

Die Wiese war vor allem knallheiß. Die Puhdys sangen jetzt von schreienden Steinen, und Papen fuhr langsam bis zum Anfang der Straße, wo er parkte. Er schnallte sich ab und sagte: »Ich spüre es, heute geht was. Wollen wir?«

Daran hatte ich gar nicht gedacht, als ich zugestimmt hatte, ihn zu begleiten. Es bedeutete, dass ich nicht nur neben ihm im Auto sitzen würde, sondern auch mit ihm vor den Türen stehen sollte, wenn er bei fremden Leuten klingelte. Ich würde dann Zeuge seines völligen verkäuferischen Unvermögens. Ich schämte mich schon vor der allerersten Haustür. Ich konnte das nicht. Es ging nicht.

»Vielleicht bleibe ich hier und warte erst mal, bevor ich dich begleite.«

»Es ist dir peinlich, was? Mit deinem Vater Klinken putzen.« Er sagte das nicht auf eine bittere Art, sondern mit größter Sanftmut. Das machte es mir leicht. Ich nickte, und er sagte: »Das verstehe ich. Das ging mir auch so, als ich das erste Mal mit mir unterwegs war. Es gibt sich irgendwann.

Wir haben Zeit.« Damit schlug er die Fahrertür zu und machte sich auf den Weg. Bevor er das erste Haus betrat – sechs Wohnungen mit je einem großen Balkon zur Straße hin, von denen immerhin zwei nicht bestückt waren –, drehte er sich zu mir um, schnippte mit Daumen und Mittelfinger der rechten Hand, um dann in einer fließenden Bewegung mit dem rechten Zeigefinger auf mich zu zielen. Es war eine Geste, die gar nicht zu ihm passte, so aufgesetzt wie das Business-Kauderwelsch von saftigen Wiesen und Abschlüssen bei der Kaltakquise. Ich kann mir nicht vorstellen, dass er mich wirklich beeindrucken wollte. Er spielte einfach nur vor, wovon er annahm, dass es professionell sei.

Und ich schämte mich tatsächlich. Aber nicht für ihn, sondern für mich. Es war mir offenbar nicht möglich, meinen Vater auch nur das kleinste bisschen zu unterstützen. Und er war nicht böse deswegen. Ich fühlte mich mies, auch weil ich die CD ausmachte und im Radio nach 1Live suchte, um diesen Puhdys zu entkommen.

Nach weniger als fünf Minuten war mein Vater wieder da. Er setzte sich auf den Fahrersitz und holte ein in Leinen gebundenes Kassenbuch vom Rücksitz.

»Und? Wie war's?«

»Moment«, sagte er, nahm einen Stift zur Hand, blätterte in dem Buch, und als er die richtige Seite gefunden hatte, trug er dort etwas ein. Er steckte die Kappe auf den Stift, sah mich verlegen an und sagte: »Teilerfolg. In der einen Wohnung ist niemand zu Hause, und in der anderen Wohnung hieß es, es sei kein Geld da für solche Luxusdinge.«

»Oh, schade, das tut mir leid«, sagte ich. Der Arbeitstag begann gleich mit zwei Absagen.

»Muss es nicht. Denn: Irgendwann ist ja in der einen Wohnung jemand zu Hause. Und nebenan kann sich das mit dem Geld jederzeit ändern. Man erbt, man gewinnt im Lotto. Man wird befördert. Und gönnt sich was.«

Und das Erste, worauf die Menschen dann spitz sind, ist eine braun-orange DDR-Markise von Ronald Papen, dachte ich. Und lächelte.

Er hatte bereits die Hand am Türgriff, um zum nächsten Haus zu schreiten. Dort waren drei Balkons unbestückt.

»Ich muss dann wieder.«

Nachdem er weg war, griff ich nach hinten und holte mir das Kassenbuch. Es war eines von sieben, die auf dem Rücksitz lagen. Ich schlug es auf, und dort war minutiös jeder Besuch der vergangenen vierzehn Jahre verzeichnet. Papens System war einfach und logisch. Jedes Buch enthielt mehrere Städte, die dort nach Postleitzahlen geordnet waren. Unter denen listete er die Straßen, die er aufgesucht hatte, darunter die Hausnummern. Daneben stand das Datum des Besuchs und das Ergebnis, das er mit einem Buchstaben abkürzte: »N« bedeutete so viel wie »Nein«. Oder »Nicht«. »Null«, »Nada«, »Niente«. Seitenweise Neins. In der rechten Spalte hatte er Bemerkungen hinzugefügt. Meistens war sie leer, aber manchmal stand dort auch eine Jahreszahl. 2007. 2008. Das bedeutete wohl, dass er dann wieder vorstellig werden wollte. Oder eine, die bereits in der Vergangenheit lag. Die zurückliegenden Jahreszahlen waren durchgestrichen, ich folgerte daraus, dass er die Adresse ein zweites Mal erfolglos aufgesucht hatte.

Nein. Nein. Nein. Tausende Male. Dann stieß ich auf das erste »A«. »A« wie »Auftrag«. Oder »Abschluss«. Dahinter standen in der rechten Spalte Details des Verkaufs. Die Größe der Markise, der Name des Kunden, der Preis der Ware. Alle paar Seiten ein »A«. Wie Dornbüsche in der Wüste.

Mein Vater kam zurück. Er öffnete die Tür, setzte sich, nahm mir das Buch ab, lächelte und schrieb. »N«. »N«. »N«.

»Hast du Hunger?«, fragte er fröhlich. »In der Tüte sind Brote. Und Wasser.«

Ich schüttelte den Kopf.

»Weißt du was? Ich genehmige mir eins.« Er wühlte in der Plastiktüte und förderte ein in Folie verpacktes Käsebrot zutage. Er aß es und sah mit zusammengekniffenen Augen auf die gleißende Straße. Es war Vormittag und bestimmt schon dreißig Grad heiß. »Wir können ja die Tage mal Mittagspause mit Badespaß verbinden«, sagte er.

Er nahm einen Schluck Wasser und stieg wieder aus, um seinen Feldzug gegen die Realität fortzusetzen.

Auf der Straße fuhren kleine Mädchen mit dem Fahrrad. Ihre Eltern konnten es sich wahrscheinlich nicht leisten, mit ihnen in den Urlaub zu fahren. Nicht nach Mallorca und schon gar nicht nach Miami. Dort war es jetzt früher Morgen, wahrscheinlich schliefen Heiko, Mutter und Geoffrey noch. Dann wählten sie die Kleidung des Tages aus, wahrscheinlich Weiß mit Hellblau und Rosa, darüber einen Zopfmusterpulli und Basecaps. Sie würden zum Frühstück gehen, und Heiko würde sich über die amerikanische Sitte beschweren, eiskaltes Wasser in riesigen Plastikbechern zu servieren. Normalerweise wäre ich dabei und würde mir die iPod-Kopfhörer so tief in die Ohren bohren, dass ich von Heikos Gemecker nichts mitbekam und ihn nur stumm den Mund bewegen sah. Manchmal synchronisierte ich ihn dann mit einem neuen Text, den ich mir ausdachte, während ich ihm dabei zusah, wie er mit dem

Becher rumfuchtelte und den Kellner anschnauzte. »Sehen Sie sich das an, Monsieur. Da ist Lippenstift an meinem Pokal. Und überhaupt, warum ist da Hühnerbrühe drin? Gehen Sie und vierteilen Sie den Koch. Und bringen Sie mir den Premierminister.« Ich musste lachen bei der Vorstellung.

Da kam Papen zurück. »Worüber amüsierst du dich?«

»Ach, ich habe nur gerade an was Lustiges gedacht. Wieder nichts?«

»Nichts würde ich dazu nicht sagen. Eben war ich beinahe drin.«

»Beinahe drin? Also in der Wohnung?«

»Ja, das ist das A und O. Wenn du einmal drin bist, ist der Abschluss nur noch Formsache. Aber das Reinkommen ist nicht einfach. Die wenigsten Menschen sind auf spontanen Besuch eingestellt. Immer ist was auf dem Herd oder die Tante am Telefon oder Lockenwickler im Haar. Oder man hat schon jemanden da. Einmal hat mich eine Frau reingelassen, und auf der Couch saß schon ein Vertreter für Rasenmäher. Dabei hatte die gar keinen Garten. Unerhört.«

Er lachte und trank wieder einen Schluck.

»Jedenfalls ist es entscheidend, den Schritt in die Wohnung zu machen. Bist du einmal drin, ist der Rest meistens ein Kinderspiel.« Das schien mir etwas übertrieben, gerade in Anbetracht der wenigen »A«s in seinen Büchern. Papen griff sich wieder das Buch. Ein »N« und ein »N«, allerdings mit Wiederbesuchsvermerk in einem Jahr. Das war dort, wo er beinahe reingekommen war.

»Mal angenommen, du bist in der Wohnung, wie geht es dann weiter?«

»Meistens geht es erst auf den Balkon. Und dann zur Sitzgruppe. Ich ziehe dann meine Muster raus und mache ein Angebot. Dekor »Mumbai« oder Dekor »Kopenhagen«. Habe ich mir ausgedacht. Das klingt besser als das »Braun-orange« und das »Grün-blaue«, findest du nicht?«

Da hatte er zweifellos recht, auch wenn die Muster davon nicht schöner wurden.

»Und manchmal kann ich auch noch eine von meinen anderen Ideen absetzen.«

»Was für Ideen sind das denn?«

»Ich zeige es dir zu Hause. Erfindungen für eine bessere Welt, würde ich sie nennen. Ja, jedenfalls: Wenn es Kaffee und Gebäck gibt, ist die Anschaffungsbereitschaft groß.«

»Und hattest du auch schon mal richtig gefährliche Situationen?«

Papen dachte nach. »Nun ja, einmal kam der Ehemann nach Hause. Der hat gedacht, ich sei so eine Art Liebhaber. Ausgerechnet ich!«

Ja. Ausgerechnet.

»Der hat sofort seine Frau angebrüllt, was ich schon wieder für ein Typ sei. Kaum sei er mal ein Stündchen nicht da. Ich stehe sofort auf, raffe mein Zeug zusammen und sage: ›Ich bin nur der Markisenmann.‹ Und der Mann so: ›Neulich war es der Klempner und letztes Jahr der Spülmaschinenservice und jetzt der Markisenmann. Ich bring euch um.‹ Die Frau fängt an zu schreien, ich rase zum Eingang, er mit dem Kartoffelmesser in der Hand hinter mir her. Ich habe es gerade so ins Auto geschafft. Draußen ist noch eine Beule, da hat er mir gegen die Tür getreten.«

Er hatte sichtlich Freude an dieser Geschichte. »Und ich bin schon ein paarmal gebissen worden.«

»Ich mag auch keine Hunde.«

»Ich schon, aber leider beruht diese Zuneigung nicht auf Gegenseitigkeit. Außerdem waren es nicht immer Hunde. Mich hat auch schon eine Katze gebissen. Und mehrere Vögel. Es gibt Vögel, die sind schlimmer als jeder Rottweiler.«

»Aha. Und Fische?«

»Nein. Fische? Nicht. Nein. Eher nicht«, antwortete er völlig ernst.

Dann ließ er mich wieder alleine und wanderte zum nächsten Haus. Auch von diesem Besuch kehrte er ohne Erfolgsnachricht zurück. Er trug das Ergebnis in sein Kassenbuch ein. Es folgten weitere sieben Häuser. Immer dieselbe Reihenfolge. Aussteigen. Schnipp. Zeigefinger. Haus. Fünf bis zehn Minuten. Wieder rauskommen und nichts verkauft haben, was mir schon klar war, weil er sonst viel länger dringeblieben wäre. Außerdem hätte ich ihn dann auf einem Balkon gesehen, wo er die Markise ausgemessen hätte. Also wieder rauskommen, Kassenbuch, Stiftkappe ab, Eintragung, Stiftkappe zu, Schluck Wasser.

Schließlich sagte er: »Gut. Mittagspause?« Dann startete er den Motor, und wir fuhren zum Essen. Er kenne quasi jede Imbissbude im Ruhrgebiet, Buer sei ein Wurst-Eldorado, erklärte er mir und fügte mit Kennerstimme hinzu: »Ganz wichtiger Hinweis fürs Leben: Wenn irgendwo außen *Akropolis* draufsteht, kannst du immer mit einer jahrzehntelang ausgebauten Wurst-Kompetenz rechnen. Immer. Das *Akropolis* ist sozusagen der Dujardin unter den Pommesbuden. Neue Imbisse haben zwar kreative Namen, aber eben keine generationenübergreifende Wurst-Erfahrung. Deshalb, wann immer möglich: *Akropolis*.« Offenbar besaß auch Ronald Papen eine seit Jahrzehnten ausgebaute Wurst-Kompetenz.

»Isst du auch mal was anderes als Wurst?«, fragte ich.

»Manchmal esse ich Schnitzel. Auch eine Frikadelle kann in die engere Wahl geraten. Aber: Die Wurst ist im Grunde die solideste Wahl. Warum ist sie das?«

Ich hatte keine Ahnung. »Ich habe keine Ahnung.«

»Weil«, Kunstpause, »sie immer gleich groß ist. Man muss das System schlagen. Das System sagt: Du bezahlst für jedes Schnitzel in etwa dasselbe, aber die Schnitzel sind nie gleich groß. Du bekommst also mal mehr oder mal weniger fürs Geld. Bei der Frikadelle dasselbe. Ob du nun eine anständige Bifteki kriegst oder nur eine armselige Friko, hängt von der Laune, dem Brat-Talent, den Zutaten oder der Geldgier des Betreibers ab.« Er machte abermals eine Pause und schaute zu mir herüber, um nachzuprüfen, ob ich noch da war.

»Eine Wurst ist die ehrliche Antwort auf den mittäglichen Hunger. Sie ist quasi immer gleich groß und kostet überall dasselbe. Und: Man kann bei der Zubereitung am wenigsten falsch machen. Merke dir: Erstens immer Akropolis und zweitens immer Wurst. Außer der Appetit befiehlt mit Dringlichkeit und ausnahmsweise etwas anderes. Eine Frikandel. Ein Cevapcici. Schaschlik. Oder einen Reibekuchen. Kann man machen, wenn die Galle mitspielt.« Mit diesen Worten hielt er direkt vor dem *Akropolis* Grill von Gelsenkirchen-Buer.

Sechs Wurst-Optionen standen zur Wahl: Bratwurst, Currywurst, Zigeunerwurst, Jägerwurst, Zwiebelwurst sowie die geheimnisvolle und sehr griechische Darreichungsform Metaxawurst. Papen entschied sich für Jägerwurst, weil er, wie er sagte, eine enorme Lust auf Pilze habe. Ich nahm die Currywurst, weil Jugendliche häufig viel weniger experimentell und viel konservativer handeln, als man es ihnen allgemein zuspricht. Papen trank Wasser, ich nahm Limonade. Er bestellte dazu Pommes mit Mayo und Ketchup, also Schranke. »Ich weiß nicht, ob deine Mutter einverstanden wäre, wenn sie wüsste, dass du bei mir keinen Salat und so was bekommst.«

Die Sorgen musste er sich nicht machen. Meine Mama kochte keineswegs gesünder als der Wirt des *Akropolis* in Buer. Wenn sie überhaupt kochte. Wir gingen oft essen, wobei das mit Heiko regelmäßig unangenehm wurde. Er drangsalierte Kellner, ließ einwandfreies Essen zurückgehen und verwickelte Köche in Fachgespräche über die richtige Zubereitung von Lammkarree, ohne auch nur die geringste Ahnung davon zu haben. Am schlimmsten fand ich, dass Heiko selten etwas aufaß. Das gehörte zu seinem Lifestyle, wie er öfter erklärte. »Nur arme Willis essen den Teller leer. Habe ich nicht nötig«, sagte er dann und fing mitten im Essen an zu rauchen.

Wenn ihm etwas nicht zusagte, drückte er seine Zigarette manchmal in den Beilagen seiner Goldbrasse aus oder auf einem sündhaft teuren Steak, das von entsetzten Kellnern abgeräumt wurde. Er wusste ganz genau, dass sie ihn für sein Benehmen hassten, dass sie ihn am liebsten rausgeschmissen hätten. Aber er demütigte sie anschließend mit riesigen Trinkgeldern. Er hatte Freude daran, dass sie ihn aushalten mussten, weil er sie dafür auf eine geradezu absurde Art bezahlte – er machte sich sogar noch darüber lustig.

Andererseits zeigte er eine beinahe kindliche Begeisterung, wenn es ihm schmeckte. Dann wollte er alles über die Zubereitung seines Essens wissen, nahm sich Zeit und fragte Kellner, wo sie herkamen, um dann gemeinsam mit ihnen vom Kosovo oder Griechenland zu schwärmen. Und es spielte für ihn keine Rolle, was wir bestellten. Ich habe nie erlebt, dass ich etwas nicht probieren durfte. Heiko war da wie in vielen anderen Dingen schwer auszurechnen. Er war anstrengend, aber spannend.

Wir waren als Familie schwierige Gäste. Die Menschheit bestand für uns im Wesentlichen aus Dienstleistern. Und weil ich es nicht anders kannte und zumindest als Kind auch noch lustig fand, verhielt ich mich in Restaurants genauso auffällig wie mein Stiefvater. Und Geoffrey ebenfalls. Wir warfen Getränke um, bestellten körbeweise Brot, das wir zerpflückten und auf dem Tisch verteilten, orderten Portionen, die wir nicht anrührten, oder zeterten herum, weil wir doppelt Sahne auf dem Eis wollten.

Erst in den vergangenen Monaten hatte ich damit begonnen, dieses Benehmen infrage zu stellen. Aber ich denke, das geschah nicht aus Einsicht, sondern als positiver Nebeneffekt meiner Pubertät: Ich wollte mich einfach von Mama und Heiko abgrenzen.

Und nun saß ich auf einem Barhocker an einem Stehtisch in einem der vielen Akropolisse des Ruhrgebiets und sah, wie hingebungsvoll mein Vater seine Wurst aß. Sie schien ihm wirklich sehr zu schmecken, zumal er das System ausgetrickst und kein Schnitzel bestellt hatte. »Und? Gut?«, fragte er zwischendurch. Dann winkte er dem Imbissmann hinter der Theke zu, formte ein »O« mit Daumen und Zeigefinger und rief: »Super.«

Da ich gerade an Heiko gedacht hatte, fiel mir eine Frage ein. Ich wollte gerne wieder mit Ronald über diese geheimnisvollen Themen vor meiner Geburt sprechen. »Wie lange kennst du Heiko schon?«

Papen schien überrascht, vielleicht auch ärgerlich zu sein, denn er sagte: »Was willst du immer mit Heiko? Was ist an dem so interessant?«

Du stehst irgendwie in seiner Schuld, dachte ich als Antwort. Aber der Moment war wohl der falsche. Dann eben Mama.

»Wie hast du Mama kennengelernt?«

»Hat sie nie von uns erzählt?«, fragte er zurück.

»Sie hat so gut wie nichts von dir erzählt, das weißt du doch. Nur, dass ihr in den Urlaub gefahren seid, als sie mit mir hochschwanger war. Und in dem Urlaub bin ich auf die Welt gekommen. Danach bald Trennung, dann Heiko.«

Es war unangenehm, ihm diese kürzeste aller Kurzfassungen zu referieren. Auch weil auf diese Weise deutlich wurde, dass er zu Hause kein Thema war. Es musste schmerzhaft für ihn sein, dass er offensichtlich in meinem Leben keine Rolle gespielt hatte, weil Mama ihm nun einmal keine gegeben hatte. »Und ihr wart mal in den Ferien in Plitvice«, ergänzte ich. »Es gab ein Foto von euch beiden. Aber das ist weg.«

Papen trank sein Wasser aus und ging an den Tresen, um zu bezahlen. Im Auto fuhr er die Seitenscheiben herunter und sagte: »Deine Mama und ich, wir haben uns beim Jugendtanz kennengelernt.«

»Beim was bitte?«

»So hießen die Discos bei uns. Disco war ja ein West-Wort, das wurde nicht benutzt. Die von der Partei mussten andauernd irgendwelche Worte erfinden, deshalb gab es auch keinen DJ in der offiziellen Sprachregelung. Sondern einen SPU. Einen Schallplattenunterhalter. Kein Witz.«

Ich lachte auch nicht. Ich verstand überhaupt nicht, wovon er sprach. »Was heißt denn ›bei uns‹?«, fragte ich ratlos.

»Na, in der DDR.«

Ich kam mir in diesem Moment so dumm vor. Mama hatte erwähnt, dass sie aus einem Ort namens Beelitz kam. Ich hatte mir natürlich nie Gedanken darüber gemacht, wo das lag. Ich hatte auch keine Großeltern, jedenfalls keine, die man besuchte oder die selbst zu Besuch kamen. Die Kindheit meiner Mutter war einfach kein Thema. Es schien, als habe ihr Leben damit begonnen, dass sie mit Heiko zusammengekommen war. Alles davor war ein schwarzes Loch.

»Egal. Wie dem auch sei. Wir haben uns beim Jugendtanz kennengelernt. Das war kurz vor der Jugendweihe. Wir waren so alt wie du jetzt. Sie war wirklich das hübscheste Mädchen bei den Jugendstunden der FDJ. Da musste man hin, vor der Jugendweihe.« Er sah wieder kurz zu mir, sah dann aber ein, dass er die Sache unnötig verkomplizierte. »Wir waren sofort ein Paar. Dem Heiko hat das erst gar nicht gepasst. Er war wahnsinnig eifersüchtig.«

»Weil er auch etwas von der Mama wollte?«

»Nein, weil ich dann keine Zeit mehr für ihn hatte. Er war ja mein bester Freund, seit den Jungpionieren. Wir waren wirklich unzertrennlich. Und dann kam Susanne. Aber irgendwann hat er es eingesehen, und dann waren wir eben zu dritt.«

»Und wie lange ist das her?«

»Eine Ewigkeit, das war 1986. Wir hatten schöne Sommer damals«, sagte er versonnen und fuhr wieder zurück zu der Gegend, in der er zuvor die Häuser abgeklappert hatte. Er parkte und sagte: »Dann will ich mal wieder.«

»Ich komme mit«, sagte ich und stieg aus. Wir gingen gemeinsam auf ein Haus mit zehn Wohnungen zu. Balkons, manche bestückt, andere nicht. Papen blieb kurz stehen, zeigte mit dem Finger auf das Haus und murmelte: »E1 links, zweite rechts 1, zweite links 2, vierte rechts 1«.

»Was machst du da?«

»Ich merke mir, wo wir klingeln müssen«, sagte er, und wir betraten das Gebäude, dessen Haustür nicht verschlossen war. Papen schritt zügig auf E1 links zu, sah auf das Klingelschild, auf dem »Panschewski« stand, und drückte beherzt auf die Klingel. Hinter der Tür war ein Zwei-Ton-Gong zu hören, dann schwere Schritte und Geraschel. Offenbar sah jemand durch den Spion. Schließlich öffnete sich die Tür so weit, wie es die vorgehängte Kette zuließ.

Im Türspalt kam ein Männlein mit wässrigen Augen zum Vorschein, kleiner noch als ich.

»Ja bitte?«

»Guten Tag, mein Name ist Papen«, sagte mein Vater jovial. Und weil er das schon Tausende Male gesagt hatte und wusste, dass man darauf kaum etwas Sinnvolles erwidern konnte, sprach er gleich weiter. »Ich habe da vor Ihrem Haus gestanden, und da ist mir was aufgefallen.«

»Das ist nicht mein Haus«, sagte Panschewski.

»Also gut, ich meine natürlich: vor dem Haus, in dem Sie wohnen, Herr Panschewski.«

»Woher wissen Sie meinen Namen?«, fragte der alte Mann argwöhnisch.

»Er steht hier, auf dem Klingelschild«, sagte mein Vater mit einer Geduld, wie ich sie niemals aufgebracht hätte.

»Und das ist Ihnen aufgefallen?«

»Nein, doch, also eben, als ich geklingelt habe. Aber vorher fiel mir schon etwas auf, als wir vor Ihrem, vor diesem Haus gestanden haben.« Er bemühte sich, wieder in seinen Text zu kommen. Aber Panschewski ließ ihn nicht. »Dauert das noch lange? Ich habe Pudding auf dem Herd.«

»Oh, wie lecker«, mühte sich mein Vater.

»Der ist nur für mich. Wenn Sie denken, dass Sie etwas abkriegen, haben Sie sich schief in den Finger geschnitten.«

Er meinte entweder in den Finger geschnitten oder schief gewickelt.

»Nein danke, wir möchten bestimmt nichts von Ihrem Pudding.«

»Was wollen Sie denn dann?«

»Ich wollte Sie darauf hinweisen, dass Sie gar keine Markise auf dem Balkon haben.«

Der mürrische Zwerg sah meinen Vater unverwandt an. »Danke«, sagte er. »Das wusste ich schon. Noch was?«

»Ich dachte, wir könnten darüber ins Gespräch kommen. Wissen Sie, so ein Balkon ist doch kein Ort ohne eine schöne Markise.«

»Ich gehe nicht auf den Balkon«, sagte Panschewski und machte Anstalten, die Tür zu schließen.

»Aber wenn doch, könnten Sie eine Markise gut gebrauchen«, barmte mein Vater. Normalerweise würde man genau jetzt den Fuß in die Tür stellen. War aber Hausfriedensbruch. Und Nötigung.

»Wenn ich auf den Balkon gehe, dann nur, um mir dort ein Bier aus dem Kasten zu holen. Und dafür brauche ich keine Markise«, stellte Panschewski fest.

»Oder wenn Besuch kommt«, machte Papen weiter, obwohl die Sache bereits gelaufen war. Bei Herrn Panschewski würde nicht bestückt werden.

»Ich bekomme keinen Besuch«, sagte das Männlein und

dann: »Warum interessiert Sie das überhaupt? Sind Sie Vertreter für Markisen?«

Ronald Papen langte in seine Innentasche und holte eine Karte heraus, die er übergriffig durch den Türspalt schob. »Ich bin kein Vertreter. Ich leite den Direktvertrieb meiner Firma. Und ja, es geht um Markisen und andere feine Ideen.«

»Na dann«, sagte Panschewski, der zu seinem Pudding wollte.

»Falls Sie es sich überlegen, freue ich mich über einen Anruf.«

»Jaja«, sagte der alte Mann und schloss die Tür.

Ronald Papen drehte sich zu mir um und sagte: »So sieht's aus. Diese Nuss haben wir nicht geknackt, aber es warten noch drei weitere.« Und mit diesen Worten schritt er in die zweite Etage und ich hinterher. Er klingelte bei Seiters in der zweiten Etage, rechts, erste Tür. Kaum hatte er auf den Knopf gedrückt, öffnete sich gegenüber eine Tür, und eine Frau schnarrte: »Da brauchen Sie gar nicht zu klingeln. Die macht sowieso nicht auf. Die hat Phobien.«

»Ah«, sagte Ronald Papen. »Vielen Dank für die Auskunft.« Er drehte sich um und ging zur zweiten Wohnung auf der linken Seite, um dort zu klingeln.

»Zu mir wollen Sie wohl nicht, oder wie?«, sagte die Nachbarin enttäuscht.

»Leider nein«, sagte Papen für seine Verhältnisse sehr charmant und fügte hinzu: »Sie haben ja schon eine Markise. Wenn Sie also keine neue brauchen, werde ich wohl nebenan klingeln müssen.«

»Die machen auch nicht auf«, sagte sie und schob sich ein Stück aus der Tür. »Die haben auch Phobien.«

In dem Moment öffnete sich die Tür, an der wir zuerst geläutet hatten, und eine jüngere Frau streckte den Kopf raus. »Hat jemand bei mir geklingelt?«

»Das war in deinem Kopf«, bellte die Nachbarin angriffslustig.

»Lass mich in Ruhe, du Nachtgespenst«, sagte die jüngere zu der Nachbarin.

»Geh wieder rein, niemand will etwas mit dir zu tun haben«, sagte die.

»Genau genommen haben wir bei Ihnen geklingelt«, sagte Papen und versuchte, sich zwischen die beiden Frauen zu manövrieren. »Ich habe von außen gesehen, dass Sie ...« Weiter kam er nicht, weil die junge Frau mit einem Besen nach der Nachbarin schlug und ihn am Bein traf.

»Sehen Sie, die ist verrückt«, rief die Nachbarin, und nun öffnete sich auch noch die dritte Tür, und ein Mann stürzte heraus. »Geht das schon wieder los hier? Jeden Tag dieselbe Scheiße.«

»Guten Tag, ich habe von außen gesehen, dass Sie einen Balkon haben. Und da dachte ich, dass vielleicht Bedarf besteht.«

»Was?« Der Mann hörte gar nicht zu, weil er damit beschäftigt war, der jüngeren Frau den Besen abzunehmen und die Nachbarin gleichzeitig in ihre Wohnung zurückzudrängen.

»Es geht um Ihre Markise.«

»Welche Markise?«

»Die, die Ihnen fehlt.«

Die junge Frau schlug die Tür zu, die Nachbarin stellte sich zu Papen und sagte: »Horst, der will dir 'ne Markise andrehen.«

»Eigentlich nicht, aber man könnte über eine Anschaffung nachdenken.«

Horst lehnte den Besen gegen die Tür der jungen Frau und schnaufte. »Markise? Was soll ich mit einer Markise? Ich habe genug Probleme. Da werde ich mir nicht auch noch eine Markise ans Bein binden.«

Und bevor Papen noch etwas sagen konnte, waren Horst und die Nachbarin in ihren Wohnungen verschwunden. Peng. Tür zu. Ronald Papen rieb sich den Oberschenkel und sagte: »Ganz schön was los in Gelsenkirchen, was?« Dann ging er in den vierten Stock, erste Tür rechts. Familie Rosen. Ding Dong.

»Man muss den Leuten Zeit geben. Nie zu früh die Flinte ins Korn werfen«, flüsterte er.

Nach einer kleinen Ewigkeit ging die Tür auf, und eine Frau mittleren Alters erschien darin.

»Guten Tag?«, sagte Frau Rosen.

Ronald Papen sagte seinen Spruch auf. Und die Frau sagte freundlich: »Das tut mir leid, wenn Sie hier sind, um eine Markise zu verkaufen. Ich habe dafür leider gar kein Geld.«

»Das wäre kein Problem«, sagte Papen. »Ich habe auch Ideen für Kunden, die nicht auf Rosen gebettet sind. Da findet sich immer eine Lösung.«

»Ich werde ganz sicher nichts auf Raten kaufen. Ich darf auch gar nicht. Mein Mann bringt mich um.« Sie sah an Papen vorbei und entdeckte mich schräg hinter ihm im Treppenhaus.

»Und wer bist du?«, fragte sie.

»Das ist meine Tochter. Sie verbringt ihren Urlaub bei mir. Und da haben wir gedacht, sie begleitet mich mal und schaut, was ihr Vater so arbeitet.«

»Und? Ist es sehr langweilig?«, fragte Frau Rosen.

»Überhaupt nicht«, sagte ich. »Dürfte ich mal Ihre Toilette benutzen?«

Frau Rosen öffnete die Tür und sagte: »Aber natürlich.« Und zack, war Ronald Papen drin.

Ich gab ihm zwei Minuten, um mit der Frau ins Gespräch zu kommen. In der Zwischenzeit tat ich so, als müsste ich aufs Klo, und sah mir die Katzenbilder auf Rosens Gäste-WC an. Dann wusch ich mir die Hände und kam wieder raus. Letztlich hatte der Trick zwar funktioniert. Wir hatten damit die Schwelle genommen. Aber leider hatten Herr und Frau Rosen bereits zu viele Ratenkäufe getätigt. Die Frau gab sogar freimütig zu, bei allen Teleshopping-Kanälen auf der roten Liste zu stehen, was bedeutete, dass man ihnen dort nichts mehr verkaufte. Und tatsächlich stand die halbe Wohnung mit offensichtlich nie gebrauchten Anschaffungen voll, zum Teil noch verpackt.

Papen verabschiedete sich und ließ seine Karte da. Nur für den Fall, dass sich die Umstände alsbald ändern würden. Dann gingen wir. Ich glitt mit der linken Hand an dem roten Plastiklauf des Geländers entlang. Unsere Schritte hallten durch das Treppenhaus.

Draußen drehte ich mich zu meinem Vater um. Er sah jetzt müde aus. Nicht direkt resigniert, sondern eher leer, als habe man ihn einer Aufgabe beraubt.

Und in diesem Moment konnte ich nicht anders. Ich ging auf ihn zu und umarmte ihn, den einstmals Unscharfen, den Traurigen, diesen unendlich bemühten und zarten Mann, wie es nur eine Tochter kann. Und mein Vater ließ seine Tasche mit den Mustern fallen und nahm mich in den Arm. Dort, in Gelsenkirchen-Buer-Hassel, habe ich meinen Vater zum ersten Mal gespürt. Und erst seitdem weiß ich, was ich in den ersten fünfzehn Jahren meines Lebens vermisst habe. Wie sehr ich diesen Teil von mir entbehrt habe.

Schließlich gingen wir zum Auto. Ich glaube heute, dass er dasselbe gefühlt hat wie ich. Jedenfalls hatte er dann keine Lust mehr, noch weitere Besuche zu machen.

Auf der Heimfahrt redeten wir nicht viel. Er spürte vielleicht, wie schockiert und wütend ich war, und ich glaubte seine Scham in jeder Pore meines Körpers zu spüren. Was mich so aufbrachte, war nicht nur die Vergeblichkeit seiner Arbeit und meine Wut auf die Leute, die ihn nicht reinließen. Auch er selbst regte mich auf. Wie er sich fügte. Wie er freundlich blieb. Und den größten Trotteln die Ehre erwies, indem er ihnen seine Karte gab, obwohl er genau wusste, dass sie sofort im Papierkorb landete.

»Ich kann einfach nicht verstehen, warum du dir das antust«, platzte es aus mir heraus, als wir auf der Autobahn langsam im Feierabendverkehr nach Hause rollten. »Und erzähl mir jetzt keinen Mist von irgendwelchen Leuchtturmwärtern!«

»Ich kann nicht anders«, sagte er und schwieg dann lange.

Und dann: »Weißt du, was toll war? Dass du bei der letzten Tür auf die Toilette musstest. Wenn du nicht aufs Klo gemusst hättest, dann wäre ich da gar nicht reingekommen. Auch wenn es dann nichts gebracht hat. Aber es war schon ein Glück, dass du genau in dem Moment auf Toilette musstest.«

»Papa?«

»Ja?«

»Ich musste nicht. Das war ein Trick.«

Darauf sagte er nichts mehr. Und mir wurde klar, dass es nur einen Weg gab, um diese verdammten Markisen zu verkaufen. Es gab dafür nur eine einzige Erfolg versprechende Methode, und das wusste ich deshalb, weil es die letzte war und er sie noch nie ausprobiert hatte. Und diese Strategie hieß: lügen.

Tag 10

Wochenende bedeutete für Ronald Papen Buchhaltung und Zeitungslektüre. Schon früh zog er los, um Frühstück und Tageszeitungen zu besorgen. Ich nutzte die Zeit, goss die Pfütze in seiner Abwesenheit und trieb mich an unserem Strand herum. Ohne Alik war das langweilig, aber er tauchte samstags und sonntags nicht auf. Er müsse dann für seine Familie da sein, hatte er mir erklärt, und es klang so, als habe er Kinder, um die er sich kümmern müsse. In Wahrheit erledigten sie dann den Wocheneinkauf und putzten oder wuschen das Auto oder was man sonst in Duisburg-Meiderich so machte.

Diese Welt mit ihren Aufgaben und Arbeitsschichten und den festen Gewohnheiten kam mir in den ersten Tagen miefig und armselig vor, natürlich machte ich mich darüber lustig. Teppichklopfstangen hinterm Haus. Waschmaschinen-Regeln im Flur. Schuhregale vor der Wohnung. Alles so kleinbürgerlich und voller extremer Gerüche. Die Straßen, durch die ich gefahren war, und die Häuser, die ich gesehen hatte, boten mir auf Anhieb nichts, sie schüchterten mich eher ein mit ihrer Enge, mit der ungeheuerlichen Vorstellung, dass man dort im Bett liegen und den Mann aus der Wohnung darunter schnarchen hören konnte.

Ich kannte nur Hahnwald. Dort konnte man eine halbe

Stunde auf der Straße spielen, ohne dass ein Auto kam. Teppiche wurden niemals geklopft, erst recht nicht im Garten, und für die Schuhe gab es Einbauschränke. Man hatte keine Regeln, außer man machte sie. Und man sprang nicht in öffentliche Gewässer. Ich hielt das für normal, und das war es ja auch. Allerdings nur dort. An der schieren Größe des Ruhrgebietes konnte man hingegen ablesen, dass die eigentliche, die wirklich normale Welt dort war und nicht auf der Terrasse von Heiko und meiner Mutter. Mir schien sogar, dass die Leute, die wir in Gelsenkirchen besucht hatten, besser darauf vorbereitet waren, wenn sich die Erde eines Tages schneller drehen würde.

Das war eine Horrorvorstellung, die mich in der fünften Klasse ergriffen hatte. Sie hatte mit meiner Vorstellung von Zentrifugalkraft zu tun, und die wiederum war fast das Einzige, was ich mir jemals im Physikunterricht gemerkt habe. Ich stellte mir jedenfalls vor, von der Fliehkraft ins Weltall geschleudert zu werden, falls der Planet Erde einmal sagenhaft beschleunigte. Momentan sei damit nicht zu rechnen, hatte der Lehrer damals gesagt. Momentan. Er meinte das wohl als Scherz, aber was würde dann geschehen?

Meine kindliche Vorstellung dieser Gefahr war nun einer eher philosophischen Betrachtung gewichen: Die Menschen in diesem Ruhrgebiet würden sich womöglich besser an der Erde festhalten können, weil sie nicht darüber nachdenken mussten, woran sie sich klammern sollten. Sie hatten viel weniger zur Auswahl. Ohne dass ich es genau hätte benennen können, spürte ich, dass sie es grundsätzlich leichter mit der Bodenhaftung hatten als wir in unserer Nachbarschaft, die ich plötzlich viel unsicherer und fragiler fand. Bisher hatte ich eigentlich jede Umgebung außerhalb von Hahnwald für prekär, gefährlich und instabil gehalten. Und nun kehrte sich diese Vorstellung um. Jemand, der genau wusste, wann die Müllabfuhr kommt, wann der Bergsteigerchor probt und wie oft er noch zur Arbeit gehen muss, bis er Rentner ist, hatte es womöglich leichter als meine Mutter oder Heiko, deren Wohl und Wehe andauernd in Gefahr schien, sei es durch das Finanzamt, schlechte Ideen oder die Gemeinheit betrügerischer Geschäftspartner. Mein Leben in diesem Mikrokosmos aus Aloe vera-Creme und Lounge-Möbeln schien in Wahrheit gefährdeter zu sein als jenes von Herrn Panschewski in Buer.

Gedanken dieser Art morgens oder vor dem Einschlafen in meiner Zelle verunsicherten mich, weil grübeln eigentlich nicht mein Ding war. Es fühlte sich nicht gut an. Jeder Gedanke führte zu neuen, denen ich mich jedoch bisher aus tiefstem Herzen nicht hatte stellen wollen. Ich war bisher der Meinung gewesen, das sei die Aufgabe der Erwachsenen, der Lehrer, der Politiker. Und nun grübelte ich über die Unterschiede zwischen dem Leben hier und dem Leben bei mir zu Hause nach, stellte Vergleiche an und mein bisheriges Leben infrage. Letzteres beschäftigte mich am meisten, es ging mir regelrecht auf die Nerven. Meine Welt geriet aus ihrer normalen Umlaufbahn, sie eierte und schien sich zu beschleunigen.

Alik machte sich natürlich darüber lustig. Er war viel intelligenter als ich, aber er war auch jünger. Daher konnte ich seine Belehrungen gut annehmen, denn mir blieb der Vorsprung der sexuellen Erfahrung. Nicht, dass ich damit angegeben hätte, aber wenn mir Alik mal wieder zu klug wurde, dachte ich: Tja, schlau, aber Jungfrau.

Meine Sorge um die Fliehkraft und die Aussicht, eines Tages mit Karacho von der Erde geschleudert zu werden wie Pfannkuchenteig von der Küchenmaschine, zerstreute er mit der lapidaren Bemerkung, dass die Erdanziehungskraft bis auf Weiteres das Schlimmste verhindern werde.

Während also Alik zu Hause bei seiner Familie daran arbeitete, durch schiere Gewohnheit der Fliehkraft ein Schnippchen zu schlagen, aß ich mit meinem Vater Brötchen und versuchte, ihm einen Senderwechsel schmackhaft zu machen. Er hörte meistens Programme, in denen erwachsene Menschen stundenlang vernünftige Dinge sagten. Ich war schon ganz vollgequasselt. Oder er spielte seine Musik. Neuer Vorschlag von ihm: *Stern-Combo Meißen*. Es wurde wirklich Zeit, dass wir andere Musik anschafften.

Gerade als ich meinen Vater dazu überreden wollte, mit mir einen Badeausflug zu machen oder einen Fernseher zu kaufen, standen Lütz und Achim in der Halle.

Ob wir Lust hätten mitzukommen? Wohin denn? Nach Dinslaken. Was ist denn in Dinslaken? Schalke. Wie Schalke? Spielt da. Na und? Kann man doch mal hingehen.

»Auf gar keinen Fall«, sagte ich.

»Wir kommen mit«, sagte Papen feierlich.

»Super«, erwiderte Lütz, »du fährst.«

Sie hatten meinen Vater offensichtlich nur gefragt, weil sie einen Chauffeur brauchten. Komischerweise reparierte Lütz zwar den ganzen Tag Autos, besaß aber selbst keines. Jedenfalls keines, das auch fuhr. Womöglich war er kein so großartiger Kfz-Mechaniker.

Also fuhren wir mit Ronald Papens Kombi nach Dinslaken. Halbes Stündchen, sagte Achim auf meine Frage, ob das weit weg sei. Im Ruhrgebiet war alles ein halbes Stündchen weit weg. Das galt für Ortsteile von Duisburg genauso wie für Essen, Bochum oder Dinslaken. Im Prinzip alles ein halbes Stündchen. Komischerweise stimmte das immer.

Achim und Lütz waren natürlich Fans von MSV Duisburg. Das lag nahe, genau wie das Vereinsgelände nahe lag. Man musste theoretisch von unserem kleinen Hafenbecken aus nur über die Gleise. Oder eben außenrum über die Straße. Lütz behauptete einmal, dass man die Pfeife des Schiedsrichters bei gutem Wetter bis zu uns hören könne, aber da war nie etwas. Lütz und Achim gingen zu jedem Spiel der Zebras und das bereits seit ihrer Kindheit. Sie wären bereit gewesen, für den MSV zu sterben oder zumindest zu töten. Als Lütz einmal dem großen Ewald Lienen an einer Tankstelle begegnet sei, habe er anschließend vor lauter Aufregung drei Tage nicht schlafen können, erzählte er im Auto. Er ärgerte sich darüber, dass er Lienen nicht angeboten hatte, Norbert Siegmann für ihn kaltzumachen, was er, ohne zu zögern, getan hätte, wenn Lienen sich das gewünscht hätte, was man aber nie erfahren würde, wenn man sich nicht traute, ihn an der Aral anzusprechen.

Auf der Fahrt erläuterte Achim, dass die großen Vereine zur Saisonvorbereitung gerne gegen Amateurmannschaften spielten. Man könne bei diesen Gelegenheiten junge Talente ausspähen, sozusagen die Zukunft der Vereine. Und daher müsse man sich dieses Spiel von Schalke 04 angucken. Es handele sich dabei um Konkurrenzbeobachtung, schließlich sei Schalke der Feind.

Der Feind war vor ein paar Wochen deutscher Vizemeister geworden und der heimische MSV Duisburg soeben von der zweiten in die erste Bundesliga aufgestiegen. Man habe also demnächst gegen Schalke anzutreten, und deshalb müsse man im Vorhinein mal prüfen, mit wem man es da zu tun bekomme. Übrigens war in diesen Wochen nicht nur Duisburg aufgestiegen, sondern gleichzeitig Rot-Weiss Essen von der zweiten in die dritte Liga abgestiegen. Tumultuöse Aufregung auf dem Rücksitz. Achim nahm nämlich an, dass es sich sowohl beim Abstieg von Essen als auch bei der Vizemeisterschaft von Schalke um Ergebnisse handfester Komplotte handelte. Und dann kam wieder die Sache mit den unterirdischen Stollen. Spitzenteams wie Dortmund oder Schalke saugten gewissermaßen die Talente bei anderen Vereinen ab. Man konnte ihm stundenlang zuhören, allerdings fragte man sich zwischendurch, warum.

In Dinslaken besorgten sich Achim und Lütz sofort die Aufstellungen und analysierten die Mannschaft aus Gelsenkirchen. Als das Spiel begann, hatten sie sich bereits ein Bild gemacht. Demnach handelte es sich bei dem blutjungen Ralf Fährmann um den künftigen Nationaltorwart. Wahrscheinlich werde er nach der zu erwartenden Meisterschaft der Schalker alsbald ins Ausland wechseln. Möglicherweise Spanien, schlimmstenfalls könne es zu einem Transfer nach München kommen. Fährmann sei, was seine Vereinstreue angehe, ein klarer Wackelkandidat.

Der andere Junioren-Torhüter hieß Manuel Neuer, und sowohl Lütz als auch Achim prophezeiten, dass dieser viel zu heimatverbunden sei, um jemals den Verein zu wechseln. Der sei ja aus Buer, merkte Achim an. Dies sei für einen Gelsenkirchener Gnade und Verpflichtung zugleich. »Solche Leute bleiben immer, wo sie sind, sie verzichten quasi automatisch auf die große Karriere«, sagte Lütz und hakte den Torwart ab. Es gehe in der Zukunft keine große Gefahr für den MSV Duisburg aus, wenn Schalke mit derart unambitionierten Typen wie diesem Manuel Neuer spiele.

Ronald hörte sich die profunden Vorträge an und kommentierte sie nicht, denn ganz offensichtlich verstand er viel weniger vom Fußball als seine Freunde. Er wollte ihnen bloß Gesellschaft leisten und gab sich beeindruckt, als Achim und Lütz einen weiteren Jugendspieler von Schalke 04 mit ihrer Fachkenntnis beurteilten. »Hö-we-des«, las Achim vor und suchte dessen Rückennummer auf dem Platz. Auch einer aus der Jugend. Verteidiger und Kapitän der Junioren. Offenbar aber heute nur Ersatzbank, was laut Achim am Vornamen lag. »Benedikt«, lästerte er und zeigte mir das Blatt mit der Aufstellung, als müsse er mir beweisen, dass der Junge tatsächlich so hieß.

»Ja und, was ist mit dem?«, fragte ich.

»Kim! Da merkt man, dass du wirklich gar keine Ahnung hast. Die Sache ist so: Benedikt ist ein Luschen-Name.«

»Immerhin heißt der Papst Benedikt«, wandte Ronald schwach ein.

»Der Papst heißt eigentlich Joseph«, stänkerte Achim. »Keine Ahnung, was den geritten hat, sich umzutaufen. Jedenfalls heißt der Joseph. Also Sepp. Sepp ist ein Fußballername.«

»Was ist denn ein Fußballername?«, fragte ich.

»Na, Sepp. Gerd. Manni. Horst. Fritz. Franz. Berti«, sagte Lütz.

»Willi. Rüdiger. Klaus. Günther. Bernard. Kalle. Ewald«, ergänzte Achim.

»Aber doch nicht Benedikt. Benedikt ist wie Maximilian.

Oder Michael. Sag mir mal einen einzigen berühmten Spieler, der so heißt.«

»Sag du mir mal zwei, die Berti heißen«, sagte Ronald.

»Halt du dich da raus«, befahl Achim, eindeutig auf Krawall gebürstet. »Jedenfalls ist Benedikt ein Name, wenn du Meerschweinchen verkaufst oder Papst werden willst. Aber für einen Fußballer taugt der nicht. Genau wie Manuel. Ich lege mich mal fest: Dieser Höwedes wird es nicht in die Bundesliga-Mannschaft schaffen, der wird nie ein Gegner für den MSV. So wie ich das hier sehe, ist Schalke dabei, seine Zukunft komplett zu verspielen.«

In der vierten Spielminute schoss ein Spieler namens Gerald Asamoah das erste Tor. Bis zur zweiten Halbzeit folgten noch sieben weitere Treffer, bei genau einer Chance für Dinslaken. Schalkes Trainer Slomka wechselte dann ausgiebig, und in der zweiten Hälfte stand praktisch eine andere Mannschaft auf dem Platz, was Achim und Lütz dazu veranlasste, ihre Analyse auf die neuen Spieler auszudehnen. Insgesamt kamen sie zu dem Schluss, dass für den MSV Duisburg am Ende der demnächst startenden Saison ein Champions-League-Platz möglich, im Grunde sogar wahrscheinlich sei, eigentlich unausweichlich. Und zwar schon deshalb, weil die Gegner, so wie Schalke 04, kaum brauchbares Spielermaterial im Kader hatten. Den hohen Sieg an diesem Mittag nannten sie eine Blendgranate und den schmalen Burschen, der dann und wann an uns vorbeilief, einen rachitischen Hungerhaken. Rückennummer 17.

Achim suchte ihn auf dem Bogen mit der Aufstellung. »Mesut Özil«, sagte er abschätzig. Er sprach das »Z« als ein »Z« aus. Und dann fuhr er hoch: »Was habe ich gesagt? Ich habe es euch doch gesagt. Der ist nämlich neu. Und wo kommt der her? Rot-Weiss Essen. Steht hier. Abgebender Verein: RWE. Abgesaugt. Wahrscheinlich stand der letzte Woche noch bei Rot-Weiss auf der Asche, dann wird er von unten angesaugt, saust durch den Tunnel, und zack, taucht er in der Knappenschmiede wieder auf. Jemand sollte mal seine Eltern anrufen und denen sagen, dass der jetzt bei Schalke ist.«

Der Junge auf dem Platz, der seinen Namen gehört hatte, schaute schüchtern zu uns herüber. Er hatte eine schöne Traurigkeit in seinen großen Augen, aber er lächelte wie ein Ganove. Ich mochte ihn. Mesut also. Sechzehn Jahre. Lief da vor mir herum mit Träumen von der Weltkarriere im Kopf.

Für Lütz schien diese völlig ausgeschlossen zu sein. »Schlaffer Bubi, zu dünn, keine Power, hängende Schultern, kein Kinn: Aus dem wird gar nichts.« Gerade im Vergleich zu Sturmtalenten früherer Tage wie Karl-Heinz Rummenigge, ein Westfale, dessen angeblich schaufelnden Gang Achim nun imitierte, um zu illustrieren, wie man geht, wenn man einem zu allem entschlossenen Naturvolk wie den Westfalen angehört. So westfälisch wie Rummenigge, diesem Knochenschinken von einem Angreifer, könne dieser kleine Özil niemals werden. Das habe man in sich oder nicht. In den Genen, wie er sagte.

Achim schloss sich an und ergänzte: »Außerdem Türke, da geht ja viel zu viel Energie in die Familie. Die können sich ja nicht auf den Sport konzentrieren.« Mein Vater, der bis dahin eher leidenschaftslos der Diskussion gefolgt war, sagte: »Ich nehme stark an, dass der hier geboren ist. Dann ist er gar kein Türke.«

Achim drehte sich zu ihm und sprach mit ihm wie mit einem Kind: »Pappe! Fußballer heißen nicht Mesut Özil, erst recht nicht, wenn sie Türken sind. Dann heißen sie Tamir, Tarkan oder Tayfun. Das sind Namen, mit denen man Titel gewinnt.«

»Oder eben Berti«, sagte Lütz, der keine Lust mehr hatte, das Thema ernsthaft zu diskutieren, was Achim in Rage brachte.

»Also gut. Jetzt hier Wette. Dieser Bursche, Mesut Özil, wird niemals über die U-19 bei Schalke hinauskommen. Er wird spätestens in zwei Jahren durch den Tunnel abgeschoben, nach Herne oder so. Und dort verschwindet er im Kanal. Hundert Euro.«

Zwei Jahre dauerte den anderen zu lange. Lütz behauptete, dass Achim wahrscheinlich vorhabe, den Wetteinsatz zu veruntreuen und in ein paar Jahren so zu tun, als habe man nie gewettet. Er bestand auf eine Wette, die man an Ort und Stelle zum Einsatz und zur Auszahlung bringen konnte.

»Wetten, der Özil schießt heute kein Tor«, schlug Lütz vor und holte einen Fünfer aus seiner Jackentasche.

»Der wird sogar noch ausgewechselt«, sagte Achim und legte einen Schein dazu. Ronald Papen schaute zu mir herüber, und er sah mir an, dass ich auf Mesut gewettet hätte. Also setzte er auch auf Mesut und sagte: »Ich halte dagegen. Mesut Özil schießt heute noch drei Tore. Mindestens.« Und damit legte er fünfzig Euro ins Spiel. Ich durfte das Geld verwalten.

Nach dem dritten Tor von Mesut Özil trat Achim gegen das Geländer, an dem wir lehnten, und ging zum Auto, in welches er sich setzte, um auf uns zu warten. Auf der Heimfahrt sprach er nicht viel. Ich denke, für ihn als absoluten Fußballexperten war es einfach unerträglich, dass ein Laie wie mein Vater das ganze Geld abräumte.

Tag 12

Bevor wir zu unserer Route aufbrachen, die uns heute nach Bottrop und Gladbeck führen sollte, beides eine halbe Stunde entfernt, wollte ich die Spezialideen meines Vaters kennenlernen, seine geistreichen Erfindungen, mit denen er das Leben der Menschen zu verbessern trachtete.

Ich sprach ihn beim Frühstück darauf an, und er sagte, das seien tatsächlich sehr gelungene Konstruktionen, allerdings noch nicht patentiert und daher ziemlich geheim. Ich sagte, dass er mir vertrauen könne. Ich sei zu jung, um so eine Erfindung zu stehlen, und außerdem interessierte ich mich nur dafür, weil ich seine Tochter sei, nicht aus geschäftlichen Gründen.

»Na gut«, sagte Ronald Papen, wischte sich ein paar Krümel vom Hemd und stand auf, um mit mir hinter den großen Vorhang zu gehen, der den Wohn- vom Lagerbereich trennte. Ich folgte ihm zu seiner Werkbank, auf der neben vielen Skizzen und Werkzeugen ein Holzkästlein stand, welches er öffnete, um ihm einen schmalen Pappstreifen zu entnehmen, ein wenig breiter und etwas länger als ein Streichholz.

»Weißt du, was das ist?«

»Ein Papierstreifen?«

»Das ist ein Feuchtigkeits-Indikator.«

»Aha. Und wofür?«

Er hielt mir die Pappe vors Gesicht und sagte gespreizt: »Auf meinen Reisen habe ich natürlich zahllose Balkons gesehen. Und damit auch viele?«

»Balkonmöbel?«

»Blumenkästen. Und was ist in den Blumenkästen?«

»Blumen?«

»Erde!«, jubelte er. Er legte mir auseinander, dass der Feuchtigkeitsgrad der Erde ein Dauerthema sei. Mit seinen Streifen, für die er noch keinen richtigen Namen habe, könne man prüfen, ob die Erde feucht genug sei. Man stecke einen Indikator in den Kasten oder Kübel, und schon nach wenigen Sekunden steige die Feuchtigkeit sichtbar an der Pappe hinauf. Falls nicht, sei die Erde zu trocken, und man müsse gießen. Man habe im Grunde nur Pappe in Streifen zu schneiden und mit einer Markierung zu versehen, das sei produktionstechnisch nicht sehr kompliziert. Er stellte sich vor, dass man je zehn Stück in einer Einheit verkaufen könne. Oder aber hundert in größeren Schachteln. Letztere müssten nur gut gestaltet werden. Und man brauche natürlich einen guten Namen für das Produkt, daran arbeite er schon lange und intensiv. Und man benötige ein Patent, weil die sogenannten Riesen der Branche mit ihren Vertriebs- und Marketing-Möglichkeiten sonst sofort das Geschäft zerstörten.

»Und? Was sagst du?«

»Genial«, sagte ich, denn ich wollte ihn auf keinen Fall in seiner Begeisterung bremsen. Dies wäre womöglich eingetreten, wenn ich ihn gefragt hätte, ob man den Feuchtigkeitsgehalt von Blumenerde nicht auch sehr wirkungsvoll messen konnte, indem man einfach kostenlos und ohne Indikator seinen Zeigefinger in die Erde steckte. Er hatte sich so sehr in seine Erfindung verliebt, dass er nicht darüber nachdachte. Ich glaube, er hat nie viel mit anderen Menschen über seine Ideen gesprochen.

Er legte den Streifen vorsichtig in das Holzkästchen zurück und sagte, dass er noch etwas anderes ausgetüftelt habe. Es sei noch spektakulärer und berechtige zu großen Hoffnungen. Es handele sich ebenfalls um einen Prototyp, aber er sei in drei Haushalten damit auf offene Ohren gestoßen und warte nur noch auf einen konkreten Auftrag, um das erste Stück nach Maß zu fertigen.

Damit ging er an einen großen Metallschrank, öffnete ihn und entnahm ihm eine große zusammengedrückte Folie. Er breitete sie sorgsam auf dem Boden aus. Es handelte sich um eine handelsübliche Malerfolie von drei mal drei Metern Größe. Allerdings hatte er sie an den Kanten mit einem Gummizug versehen, welchen er durch zahllose Löcher rings um die Folie gefriemelt hatte. Das Ganze sah aus wie ein Spannbetttuch aus Plastik.

»Auf meinen Reisen bin ich immer wieder auf eine Besonderheit der bürgerlichen Wohnkultur gestoßen.«

Offenbar erwartete er von mir, dass ich nachfragte, also fragte ich: »Aha. Und worauf?«

»Viele Menschen überziehen ihre Polstermöbel mit Schutzfolien. Sie möchten nicht, dass die teuren Anschaffungen leiden, dass sie abgerieben oder schmutzig werden. Das kann man ja auch verstehen. Die Leute nehmen die Schutzbezüge nur ab, wenn hoher Besuch kommt oder wenn sie Lust haben, sich ihre Polster genau anzusehen. Das funktioniert auch, die Möbel bleiben darunter tadellos in Schuss. Was hingegen oft über Jahrzehnte leiden muss, was wirklich bislang wehrlos der Abnutzung anheimgegeben wurde, was sozusagen bei allen Menschen buchstäblich mit Füßen getreten wird …« Atemlose Spannung. »Das sind die Teppiche. Aber *Papens Teppichfolie* macht Schluss damit. Einfach den Läufer oder Wohnzimmerteppich in diesen maßangefertigten und transparenten Schutzbezug einschlagen, schon haben Dreck, Staub und Milben keine Chance mehr. Und: Das Dekor und die Farbigkeit des Teppichs sind wegen der farblosen Gestaltung der Folie nach wie vor sichtbar.«

Mein Vater stellte sich vor, dass jemand seinen Teppich in Folie einwickeln würde, um ihn vor der Benutzung zu schonen. *Papens Teppichfolie.* Er war richtig aus dem Häuschen. »Na? Ist das genial, oder ist das genial?«

»Das ist ziemlich genial«, sagte ich lächelnd, auch wenn ich annahm, dass das Plastik nicht ganz dieselben Laufeigenschaften aufwies wie ein Perserteppich. Ich sparte mir jeden kleinlichen Einwand und sah stattdessen auf meinen kleinen Vater, der mit abstehenden Haaren – dies wegen der Uhrzeit und der statischen Aufladung durch die Folie – inmitten seiner Halle stand und *Papens Teppichfolie* in der Hand hielt. Er sah aus wie ein Entdecker, wie ein Pionier, wie jemand, der etwas als Einziger wusste. Er wirkte für einen Augenblick richtig glücklich.

Ich kannte diesen Modus von Heiko und dachte, dass sich die beiden viel ähnlicher waren, als man auf Anhieb gedacht hätte. Beide Männer waren auf Revolutionen aus, beide erschufen neue Produkte oder widmeten sie um oder erfanden Bedürfnisse. Der Unterschied zwischen ihnen war nur, dass mein Vater ein armer erfolgloser Zausel war und Heiko vor

Selbstbewusstsein und Erfolg beinahe zerbarst. Aber es gab etwas, das sie einte, und das war der Glaube an die Möglichkeit, die in den Dingen steckte. Während mein Vater diesem Glauben niemals abschwor, war Heiko dazu bereit, ein Ding mir nichts, dir nichts fallen zu lassen, wenn es seine Erwartungen enttäuschte. Vermutlich bestand darin das Misserfolgsgeheimnis des einen und das Erfolgsgeheimnis des anderen.

In Bottrop-Boy markierte Ronald Papen das Jagdgebiet, und wir begannen mit dem ersten Haus. Zwölf Wohnungen, nur zur Hälfte bestückt, fifty-fifty, wie Ronald Papen meinte, der mit den Fingern schnippte und auf mich zeigte. Nach etwas mehr als zehn Minuten waren wir wieder draußen. Und bei der Vorstellung, dass das nun den ganzen Tag so weitergehen würde, wurde ich unruhig. Denn das würde auch den nächsten Tag betreffen und die kommende Woche und die danach. Auf dem Weg zum nächsten Haus sagte ich: »Vielleicht müsste ich wieder aufs Klo.«

»Tatsache? Dann fragen wir gleich mal, ob das geht.«

Es war unmöglich zu sagen, ob er durchschaute, dass ich eine Finte plante, oder wirklich dachte, dass ich auf die Toilette müsse. An der nächsten Wohnungstür roch es sehr würzig. Als wohnte dort eine riesige Currywurst. Nach zweimaligem Klingeln öffnete sich die Tür, und eine ältere Dame öffnete. Ronald kam wieder mit seinem Spruch, dass er von außen gesehen habe, dass sie gar keine Markise habe, worauf die Dame antwortete, dass sie seit Jahren darauf warte, dass der Vermieter eine anbringe, was Papen wiederum schon oft gehört hatte und sagte, dass er gerne zwei Modelle vorführen würde, die der Vermieter womöglich bezahlen würde, weil sie sehr günstig seien, was die Dame aber nicht wollte, weil sie auf ihren Sohn wartete.

Das war der Augenblick, in dem ich mich von hinten meldete und verkündete, dass ich ganz dringend müsse. Aber die Frau sah mich streng an und entwickelte erst jetzt ein Misstrauen, das ihr vorher gar nicht zuzutrauen war. Sie sagte, dass es ihr leidtäte, aber ihr Sohn habe ihr eingebläut, dass sie auf solche Bitten nicht reagieren solle. Man kenne das. Einer auf der Toilette, einer im Wohnzimmer, und dann verliert man den Überblick und stellt eine Woche später fest, dass der Schmuck aus der Schublade im Schlafzimmer verschwunden ist.

»Um Himmels willen«, sagte Papen ehrlich bestürzt. »Ich möchte auf keinen Fall, dass Sie so einen Eindruck von uns haben.«

Aber das Gespräch war beendet. Man muss wissen, wann man verloren hat. Also verabschiedeten wir uns und gingen eine Etage höher. Dort öffnete ebenfalls eine Frau. Papen hatte seine Einleitung noch nicht ganz beendet, da klingelte im Flur das Telefon. Die Frau entschuldigte sich, und wir hörten, wie sie das Gespräch annahm.

»Borne. Hallo, Hilde... Aha... Ja, die stehen hier vor der Tür. Auf die Toilette... Nein! Wo denkst du hin ...Gut, dass du mir Bescheid sagst. Und hast du Thymian? Ich bräuchte so dringend Thymian. Schade. Na, jedenfalls danke schön. Tschüss.«

Die dritte Wohnung wurde von einem jungen Mann geöffnet, der nur zu Besuch war und auch sonst keinerlei Interesse an Markisen hatte. Bevor wir in der vierten Etage klingelten, kam mir eine Idee. »Papa, vielleicht sollten wir das Ganze mal umdrehen. Ich meine, es kann ja sein, dass es besser ist, wenn du auf die Toilette gehst.«

»Aber ich muss nicht.« Manchmal brachte mich dieser Mann an den Rand der Verzweiflung.

»Du sollst ja nur so tun. Wir können es doch mal ausprobieren. Wenn sie dir nicht trauen, trauen sie vielleicht mir. Lass es uns doch wenigstens mal versuchen.«

»Und was sage ich denen? Guten Tag, ich muss mal pinkeln? Das funktioniert doch nie.«

»Du machst alles wie immer, und wenn du siehst, dass der Standardauftritt nicht funktioniert, und er wird nicht funktionieren, dann fragst du, ob du gerade mal die Toilette benutzen kannst.«

Ich drückte auf den Klingelknopf. Rutkowski. Ding Dong. Schlurf, schlurf. Glotz, glotz. Rassel, rassel. Tür auf.

»Ja bitte«, sagte ein Mann, der offenbar gerade noch geschlafen hatte. Seine weißen Haare standen vom Hinterkopf ab, was ihm eine dramatische Aura verlieh. Er sah aus wie der Dirigent eines ihn enttäuschenden Orchesters.

»Guten Tag, Papen ist mein Name. Ich hoffe, ich störe nicht, aber ich würde gerne mit Ihnen darüber sprechen, dass Sie gar keine Markise auf dem Balkon haben.«

Der Mann lugte über seine Brille und sagte nicht unfreundlich, dass er einen Sonnenschirm habe. Der reiche ihm prinzipiell.

»Natürlich. Sonnenschirme. Sehr gut, die sind ausgesprochen flexibel in der Handhabung. Wenn nicht die Stange wäre. Und der Standfuß. Das ist schon auch sehr hinderlich beides. Eine Markise hingegen stört praktisch gar nicht.«

Der Mann schien zumindest nicht passiv-aggressiv auf eine

Gelegenheit zu warten, Papen mit einem Regenschirm zu erstechen. »Ich gehe recht in der Annahme, dass Sie Markisen verkaufen?«, fragte Rutkowski.

Ich knuffte meinem Vater unauffällig in die Seite.

»Ja, in der Tat. Aber, Moment, entschuldigen Sie, das ist wirklich eine Zumutung, aber könnte ich vielleicht mal Ihre Gästetoilette benutzen? Es ist mir ganz unangenehm. Es geht auch ganz schnell. Meine Tochter und ich, wir haben heute schon so viel getrunken. Wasser. Getrunken.«

Der Mann wirkte unschlüssig, aber dann entschied er wohl, dass ein kultiviert wirkender Eindringling in der Toilette und ein Mädchen im Treppenhaus für ihn eine handhabbare Bedrohung darstellten. Er trat zwei Schritte zurück und öffnete die Tür weit, sodass mein Vater hinein und gleich links ins Bad konnte. Und ich hinterher, über die Schwelle, noch bevor Rutkowski einmal geblinzelt hatte. Ich lehnte mich gegen die Toilettentür und lächelte ihn an. Er lächelte zurück, die Wohnungstür in der Hand und offenbar einverstanden damit, weil ich mich nicht tiefer in den Flur schob.

»Alles eine Folge dieses Unfalls«, sagte ich.

»Ihr Vater hatte einen Unfall?«

»Ja, mit dem Fahrrad. Seitdem ist da bei ihm unten etwas nicht mehr ganz in Ordnung.«

»Nicht in Ordnung. Auweia.« Herr Rutkowski sah mich an, als verstünde er sofort, was damit gemeint war.

Ich sah auf den Boden zu seinen Hausschuhen. Jetzt musste ich liefern.

»Es ist natürlich eine Katastrophe für seinen Beruf.« Lange Pause. »Der ist schon schwer genug. Die wenigsten Menschen sind so nett wie Sie. Die meisten schlagen einem die Tür vor der Nase zu. Und dabei muss er mindestens alle zwanzig Minuten auf die Toilette.«

Herr Rutkowski beugte sich ein Stück herunter, um mir ins Gesicht zu sehen. »Und da begleitest du ihn, damit er es ein bisschen leichter hat?«

»So ungefähr, ja. Und ich halte seine Tasche, wenn er sich hinter einem Baum erleichtert. Es geht ja nicht anders. Er weint viel.«

Gut, das war ein bisschen zu stark gewürzt. Es konnte sein, dass Rutkowski jetzt in schallendes Gelächter ausbrach. Mir war jedenfalls danach.

»Das tut mir sehr leid für deinen Vater«, sagte er teilnahmsvoll. Von wegen zu stark gewürzt. Ich stellte zum ersten Mal fest, dass so ein Vortrag gar nicht feurig genug sein konnte. Wenn die Menschen einem einmal etwas abgenommen haben, kann man ihnen erzählen, was man will.

»Na ja, Sie sind jedenfalls ein guter Mensch. Habe ich gleich gesehen.« Das war der entscheidende Moment. Irgendwann musste man thematisch abbiegen. Und zwar jetzt.

»Vielleicht möchten Sie Ihrer Frau eine Freude machen und meinem Vater eine Markise abkaufen? Genau genommen machen Sie dann sogar zwei Menschen eine Freude.«

»Ich bin Witwer.« Mist. Jetzt schnell reagieren.

»Dann sind es trotzdem zwei Menschen. Ich bin ja auch noch da. Und ich wünsche mir so sehr ein Handy zum Geburtstag. Aber ich fürchte, mein Vater wird mir keines schenken können. Seit dem Unfall sind seine Verkäufe so sehr eingebrochen. Na ja. Egal.«

Ich sah zu ihm hoch, die Augen leicht wässrig. Aber ohne Tränen. Träne ging erstens nicht ohne Grimasse, und zweitens konnte so etwas schnell einstudiert wirken. Von der Wirkung her unschlagbar, wirklich viel besser war es, eine Träne zurückzuhalten, als sie laufen zu lassen. Eine zurückgehaltene Träne deutete auf eiserne Disziplin in Momenten größten Kummers hin. Alles Erfahrungen, die ich in jahrelanger Übung bei Lehrern und Polizeibeamten gesammelt und verfeinert hatte. Rutkowski wurde unruhig. Er machte sich Sorgen um Ronald.

»Ich kann mir das auf jeden Fall mal ansehen«, sagte er.

Das Schloss der Toilette bewegte sich, und Ronald kam raus, mit gewaschenen Händen und einem Lächeln. »Herzlichen Dank«, sagte er fröhlich.

»Kommen Sie, kommen Sie«, sagte Rutkowski und zog ihn am Ärmel in sein kleines Wohnzimmer. Papen folgte, übermannt von dem Umstand, dass es nun zu einem ernsthaften Verkaufsgespräch kam. Ich hielt mich dabei zurück, denn bei den technischen Themen konnte ich nichts beitragen. Schließlich gingen die beiden Männer auf den Balkon, und mein Vater maß die Breite aus, machte sich Notizen und war bester Dinge. Herr Rutkowski entschied sich für die Gelenkmarkise »Kopenhagen«, drei mal zwei Komma fünf Meter zu dreihundert Euro inklusive Montage und lebenslanger Wartung. Papen schrieb den Auftrag mit ruhiger Hand, und Rutkowski freute sich, dass er ein gutes Werk getan hatte. Ich bedankte mich für den Kakao, und er brachte uns zur Tür. Dort angekommen, legte er seine Hand auf die Schulter meines Vaters und sagte leise: »Sie können gerne noch einmal auf die Toilette.«

»Och. Nö. Ich war ja gerade.«

Herr Rutkowski sah mich an und wurde von einem plötzlichen Misstrauen ergriffen.

»Papa, geh lieber noch einmal schnell, wer weiß, wann du wieder die Gelegenheit hast.«

Mein Vater sah mich kopfschüttelnd an und gab Rutkowski die Hand. Der sah skeptisch zu ihm hoch. Ich schob Papen durch die Tür, und als er draußen war, drehte ich mich zu dem alten Herrn um und sagte leise: »Er möchte nicht, dass es jemand weiß.«

Rutkowski nickte, auch wenn er Verdacht geschöpft hatte. Vielleicht dachte er in diesem Moment, dass er bei so einem Schnäppchen darüber hinwegsehen konnte, dass mein Vater offenbar ein Schwindler war. Die Menschen neigen außerdem dazu, in so einem Moment eisern daran festzuhalten, dass sie nicht angeflunkert wurden, weil sie sich sonst eingestehen müssten, darauf hereingefallen zu sein.

Auf der Straße hob Ronald Papen die Hand und rief: »Schlag ein!« Ich schlug meine Hand gegen seine, und im Auto notierte er den Auftrag. Er würde in der kommenden Woche zurückkehren und die zugeschnittene Markise montieren. Mein Vater war in Hochstimmung.

»Worüber habt ihr denn gesprochen, während ich im Bad war?«

»Ich habe ihm gesagt, du seist ein wenig inkontinent, was das Geschäft an den Haustüren ziemlich schwer macht.«

»Wie bitte?«

»Wenn du nächste Woche wieder zum Liefern bei ihm bist, solltest du mindestens drei Mal aufs Klo gehen.«

»Kim! Das geht nicht. Du kannst doch dem Mann nicht solche Geschichten erzählen.«

»Haben wir einen Auftrag, oder haben wir keinen Auftrag?«, fragte ich beleidigt. Papen antwortete nicht. Er verstaute das Buch auf dem Rücksitz und nahm einen Schluck Wasser. In Bottrop war es heiß wie in der Steppe von Tansania. Aber es roch wie in Gelsenkirchen.

»Papa, wenn wir deine Markisen verkaufen wollen, dann müssen wir auch uns verkaufen. Jedenfalls ein bisschen. Es schadet doch nicht.«

»Na ja«, sagte er. »Bestellung ist Bestellung. Aber meine Kunden sollen eine Markise kaufen, weil sie sie haben wollen. Nicht, um mir einen Gefallen zu tun. Ich bin kein Bettler.«

Er sah mich aus seinen blauen Augen an, und er wirkte verzweifelt.

»Und ein Betrüger bin ich erst recht nicht.«

Das machte mich sauer, denn auf diese Weise sagte er ja, dass er mich und meine Methoden für kriminell hielt.

»Du willst also, dass die Leute deine Markisen kaufen, weil sie sie unbedingt haben wollen?«, fragte ich angriffslustig. Es war nur rhetorisch gemeint, aber er antwortete: »Allerdings.«

»Dann muss ich dir etwas sagen, Papa. Keine Sau will diese Dinger haben. Niemand. Wenn du sie auf deine Weise verkaufen willst, wirst du noch ungefähr zweihundertfünfzig Jahre dafür brauchen.«

Das hatte ich mühevoll in einer schlaflosen Nacht zwischen Lackdämpfen und Rostgeruch im Bett ausgerechnet. Ronald Papen sagte nichts dazu. Er sah aus dem Seitenfenster und atmete tief durch.

»Mir kommt es fast so vor, als würdest du die Scheißdinger gar nicht verkaufen wollen«, machte ich weiter. Es nervte mich, dass er nichts sagte. »Ich glaube, du willst einfach in deinem Leuchtturm rumhocken.«

»Es ist nicht so einfach«, sagte er leise. »Ich habe mit Lügen keine guten Erfahrungen gemacht.«

»Wenn du jemals lebend aus deinem Gefängnisturm rauswillst, musst du trotzdem deine Strategie ändern.«

»Da hast du auf jeden Fall recht«, sagte er und nickte dabei.

»Also?«

»Also werden wir die Verkaufsstrategie den Erfordernissen einer schwierigen Marktlage moderat anpassen«, sagte er, klang jedoch dabei wenig überzeugt, eher resigniert.

Wenn ich damals schon gewusst hätte, dass das Drama des Ronald Papen mit jeder verkauften Markise nur noch größer wurde, hätte ich vier Wochen lang einen Sitzstreik vor der Halle gemacht. In der Pfütze. So aber stieg ich aus und sagte: »Komm, auf geht's. Das Geschäft läuft.«

Im nächsten Haus wurde Papen wieder bockig. Er hielt mitten auf der Treppe an, drehte sich um und sagte: »Ich kann jetzt nicht an jeder Wohnungstür auf die Toilette müssen. Das ist doch Schmierentheater.«

»Du musst, und du wirst«, sagte ich streng.

Aber er hatte recht. Es funktionierte nicht automatisch. Bei Familie Passlack kam ein winziger Hund aus der Tür gelaufen und bellte so nervtötend, dass wir unsere Geschichte nicht loswurden. Bei Borsche wollte uns der Mann nicht aufmachen, wenn wir keinen Durchsuchungsbeschluss vorweisen konnten, und bei Akanyi war nur die Ehefrau da, und die verstand uns nicht. Das gebe es oft, sagte Papen auf dem Weg zum Auto. Häufig klingele er deswegen nicht bei ausländischen Namen. Es führe sogar dazu, dass er um manche Gegenden, auch größere Stadtteile einen Bogen mache. Duisburg-Marxloh zum

Beispiel. »Das wird immer unerforscht bleiben«, seufzte er. »Man kann es auch umgekehrt sagen: Die Leute dort werden nie in den Genuss kommen, von mir bestückt zu werden. Sprachbarriere. Und ein gewisses Misstrauen. Wenn dort einer klingelt, ist es oft eine Amtsperson oder anderer unangenehmer Besuch. Meistens machen sie gar nicht auf.« Das Bedauern über die vielen Tausend versäumten Gelegenheiten war ihm anzumerken.

Am liebsten waren ihm bürgerliche Gegenden. Dann rochen die Flure nach Blumenkohl, und aus den Radios drang Schlagermusik. Gut waren Häuser aus den Fünfziger- und Sechzigerjahren, weil deren Wohnungen meistens nicht einheitlich ausgestattet waren. Als schwierig hingegen erwiesen sich große Wohnkomplexe aus den Achtzigern, weil diese häufig uniform bestückt waren. Da waren die Balkone direkt beim Bau des Hauses mit Markisen ausgerüstet worden, was man natürlich auf Papens Karte nicht sehen konnte. Er umkreiste das Gebiet rot und suchte sich ein neues.

Er machte auch einen Bogen um Wohnungen, vor denen viele Kinderschuhe standen. Er hatte die Erfahrung gemacht, dass die Menschen lieber in die Fußballausrüstung ihres Jungen investierten als in eine Markise. Und beides ging eben nicht. Außerdem störten Kinder häufig die Verkaufsgespräche. Oder sie wiesen darauf hin, dass die Anschaffung einer Playstation für das gleiche Geld mehr zum Familienfrieden beitrage. Womit sie ja auch recht hatten.

Im dritten Haus wollte ich etwas anderes ausprobieren. Ich sah ein, dass man nicht ständig diese Pipi-Geschichte bringen konnte. Nicht nur, weil sie meinem Vater sichtlich unangenehm war, sondern auch, weil sie nicht unbedingt an jeder

Adresse passte. Ich hatte auf unseren bisherigen Touren oft in die Wohnungen sehen können. Und manchmal entdeckte man gewisse Dinge, die Rückschlüsse auf die Gewohnheiten und die Bedürfnisse der Bewohner zuließen. Oder man roch etwas. Ich wartete ab.

An der dritten Tür machten Frau und Mann gemeinsam auf. Und es roch nach Heilsalbe. Das hatte ich schon ein paarmal wahrgenommen. Manchmal roch es einfach nach Medizin, nach Krankheit und nach Furcht. Ich hatte mir dafür etwas ausgedacht, während wir im *Akropolis* Bottrop zu Mittag aßen. Ronald gönnte sich nach der Wurst noch ein Souvlaki, weil er es sich leisten konnte. Und ich dachte darüber nach, wie man bei kranken Leuten punktete.

Also standen wir vor dem Ehepaar Bötticher, und mir schlug eine Woge von Salben-, Pflaster- und Hygienemittel-Mief entgegen. Mein Vater sagte: »Guten Tag, mein Name ist Papen.« Bevor er weiterreden konnte, schob ich ihn beiseite und sagte: »Wir kommen von der Firma Papen und haben den Auftrag, bei Ihnen die Melanin-Konzentration zu messen.«

Herr und Frau Bötticher und auch mein Vater sahen mich an wie einen Elefanten mit zwei Rüsseln. »Stimmt denn bei uns irgendwas nicht?«, fragte die Frau.

»Das wissen wir noch nicht.«

»Bist du nicht etwas jung?«, fragte der Mann.

»Ich bin in der Ausbildung, das hier ist Herr Papen, mein Chef. Wir müssten bitte gerade mal die Melanin-Konzentration bei Ihnen messen. Hier in der Gegend gibt es damit große Probleme.«

»Sehr große«, stammelte sekundierend mein Vater.

»Und was bedeutet das?«, fragte Herr Bötticher, der

offenbar Zweifel daran hatte, dass eine große Melanin-Konzentration Schaden anrichten könnte.

»Es geht um das Hautkrebsrisiko«, referierte ich, die ich den Begriff Melanin aus dem Biologieunterricht flüchtig kannte und wusste, was ein Melanom war, weil Heiko seinen Körper an jedem sonnigen Tag hysterisch danach absuchte. »Je mehr Melanin unterwegs ist, desto größer ist das Risiko für Hautkrebs.«

Das K-Wort.

Heute weiß ich, dass alleine die Erwähnung des K-Wortes bei den meisten Menschen den Puls beschleunigt. Das ist messbar. Wenn ein Arzt einem Patienten gegenüber das K-Wort nur erwähnt, wird im Hirn ein Schalter umgelegt, und sofort steigt der Puls. Und Türen öffnen sich für Lösungen. Auch jene von Herrn Bötticher.

»Und das können Sie messen?«

»Ja, auf Ihrem Balkon«, sagte ich. Balkon ist nicht Wohnung, auch wenn man dafür mindestens durch den Flur und ein weiteres Zimmer muss. Das beruhigt die Menschen. Man ist gar nicht wirklich im Haus.

»Dann kommen Sie mal rein«, sagte Bötticher, der offenbar eine behördliche Maßnahme unterstellte. Ich ging voran, Papen folgte. Auf dem Balkon nahm ich ihm die Tasche ab und holte seinen Taschenrechner heraus. Dann ging ich damit herum und murmelte Zahlen, die ich meinem Vater diktierte.

»Und?«, fragte Bötticher besorgt. Er befürchtete das Schlimmste.

»Na ja«, sagte ich gedehnt, »alles deutlich über dem Grenzwert. Ziemlich schlecht. Wie lange wohnen Sie schon hier?«

»Genau vierunddreißig Jahre im September«, sagte Frau

Bötticher eifrig, die froh war, etwas zur Wahrheitsfindung beitragen zu können.

»Uiuiui«, sagte ich geschäftig. »Können Sie woanders hinziehen?«

»In unserem Alter? Wie stellen Sie sich das vor?«, ereiferte sich Bötticher, dessen Wehrhaftigkeit mir in die Karten spielte, ohne dass er es bemerkte.

»Gut, ja. Das ist bei vielen Menschen so. Dafür gibt es aber eine Lösung.«

»Ah, das ist gut. Und die wäre?«

»Wir installieren auf Ihrem Balkon eine Gesundheitsmarkise. Die schützt nicht nur draußen, sondern auch nach innen. Sie haben Westlage, da funktioniert das einwandfrei.«

Herr Bötticher schien erleichtert, wollte jedoch das Heft des Handelns nicht völlig aus der Hand geben. »Und wie funktioniert das Ganze?«

»Die Markise filtert das Melanin aus dem Sonnenlicht, sodass es nicht mehr auf Ihren Balkon dringen kann. Wenn wir nach der Installation messen, ist der Balkon praktisch melaninfrei. Und Sie haben einen schönen Schattenplatz hinzugewonnen. An Tagen wie diesen eine reine Wohltat.«

Während meines Vortrags stand Ronald Papen nur steif herum und wusste offenbar nicht, wohin mit sich. Auf mein Zeichen erwachte er zum Leben, und als er die Muster »Mumbai« und »Kopenhagen« zeigte, regte sich die Frau: »Walter, die sind aber furchtbar hässlich.«

»Hier geht es um unsere Gesundheit, Marianne. Und nicht um Schönheit. Welche ist denn für uns besser geeignet?«

Ronald tippte auf den orange-braunen Stoff und sagte: »Ich denke, bei Melanin ist ›Mumbai‹ das Richtige.«

»Wir nehmen ›Mumbai‹«, sagte der zu allem entschlossene Bötticher, und wenig später hatte Ronald den Auftrag für einmal »Mumbai«, vier mal zwei Meter fünfzig, inklusive Montage und Garantie ausgefüllt. Für fünfhundert Euro. Selten war eine lebensrettende Maßnahme so günstig.

Im Auto notierte er den Auftrag. Achthundert Euro an einem Tag. Tagesumsatz achthundert Euro. Achthundert Piepen in weniger als drei Stunden. Aber er rang mit sich, teilweise wohlig korrumpiert, andernteils empört.

»Wenn die Leute zu Hause ein Gesundheitsthema haben, das man sehen oder riechen kann, ist das unsere Chance«, sagte ich. »Aber eigentlich musst du das machen. Ich bin ja bloß die Auszubildende.«

Das versetzte Papen in gelinde Panik. »Ich kann das nicht«, stammelte er.

»Wir üben es. Wir haben noch zwei Häuser in der Gegend. Auf geht's.«

»Ich will es auch nicht«, jammerte Papen weiter.

Aber ich war blind für seine Seelenpein und zu stolz darauf, meinem Vater mit der Erfolgsmasche helfen zu können.

Also wieder raus aus dem glühenden Auto und rein in das nächste Haus. Die Gegensprechanlage zu überwinden war immer die einfachste Übung. Man drückte überall, erzeugte eine babylonische Sprachverwirrung, in der immer irgendwer den Türdrücker betätigte. Dann gingen wir die Wohnungen ab, die sich Ronald außen eingeprägt hatte, und bei der dritten Tür stupste ich ihn an, weil ich fand, dass er sich jetzt mal Mühe geben sollte.

»Guten Tag, wir kommen im Auftrag von der Firma Papen und sollten bei Ihnen den Mondamin-Gehalt bestimmen.«

Erstauntes Gesicht, dankbare Replik, dass man daran kein Interesse habe. Tür zu.

»Ich kann mir das nicht merken. Wie heißt das?«

»Melanin.«

»Gut.«

Nächste Tür.

»Guten Tag, Firma Papen, wir haben den Auftrag, Ihre Melatonin-Konzentration zu messen.«

Es war schwierig, aber ich fand, dass er sich von Kunde zu Kunde besser in die Geschichte einfand. Dennoch brachen wir nach dem Haus ab und fuhren nach Hause.

Papen war hin- und hergerissen, denn einerseits konnte er sich kaum an einen so erfolgreichen Tag in seiner ganzen Karriere als Vertreter erinnern, andererseits basierten diese Abschlüsse auf mehr oder weniger dreisten Lügen, und das war ein Problem für ihn. Und für die Kunden womöglich ebenfalls. Ich hingegen fand das völlig in Ordnung, und ich sehe das heute noch so: Der Zweck heiligt die Mittel. Wir haben niemanden wirklich betrogen. Wir haben die Menschen immer gut behandelt. Ja, wir haben ihnen etwas aufgeschwatzt, was sie vielleicht gar nicht haben wollten. Aber womöglich waren sie danach glücklicher als vorher. Sie haben sich gefreut und viel mehr Zeit an der frischen Luft verbracht. Das ist doch etwas wert.

Und ja, sie wurden getäuscht. Aber die Menschen wollen getäuscht werden, sie wollen bezaubert werden, sie haben sogar Lust auf eine Schwindelei, und zwar selbst dann, wenn sie diese mühelos durchschauen. Die meisten Leute spielen mit. Das glauben Sie nicht? Dann probieren Sie mal folgende kleine Versuchsanordnung. Legen Sie das Buch weg, gehen Sie zu einem Familienmitglied und halten Sie ihm die Faust unter die Nase, als hielten Sie ein Mikrofon. Dann stellen Sie eine Frage, egal welche, Hauptsache, Sie formulieren sie im Duktus eines Fernsehreporters. Fragen Sie zum Beispiel: »Meine Liebe, was genau wünschen Sie sich heute zum Abendessen?«

In nahezu einhundert Prozent der Fälle wird Ihr Gesprächspartner sich überfordert fühlen. Er wird stammeln und die Autorität des nicht vorhandenen Mikrofons akzeptieren und sich unterordnen. Probieren Sie es aus, es ist erstaunlich. Und nun kommt es darauf an, was Sie mit dieser Autorität des Schauspiels anfangen. Sie können viel Schaden damit anrichten, wenn Sie Ihre Mitmenschen manipulieren. Oder Sie helfen einfach Ihrem Papa dabei, seine blöden Markisen zu verkaufen. Ich fand damals, ich finde immer noch, dass das ein guter Zweck war.

Auf der Heimfahrt spendierte mein Vater zur Feier des Tages noch ein Eis. Im Eiscafé *Venezia* in Gelsenkirchen. Bei Eis immer *Venezia*, denn das *Venezia* ist das *Akropolis* der Eisherstellung.

Tag 26

Ronald Papen war fassungslos über seinen Erfolg. Am Ende der ersten Woche unserer gemeinsamen Reise lagen nicht weniger als acht verbindliche Bestellungen auf seinem Schreibtisch. Das überforderte ihn, es brachte seinen Lebensrhythmus vollkommen durcheinander. Er war es gewohnt, eine Markise pro Monat für ein paar Hundert Euro zu verkaufen, manchmal wurden es versehentlich zwei. Davon konnte er sogar leben, weil die Halle ihm gehörte und weil sich sein Lebensstandard nicht asketisch, sondern schon lächerlich bescheiden ausnahm. Er trank nicht, er rauchte nicht. Er ging nicht ins Kino, er hatte keine Hobbys, kaufte sich keine DVDs, fuhr nicht in den Urlaub und musste keine Alimente zahlen.

Manchmal gönnte er sich ein Getränk bei Klaus. Und er speiste für fünf Euro in den diversen *Akropolissen* des Ruhrgebiets. Wenn eines verschlissen war, kaufte er ein neues weißes Hemd. Oder eine Hose. Aber niemals mehr, als er brauchte.

Da er kein Geld hatte, bestand bei ihm das Risiko der Wohlstandsverwahrlosung nicht. Zumal er alles gab, um das System, worin auch immer es bestehen sollte, auszutricksen.

Ronald Papen empfand sich nicht als arm, er hielt sich für weniger korrupt als seine Umwelt. Aber ich glaube, in dem wohligen Testat, vollkommen integer zu sein, steckte auch eine Lebenslüge. Die Geborgenheit des Gefühls, untadelig zu sein, hatte immerhin eine Menge mit seiner Erfolglosigkeit zu tun. So ganz nahm ich meinem Vater seine freundliche Askese jedenfalls nicht ab. Wer weiß, wie er gelebt hätte, wenn er so erfolgreich wie Heiko gewesen wäre.

Und außerdem hatte er selbst davon gesprochen, eine Schuld auf sich geladen zu haben. So absolut rein, sanft und frei von jedem Schatten auf der Seele er auch wirkte, es gab etwas, das ihn vielleicht erst dazu gemacht hatte. Wenn dem so war, diente der Markisenhandel eher einer Bestrafung als einer Berufung. Und so hatte er es auch selbst formuliert: Er müsse das machen.

Es war aber kaum möglich, mit ihm darüber ins Gespräch zu kommen. Er lenkte dann ab, sprach tatsächlich über das Wetter, als sei das ein Thema, nachdem sich seit Ewigkeiten kaum eine Wolke über Duisburg gezeigt hatte. Ich war jetzt über drei Wochen da, die Hälfte der Zeit war rum. Und es hatte nicht geregnet, der Rhein wurde immer schmaler. Der Fluss zog sich zurück, als sei er beleidigt. Das Ufer gab einen braungrauen Rand frei, am Kanal wucherten die Wupper-Orchideen, und Ruhrort schepperte träge vor sich hin. Und wenn ich ihn fragte, warum er und Heiko sich zerstritten hatten, sagte er: »Wenn es Regen gibt, dann von Westen. Erst regnet es in Holland und dann hier. Wenn es in Holland regnet, können wir schon mal den Schirm aufspannen.«

Dazu kam es nie, es blieb bei tropischen Tagen und Nächten, die wir im Meiderich Beach Club verbrachten, wo Alik allmählich das Zepter von Klaus übernahm und sich in der Herstellung von Longdrinks übte. Achim und Lütz fanden die Abwechslung enorm, Oktopus bestand auf Pils und Korn, dann und wann nahm er auch einen Hörnerwhisky.

So nannten sie den Jägermeister, den sie gerne als Aperitif vor dem Essen nahmen, auf das sie dann zugunsten einer Runde Pils mit Korn verzichteten. Alik lernte schnell, wie man eine Trinkerrunde moderiert. Wie man distanziert blieb und die Gäste herausforderte, sich dabei nicht anbiederte und auch nicht gemeinmachte. Ein guter Wirt ist Zeremonienmeister, aber nie Teilnehmer. Und Alik hatte das drauf. Er besaß dieselbe Autorität wie Klaus, der manchmal gar nicht mehr auftauchte. Am Anfang versuchten die Männer noch, den Jungen zu provozieren oder mit ihm über ihre Deckel zu streiten. Alik verlangte zwischendurch Abschlagszahlungen, wie er das von Klaus kannte, der keine Lust hatte, auf einem vollgekrakelten Deckel sitzen zu bleiben. Die Männer hielten das für einen Witz, und Lütz sagte, Alik könne ihm mal einen Schuh aufblasen. Aber Alik ließ sich darauf nicht ein. Einmal sammelte er kurzerhand sämtliche Deckel ein, zog die Lichterkette aus dem Dreierstecker und sagte ganz ruhig: »Feierabend für heute.«

»Es ist halb zehn«, sagte Lütz.

»Ich will noch ein Bier«, sagte Achim.

»Und einen Schnaps dazu«, brummte Oktopus.

»Und ein wenig Licht«, sagte Papen.

»Könnt ihr alles haben, wenn wir mit diesem Deckel-Theater aufhören können. Jeder zahlt seine Zeche, sonst bleibt das Licht aus«, sagte Alik, und ich spürte, wie die Macht ihm Flügel verlieh.

»Das ist reine Willkür«, sagte Achim und holte einen Zehneuroschein aus der Hosentasche.

»Betrug ist das eigentlich«, sagte Lütz und ließ sich von Alik den Zwischenstand seiner Bestellungen ausrechnen, um danach siebzehn Euro zu zahlen. »Trinkgeld gibt's nicht, du Blutsauger.«

Oktopus versuchte, seine Zeche gegen einen Wetteinsatz zu tauschen, aber Alik schlug ihm seine Wette ab und hielt nicht dagegen, dass Oktopus angeblich alle Anrainerstaaten Bulgariens auswendig wusste.

Als Alik das Geld von den Männern eingesammelt hatte, schaltete er das Licht wieder ein und nahm neue Bestellungen entgegen, die er mit großer Freundlichkeit servierte, was Lütz »den Gipfel von Zynismus« fand. Schließlich war die Luft raus, und die Stammgäste verabschiedeten sich übellaunig, was Alik nichts ausmachte, weil er wusste, dass sie am nächsten Abend wiederkommen würden. Wo sollten sie auch sonst hin? Als Letzter ging Oktopus, der wie unter Qualen von seinem Barhocker glitt, um zu seinem Fahrrad zu eiern.

»Oktopus!«, rief Alik.

»Was willst du, Russe?«, brummte es aus der Dunkelheit zurück.

»Rumänien, Serbien, Mazedonien, Griechenland und Türkei.«

»Ach, leck mich doch am Arsch.«

Alik räumte auf, ich leistete ihm Gesellschaft. Schließlich setzten wir uns in die Liegestühle, tranken Cola und sahen auf das dunkle Wasser, das auch in der Nacht vor Wärme zu blubbern schien. Plötzlich legte er seine Hand auf meinen Oberschenkel, auf mein vom Tag klebriges, etwas staubiges Sommerbein, das schon eine schmutzige Bräune hatte. Er legte seine warme Hand darauf und sagte: »Ich hätte früher lieber ein so weißes Bein gehabt.« Dann nahm er seine Hand wieder weg, beinahe erschrocken von so viel Wagemut.

»Das ist kein weißes Bein«, sagte ich gespielt empört.

»Das hier ist kein weißes Bein«, sagte Alik und hielt sein schönes Bein gegen meins.

»Und was gefällt dir nicht daran? Ich finde es toll«, sagte ich. Ich mochte seine braune Haut. »Weißt du, was das Beste daran ist?«

»Nein, was denn?«, fragte er.

»Du bekommst keinen Sonnenbrand.«

Alik lachte. »Das stimmt. Aber wenn ich tauschen könnte, würde ich lieber ein verbranntes weißes haben. Man fällt damit nicht so auf.«

»Wirst du oft wegen deiner Hautfarbe angemacht?«

»Früher schon. Inzwischen nicht mehr so. Die Leute haben sich daran gewöhnt. Auch weil ich nicht darauf eingehe. Bringt ja nichts.«

Wir schwiegen eine Weile, und unsere Schultern berührten sich. Ich hoffte, dass er seine Hand wieder auf meinen Oberschenkel legen würde. Auch wenn sie ein bisschen klebrig waren.

»Weißt du, deshalb bin ich so gerne hier bei den Idioten«, sagte Alik. »Sie sagen niemals ›Dachpappe‹ zu mir. Sie haben überhaupt noch nie einen blöden Spruch wegen meiner Hautfarbe gemacht. Sie ist ihnen egal.«

»Sie nennen dich immer ›Russe‹«, sagte ich teilnahmsvoll. Mir ging das jedes Mal wahnsinnig auf die Nerven. Deshalb wunderte ich mich sehr darüber, wie Alik darüber lachte.

»Ja, das ist echt lustig, findest du nicht? Jemand, der so aussieht wie ich, und die nennen mich ›Russe‹.«

Ich mochte Alik wirklich sehr. Es war nicht so eine idiotische Verliebtheit wie bei dem Trottel von der Silvesterparty. Es war auch gar nicht körperlich, eher ein tiefes Gefühl von Verbundenheit. Man lernt im Leben nicht viele Menschen kennen, mit denen es einem so geht. Aber Alik berührte mich nicht mehr. Wir saßen noch einen Moment so da, dann stand er auf und machte die Lichterkette aus.

Ronald Papen hatte in der ersten Woche unserer Zusammenarbeit die phänomenale Summe von zweitausendsechshundert Euro umgesetzt, in der zweiten waren es über dreitausend, und wenn das so weiterging, war er am Ende der Sommerferien steinreich. So betrachtete er das, zumal er davon ausging, dass er anschließend weiter in der Erfolgsspur bleiben würde. Er hatte sich zunächst widerwillig, aber nach und nach immer überzeugender die Methoden seiner Tochter zu eigen gemacht und damit begonnen, bereits an der Haustür zu analysieren, auf welche Weise man über die Schwelle kam. Neben der Melanin-Finte und dem Toiletten-Trick hatte sich die Gerechtigkeits-Masche als vielversprechend herausgestellt. Sie zog immer dann, wenn man irgendwo aufkreuzte, wo Lottoscheine auf der Kommode lagen, wo die Wohnung einen renovierungsbedürftigen Eindruck vermittelte oder die Fußmatte besonders abgenutzt schien.

In solchen Fällen stellten wir uns als gewerkschaftsnahe Menschenfreunde vor, die etwas gegen die ungeheuerliche Benachteiligung ausrichten wollten, die sich auf dem Balkon in Form einer fehlenden Markise manifestierte. Papen donnerte dann, dass Schatten ein Menschenrecht sei, welches jedoch in dieser bundesrepublikanischen Gesellschaft nur von den Reichen oder jenen, die sich dafür hielten, in Anspruch genommen werden konnte.

»Der Arbeiter, der im Stahlwerk oder im Bergbau seine Gesundheit ruiniert, die Masse der Werktätigen, die tagaus, tagein für den Profit der Aktiengesellschaften ihren Rücken krumm machen, die sollen ihr Bier auch im Schatten trinken können. Das ist unser Auftrag.«

Bei diesem Thema blühte mein Vater für seine Verhältnisse regelrecht auf und schoss einen Arbeiter-und-Bauern-Aphorismus nach dem anderen ab. Er nutzte dafür das Vokabular, das er über die langjährige Mitgliedschaft in der FDJ eingetrichtert bekommen hatte, und einmal sagte er im Auto, dass er niemals gedacht hätte, dass der Scheiß für irgendwas gut sein könnte. War er aber, denn Ronald stachelte mit seinen Vorträgen mehrere Werktätige derart auf, dass sie nach wenigen Minuten am liebsten zwei oder drei Markisen gekauft hätten. Man muss aber auch anmerken, dass diese Exemplare recht günstig weggingen, weil mein Vater es nicht mit sich vereinbaren konnte, erst thälmannartige Volksreden zu halten und dann fünfhundert Euro für eine Markise zu verlangen. Es blieb meistens bei hundertfünfzig Euro, manchmal sogar darunter. Er senkte konsequent die Preise, so als wollte er damit sein schlechtes Gewissen über unsere zweifelhaften Verkaufsmethoden kompensieren. Wenn jemand angefangen hätte zu weinen, hätte er die Markisen wahrscheinlich auch verschenkt.

Auch bei diesem Szenario spielte ich die Türöffnerin, indem ich mich als soeben freigestellte Angestellte der Firma Opel ausgab, als enttäuschte Opelanerin, die jetzt auf dem Wege der Arbeitsbeschaffungsmaßnahme eine Kurzzeitstelle bei der Firma *Markisen für alle* angetreten habe. Die Solidarität der

Kunden führte im Allgemeinen dazu, dass die schwierige Optik unseres Warenbestandes kaum je erörtert wurde. Schließlich wurden die Markisen für einen guten Zweck gekauft. Und außerdem stammten sie, wie mein Vater wahrheitsgemäß berichtete, aus dem Bestand eines volkseigenen Betriebes aus Brandenburg, der nach der Wende von der Treuhandanstalt rigoros plattgemacht worden sei. Diese Markisen nun in einer Arbeiterstadt wie Bochum oder Dortmund zu installieren sei ein symbolischer Akt des Kampfes gegen das, ja: System.

Mindestens ebenso aussichtsreich war der Blick in penibel aufgeräumte Wohnungen. Wenn dann auch noch der Hausherr in hochgeschlossenem Hemd öffnete und weder Essensgerüche noch Krankheiten aus der Tür diffundierten, hatte man es mit einem anständigen Bürger zu tun. Dann griff die Behörden-Nummer.

Dabei kamen wir im Auftrag des privaten Institutes für Baunormung in Recklinghausen, Herne oder Essen oder wo wir gerade waren. Es war uns ein Anliegen mitzuteilen, dass die Bundesbaubehörde und die Länderkammern der Gebäude-Gestaltungs-Gremien in Zusammenarbeit mit den Bauämtern der Gemeinden soeben ein Gesetz verabschiedet hätten, demzufolge die Fassadengestaltung in Recklinghausen, Herne, Essen oder wo wir gerade waren, vereinheitlicht werden müsse. Ob man das schon wisse, und ob deshalb bereits jemand von der Stadt da gewesen sei.

Herbert Koslowski war wie vom Donner gerührt.

»Nein, warum? Bei mir?«

Ronald Papen und seine junge Mitarbeiterin atmeten auf.

»Da haben Sie Glück. Wirklich«, sagte ich, und wir sahen uns vielsagend an. »In dem Fall können wir jetzt noch helfen.«

»Wobei denn?«, fragte Koslowski verunsichert.

»Wenn wir schnell handeln, bekommen Sie keinen Ärger.«

»Ärger? Was für einen Ärger denn?« Er schien massiv beunruhigt.

»Die Stadt hat eine Firma beauftragt, die überall Markisen anbringen lässt, wo noch keine sind. Zum Beispiel bei Ihnen. Im Moment sind die gerade noch im benachbarten Stadtteil unterwegs. Aber spätestens nächste Woche werden sie zu Ihnen vorrücken. Und dann bekommen Sie eine Markise«, sagte mein Vater in einem etwas aufgesetzten Verschwörungston, wie ich fand.

»Eine Markise? Wo? Bei uns?«

»Ganz genau.«

»Aber ich will keine Markise.«

»Bekommen Sie aber. Von der Stadt nach dem Gesetz der Bundesbaubehörde und der Länderkammern der Gebäude-Gestaltungs-Gremien in Zusammenarbeit mit den Bauämtern der Gemeinden.«

»Moment. Die zwingen uns, eine Markise zu installieren?«

»So ist es leider«, sagte mein Vater.

»Ja, und wer zahlt das?«

Das war der Moment, um die Empörung des rechtschaffenen Koslowski zur Eskalation zu bringen.

»Na, Sie«, sagte ich lapidar.

»Ich?«

»Jeder, der noch keine Markise hat, wird eine von der Stadt kaufen müssen, zur Vereinheitlichung des Stadtbildes«, fügte ich hinzu. Ich wartete einen Moment, bis sich diese Information bei Herrn Koslowski setzte. Er drehte sich nach hinten und rief: »Barbara, kommst du mal?«

Barbara kam herangeeilt, und Koslowski sagte: »Die Stadt will, dass wir eine Markise anbringen. Und wir sollen auch noch dafür bezahlen, obwohl wir gar keine haben wollen.«

»Das ist ja ungeheuerlich«, ereiferte sich seine Gattin. »Das machen wir nicht, das kommt gar nicht infrage.«

Sie sah zornig in Richtung meines Vaters, weil sie wohl annahm, dass er von der Stadt kam, um diese Nachricht zu überbringen. Dabei waren wir ganz im Gegenteil die Retter, sozusagen die Verbündeten gegen diesen behördlichen Schildbürgerstreich erster Ordnung.

»Wir können Ihnen helfen, einen saftigen Strafbefehl zu umgehen«, sagte Papen. »Denn der blüht Ihnen bei Zuwiderhandlung. Und am Ende müssen Sie die Behörden-Markise trotzdem noch aufhängen. Übrigens zu völlig überteuerten Preisen.«

»Das ist ja eine Schweinerei«, schnaufte Koslowski.

»Ja, ich sag immer, der kleine Mann ist der Dumme. Die Politik denkt sich irgendeinen Unsinn aus, und wer zahlt's? Wir zahlen's«, sagte mein Vater. »Am Ende heißt es Strafbefehl gegen brave Bürger.«

»Wir haben uns nie etwas zuschulden kommen lassen«, jammerte Barbara.

»Das kann auch so bleiben. Und zwar ohne dass Sie der Anordnung Folge leisten müssen. Wir vom Institut für Baunormung haben dafür ein kostengünstiges Programm aufgelegt, das wir Ihnen gerne vorstellen würden. Und damit schlagen Sie der Stadt ein Schnippchen und bleiben garantiert straffrei.«

Wenig später bestellte das Ehepaar Koslowski drei mal zwei Meter »Kopenhagen« inklusive Montage und lebenslanger Wartung für sechshundertfünfzig Euro. Immerhin fast hundertachtzig Euro günstiger als das Modell der Stadt, welches einheitlich in Rosa geliefert wurde.

Nachdem das Teil an ihrem Balkon hing, waren sie sehr froh, dass niemand ihnen einen Strafbefehl zustellte und auch keiner klingelte, um sie zu zwingen. Und außerdem saßen sie fein im Schatten. Eine doppelte Gewinnsituation, die sich Koslowski später auch dann nicht madig machen ließ, als sein Sohn ihm auseinanderlegte, dass die Geschichte völliger Blödsinn und lediglich ein Trick gewesen war, um ihnen eine Markise von zweifelhafter Farbgebung anzudrehen. Aber davon verstand sein Sohn nichts, wie Koslowski meinem Vater später bei einem Wartungstermin erzählte.

Er reagierte damit wie die meisten Menschen, wenn sie feststellen, dass sie etwas gegen ihren Willen getan haben: Sie reden sich diesen Umstand schön. Das unterscheidet den Menschen vom Tier und war der Hauptgrund dafür, dass Papen sich immer mehr mit dieser Art der Verkaufstechnik anfreundete. Wenn seine Markisen sich im Regen aufgelöst hätten oder die Gelenkarme beim ersten Kurbeln abgebrochen wären, dann hätte er betrogen. Aber so? Eigentlich nicht, fand er. Zudem versprach er lebenslange Wartung, die er jedes Mal mit dem Satz ankündigte: »Mit lebenslang meine ich, solange die Markise lebt. Also länger als Sie und ich.«

Es gab auch Methoden, die wir selten probierten, weil sie nicht zogen oder sich als zu anstrengend erwiesen. Die Neid-Debatte zum Beispiel. Eigentlich eine gute Idee, aber der Erfolg kam, wenn überhaupt, nur zufällig, man konnte das Ergebnis weniger gut planen als zum Beispiel die Melanin-Finte, bei der man schnell wusste, ob die Leute Angst vor exotischen Krankheiten hatten oder nicht.

Dabei machte die Neid-Debatte eigentlich Spaß. Sie bestand darin, nach dem Öffnen der Tür gar nicht auf die Bewohner einzugehen, sondern sie Zeuge einer Auseinandersetzung zwischen dem Chef und seiner Praktikantin werden zu lassen. In der Theorie ging das so:

Tür geht einen Spalt auf, Vorhängeschloss, dahinter ein Mann.

Ich so: »Das ist die falsche Tür, hier haben wir keine Bestellung.«

Papen: »Aber das muss die richtige Adresse sein. Hier steht es doch. Hausnummer 139. Da muss die Ware hin.«

Ich: »Kann nicht sein. Und wir dürfen nicht woanders ausliefern. Der Spezial-Rabatt ist nur für Herrn Böhmer.«

Papen: »Entschuldigung, sind Sie Herr Böhmer?«

Köbelheim: »Nein, die wohnen eins drüber.«

Ich: »Sage ich doch. Hier steht's: Böhmer, vierzig Prozent Skonto, vierte Etage.«

Köbelheim: »Worauf kriegt der Böhmer vierzig Prozent?«

Papen: »Na, auf die Ware.«

Köbelheim: »Was denn für eine Ware?«

Papen: »Das darf ich Ihnen leider nicht sagen. Vielleicht haben Sie ja auch eine bestellt und nicht denselben Preis bekommen, dann wäre das ja für Sie nicht schön.«

Köbelheim: »Ich habe nichts bestellt. Was denn bestellt? Vielleicht habe ich auch etwas bestellt?«

Diese Frage führte schnell zu der Preisgabe des Geheimnisses und der Information, dass der Böhmer ja lange mit der Anschaffung einer Markise gespielt habe und sich letztlich wegen des günstigen Preises dafür entschieden habe. Wenn man viel Glück hatte, wurde an dieser Stelle Köbelheims Ehrgeiz geweckt, ebenfalls ein Schnäppchen zu machen. Aber das kam kaum vor. Entweder die Leute knallten die Tür zu, weil ihnen unser Streit unangenehm war. Oder sie mokierten sich über ihre Nachbarn, ohne die Gelegenheit eines Schnäppchens wahrzunehmen. Jedenfalls führte die Neid-Debatte insgesamt nur drei Mal zum Erfolg, und wir ließen sie fallen.

Ebenso wenig ersprießlich entwickelte sich das Buddha-Brimborium. Eigentlich fand ich diese Geschichte, die ich mit Alik eines Abends ausheckte, sehr vielversprechend, aber sie scheiterte letztlich daran, dass ich dabei nicht ernst bleiben konnte.

Das Buddha-Brimborium dachten wir uns für eine spezielle Klientel aus. Manchmal landete man nämlich bei Frauen – es waren immer Frauen –, deren Räucherstäbchen-Qualm schon durch die Türritze drang. Nach dem Öffnen sah man im Hintergrund tibetanische Gebetsfahnen und auf dem Flurschränkchen einen Buddha. Oder Ganesha. Oder andere indische Trödelmarkt-Ungeheuer. Ich hatte mir vorgestellt, dass man diesen Damen am besten erzählte, man sei durch intensive Bauchatmung auf sie gekommen und könne ihnen etwas anbieten, was die Chakren säubere und einen Weg zur Erkenntnis ebnen könne. Es handele sich dabei um das Dach der universellen Liebe, und wer es auf dem Balkon habe, den würden die Tantra-Vögel in der Umgebung mit ihrem vielstimmigen Gesang belohnen, auf dass sich sämtliche Energieströme im Körper neu sortierten. Und das sei auch für die Verdauung super. Das Vokabular hatte ich den begeisterten Äußerungen meiner Kunstlehrerin abgelauscht, die uns im Unterricht dazu anhielt, unser inneres Feuer zu malen, und dabei Platten von Ravi Shankar abspielte. Ich hätte nie gedacht, dass der Scheiß für irgendwas gut war.

Als ich das Buddha-Brimborium zum ersten Mal vortrug, musste sich Papen umdrehen, weil er sein Gesicht nicht unter Kontrolle behielt. Und als die Frau dann noch erwiderte, sie habe schon seit Jahren auf uns gewartet, bekam ich einen Lachkrampf, und wir mussten abbrechen. Schade, denn da war mehr drin gewesen.

Ich probierte es noch zwei Mal aus, aber sobald Papen damit anfing, leise »Ommm« neben mir zu summen, war es vorbei. Wir verkauften auf diese Weise gar nichts. Aber wir amüsierten uns prächtig.

Auch was die Musikauswahl auf unserer endlosen Tour anging, verbesserte sich meine Laune. Nachdem ich sowohl die *Klaus Renft Combo* als auch *Silly*, *City* und *Karat* überstanden hatte, kauften wir endlich eine CD für mich. *Bravo Hits 48*. Was für eine Erlösung, welch Befreiung.

Mit neunzig auf der A40, die Scheiben runter und die Musik laut. Mein Vater ließ es sich nicht nehmen, laut mitzusingen, auch wenn er nicht ganz textsicher war, da sein Englisch stark zu wünschen übrig ließ. Wäre die Platte auf Russisch gewesen, hätte er mehr beitragen können. Aber manche Texte waren nicht zu kompliziert für ihn. Und einer handelte von ihm.

He was a no one
A zero, zero
Now he's a honcho
He's a hero
Here was a kid with his act down pat
From zero to hero in no time flat
Zero to hero just like that

Am besten gefiel ihm »Emanuela«. Dann tippte er aufs Lenkrad und grölte:

Lass die Finger von Emanuela!
Lass die Finger von Emanuela!
Alle Mädels, alle Jungs sagen »No!«
Deines Lebens wirst du nicht mehr froh.
Was weißt denn du von Liebe?
Von Liebe weissu neechts!
Dich ham deine Gefühle mal wieder ausgetrickst.
Du hältst dich für gefährlich
Doch siehst nicht die Gefahr.

Das Kassenbuch machte ebenfalls Freude. Wenn wir nach einem Abschluss ins Auto stiegen, fischte er es vom Rücksitz, setzte eine fast schon majestätische Miene auf und notierte gestelzt die Aufträge. Zwar trug er immer noch entschieden mehr »N«s ein, aber das geschah eher nebenbei. Die Melancholie, die ihn zuvor immer umwölkt hatte, wich einer professionellen Gleichgültigkeit. Da hatten die Leute eben Pech gehabt. Und nicht er.

Und dann hatte ich Geburtstag. Den sechzehnten. Ein Meilenstein im Leben eines jungen Menschen. Am 1. August. Der fiel häufig in die Sommerferien, was bedeutete, dass man eher selten Kindergeburtstag feierte. Oft waren wir dann selbst im Urlaub, und meine Mutter organisierte eine Feier in einem Restaurant, wo wir uns dann noch fürchterlicher danebenbenahmen als sonst, weil das Kind ja schließlich etwas zu feiern hatte.

Wenn wir in Hahnwald waren, gab es eine Torte, die meine Mutter bei einer Konditorei in Auftrag gab. Ihr kreativer Anteil bestand darin, dass sie sich das Thema der Torte ausdachte und dem Konditor damit so lange auf den Wecker ging, bis er sich bei der Umsetzung des Themas »Nacht in Hahnwald« oder »Kim als Aschenputtel« regelrecht verschwendete.

An meinem sechzehnten Geburtstag wurde ich von Musik geweckt. Inzwischen hatte ich die Lacke, Farben und Lösungsmittel aus meinem Zimmer verbannt. Es konnte einem nicht guttun, in einem Raum damit zu schlafen. Papen hatte das eingesehen und die Eimer und Dosen weit hinten in der Halle abgestellt. Seitdem schlief ich passabel in meiner Zelle, ich fand sie sogar ganz gemütlich, auch ohne Wand-Tattoos und zehn Kissen in unterschiedlichen Größen.

Als ich in die Halle kam, hatte Papen bereits den Tisch gedeckt und dekoriert. Demnach wurde ich vier. Er hatte einfach keine Erfahrung damit und im Supermarkt zu allem gegriffen, was nach »Mädchen« und »Geburtstag« aussah. Außerdem hatte er einen Marmorkuchen gebacken. Ich kann Marmorkuchen nicht ausstehen. Ich bin eindeutig Team »heller Teig«. Der Schokoteil schmeckt nie nach Schokolade, sondern einfach nur verbrannt und nach dunklem Teig. Wann immer es Marmorkuchen gab, versuchte ich, die hellen Bestandteile von den dunklen zu trennen. Das funktionierte auch oft. Es hängt davon ab, wie intensiv die beiden Teige miteinander verrührt werden. Wenn es ein Oben und ein Unten gibt, geht es einigermaßen. Marmorkuchen ist auf jeden Fall eine völlige Zeitverschwendung. Das fand ich mit fünfzehn oder sechzehn, und das finde ich auch mit zweiunddreißig.

»Happy Birthday, liebe Kim«, rief mein Vater und pustete in eine Papiertröte, dass ich vor Schreck beinahe ohnmächtig wurde. Ich blies die Kerzchen auf dem Marmorkuchen aus, und er schnitt ihn an. »Extra feiner Marmorkuchen aus Vaterhand. Und gut verrührt, damit es wirklich wie Marmor aussieht«, trumpfte er auf. Er legte mir ein Stück auf den Teller, und er hatte Wort gehalten: hell und dunkel in untrennbaren Schleiern, wirklich sehr marmoresk. »Das ist toll, vielen Dank, Papa«, sagte ich und hatte damit den Grundstein für eine lebenslange Versorgung mit Marmorkuchen gelegt. Er hat sich in späteren Jahren immer sehr darum bemüht, den Marmorkuchen genauso gut hinzubekommen wie an meinem sechzehnten Geburtstag.

Es lagen auch Geschenke auf dem Tisch, die er in rosa Papier eingeschlagen hatte. *Bravo Hits 47*, ein Buch von Enid Blyton und ein Schal vom MSV Duisburg. Den habe ich immer noch, das Buch auch. Die CD ist irgendwann verloren gegangen. Wenn mir meine Mutter so etwas geschenkt hätte, wäre ich wahrscheinlich durchgedreht und hätte das Buch durchs Wohnzimmerfenster gefeuert. Hallo? Ein Buch? Bücher waren Dekoartikel, jedenfalls in den Augen von Heiko Mikulla. Was sollte man damit anfangen. Gut. Lesen. Habe ich dann auch gemacht. Und es hat mir sogar gefallen. Heute denke ich anders, aber damals stellten Bücher für mich eher eine Bedrohung dar.

»Heute machen wir frei«, sagte mein Vater und sah mich erwartungsvoll an, gerade so, als benötigte er meine Zustimmung. »Wir haben tüchtig gearbeitet, und deshalb machen wir heute mal frei«, wiederholte er den Gedanken. »Wir machen heute, worauf du Lust hast. Was meinst du?«

Das war eine fabelhafte Idee. Wenn mir nämlich hier etwas fehlte in dieser verrosteten Westernstadt, dann waren es Lichter, die Reflexion von Schaufenstern, Palmen, Dinge, die man kaufen konnte, aber nicht musste. Der Glanz der Zivilisation, wie man ihn nur in Shoppingmalls erlebt. Zu Hause traf ich mich oft mit meinen Freunden im Rhein-Center, einem Einkaufszentrum, in dem man den ganzen Tag verbringen konnte. Der einzige Nachteil daran waren die auf Schulschwänzer spezialisierten Polizisten, die sich gerne in der Nähe der Playstation im Saturn herumtrieben. Wenn man dort um elf Uhr am Vormittag ein Spiel ausprobierte, konnte es gut sein, dass man einkassiert wurde. Dann half nur Kim Papens Märchenstunde. Ich hatte gute Erfahrungen damit gemacht, ihnen zu erzählen, dass ich darauf wartete, meine Mutter vom Arzt abzuholen. Sie sei nebenan in Behandlung und könne sich nicht allein auf den Beinen halten. Multiple Sklerose. Es werde immer schlimmer. Und die Kasse wolle keinen Rollstuhl bezahlen, solange sie noch an Krücken laufen könne. Wenn man so etwas behauptete, musste man auch den Namen eines Arztes in der Nachbarschaft draufhaben, denn die Beamten fragten natürlich: »Bei welchem Arzt ist denn deine Mutter?«

Natürlich kam es dann darauf an, einen richtigen Arzt mit einer richtigen Praxis zu nennen. Wenn man sagte: »Weiß ich nicht, wie der heißt«, hatte man klar verloren, denn natürlich wusste man, wie der Arzt hieß, zu dem man die Mutter andauernd bringen musste. Dann das Handy vorzeigen und sagen, dass man nur auf eine Nachricht von der Mutti wartete. Und eben feuchte Augen. Sorry. Es funktionierte.

»Gibt es hier irgendwo ein Einkaufszentrum?«

Papen schaute mich überrascht an. Er hatte vielleicht damit gerechnet, dass man einen schönen Spaziergang machte. Oder ins Museum ging. Oder mal nach Xanten fuhr. Aber da er gesagt hatte, dass gemacht wurde, was ich wollte, lächelte er und sagte: »Na klar. Das Centro in Oberhausen.«

»Ist das weit?«

»Halbes Stündchen.«

»Darf Alik mit?«

Mir war nach Alik. Nicht, dass ich mit meinem Vater nichts hätte anfangen können. Aber ich hatte zwei Wochen lang mit ihm im Auto gesungen und Markisen verkauft. Er hatte mir alles über *Stern-Combo Meißen* erzählt und darüber, dass man in Kamtschatka sehr gut Urlaub machen konnte, wenn man wusste, wie man hinkam. Und dass Kamtschatka quasi genau so groß sei wie Deutschland, dies jedoch bei einer Bevölkerungszahl, die in etwa jener von Bochum entsprach. »Stell dir vor, wir müssten in Kamtschatka Markisen verkaufen«, rief er dann lachend. Und ich liebte ihn dafür. Aber ich wollte meinen Geburtstag mit Alik verbringen.

»Natürlich darf er mit. Noch Kuchen?«

Er gab mir noch ein Stück Marmorkuchen, und eine Weile saßen wir einfach da in der sonnendurchfluteten Halle und aßen.

»Papa?«

»Ja?«

»Erzähl mir von dem Tag, an dem ich geboren wurde.«

Papen streckte sich. »Es war tatsächlich auf einer Reise, das weißt du ja schon. Aber es war nicht direkt die Rückkehr aus einem Urlaub.«

Und dann erzählte er mir die Geschichte meiner Geburt.

Im Juli 1989 gehörten meine Eltern zu jenen DDR-Bürgern, die keine Lust mehr hatten, das Ende dieses Pleitestaates abzuwarten. Sie fuhren wirklich in den Urlaub, jedenfalls verabschiedeten sie sich so zu Hause. »Wir wollten niemanden beunruhigen. Also haben deine Mama und ich gepackt und gesagt, dass wir nach Ungarn fahren würden. Zum Camping. Das durfte man ja. Und von dort aus konnte man nun plötzlich über die Grenze nach Österreich in den Westen. Die war sozusagen offen.«

Mama war damals hochschwanger. Da macht man keine Reisen mehr, erst recht nicht auf einen Campingplatz. »Natürlich hat jeder gewusst, dass es bloß ein Vorwand war. Aber niemand hat gesagt: Wer fährt denn im neunten Monat in den Urlaub?«

»Und warum seid ihr damals abgehauen?«

Papen suchte nach den richtigen Worten. Ich spürte, dass er nicht lügen wollte, auch wenn er in den vergangenen zwei Wochen viel dazugelernt hatte. Er konnte aber auch nicht sagen, was ihn gerade sichtbar bewegte.

»Ich habe es nicht mehr ausgehalten. Und ich hatte Angst.«

»Wovor?«

»Vor dem System.«

Das kam nicht überraschend, aber ich spürte die Lücke zwischen dem, was er sagte, und dem, was sich dahinter verbarg. Es war mehr als das System. Aber er sprach nicht weiter. Eine Weile nickte er, sich selbst bestätigend, mit dem Kopf, dann sagte er schließlich: »Ja. So war das.« Er stand auf und machte die Musik leiser. Eine reine Übersprunghandlung. Mein Vater ging aus der Halle, und ich hörte, wie er irgendwelchen Krempel herumrückte. Es war offensichtlich, dass er darüber nicht reden wollte. Und ich hatte auch keine Lust, meinen Geburtstag mit diesen Themen zu belasten. Also warteten wir auf Alik, und ich goss heimlich die Pfütze, als mein Vater das Geschirr spülte.

Gegen Mittag tauchte Alik auf und brachte Blumen mit, die er unterwegs gepflückt hatte. Das überraschte mich, weil ich nicht angenommen hatte, dass es auf dem Weg von der Ratingsee-Siedlung zur Halle eine einzige Blume gab. Vermutlich hatte er alle sieben gepflückt. Er war begeistert von der Idee, ins Centro zu fahren, und wir machten uns auf den Weg. Unterwegs hörten wir die neue CD und sangen, so laut wir konnten:

Das ist die perfekte Welle
Das ist der perfekte Tag
Lass dich einfach von ihr tragen
Denk am besten gar nicht nach

Im Centro atmete ich auf. Leben! Burger! Sneaker! Nachdem wir eine Weile zu dritt herumgelaufen waren, trennten wir uns, weil Papen einfach bei sehr anderen Dingen stehen blieb als wir. Er schaute sich gerne Bücher an, am liebsten Atlanten. Alik und ich barsten schier vor Erkundungsdrang und konnten unmöglich warten, bis Papen uns Kamtschatka gezeigt hatte. Also bat ich um Befreiung, und mein Vater schlug vor, dass man sich nach zwei Stunden am Eiscafé treffen könne. Auf einen Geburtstagsbecher.

Es wurden dann zwei. Und ein Paar Nikes. Und zwei T-Shirts und ein Deo und ein Duschgel. Papen zahlte amüsiert, was ich ihm vor die Nase hielt. Plötzlich Geld zu haben bedeutete ihm für sich selbst nichts, aber mir etwas kaufen zu können, schien ihn zu beglücken. Alik bekam auch etwas, eine violett-gelbe Basecap von den L. A. Lakers.

Als wir am späten Nachmittag zurück auf den Hof kamen,

wo Papen sehr zu Aliks und meinem Verdruss mit Karacho durch die von uns am Leben erhaltene Pfütze spritzte, drang Musik vom MBC zu uns. Und dann wurde mir klar, warum wir den ganzen Tag in Oberhausen verbracht hatten. Es war ein Ablenkungsmanöver gewesen.

Lütz, Achim, Oktopus und Klaus hatten die Zeit gebraucht, um den Strand für mich zu dekorieren. Als wir hinkamen, empfingen sie uns als Hawaiianer kostümiert. Über dem Tresen hatten sie ein Plakat gespannt, auf dem »Kim Happy 15« stand, was nicht ganz stimmte, mich aber dennoch freute. Sie hatten von woher auch immer Sand besorgt und auf einer größeren Fläche verteilt. Und sie hatten aus Bambus einen Thron für mich gebaut. Für die Königin von Honolulu. Vier Männer mit Girlanden um den Hals. Ich war so glücklich. Dann gab es Würstchen vom Grill.

Später saßen Alik und ich am Wasser, hinter uns die Männer und das Licht, vor uns der kleisterartige Kanal. Alik hatte die Knie angezogen und umgriff seine Beine.

»Ich mag deinen Vater.«

»Ich auch. Wie ist denn deiner?«

»Er ist gut. Aber es gibt Dinge, über die er nicht spricht. Die meisten haben mit seiner Vergangenheit zu tun.«

»Wie bei meinem. Scheint so eine Spezialität von Vätern zu sein. Wenn ich mal erwachsen bin, erzähle ich meinen Kindern alles.«

»Du bist ja jetzt erwachsen«, sagte Alik und lächelte mich an, dass seine Zähne blitzten. Es wäre der richtige Augenblick gewesen, um zu knutschen. Und wenn Alik seinen Mund auch nur einen einzigen Zentimeter bewegt hätte, wäre es auch dazu gekommen. Aber er traute sich nicht. Und ich auch nicht.

Unsere Oberarme berührten sich, und wir schauten einander lange an. Ich roch seine Aufregung und er meine. Aber es ist einfach nicht passiert. Hinter uns verlor Oktopus deshalb eine Wette.

Mein Geburtstag war vorbei, und er war schön gewesen. Nachdem Klaus überzeugt wurde, dass es mein sechzehnter war, gab er einen Sekt aus, dessen zweifelhafte Herkunft er nicht preisgab. Ich lag dann im Bett und brauchte lange, um den Tag zu sortieren.

Um zehn nach drei klingelte das Telefon in der Halle. Ich wurde sofort wach, auch weil ich das Geräusch nicht zuordnen konnte. Es hatte, seit ich da war, nie geklingelt. Nicht ein einziges Mal. Und nun mitten in der Nacht.

Ich hörte, wie Papen das Gespräch annahm, so leise wie möglich, um mich nicht zu wecken. Aber ich hörte trotzdem jedes Wort.

»Papen… Hallo Susanne. Na?… Ist es schön in Amerika?… Hier ist es auch warm… Sie schläft… Susanne, es ist zehn nach drei in der Nacht… Natürlich fühlt sie sich wohl… Warum sollte sie sich nicht wohlfühlen?… Ich möchte sie ungern wecken…«

Dann stand er in der Tür und sagte leise: »Kim, kannst du wach werden? Deine Mama ruft aus Amerika an.«

Es wurde ein kurzes Gespräch. Geoffrey ging es immer besser, und er hatte einen Alligator gefüttert. Heiko machte wahrscheinlich ein gutes und zusätzlich ein noch viel besseres Geschäft. Die Amerikaner waren alle zu dick. Was ich an meinem Geburtstag gemacht habe?

»Ich war erst in Oberhausen und dann in Honolulu.« Diese Information überforderte meine Mutter nicht, weil sie nicht zuhörte. Wahrscheinlich stand sie in einem Restaurant an der Bar und schob das Telefonat zwischen Hauptgang und Dessert ein.

»Und vermisst du deine Mama?«

»Natürlich. Und wie«, sagte ich. Und sie glaubte es mir. Ich war wirklich gut im Training.

Tag 30

»Was willst du eigentlich später mal machen?«, fragte Alik und warf einen Stein ins Wasser. Wir saßen am Kanal gegenüber vom Meidericher Kanu-Club und sahen dabei zu, wie ein paar sehr ansehnliche Kanuten sich auf eine Trainingsfahrt vorbereiteten.

Mein Vater war früh aufgebrochen, um Markisen auszuliefern. Vier Stück. Da war kein Platz mehr für mich im Auto, und das passte mir ganz gut. Alik war etwas betrübt, weil ich kaum mehr Zeit mit ihm verbrachte. Andererseits gab ihm das die Möglichkeit, auf dem Schrottplatz herumzuklopfen und sich der Geschäftsführung mit seinem Wissen über Altmetall aufzudrängen.

Ich dachte lange über seine Frage nach, weil ich nicht »keine Ahnung« sagen wollte. Das wäre korrekt, aber nicht besonders klug gewesen. Jedenfalls fühlte ich mich dumm, wenn jemand danach fragte. In meiner Klasse, die ich gerade als notorische Sitzenbleiberin verlassen hatte, wussten die meisten, was sie werden wollten. Die hatten einen Plan, Interessen, Hobbys und Talente. Ich konnte eigentlich bloß schwindeln und Musik hören. Das war nicht viel, gerade im Vergleich zu Alik.

Natürlich war das Thema auch in der Jugendpsychiatrie mehrfach besprochen worden. Ständig ging es dort um Perspektiven. Einmal sollten wir unser späteres Leben visualisieren und in allen Einzelheiten beschreiben. »Schließt die Augen und stellt euch vor, wie ihr in zehn Jahren lebt«, sagte die Psychologin. Wir saßen im Kreis, und alle machten die Augen zu. Das weiß ich deshalb so genau, weil ich als Einzige blinzelte und den anderen dabei zusah, wie sie sich wahrscheinlich gerade eine Zukunft mit Hund und hübschen Kindern ausmalten. Als ich sagen sollte, wo und wie ich mich in zehn Jahren sehe, fiel mir nichts weiter ein als die Beschreibung eines ständig vollen Kühlschranks. Wie ich gedachte, den zu füllen, fragte die Frau, und ich sagte: »Ich fülle nicht, ich lasse füllen.« Natürlich wusste ich, dass ich sie damit verärgerte, und es folgte ein gnadenlos peinliches Einzelgespräch. Heute weiß ich, dass sich die Frau große Mühe gegeben hat, mein Selbstwertgefühl zu verbessern. Aber damals lebte ich nun einmal in der Vorstellung, für absolut nichts zu gebrauchen zu sein. Heiko hatte das gesagt, Mama weinte, und die Lehrer gaben auf. Und Geoffrey hatte Schmerzen.

»Vielleicht mache ich etwas Künstlerisches«, sagte ich also aufs Geratewohl zu Alik, obwohl ich zeichnete wie eine Fünfjährige und sang wie eine Gehörlose. Aber die Flucht in die Kunst schien mir die einzig halbwegs erreichbare Option. Ich beherrschte ja mit sechzehn kaum das kleine Einmaleins.

Alik war von der Idee sehr angetan. »Ich glaube, in dir schlummert wirklich eine Künstlerin«, pflichtete er mir bei und zerschlug eine Mücke. Am Kanal fand in diesen Tagen der Weltmückenkongress statt. Es wimmelte nur so von diesen Biestern. Patsch. »Du hast jedenfalls diese Ausstrahlung.«

»Oder ich heirate einen saudischen Prinzen«, sagte ich gespreizt. »Die stehen auf blonde Europäerinnen. Dann werde ich jeden Tag mit Diamanten überschüttet und bade in Mäusemilch.« Ich spürte nicht, dass dieses Gequatsche etwas in Alik auslöste, und redete immer weiter. »Ich habe einen Schuhschrank, der ist so groß wie die Halle von meinem Vater. Und wenn ich nach Mailand will zur Modenschau, dann begleitet mich ein Gefolge mit Leibwächtern und Dienerinnen, und natürlich kaufe ich die ganze Kollektion und werfe sie anschließend weg, weil sie mir doch nicht gefällt. Und mein Prinz ist nie da, wir sehen uns bloß einmal im Monat zum Pferderennen, und irgendwann erbe ich den ganzen Plunder, weil er natürlich fünfzig Jahre älter ist als ich.«

Alik hatte sich abgewandt, und nun stand er auf. Er war wütend. »Kommt es dir bei Männern wirklich nur auf diesen Scheißdreck an? Auf Schuhe und Pferderennen und so einen Kram?«, rief er. Er war gekränkt, denn er war es gewesen, der mir ein ganzes Wochenende lang den Thron aus Bambus gebaut hatte. Und ich sprach davon, wie ein Mann für mich sein müsste, nämlich am besten alt und reich. Er war genau das Gegenteil davon, schien also für mich überhaupt nicht in Betracht zu kommen. Auch wenn ich natürlich bloß einen Spaß gemacht hatte, so blieb doch genau dies bei ihm hängen: zu arm und zu jung. Ich war damals nicht empathisch genug, um zu bemerken, dass es für ihn ein herber Moment war. Ich verstand nicht, dass er sich gedemütigt fühlte, weil ich ihm von etwas vorgeschwärmt hatte, das er niemals sein würde. Auch wenn es übertrieben war.

Und ich saß da und verteidigte meinen Scherz, sagte ihm, dass er ja wohl nicht im Ernst glauben konnte, dass ich mir wünschte, regelmäßig in Mäusemilch zu baden. Das machte alles nur noch schlimmer. Es ging ja nicht um den Scherz, sondern um die Haltung. Ich brauchte ewig, bis ich das begriff. Bestimmt eine Viertelstunde saßen wir schweigend nebeneinander, während die Kanuten gegenüber mit dem Training begannen. Patsch. Mücke.

In meinem Kopf wiederholte ich noch einmal, was ich gesagt hatte. Und fragte mich, was daran so furchtbar sein sollte. Der Vorgang der Erkenntnis, das ganz allmähliche Begreifen, dieser Schritt von meiner bockigen Abwehrhaltung zur Einsicht verlief in langsamen Schritten, die mir heute noch präsent sind. Und so, wie man eines Tages feststellt, dass man keinen Kinderteller mehr will, oder die Pferdeposter von der Wand nimmt, änderte ich an diesem Vormittag meine Erwartungshaltung ans Leben. Ich wusste zwar immer noch nicht, was ich werden wollte, aber ich verstand, dass ich etwas dafür tun musste. Alik wusste das für sich vermutlich schon, seit er ein kleiner Junge war.

Und schließlich, nach der ewigen Stille zwischen uns, legte ich eine Hand auf sein Sommerknie und sagte: »Entschuldige.«

»Schon gut.«

»Nein, wirklich.«

»Jaja.«

Ich knuffte ihm gegen das Bein, und wir sahen uns an. Es wäre vielleicht auch wieder ein fabelhafter Moment für einen Kuss gewesen, aber stattdessen schlug er eine Mücke auf meinem Bein tot und sagte: »Ich muss jetzt zum Mittagessen.«

»Kann ich mitkommen?«

Er war überrascht. »Wirklich? Zu uns?«

»Ja. Wenn das okay ist.«

Also gingen wir über die Brücke zurück nach Meiderich. Er schob sein Fahrrad und erzählte von einem Experiment, bei dem man einen Nagel und eine Büroklammer in eine Zitrone steckte. Wenn man Drähte daran anschließe und miteinander verbinde, fließe Strom. Auch Äpfel könne man dafür nehmen. Oder Kartoffeln. Aha. Patsch. Er war einfach viel klüger als ich.

Die Familie Cherif wohnte in der Ratingsee-Siedlung, die einer winzigen Stadt glich. Und zwar buchstäblich einer winzigen Stadt, denn alle ihre Reihenhäuser waren klein und wirkten gedrungen, weil sie keine Giebeldächer hatten. Keines der Flachdachgebäude war höher als zwei Etagen, das Erdgeschoss eingeschlossen. Die Häuschen sahen alle völlig gleich aus, so als habe ein riesengroßes Kind mit Perfektionsdrang Reihen von Bauklötzen nebeneinandergelegt.

Von außen wirkten die Häuser der Siedlung ziemlich abweisend, wie eine lange Burgmauer mit Schießscharten, denn die Fenster hatte man wie Schlitze in die Backsteinfassade eingelassen, noch dazu in zwei Meter Höhe, sodass man von der Straße aus nirgends hineinspähen konnte.

Ich war beunruhigt und fasziniert zugleich, auch wenn ich mit meinem Vater schon einige Bergwerkssiedlungen und alte Arbeitergegenden gesehen hatte. Schlechtes Geschäft übrigens. Die meisten Bewohner hatten kleine Gärten, in denen sie unter Schirmen saßen. Oder der Denkmalschutz verbot bunte Markisen. Oder die Leute hatten kein Geld. Ronald hatte diese Siedlungen rot markiert und machte normalerweise einen Bogen darum, genau wie um Schrebergärten. Man lief sich Blasen dort und verkaufte gar nichts.

Alik schloss die Tür auf und rief nach seiner Mutter. Wir betraten das Haus, das wie eine Puppenstube aussah. Das ganze Erdgeschoss war kaum größer als mein Zimmer in Hahnwald, wies aber drei Räume und einen Flur auf. Aliks Mutter kam aus der nebligen Küche, in der sie etwas zubereitete, das sehr nach Zwiebeln roch. Ihr rundes Gesicht bestand aus Fältchen und geplatzten Äderchen. Ich fand Aliks Mutter sehr hübsch. Sie war jünger als meine. Alik stellte mich vor, und dann gab es Leber mit Zwiebeln, die wir im Garten aßen. Jedenfalls versuchte ich es, aber das Fleisch war unkaubar. Ich hatte ein zu großes Stück abgeschnitten und schob es nun von einer Backentasche in die andere, um die Zähne nicht ungleichmäßig zu belasten bei dem Versuch, den Brocken wenigstens einmal zu durchbeißen. An mehr war nicht zu denken.

Alik stellte sich wesentlich geschickter an. Er säbelte mikroskopisch kleine Fitzel von seiner Leber, um diese dann mit ein paar Zwiebeln und etwas Kartoffelpüree hinunterzubefördern. Aber er wusste ja auch vorher, dass es nicht anders ging. Kau, Kim, kau!

»Und du kommst aus Köln«, sagte seine Mutter. Es war mehr eine Feststellung als eine Frage.

Ich nickte.

»War ich noch nie. Ist das schön dort?«

Ich kaute, nickte und machte »Hmm«.

Schließlich entschied ich, das Ding einfach in einem hinunterzuwürgen. Sonst würde ich erstens noch Stunden dasitzen und nicken und zweitens keinen einzigen Ton sprechen, was ich unhöflich fand. Also nahm ich Anlauf und griff mein Wasserglas, um der Leber zu helfen, meinen Schlund hinunterzurutschen. Schwerer Fehler.

Ich schluckte, aber die Leber blieb auf halbem Weg stecken. Ich schluckte noch einmal, sie sackte einen Millimeter weiter in meinen Hals, und ich begann zu röcheln wie Darth Vader. Alik fand das komisch. Ich nicht und deutete auf meinen Hals. Er stand in aller Seelenruhe auf, stellte sich hinter mich, schlang seine Arme um meinen Oberkörper und zog mich ruckartig aus dem Stuhl, worauf die verdammte Schweineleber wie eine Kanonenkugel aus meinem Mund direkt auf den Kartoffelpüreehaufen schoss, wo sie lag wie eine tote Maus.

»Da hat ja mal jemand Hunger«, sagte Alik anerkennend mit Blick auf das große Stück, und ich hätte ihm am liebsten eine gescheuert, zumal ich innerhalb von Sekunden knallrot wurde. Ich konnte nur hoffen, dass Aliks Mutter dies meiner Anstrengung zuschrieb und nicht meiner Scham. Sie sagte: »Musst du nicht essen, wenn es nicht schmeckt. Ich mag es auch nicht. Aber Alik will es haben, also koche ich es.« Sie gefiel mir sehr.

Nach dem Essen, ich hatte dann Püree und Zwiebeln, die ich tadellos fand, saßen wir in dem Garten, der etwa so groß war wie der Stellplatz meiner Mutter vor der Garage in Hahnwald, und genossen die Sonne. Aliks Mutter rauchte.

»Und Sie kommen aus Russland?«

»O ja.«

»Und woher dort?«

»Aus Tomsk.«

»Ahhh«, sagte ich, als wüsste ich, wo das ist. Tomsk! Klar!

»Das ist in Sibirien«, sagte Alik.

»Es gibt viele Deutsche dort«, sagte seine Mutter.

»Irgendwann fahren wir mal hin. Erst nach Tomsk und dann nach Tunis.« Von dort stammte sein Vater. Es lagen mehrere Welten dazwischen, ich staune heute noch über die Selbstverständlichkeit, mit der Alik seine Herkunft betrachtete. Und ich habe nie herausgefunden, ob er mehr Tunesier oder mehr

Russe war, auf jeden Fall sah er nach beidem aus und benahm sich mit seiner Pedanterie und seinem geschäftigen Interesse für die Wiederverwertung von Metall ausgesprochen deutsch, wie ich fand.

»Und wie ist es so in Tomsk?«, fragte ich.

»Im Sommer gibt es viele Mücken. Millionen von Mücken«, sagte Katharina Cherif und lächelte, als handelte es sich dabei um eine der schönsten Erinnerungen an ihre Kindheit. Und ich schloss daraus, dass Tomsk wahrscheinlich so etwas war wie Duisburg.

»Wie haben sich deine Eltern kennengelernt?«, fragte ich, als wir später wieder zurückgingen. Wir wollten noch etwas Zeit im MBC verbringen, außerdem hatte Lütz versprochen, Eis zu besorgen, weil den Stammgästen die Getränke nicht kühl genug waren. Aliks Eltern waren sich beim Putzen begegnet. Beide in derselben Kolonne in einem Verwaltungsgebäude von Thyssen. Das war fünfzehn Jahre her. Man hatte hier geheiratet, aus Tunis und Tomsk war niemand erschienen. Aber dafür kam ja dann Alik, und die Familie schien einigermaßen klarzukommen. Inzwischen war Amin Cherif immerhin Schichtleiter in einer Autowaschanlage, und seine Frau arbeitete dreimal die Woche als Putzfrau. Es reichte.

»Mein Vater will nicht, dass ich studiere.«

»Warum nicht?«

»Er findet, dass es nichts für uns ist. Es steht uns nicht zu. So irgendwie.« Er wirkte ratlos, aber auch wütend. Offenbar war das ein Dauerthema im Hause Cherif. »Wenn es nach ihm ginge, würde ich in den Ferien bei ihm in der Anlage die Felgen abspritzen. Hat dein Vater studiert?«

Mir wurde wieder bewusst, dass ich keine Ahnung vom

Leben meines Vaters hatte und praktisch überhaupt nicht wusste, was er vor seiner Karriere als Markisenhändler gemacht hatte. Ob er überhaupt einen Beruf hatte. Er war nach wie vor unscharf.

»Ich weiß nur, dass er irgendwas angestellt hat. In der DDR. Er ist geflohen, meine Eltern haben sich getrennt, und er verkauft Markisen.«

»Und du weißt nicht, was es ist?«

»Was was ist?« Wir gingen an *Rosi's Pilstreff* vorbei, wo Klaus einige Kisten mit Eiswürfeln auslud.

»Was er angestellt hat.«

»Keine Ahnung.«

Alik schob sein Fahrrad langsam durch die Pfütze und sagte: »Vielleicht ist er ja ein Mörder.«

»Spinnst du?«

»Es sind manchmal die ganz Unscheinbaren. Die, bei denen man niemals auf so etwas kommen würde. Kann doch sein. Er hat jemanden umgebracht und musste fliehen. Und jetzt hat er sich eine geheime Identität verschafft.«

»Ganz bestimmt.«

»Er hat jemanden von der Mafia kaltgemacht. Sie suchen ihn seit Jahren, um Rache zu nehmen. Aber sie finden ihn nicht, weil er falsche Fährten gelegt hat. Dabei hat er sich hier verkrochen. In Meiderich. Wo ihn niemand sucht. Es ist das perfekte Versteck.«

Zumindest mit dem letzten Satz konnte er durchaus recht haben. Hier würde ihn garantiert niemand suchen. Alik war völlig begeistert von seiner Theorie. »Solche Typen wie dein Papa sind lautlose Killer. Sie hinterlassen keine Spuren. Sie kommen im Dunklen und verschwinden wie eine Katze.«

Ronalds Auto stand vor der Halle. Und plötzlich gewann die Vorstellung, er sei ein Auftragsmörder ohne Vergangenheit, Konturen. Vielleicht hatte er einen Smoking getragen, als er in die Loge des Prager Opernhauses schlich, um den Mafiapaten mit der Kordel eines Vorhangs zu erdrosseln, während auf der Bühne eine dicke Sängerin herumbrüllte. Ja, doch, das konnte sein. Als Alik es so darstellte, schien es mir immer plausibler.

Da kam mein Vater aus der Halle. Weißes Hemd, Ärmel hochgekrempelt, die um seine Beinchen schlotternde Hose, das wirre dunkelblonde Haar. Er sah so unschuldig aus, so aufgehellt seit seinem Verkaufserfolg und so glücklich darüber, uns Kinder zu sehen.

»Stellt euch mal vor, der Lütz hat Eiswürfel gekauft«, rief er. »Das wird eine völlig neue Dimension von Trinkkultur. Unerhört.«

Ich glaube, ich habe meinen Vater nie mehr so geliebt wie in diesem Moment. Ich hätte ihm jeden Mord verziehen.

Tag 37

Unsere Touren führten uns weiterhin nach überall innerhalb der Grenzen des Ruhrgebietes, aber nie darüber hinaus. Das fand ich seltsam, denn natürlich gab es große und durchaus vielversprechende Orte, die man ebenfalls in dreißig Minuten von Duisburg aus hätte erreichen können. Düsseldorf, Neuss, Krefeld, Wuppertal, auch Mönchengladbach, wenn man noch ein paar Minuten drauflegte.

Aber mein Vater wollte das nicht, jedenfalls nicht, bis er das Ruhrgebiet fertig bestückt hatte. Es war seine spezielle Art des Horror Vacui. Er konnte einfach keine Stelle in der Landkarte leer lassen. Erst danach würde er den Rahmen ausdehnen können. Ich musste das so hinnehmen, auch wenn es bedeutete, dass wir, anstatt in Düsseldorf unsere Chancen zu suchen, in Neukirchen-Vluyn, Schwerte und Lünen herumgurkten.

Unsere Erfolge waren seit der Strategieänderung beachtlich geblieben, und Ronald Papen musste nun häufiger zur Montage, um die bestellte Ware auszuliefern. Die Vorstellung, er könnte bei diesen Terminen als Betrüger entlarvt werden, ängstigte ihn etwas, wie er mir gegenüber gestand. Aber das geschah nie. Jedes Mal freuten sich die Käufer, ihn wiederzusehen. Vorher schnitt er Bahnen zu, kettelte die Ränder mit einer lauten Maschine, legte die fertigen Markisen einzeln mit den Gelenken und dem Montagematerial in die Halle und schleppte fünf bis sechs Einheiten zu seinem Auto, um dann den ganzen Tag durch die Gegend zu fahren und »Mumbai« und »Kopenhagen« zu montieren.

Innerhalb weniger Wochen hatte er mehr verkauft als zuvor in den ganzen vierzehn Jahren, die er schon durchs Land fuhr. Da er jede Lieferung mit einer Stecknadel auf der Karte in seiner Halle markierte, musste er bald neue Nadeln kaufen. Er geriet beinahe in so etwas wie Stress, zumal ihn Lütz, Achim und Oktopus andauernd dazu aufforderten, Lokalrunden zu schmeißen. Er konnte und wollte sich nicht wehren, holte sich den Gegenwert aber bei zahlreichen Wetten wieder zurück. Da er nicht trank, wurde er nie übermütig und schlug nur ein, wenn er genau wusste, dass er gewann. Vierzig Euro von Lütz, weil Australien kein Bundesstaat der USA war. Zwanzig Euro von Achim, weil dieser natürlich nicht für sechs Minuten die Luft anhalten konnte. Fünfunddreißig Euro wiederum von Lütz, der behauptet hatte, dass Zebrastreifen so hießen, weil sie früher in der Kolonialzeit tatsächlich aus namibischem Zebrafell hergestellt worden seien. Woran sein eigener Großvater in der Gerberei einer Bocholter Zebrastreifenfabrik beteiligt gewesen sei. Der sei dann jung gestorben. Schuld seien die Chemikalien gewesen und die Zebrafelle, die von Natur aus giftig gewesen seien. Diese Darstellung wurde mittels des Brockhaus widerlegt, von dem Ronald immerhin drei Bände besaß, unter anderem zufällig jenen mit dem Buchstaben »Z«. Lütz jammerte danach, der Brockhaus wisse nichts von den Zuständen in einer Zebrastreifen-Gerberei, und es könne auch sein, dass die Fabrik gar nicht in Bocholt gewesen sei, sondern in Borken. Oder in Bottrop.

Inzwischen hatten Vater und ich ein sicheres Gespür dafür, in welchen Gegenden etwas zu holen war. Und wir zogen unsere Nummern derart routiniert durch, dass es wirklich schwer war, uns auf die Schliche zu kommen. Natürlich gab es den einen oder anderen Kunden, der uns nicht glaubte oder spätestens bei der Montage darauf hinwies, dass wir ihn mit der Melanin-Gefahr ein bisschen um die Fichte geführt hatten. Sie fühlten sich aber nicht als Opfer, höchstens überredet. Und letztlich nahmen sie an, dass die Ware in Ordnung und unsere Verkaufsabsicht nicht unlauter war. Und dann die lebenslange Garantie. Dafür musste Ronald Papen einmal die Woche los, um gelieferte Ware zu reparieren oder nachzujustieren.

Mein Vater schloss nun auch manchmal ab, wenn ich ihn nicht begleitete. Dann wollte ich lieber mit Alik auf dem Schrottplatz, in der Siedlung, beim Trainingsgelände des MSV oder an unserem Beach Urlaub machen. Der großzügige Ronald Papen, die Tasche voller Geld und das Herz voller Liebe, lud nach Feierabend fast täglich ins Eiscafé *Venezia* ein. Eisbecher um Eisbecher verschwand in unseren dampfenden Leibern. Er genoss es sehr, zwischen Alik und mir zu sitzen und sich anzuhören, was uns bewegte. Wenn ich erzählte, dass beim Eurovision Song Contest klar betrogen worden sei, weil der griechische Siegerbeitrag gar nicht so gut gewesen, der deutsche aber Letzter geworden sei, hob Ronald Papen die Augenbrauen oder wackelte mit dem Kopf wie ein Bedenkenträger. Er hatte überhaupt keine Ahnung von diesen Dingen, aber sagte ganz teilnahmsvoll Dinge wie: »Herrje, das muss man sich mal vorstellen« oder »Tja, das ist wahrhaft bedauerlich.« Oder »unerhört«. Dann nahm er einen Löffel von seinem Eis, leckte sich die Lippen und sagte: »Wieder ganz fabelhaft.« Er bestellte immer etwas anderes, als könne er mit derartigen Pioniertaten die Aufregung nicht absolvierter Weltreisen ersetzen. In der Erkundung der Speisekarte vom *Venezia* lebte er seine Abenteuer- und Reiselust aus. Jedenfalls kam mir das damals so vor. Und ich mochte, wie er sein Eis aß. Er schaute jeden Bissen auf dem Löffel kurz an, bevor er ihn sich in den Mund schob, um mit großen Augen das Eis davon zu lösen. Er war manchmal wie ein Kind, das immer wieder zum ersten Mal etwas probiert. Oder wie ein sehr alter Mann, der sich mit jedem Bissen an etwas aus ferner Vergangenheit erinnert.

Als ich im Gespräch hinzufügte, den Eurovision Song Contest könne sogar mühelos die *Klaus Renft Combo* gewinnen, solange sie nicht für Deutschland antrete, reagierte er auf diese Spitze mit einem begeisterten: »Meinst du? Das muss man denen sagen!« Ich bin bis heute nicht ganz sicher, ob er die Ironie nicht kapierte oder mir nur einen Gefallen tun wollte. Vielleicht verstand er mich immer ganz genau. Und womöglich war dieses tiefe Verständnis auch der Grund dafür, dass er niemals mit mir über die Schule sprach; über Ausbildungsmöglichkeiten, Perspektiven, Fondssparen oder über die Sache mit Geoffrey. Er erzog mich kein bisschen, wenn das bedeutet, dass man gesagt bekommt, wie man sich zu benehmen hat oder was man am besten aus seinem Leben macht.

In der ersten Zeit hatte ich angenommen, dass er sich nicht dafür interessierte, aber das stimmte nicht. Er wollte mir bloß nichts aufnötigen, zumal er keine Ahnung von pädagogischen Ansätzen bei schwer erziehbaren sechzehnjährigen Mädchen hatte. Aber er tat instinktiv das Richtige und erzog mich natürlich trotzdem, quasi aus Versehen, indem er mir vorlebte, wie man sich als zivilisierter Mensch verhält. Er war immer höflich, hatte für jeden ein Lächeln, hörte geduldig zu, war hilfsbereit und niemals zynisch. Er war achtsam mit den Dingen, was mir sehr gefiel und allmählich auf mich überging. Sachen waren ihm wertvoll, also machte er nichts mit Absicht kaputt. Manchmal nahm das beinahe groteske Züge an. Papen wäre zum Beispiel nie auf die Idee gekommen, eine Brötchentüte aufzublasen, draufzuhauen und sie anschließend zusammenzuknüllen. Er faltete sie, strich sie glatt und legte sie auf das Altpapier. Diese seltsam zärtliche Geste des Glattstreichens charakterisiert ihn mehr, als es jeder seiner Sätze könnte, von denen er ohnehin nicht mehr als nötig sprach. Und wenn, dann dienten sie kaum als Leitsätze fürs weitere Leben.

Manchmal redeten wir gar nicht. Konversation fand dann nur statt, wenn wir unsere Show abzogen. Anschließend saßen wir im Auto, tranken etwas, er trug die Bestellung ein, und wir stiegen wieder aus. Ich gewöhnte es mir ab, ihn mit Fragen oder inquisitorischen Verhören dazu zu bewegen, von früher zu erzählen. Natürlich gab es in seiner Vergangenheit etwas, das ihn aufwühlte und woran er sicher oft dachte. So ist das bei mir bis heute mit Geoffrey. Ich kann ihm nicht begegnen, ohne dass es eine Rolle spielt. Ich sehe ihn an und denke jedes Mal: Das war ich, als ich fünfzehn war. Er war neun, jetzt ist er sechsundzwanzig. Und es geht nie wieder weg.

Papen sprach ungern über sich und niemals über Nöte, Kümmernisse oder Bedürfnisse. Er sagte höchstens, er habe nun ein »solides Hüngerchen«, oder er fluchte leise vor sich hin, weil er eine seiner CDs nicht fand, worüber ich immer sehr froh war. Aber er neigte im Gegensatz zu Heiko Mikulla nicht zum endlosen Monolog. Nach wie vor konnte ich mir nicht vorstellen, dass die beiden Männer einmal beste Freunde gewesen sein sollten. Als ich das einmal nebenher fallen ließ, antwortete mein Vater nur: »Ja. Unerhört. Ich auch nicht.«

Woran ich mich am liebsten erinnere, wenn ich an diese Sommerferien zurückdenke, das ist der Frieden und die Stille. Im Grunde das, was ich zu Beginn der sechs Wochen als tödliche Langeweile fürchtete. Frieden und Stille gab es sonst in meinem Leben kaum, es war ja andauernd irgendwas los. Auf dem Gewerbehof hingegen gab es höchstens das Geräusch, das Lütz machte, wenn er eine Schraube nicht losbekam, deswegen herumbrüllte und die Flex anwarf, um das Ding mit Funkenregen abzusägen, oder die Lastwagen der Spedition Oehmke (Immer gern nah und fern), die langsam auf das Gelände kamen und nach dem Halten laut ächzten, worauf Momente später die Fahrertür zugeknallt wurde.

Der Frieden indes betraf weitgehend mich, denn mit mir gingen die Männer liebenswürdig und rücksichtsvoll um. Alle anderen, auch »der kleine Russe«, wie Alik von Achim und Lütz nach wie vor auch dann genannt wurde, wenn er neben ihnen stand, mussten mal etwas einstecken.

Es fiel mir überhaupt nicht auf, dass ich in diesem Bund das einzige Mädchen, die einzige Frau war. Diese Männer schienen sich nichts aus Frauen zu machen, jedenfalls waren Frauen für sie kein Thema, mehr noch: Weiblichkeit schien ihnen Angst zu machen. Für meinen Vater kann ich das jedenfalls behaupten.

Einmal saßen wir im Auto und fuhren durch Dortmund-Aplerbeck, als ich Unterleibsschmerzen bekam. Ich drückte meine Hand gegen den Bauch, was ihm nicht entging. An einer Ampel sah er mich bedauernd an und fragte, ob ich was am Magen hätte. Etwas Falsches gegessen womöglich. Ich verneinte. Ob es dann eher Verdauung sei. Mehr so im Darmbereich. Das könne ja auch furchtbar sein. Ich verneinte abermals, und ich hatte keine Lust, über meine Beschwerden zu sprechen. Wer hat das schon?

Darauf erklärte er mir, dass man sich wegen einer kleinen Flatulenz nicht schämen müsse. Was rausmüsse, das solle halt auch raus. Er selbst mache dies nur, wenn er alleine sei, keinesfalls in Gesellschaft. »Aber wenn du mal pupsen musst, dann bitte. Macht mir nichts aus. Bleibt ja in der Familie.« Ich sagte, dass ich kein Problem mit dem Darm hätte, worauf er begann, von einem Dackel zu erzählen, der in seiner Jugend so furchtbare Koffer abgestellt habe, dass man die noch im Nachbarhaus riechen konnte. »Dabei war der höchstens so groß«, sagte Papen und zeigte mit beiden Händen eine Länge von vierunddreißig Zentimetern an. »Wenn du also mal diesem Drang nachgeben musst, machen wir einfach das Fenster auf und reden nicht drüber. Muss dir nicht peinlich sein.«

Da platzte mir der Kragen. »Mein Gott, Papa, ich habe Los Wochos!«

»Bitte?«

»Die Indianer sind im Dorf.«

»Wer ist wo? Ich verstehe kein Wort.«

Der Mann hatte einfach überhaupt keine Ahnung, wovon ich sprach. »Es ist Erdbeersaison«, sagte ich.

»Wie jetzt?«

»Mein Gott noch mal, Tante Rosa aus Unterleibzig ist zu Besuch.«

Er sagte nichts, weil er nicht wusste, was er darauf antworten sollte, und ich fügte hinzu: »Ich habe einfach meine Tage.«

»O Gott«, rief er. »Was machen wir denn jetzt?« Er war

ernsthaft besorgt. Vermutlich nahm er an, dass ich nicht durchkommen würde. Er wäre auf der Stelle mit mir in die Notaufnahme gefahren.

»Vielleicht halten wir einfach an einem Drogeriemarkt, und ich kaufe Tampons.«

»Kann ich sonst noch was tun?« Mein Vater bereitete sich offenbar auf eine mehrstündige Operation vor.

»Nein, Papa. Sonst kannst du nichts tun. Aber vielen Dank.«

»Nichts zu danken.«

Als ich aus dem Drogeriemarkt kam, der zum Glück eine Kundentoilette hatte, war der arme Papen immer noch leichenblass. Die Vorstellung, dass seine Tochter eine junge Frau war, überforderte ihn sichtlich. Aber auch sonst machte er um Frauen einen Bogen. Als ich ihn einmal fragte, ob er nicht Lust hätte, mal eine nette Frau kennenzulernen, sagte er nur: »Ach, ich weiß nicht.« Er klang dabei wie ein Kleinwagenbesitzer, der gefragt wird, ob er gerne einen Ferrari hätte. Es mischten sich Begeisterung und Überforderung in der Antwort.

Rückblickend denke ich, dass mein Vater wie alle seine Freunde einfach mit der Liebe abgeschlossen hatte. Sie machten keine anzüglichen Witze, sie waren nicht verächtlich oder großmäulig, und sie starrten mich nicht an, wie es Heikos Freund Hüttenwald beim Grillen getan hatte. Das war erst wenige Wochen her und kam mir doch vor, als sei es in einem anderen Leben geschehen.

Ich habe mich später nie wieder in der Gegenwart von Männern so wohlgefühlt wie mit diesen abgehängten Gewohnheitstrinkern. Sie waren ohne Zweifel das Beste, was einer auf der Kippe stehenden Jugendlichen überhaupt passieren konnte. Nicht nur, dass sie immer freundlich waren, sie verfügten auch über einen funktionierenden Wertemaßstab. Niemals versuchten sie, mich zum Trinken zu animieren. Sie schwatzten mir keine politischen Haltungen auf, wollten mich zu nichts bekehren und schon gar nicht belehren. Und niemals hätten sie ihren Wirt betrogen. Sie zahlten zwar nach Möglichkeit ihren Deckel nicht, oder wenn es hochkam, einmal im Monat. Aber sie versuchten nie, ihn darum zu betrügen. Sie waren grob, aber redlich. Mein Vater saß mit staunendem Gesicht zwischen ihnen wie ein Gast, der eine fremde Sprache spricht, nichts versteht, aber sich an der Gesellschaft erfreut.

Und sie gingen ihrer Arbeit relativ unverdrossen nach, wenn man davon absah, dass Oktopus keine hatte. Er war Frührentner, oder wie er sich ausdrückte: Privatier. Niemand wusste, wo er wohnte, aber es konnte nicht weit sein, denn sonst hätte er vermutlich in einer anderen Kneipe seine Freizeit verbracht. Es fragte ihn aber auch keiner danach. Er war wie die anderen alleinstehend, kam mit dem Fahrrad, hatte gemessen an seinem Zustand als vielarmiger Trinker ein glockenhelles Lachen und von allen vermutlich die meisten Bücher gelesen. Bei Lütz hat es meiner Ansicht nach zu nicht mehr als »Jetzt helfe ich mir selbst, BMW 318i, Baujahr 1986« gereicht. Klaus traute ich zumindest den einen oder anderen Groschenroman zu, während Achim seine Bildung weitgehend aus zerlesenen Exemplaren der »Praline« bezog, die von den Fahrern in den Lastwagen zurückgelassen wurden.

Oktopus, der Älteste in der Truppe, war in dieser Hinsicht anders und zitierte gerne aus russischen Klassikern, wobei ich bis heute nicht sicher bin, dass seine Aphorismen tatsächlich aus »Die Brüder Karamasov«, »Schuld und Sühne« und »Krieg und Frieden« stammten. Bei dem Satz »Das Schönste am Wein is' das Pilsken danach« sind zumindest Zweifel an der von Oktopus beharrlich behaupteten Urheberschaft Fjodor Dostojewskis angebracht.

Oktopus war ein glänzender Unterhalter und genau das richtige Abendprogramm, wenn man nach einem langen Verkaufstag auf das Gelände kam und sich den Staub aus den Klamotten schüttelte. Mein Vater und ich sprachen nie mit den anderen über Einzelheiten unserer Geschäfte, es interessierte sie nicht besonders. Dabei hatten wir mit Sicherheit mehr spannende Geschichten zu erzählen als Lütz, Achim oder Klaus, die so gut wie nie den Gewerbehof verließen. Wir hingegen fuhren morgens los und erlebten Abenteuer. Wir sahen in fremde Leben hinein. Es waren Erfahrungen, von denen ich bis heute in meinem Beruf sehr profitiere.

In Unna verkauften wir eine Markise an ein Ehepaar, das bereits eine besaß. So etwas war Ronald Papen noch nie passiert. Das Paar stand plötzlich vor unserem Auto, während wir Pause machten, Käsebrote aßen und »Kampf um den Südpol« von *Stern-Combo Meißen* hörten, weil Vater mit der Musikauswahl an der Reihe war. Während also der epische Song über die Eroberung der Antarktis lief, stand plötzlich dieses Paar vor der Windschutzscheibe. Der Mann zeigte auf einen von uns bestückten Balkon und sagte tonlos: »Wir wollen auch so eine.« Ronald Papen machte die Musik aus, kurbelte das Fenster herunter, streckte seinen Kopf heraus und fragte: »Was haben Sie gesagt?«

»Wir wollen auch so eine, genau so eine«, sagte die Frau. Unser Modell »Mumbai« gefiel ihnen besser als ihre eigene Markise. Von dieser Geschmackssicherheit vollkommen überrumpelt, antwortete mein Vater: »Nicht Ihr Ernst.« Dann verkaufte er ihnen, ohne jede Anstrengung und ohne seine oder meine Überredungskunst in Anspruch zu nehmen, »Mumbai«, drei mal zwei Meter inklusive Montage und lebenslanger Garantie für dreihundert Euro.

Es gab aber auch nach wie vor denkwürdige Pleiten. Einmal standen wir einen Millimeter vor einem Abschluss, als uns das Geschäft doch noch um die Ohren flog. Das war in Witten, staubtrockener Mittwoch in der Augustastraße. Wir klingelten bei R. Schroer, und nach einer Ewigkeit machte ein Ungetüm auf, das ich niemals vergessen werde. Und genau genommen machte es nicht die Tür auf, sondern es riss die Tür beinahe aus den Angeln.

Vor uns stand ein gewaltiger rauschebärtiger Mann in einer braunen Ledermontur mit einer eindrucksvollen Schamkapsel. Die ganze Aufmachung wirkte, als wolle R. Schroer im Auenland auf Einhornjagd gehen. Was jedoch am meisten Eindruck machte, war seine Glatze, auf der er sich ein Gehirn hatte tätowieren lassen. In Farbe. Mit allem Drum und Dran.

»Was wollt Ihr?«, dröhnte er.

Und mein Vater, der Ohnmacht nah vom Anblick des mittelalterlichen und scheinbar fontanellenlosen Ungeheuers, stammelte: »Nichts. Wirklich. Gar nichts.«

»Warum Einlass begehren, wenn man dann nichts will, hä?«, sagte Herr Schroer und beugte sich ein Stück vor. Zum Glück hatte er keine Streitaxt in der Hand. Die stand hinter ihm im Flur und glänzte. Das sah nach guter Pflege aus. Wahrscheinlich hatte der Mann kein Auto und konnte sich beim Polieren voll auf seine Axt konzentrieren. Wenn ich etwas im Ruhrgebiet gelernt habe, dann, dass eine gute Autopolitur mitunter glücklicher macht als eine Kreuzfahrt.

»Wir wollten bloß fragen, ob Sie womöglich Interesse hätten an einer, nun, Markise. Für den Balkon. Sie haben ja keine. Markise.«

Für einen Moment schien der Mann angestrengt nachzudenken, tatsächlich zog sich sein sichtbares Hirn in Falten. Dann grunzte er zu unserer Überraschung: »Marketender! Fahrende Händler! Kommt herein und zeigt Eure Ware. Dann werden wir sehen.«

Er trat zur Seite, und wir gingen zögerlich voran ins Wohnzimmer, in dem sich die Einrichtung irgendwo zwischen Geisterbahn und Folterkeller bewegte. Wie in vielen Wohnzimmern, die ich in jener Zeit gesehen habe, besaß auch Herr Schroer einen gekachelten Couchtisch, den man mit einer Kurbel hoch- und runterfahren konnte. Auf dem Tisch eine Million Tabakkrümel und ein Totenschädel aus Keramik, der dem Landsknecht als Aschenbecher diente. Im Fernsehen kam eine der nachmittäglichen Krawallshows, die bei vielen Menschen um diese Zeit liefen. Ein Ulrich beklagte sich gerade, zwar für Sabine zu zahlen, aber nie an sie ranzukommen, im Gegensatz zu Lothar, der ein mieser Sack sei, was Sabine noch rausfinden werde. Die knallbunte Szenerie in seiner Glotze stand in einem unüberwindbaren Widerspruch zur düsteren Einrichtung des R. Schroer. Er fegte den Tabak mit seinen dicken Händen über den Rand des Tisches und brummte: »Legt aus, was Ihr habt. Dürstet es Euch? Ich habe frisches kühles Wasser aus einem ergiebigen Quell. Ein Labsal für Reisende.«

»Äh, danke. Ja, gerne«, sagte Papen.

Darauf schaltete der unheimliche Glatzkopf den Fernseher aus, stapfte in seine Küche, und dann hörten wir, wie er Wasser aus dem ergiebigen Quell der Stadtwerke Witten zapfte.

Er kehrte mit zwei vollen Gläsern zurück und stellte sie auf den Couchtisch. Dann ließ er sich in seine schwarze Ledercouch fallen, erschöpft, als sei er soeben aus Gondor angeritten.

»Wohlan, da ist Euer Trunk, auf dass er Euch munde. Nun, was könnt Ihr bieten?«

Eingeschüchtert zog Papen seine Muster aus der Tasche und begann das Verkaufsgespräch. Instinktiv versuchte er sich an der Sprache seines Gegenübers, und er machte seine Sache nicht schlecht. Und obwohl ich mich vor diesem Kerl fürchtete, musste ich ein Lachen unterdrücken, als Papen sagte: »Was ich habe, ist Schatten. Köstlicher Schatten, wie man ihn ersehnt, wenn die Sonne das Hirn versengt.«

Er hielt inne. Für einen kurzen Moment stand die Möglichkeit im Raum, dass R. Schroer den Tisch umwarf, um sich auf meinen Vater zu stürzen und ihm das Herz aus der Brust zu reißen. Doch er blickte nur trüb aus seinen kleinen Augen, und ich übernahm schnell von meinem erschrockenen Vater. »Ihr könntet das Schattenreich, welches Eure Gemächer zweifellos darstellen, noch vergrößern, bis zum Abend der Mond das Zepter des Lichts übernimmt.«

Herr Schroer fuhr sich durch den Bart.

»Und stellt Euch vor, Ihr könntet einen Krug frischen Bieres unter dem Schutz dieses Daches genießen. Mit Aussicht über Eure Ländereien.«

Die Vorstellung gefiel dem Kunden sichtlich. Er beugte sich vor und ließ die Stoffe prüfend durch die Finger gleiten. Indem er dabei seinen Kopf nach vorne neigte, gab er den Blick preis auf seinen scheinbar offenen Schädel. Gebannt starrten wir darauf, und der Anblick wurde für mich noch gespenstischer, als ich bemerkte, dass hinter seiner Schläfe eine Ader pochte. Es war, als bewegte sich das Hirn in fieberhaftem Denken. Mein Vater sammelte sich und sagte: »Wählen könnt Ihr zudem. Zwischen den Modellen ›Kopenhagen‹ und ›Mumbai‹.«

Autsch.

»Was soll denn der Spaß kosten?«, nuschelte Schroer, der unvermittelt aus der Rolle fiel, was Papen enorm erleichterte.

»Bei der Größe des Balkons zweihundert Euro«, sagte er.

»Zweihundert Taler«, korrigierte Schroer streng.

»Taler. Natürlich, Taler«, sagte mein Vater beflissen. »Zweihundert Taler, jedoch kein einziger zusätzlicher Kreuzer für Lieferung und Wartung«, fügte er schnell hinzu.

»›Kopenhagen‹«, sagte Schroer düster. »Mich dünkt, das soll mein Schattenknecht sein.«

»Sehr schön«, sagte mein Vater und zog das Bestellformular aus der Tasche und seinen Kugelschreiber aus der Jacke. Er setzte sich auf und sagte: »Dann benötige ich bitte gerade Ihren Namen für den Auftrag.«

»Romuald der Schlächter.«

Papen lachte vorsichtig. »Nein, Ihren richtigen Namen. Den, unter dem Sie gemeldet sind.«

»Ro-mu-ald-der-Schläch-ter.«

»An der Tür stand R. Schroer«, versuchte es mein Vater freundlich, aber auch leichtsinnig.

»Der ist tot.«

Jetzt bekamen wir beide Panik. Die polierte Axt.

»Wie bitte?«, fragte mein Vater.

»Diesen lächerlichen Namen habe ich lange hinter mir gelassen. Schreiben Sie: Romuald der Schlächter, Drachenburg im Lande Elysia.«

Ronald Papen kratzte sich verlegen am Kopf und sagte: »Das würde ich sofort machen, Herr Schlächter, aber ich muss ja dem Finanzamt gegenüber dieses Geschäft nachweisen. Die sind da entschieden humorloser als wir beide.«

»Was soll das heißen?«, donnerte Romuald. »Meinst du etwa, ich scherze? Du Wicht! Du ruchloser Strolch! Willst du meine Axt am Halse spüren?«

»Ungern«, sagte mein Vater und stand langsam auf.

»Dann hinfort mit dir! Und nimm dein nutzloses Mündel mit, bevor ich es in der Mitte zerteile wie einen Kopf Salat«, brüllte Romuald der Schlächter.

Ich glaube, wir waren noch nie so schnell wieder im Auto. Noch viele Kilometer weiter hallte das Gebrüll des vielfach Gezeichneten in unseren Häuptern nach.

Derartige knappe Misserfolge waren selten, aber einprägsam und immer mit besonderen Umständen verbunden. So war es auch bei Familie Tolksdorf in Wattenscheid. Uns hätte wundern können, wie schnell sich dort die Tür öffnete. Als hätte man schon auf uns gewartet. Und das war auch so.

Uns gegenüber saßen Herr und Frau Tolksdorf, beide in den Dreißigern und betont freundlich. Die Frau stand zwischendurch immer mal wieder auf und kümmerte sich um ein unsichtbares Baby im Nebenzimmer. Ihr Mann, Hartmut, Brillenträger, dünne Finger und dicke Nase, hörte aufmerksam zu, als mein Vater die Vorteile von »Kopenhagen« beschrieb. Eine unserer bewährten Geschichten brauchte es nicht, und auch der Preis schien Tolksdorf nicht weiter zu beunruhigen. Tatsächlich wartete er nur darauf, die Gesprächsführung an sich zu reißen.

Dieser Moment war gekommen, als mein Vater, der sich zunehmend wunderte, dass Tolksdorf keine Fragen stellte, Bedenken formulierte oder Abwehrszenarien aufbaute, das Bestellformular hervorholte. Eben wollte er mit dem Ausfüllen beginnen, als Tolksdorf listig fragte: »Haben Sie Interesse an einem Gegengeschäft?«

»Was meinen Sie?«, fragte Papen zurück, und schon befand er sich in den Fängen des Ehepaars Tolksdorf, die in den folgenden zwanzig Minuten auf meinen armen Vater und mich einschwafelten, als gelte es, einen drohenden Atomkrieg zu verhindern.

Zusammengefasst ging es bei ihrem Vortrag um Wunderpräparate aus den USA, die dort nur von Superreichen und Filmstars gekauft werden konnten. Normalsterbliche kamen offiziell nicht in den Genuss der Nahrungsergänzungsmittel, die daher für unfassbare Summen auf dem Schwarzmarkt gehandelt würden. Ursprünglich seien die Tabletten und Pulver des Programms für die Raumfahrt entwickelt worden, aber dann habe ein kalifornisches Unternehmen auf verschlungenen Wegen Lizenzen erworben. Man könne an der Erfolgsstory teilhaben.

Das Geschäftsmodell, von dem auch das Ehepaar Tolksdorf seit Jahren profitierte, klang verlockend. Es schien so, als könne prinzipiell jeder ein enormes Stück, nein: viele riesige Stücke von einer gigantischen Torte abhaben. Spätestens an dieser Stelle der frenetischen Schilderung stellte sich eigentlich die Frage, warum die Tolksdorfs in der Friedlandstraße in Bochum-Wattenscheid wohnten und nicht an der Elbchaussee in Hamburg-Blankenese. Aber wahrscheinlich handelte es sich um Understatement. Oder um den Wunsch, nahe bei den Konsumenten zu sein, also jenen Menschen, denen man mit einem einzigartigen Geschäftsmodell die Teilhabe an einem rauschhaft sprudelnden Geldstrom anbieten konnte.

Die Produkte der Firma *Sunpower* enthielten seltene Vitamine, dazu Spurenelemente, Mineralien und vor allem: eine gehörige Portion Lithucol 4. Das sei ein Skinbooster, der die Haut innerhalb weniger Stunden um zehn Jahre verjünge. Eine absolute Geheimformel sei das. Bei Lithucol 4 handele es sich um einen speziell in der kalifornischen Sonne natürlich gewonnenen Stoff, der das Sonnenlicht in Pulverform bündele. Wenn man dieses Pulver mit etwas Wasser mische und auf die Haut auftrage, würden sofort Gentostat und andere Multifortosole gebildet und damit auch Körperfett unter der Haut. Diese werde im selben Augenblick straffer und frischer. Solche Effekte ließen sich sonst nur durch sehr teure Injektionen oder sogar Operationen herbeiführen. Mit Lithucol 4 könne man leben wie die Stars, aber für einen Bruchteil von deren Investitionen.

Erprobt im Weltraum, Entwicklungskosten von Milliarden. Und jetzt endlich für jedermann verfügbar. Ein Wahnsinn.

Papen nickte stumm, während Tolksdorf mit rudernden Händen weiter erklärte, was er da im Wege eines Gegengeschäftes im Köcher hatte. »Verstehst du? Es ist ein gigantischer Markt, besonders jetzt, wo diese Produkte erstmals frei zugänglich sind. Bis vor Kurzem war das noch in der Hand von einigen wenigen Spezialfirmen. Aber wir«, er zeigte auf sich und seine Frau, die daraufhin wieder aufstand, um nebenan nach dem schreienden Kind zu sehen, »wir haben eine Lizenz!« Mit den letzten Worten schraubte er seine Stimme hoch, es klang wie ein Triumphgeheul.

»Wir dürfen damit handeln.«

»Und wie komme ich da ins Spiel?«, fragte mein Vater erwartungsfroh.

»Wenn du willst, machen wir dir eine Tür auf. Und dann kannst du das exklusiv verkaufen. Überleg doch mal: Wenn du sowieso schon unterwegs bist, dann ist es doch für dich ein Klacks, dabei auch noch Millionär zu werden.«

Hier überschätzte er die Gier meines Vaters deutlich. Aber die Geschichte von dem Wundermittel aus dem Weltraum, die fand der unerhört. »Unerhört«, sagte er.

»Sag ich ja«, rief Tolksdorf. »Das Ganze funktioniert so: Du bestellst jeden Monat Waren im Wert von sechshundert Euro. Die verkaufst du. Das ist ein Klacks. Das ergibt einen Umsatz von neuntausend Euro. Das Fünfzehnfache vom Einkaufspreis. Und wenn du weitere Verkäufer anwirbst, bekommst du für jedes neue Mitglied in der Sunpower-Familie eine Provision von hundert Euro, die mit deinem Wareneinkauf verrechnet wird. Bedeutet: …«, er hob den Zeigefinger und machte eine Pause, »… wenn du pro Monat nur sechs neue Verkäufer auf deinen Touren anwirbst, bekommst du die Ware schon umsonst. Du setzt gar nichts ein und machst neun Riesen. Im Monat. Minimum.«

Seine Frau kam wieder herein, und ich fragte, ob ich mal auf die Toilette könne. Ich musste ausnahmsweise wirklich, und das war ein großes Glück, denn wenn ich nicht gemusst hätte, dann hätte sich Ronald Papen wahrscheinlich auf diesen Irrsinn eingelassen.

Ich ging den Flur entlang, und die Tür zum Kinderzimmer stand offen. Vielleicht hatte Frau Tolksdorf Sorge, ihr Baby sonst nicht zu hören. Oder sie hatte einfach vergessen, die Tür zu schließen. Auf jeden Fall stand sie offen, und ich sah hinein. Der ganze Raum war bis zur Decke gefüllt mit Kartons. Auf jedem stand das Logo von *Sunpower*, es können Hunderte von Kartons in allen möglichen Größen gewesen sein. In der Mitte des Zimmers war gerade noch Platz für ein Kinderbett, in dem das Baby unruhig den Kopf bewegte und brabbelte.

Nachdem ich von der Toilette kam, war die Tür zu. Ich kehrte an meinen Platz im Wohnzimmer zurück und sah Frau Tolksdorf in die Augen. Sie wusste, dass ich wusste, dass im Kinderzimmer Tausende von unverkauften Dosen mit *Sunpower*-Pulver lagerten. Wie hatte ihr Mann gesagt: »Sie reißen uns das Zeug aus den Händen.« Und nun saß mir diese Frau gegenüber, wir schauten uns direkt an, und was ich sah, war pure Verzweiflung. Totales Unglück. Völlige Erfolglosigkeit. Kein Mensch kaufte den Mist zu völlig überhöhten Preisen. Und niemand, der bei Verstand war, ließ sich dazu überreden, in das mausetote Geschäft einzusteigen. Jeden Monat, den der Vertrag lief, schwappte neue Ware für sechshundert Euro ins Haus und stapelte sich im Kinderzimmer. Kein Wunder, dass die beiden uns so freundlich empfangen hatten, sich geduldig die Vorzüge einer ollen Gelenkarmmarkise hatten erklären lassen und so interessiert schienen. Frau Tolksdorf massierte sich mit dem Daumen der einen Hand den Rücken der anderen. So fest, dass die Haut darunter weiß wurde.

»Mein Vorschlag: Ich ernenne dich zum Verkaufsleiter für das ganze westliche Ruhrgebiet. Du unterschreibst jetzt, und ich erlasse dir die einmalige Aufnahmegebühr von tausend Euro. Im Gegenzug überlässt du uns einmal »Mumbai« in drei Metern Breite. Was meinst du? Ist das ein Angebot oder ist das ein Angebot?«

Ronald Papen war unsicher. Was für eine unverhoffte

Chance. Ausgerechnet jetzt. In der letzten Zeit hatte sich ja nun herausgestellt, dass er in der Kaltakquise alles verkaufen konnte. Und dann dieses originelle Produkt. Ich kannte meinen braven Vater inzwischen so gut, dass ich seine Gedanken lesen konnte.

Erstens: Was für freundliche Leute, die meine Markisen mögen.

Zweitens: So eine originelle und kraftvolle Geschäftsidee.

Drittens: Und sie erachten mich als dieser Idee würdig.

Viertens: Das kann ich denen schon aus reiner Höflichkeit nicht abschlagen.

Fünftens: Dann kann ich meiner Tochter das Studium finanzieren.

Gut, das Fünfte habe ich nicht in ihm gelesen. Aber wenn ich in diesem Moment gesagt hätte, das sei eine fabelhafte Idee, um damit mein Studium zu bezahlen, hätte mein Vater ohne weiteres Zögern einen Vertrag abgeschlossen und innerhalb von zwei Jahren eine ganze Lagerhalle voller kalifornischem Lithucol 4 besessen. Stattdessen sagte ich: »Papa, wir müssen leider gehen. Ich habe wieder diese Bauchschmerzen. Tut mir leid, ganz schlimm.«

Ich sah ihn dabei mit der größten Dringlichkeit an. Gegen die konnte Lithucol 4 nicht das Geringste ausrichten. Mein Vater sprang auf, sofort in Sorge und Eile. Frau Tolksdorf ging aus dem Wohnzimmer, und wir standen noch eine Weile unschlüssig herum. Mein Vater gab dem armen Tolksdorf, der sich bald eine halbe Stunde lang bemüht hatte, einen Verkäufer anzuwerben, die Hand, und wir verabschiedeten uns. Im Flur der Wohnung versprach Papen noch, bald wegen des Vertrages wieder zurückzukommen, aber alle wussten, dass das nicht passieren würde. Es war eine stille Übereinkunft seit dem Moment, wo Frau Tolksdorf und ich uns angesehen hatten. Sie hatte sich im Bad eingeschlossen. Ich hörte sie weinen.

»Die wollten dich bescheißen«, sagte ich, als wir im *Venezia* an der Friedenskirche in Bochum saßen. Gegen seine Gewohnheit nahm mein Vater nur einen Eiskaffee. Ich sah ihn von der Seite an, und er schien zu überlegen. Dann lächelte er und sagte: »Weiß ich doch, mein Schatz.« Ob das stimmt oder ob er das gerade erst in diesem Moment begriff, kann ich bis heute nicht sagen.

Unser bemerkenswertestes gemeinsames Scheitern fand in der fünften Woche statt. An einem Freitag in Hattingen. Das war schon fast nicht mehr Ruhrgebiet, und es gefiel mir dort sehr. Wir saßen am Wehr des Kemnader Sees und wollten eigentlich Feierabend machen. Aber an dem Tag hatten wir noch nichts verkauft, und so wollten wir nicht ins Wochenende. Wäre besser gewesen, das kann man schon festhalten. Wir setzten uns also ins Auto und fuhren eher lust- und ziellos durch Hattingen, bis wir im Lärchenweg ein ziemlich gutes Zielgebiet vorfanden. Viele Balkons, uneinheitlich bestückt, auch große Lücken.

Wir machten uns daran, das erste Haus abzuklappern. Zunächst außen die Wohnungen markieren, dann von unten nach oben durchgehen. In der ersten Etage klingelten wir bei Löns. Wir stellten uns kerzengerade hin, um beim Begrüßungsgeplänkel herauszufinden, welche Strategie am erfolgversprechendsten schien. Unsere Routine sorgte inzwischen dafür, dass wir sofort in dieselbe Story sprangen.

Nach einer Weile öffnete sich die Tür, und eine Frau um die vierzig lächelte uns an. »Guten Tag«, sagte sie.

Und Ronald Papen sagte ebenfalls: »Guten Tag.« Noch bevor er etwas hinzufügen konnte, sagte die Frau: »Schön, dass Sie da sind«, und gab meinem Vater die Hand. »Und Sie haben Beistand mitgebracht.« Sie gab auch mir die Hand, und wir gingen durch die aufgeräumte Wohnung in das Esszimmer, wo eine Teekanne dampfte. Wir nahmen am Esstisch Platz, und die Frau fragte: »Möchten Sie einen Tee?«

»Sehr gerne«, sagte Papen, der sich über die mühelose Überwindung der Schwelle freute und gerne Tee trank. Eine doppelte Gewinnsituation, wie er fand.

Die Frau kam mit zwei Tassen und Gebäck auf einem Tablett zurück und fragte mich, ob ich lieber Schokolade haben wolle. Ich verneinte freundlich.

Dann sagte sie: »Es ist ein heißer Tag.«

»Ja, das stimmt. Man wünscht sich dann etwas Schutz«, sagte mein Vater.

»Der Herr schickt uns die Sonne und damit die Wärme, das Leben, das Licht. Doch manchmal weiß man nicht, ob das nicht eher eine Strafe sein soll«, seufzte die Frau.

»So kann man es sehen. Manchmal möchte man im kühlenden Schatten verweilen und sich ausruhen. Dann kann die Sonne brennen, wie sie mag. Wir Menschen müssen uns ihrer auch erwehren.«

»Das haben Sie schön gesagt«, sagte die Frau. »Ach, wäre doch meine Mutter jetzt hier. Mit ihr könnten Sie sich gut unterhalten. Das weiß ich genau. Das fühle ich.«

»Schade, dass sie nicht hier ist«, sagte ich mit Bedauern. »Aber vielleicht kommt sie ja noch.«

»Ganz bestimmt, mein Kind«, sagte sie und streichelte meine Hand auf eine Art, die ich mochte.

Ich glaubte schon erkannt zu haben, dass diese Frau nicht in dieser Wohnung lebte. Dafür war die Einrichtung zu alt und der Geruch auch. Offenbar passte sie auf die Wohnung auf, bis ihre Mutter zurückkam. Solche Situationen waren immer Gift für den Verkauf, denn als Gast konnte man nicht über Anschaffungen entscheiden.

»Möchten wir über Licht und Schatten sprechen?«, versuchte mein Vater die Thematik wieder stärker in Richtung Markise zu lenken.

»Das ist ein gutes Bild für das Leben«, fand die Frau.

Mein Vater sagte: »Ja, im Leben wechseln sich die dunklen und die hellen Stunden ab. Das ist der Lauf der Dinge. Ebbe, Flut, Tag und Nacht. Im Hellen das pulsierende Leben, Alltag, auch Arbeit natürlich. Und dann im Dunklen die Andacht, die Kontemplation, das ganz Persönliche.«

»Das würde Mutter ganz genauso sehen.«

»Das freut mich. Aber manchmal, besonders in einem langen Leben, machen wir die Entdeckung, dass wir hell und dunkel, Freud und Leid, das Draußen und das Drinnen in gewisser Weise steuern können. Diese Erkenntnis ist eine Belohnung des Alters. Wir sind nicht mehr angewiesen auf die Fügungen der Natur. Wir sind, je älter wir werden, regelrecht autark.«

»Das ist sie. Immer gewesen. Meine Mutter. Derart eigensinnig, zum Verzweifeln«, sagte die Frau und knabberte an einem Haferkeks.

»Einerseits schon. Aber andererseits ist sie auch ein großer Gewinn, diese Unabhängigkeit. Diese völlige Unabhängigkeit vom Hell und vom Dunkel, von warm und von kalt und von trocken und nass. Das ist es, was am Ende jeder braucht.«

»Ja, das haben Sie schön gesagt«, wiederholte sie und trank von dem Tee. Sie hing meinem Vater an den Lippen. Dieser nahm auch einen Schluck, bevor er in die Zielstraße einbog.

»Ja, das ist es, was jeder braucht. Und diese Unabhängigkeit von hell und dunkel, warm und kalt und trocken und nass, die hat einen Namen.«

»Ja?«

»Ja: Markise.«

»Markise?«, fragte sie ungläubig.

»Ganz recht, gnädige Frau.« Er strahlte wie ein kaputtes Kernkraftwerk. Sie blickte ihn versonnen an, und nach einer kurzen Ewigkeit sagte sie: »Das ist die schönste Metapher, die ich je gehört habe. Ich danke Ihnen sehr dafür. Danke für die Markise. Sie wird mein Leben bereichern.«

Für meinen Vater war jetzt nur noch zu klären, ob »Mumbai« oder »Kopenhagen«. Und wie breit. Dafür musste er auf den Balkon.

»Meinen Sie, wir können einen kurzen Blick werfen?«, fragte er fröhlich. Die Dame stand sofort beflissen auf und sagte: »Ja, aber natürlich. Wenn es Ihnen zweckdienlich erscheint.«

»Es muss schon sein«, sagte mein Vater ernst und nahm seine Tasche in die Hand. Dann folgten wir ihr durch die Wohnung, aber sie bog nicht ins Wohnzimmer und damit zum Balkon ab, sondern öffnete sachte eine Tür. Dahinter war es dunkel. Nur eine Kerze brannte still neben dem Bett. In dem ihre tote Mutter lag.

Mein Vater schrumpelte auf der Stelle zusammen, und ich sah fasziniert auf den leblosen Körper. Frau Löns senior hatte eine blass glänzende wächserne Haut und einen harten Zug um den Mund. Sie sah keineswegs entspannt aus, sondern eher zu allem entschlossen. Sie wirkte, als habe sie ein Wörtchen mit Gott zu reden. Der Einschätzung ihrer Tochter, sie sei ziemlich eigensinnig, konnte sie noch nach ihrem Ableben voll und ganz entsprechen.

»Ich dachte, wir gehen auf den Balkon«, stammelte mein Vater.

»Warum das denn? Glauben Sie, meine Mutter würde auf dem Balkon aufgebahrt?« Sie wirkte etwas ungeduldig.

»Nein, natürlich nicht. Aber wegen der Markise. Ich muss doch dort ausmessen.« In dem Moment fiel bei der Frau der Groschen, erheblich schneller als bei meinem Vater.

»Dann sind Sie gar nicht der Grabredner?«

»Ich verkaufe Markisen. Gelenkmarkisen in zwei Dekors und flexiblen Größen«, sagte mein Vater mit letzter Kraft.

»Sie schleichen sich hier mit Begleitung in die Aufbahrung und versuchen, meiner armen Mutter noch nach ihrem Tod einen Sonnenschirm anzudrehen?«

»Eine Markise.«

»Sagen Sie mal, schämen Sie sich eigentlich überhaupt nicht? Sie spielen den Trauerredner, um uns irgendein Produkt aufzuschwatzen? Das ist ja unerhört!«

Ronald Papen war verzweifelt. Er hatte ja gar nichts versucht. Er hatte sich vielleicht in Tonfall und Mimik auf seine Gesprächspartnerin eingestellt und etwas salbungsvoll klingen wollen, weil sie es auch tat. Aber von Einschleichen und Schauspiel konnte in diesem Fall nicht die Rede sein. Wie hätte er die Situation richtig einschätzen sollen?

Mein Vater entschuldigte sich ungefähr zehn Mal, aber die Tochter, die noch vor wenigen Minuten so eingenommen von ihm gewesen war, überzog ihn mit Verwünschungen und warf uns raus. Kein Geschäft in Hattingen, so viel war mal sicher. Ronald Papen war für diesen Freitag die Lust darauf vergangen.

Als wir im Erdgeschoss auf die Haustür zugingen, kam uns ein Herr entgegen. Dunkler Anzug, weißes Hemd, längeres angeklebtes Haar. »Sie wollen zu Löns?«, fragte ich. Er nickte.

»Sie sind der Trauerredner, oder?«

»Ja, das bin ich«, sagte er leise.

»Dann passen Sie auf. Die Tochter ist sehr mitgenommen. Und sie reagiert allergisch auf Metaphern. Gebrauchen Sie häufig Metaphern?«

»Manchmal«, sagte der Mann verunsichert. »Und das soll ich unterlassen?«

»Nichts mit Sonne und Schatten und Markisen als Metapher für das Auf und Ab des Lebens. Okay?«

»Vor allen Dingen keine Markisen«, pflichtete mein Vater bei. Damit ließen wir ihn stehen, rasten zum Auto und gaben Gas. Aber so richtig lachen konnten wir erst, als wir die Ruhr überquert und Hattingen hinter uns gelassen hatten.

Tag 41

Am Anfang, im Juli, hatte ich gedacht, langweiliger könnten Ferien gar nicht werden. Aber als sie langsam zu Ende gingen, wusste ich, dass mir die Halle und der Beach und die Jungs und auch mein Vater fehlen würden. Es war abzusehen, dass ich wieder in den Zug steigen und nach Köln zurückfahren würde. Ins stille saubere Hahnwald.

Ich würde mit braunen Knien, längeren Haaren und einer profunden Kenntnis über die Geografie des Ruhrgebietes abreisen. Und ausgestattet mit fundiertem Wissen über die Imbisskultur der Region. Ich konnte im Blindtest die Currysoße aus dem *Akropolis* in Herne von jener im *Akropolis* in Essen unterscheiden. Ich hatte den tiefen Glaubensstreit zwischen Alik und meinem Vater über den richtigen Parmesankäse für Spaghetti-Eis geschlichtet. Das *Venezia* in Dortmund verwendete dafür Kokosraspel. Das *Venezia* in Dinslaken nahm weiße Schokolade. Mein Vater war Kokos, Alik war Schokolade, ich fungierte als Schiedsrichterin und akzeptierte beides. Und war die umgedrehte Waffel beim Pinocchio-Becher, also dessen Hut, lediglich Deko oder zum Essen gedacht? Essbare Deko schien für meinen Vater eine ausgeschlossene Option darzustellen, einen Widerspruch in sich. Man aß keine Dekoration. Und man dekorierte nicht mit Essen. »Eine kühne Behauptung«, argumentierte Alik. »Und was ist mit der Garnitur bei einem Schnitzel?«

»Was für eine Garnitur?«

»Diese Petersilie, die immer dabeiliegt?«

»Das ist keine Garnitur, das ist eine Beilage.«

Mein Vater aß alles. Ganz einfach. Wir verbrachten auch Stunden mit Diskussionen zu der Frage, ob Krautsalat mit Sahne sein *darf* oder mit Essig und Kümmel sein *muss*.

Je länger die Ferien gedauert hatten, desto freier hatte ich mich gefühlt. Es gab nichts Dringliches in diesem Leben. Nichts hatte Eile, wir spürten weder Sorgen, noch machten wir uns Gedanken um etwas anderes als die Dinge, mit denen wir uns gerade beschäftigten. Es war so, wie man sich den idealen Urlaub vorstellt.

Bisher verband ich Ferien mit einem Aufenthalt an einem weißen Strand unter Palmen und mit einem verschwenderischen Buffet. Und nun saß ich morgens mit einem Nutellabrot in der Hand am Rhein-Herne-Kanal und blinzelte übers Wasser, wo Alik auf einem alten Ruderboot herumhampelte und mir zeigte, wie man auf der Kante einen Handstand macht, was spektakulär missglückte. Er war hinterher froh, dass er ins Wasser und nicht ins Boot gefallen war. Wir sprachen niemals über die Schule. Er wusste natürlich, dass ich gerade sitzen geblieben und keine große Leuchte war. Er hätte mich damit aufziehen und beschämen können, aber so etwas fand Alik langweilig. Außerdem kannte er das Gefühl, ausgegrenzt zu werden. Es wäre ihm schon deshalb nicht in den Sinn gekommen. Und ich war älter. Und ein Mädchen. Das schien ihn mehr zu bremsen als alles andere.

Auch mit Ronald Papen hätte ich selbst dann nicht über

mein Scheitern im Gymnasium reden können, wenn ich es gewollt hätte. Es war einfach kein Thema für ihn. Das lag sicher daran, dass er keine Erfahrung als Erziehungsberechtigter besaß und wahrscheinlich überhaupt nicht wusste, dass man in dieser Funktion das Thema Schule hier und da, sozusagen turnusmäßig, im Alltag anschnitt. Von ihm kam dazu nichts, er kannte sich nicht aus mit Versetzungsbedingungen oder Klassenzielen oder Zukunftsperspektiven im Ausbildungssektor. Ich denke heute, er war darüber ganz froh.

Andererseits musste er seine Ahnungs- und Talentlosigkeit auf den Gebieten des Mahnens und Predigens als Makel begreifen, der kam ja daher, dass er über ein Jahrzehnt lang keine Verantwortung übernommen hatte. Er hatte nie mit Lehrerinnen gesprochen, nie am Schuljahresbeginn neue Hefte, Stifte, Blöcke, Umschläge und Schulbücher für mich gekauft. Er hatte nie an Elternabenden mit anderen Vätern und Müttern über das Ziel einer Klassenfahrt diskutiert, er hatte keine Fünfen zu Vieren umgebogen und keine Vokabeln mit mir gelernt. Im Grunde war er, was Schule anging, nicht über seine eigene Jugend hinausgekommen. Er war in dieser Hinsicht kein bisschen väterlich. Und da ich das Fehlen sogenannter ernster Gespräche nicht als Holschuld verstand, blieb meine desaströse Schulkarriere ein Tabuthema. Dasselbe galt für mein Verhältnis zu Mama und Heiko und Geoffrey. Vermutlich hätte Papen ohnehin immer nur etwas gesagt wie: »Hm. Ja. Das ist natürlich unerhört.« »Unerhört« konnte bei ihm für etwas ausgesprochen Gutes, aber auch für etwas sehr Schlimmes stehen. Dill in der Bratwurst? Unerhört. Stau auf der A40? Unerhört. Schon wieder neues Wasser in der Pfütze? Unerhört. Sieben Unbestückte an einem Haus? Unerhört.

»Noch eine Woche, dann sind die Ferien vorbei«, sagte Alik. Wir sortierten leere Flaschen in Kästen und brachten die Bar auf Vordermann. Der Beach-Club hatte sich inzwischen bis zu den Fahrern der Spedition herumgesprochen, von denen manche auf ein Feierabendbier vorbeikamen. Klaus bewirtete jetzt manchmal bis zu sechs zahlende Gäste. Wir hatten auch ein Hinweisschild an die Straße gestellt, und tatsächlich waren einige Fremde deswegen auf den Hof abgebogen. Es schien so, als würde ich nicht nur das Geschäft meines Vaters beleben. Alik stellte einen vollen Kasten auf die Theke. »Wie wird es dann weitergehen?«

»Wie wird was weitergehen?«

»Wenn die Ferien vorbei sind. Du wirst nach Hause fahren. Und dann bist du weg.«

»Ja, schade«, sagte ich.

»Du könntest doch hierbleiben«, sagte Alik nach einer Pause. »Du wechselst aufs Max-Planck-Gymnasium, wo ich auch bin. Du wohnst hier, und wir können uns weiter jeden Tag sehen. Oder fast jeden Tag. Jeden Tag halte ich dich gar nicht aus.« Er grinste.

Darüber hatte ich nie nachgedacht. Ich hatte diese sechs Wochen immer nur als Sommerferien angesehen, erst als versaute, dann als sehr gelungene. Aber ich hatte nie ernsthaft darüber nachgedacht, einfach dazubleiben. Man bleibt ja auch nicht in Sharm el Sheik oder auf Ibiza, wenn der Urlaub vorbei ist.

»Das ist doch Quatsch«, sagte ich deshalb. »Ich wohne in Köln, nicht hier.«

»Aber du könntest auch hier wohnen«, insistierte Alik. Und weil ich nicht begriff, wie wichtig es ihm war, und weil ich überhaupt nicht verstand, dass er Angst hatte, mich zu verlieren, und weil ich sechzehn war und nicht kapierte, was ich ihm bedeutete, und weil ich erst langsam begann zu lernen, mit den Gefühlen anderer umzugehen, sagte ich nichts Nettes oder Angemessenes, sondern: »Du glaubst doch wohl nicht im Ernst, dass ich hier wohnen würde, wenn ich es nicht unbedingt müsste.«

Es war eben ein Urlaubsort. Ich meinte es nicht böse. Aber für Alik, der sich so sehr gewünscht hatte, dass ich bei ihm blieb, war es eine katastrophale Antwort. Denn er wohnte ja hier. Er machte keinen Urlaub. Der Schrott und die rotbraune Erde, das kniehohe Unkraut, der modrige Geruch aus dem Kanal, die schwere Luft vor einem Gewitter und das zugige Häuschen seiner Eltern waren seine Heimat. Sie war gut genug für ihn, aber offensichtlich nicht gut genug für mich.

Er wischte unentschlossen mit einem Lappen über die Theke und kämpfte mit den Tränen. Schließlich warf er den Lappen auf den Boden und lief zu seinem Fahrrad. Und als ob es nicht schon schlimm genug für ihn war, rief ich ihm hinterher: »Jetzt stell dich nicht so an.« Aber er stieg auf und fuhr davon.

Gegen Mittag tauchte Lütz in der Halle auf. Mein Vater war gerade dabei, eine Folie vorzubereiten, weil er tatsächlich eine ältere Dame bezirzt hatte, ihm für sechzig Euro einen Teppichschoner abzukaufen. Jetzt fummelte er daran herum und hatte für seine Verhältnisse schlechte Laune, weil es sich als enorm mühselig herausstellte, die Folie zuzuschneiden und mit einem Gummizug zu versehen, ohne sie dabei zu zerstören. Vermutlich schwante ihm, dass diese Produktidee nicht ganz ausgereift war.

»Wir müssen Oktopus unterstützen«, sagte Lütz in einem Ton, der keinen Widerspruch zuließ, egal, worum es ging.

»Wobei denn?«, fragte ich.

»Heute ist das Skatturnier der Arbeiterwohlfahrt in Rheinhausen. Da macht er mit. Und wir haben gewettet.«

»Wer hat auf was gewettet?«

»Ich habe gesagt, er fliegt in der ersten Runde raus. Achim glaubt, dass er unter die ersten zehn kommt. Und Oktopus hat selbst hundert Eier darauf gesetzt, dass er gewinnt.«

»Das finde ich sehr optimistisch«, sagte Ronald Papen. »Und da sollen wir jetzt hin.«

»Um 13 Uhr geht es los«, sagte Lütz. »Du fährst.« Natürlich.

Das Skatturnier der Arbeiterwohlfahrt fand im Saal einer Kneipe statt, und auf dem Weg erläuterte Achim die Bedeutung dieser Veranstaltung. »München hat die Olympischen Spiele, London hat den Eiffelturm, Rio de Janeiro hat den Karneval. Und Rheinhausen hat das Skatturnier der AWO. Da messen sich die Besten der Besten. Manche fahren über zwanzig Kilometer, nur um da teilzunehmen. Und der Nüper haut sie alle weg.«

»Der Nüper« war so etwas wie der Endgegner bei *World of Warcraft*, nämlich eine unmenschliche Skatmaschine aus Hamborn, die in jedem Jahr den großen Schinken mit nach Hause nahm. Der Schinken war der legendäre Hauptpreis, gestiftet von einer örtlichen Metzgerei und gute zwölf Kilo schwer. Nüper hatte ihn in den vergangenen siebzehn Jahren nur ein einziges Mal nicht gewonnen, weil er an dem Tag der Austragung einen Wasserschaden im Haus hatte. Ausgerechnet da bricht das Rohr im Keller. Zufall? Egal. Was willst du machen. Wer jedenfalls den riesigen Katenschinken von der Metzgerei Fröhlich abräumen wollte, musste am Nüper vorbei. Und an über fünfzig weiteren Teilnehmern, die in der Gaststätte *Martinusklause* pünktlich eintrafen, um dann an Tische gelost zu werden.

Als wir kamen, konnte man im angeschlossenen Saal schon fast nichts mehr sehen, wegen des Nikotin-Nebels. Hier wurde auffallend viel Zigarre geraucht, was auf die Lebenserfahrung und die Spieljahre der meisten Teilnehmer schließen ließ. Als mein Vater beiläufig bemerkte, dass diese Raucherei unmöglich gesund sein könne, belehrte ihn Lütz: »Pappe, davon verstehst du nichts. Skat ist eine Sportart. Und da brauchst du Sportlernahrung. Rauchen ist für den Skatspieler, was Traubenzucker für den Leichtathleten ist.« Auch König Pilsener gehörte als Sportlergetränk unbedingt dazu. Achim behauptete, dass ein Glas Pils genauso viele Vitamine hätte wie ein großer gemischter Salat. Das sei keineswegs seine private Meinung, sondern eine Erkenntnis von Fachleuten. Man könne wetten. Aber niemand stieg darauf ein.

Nach einer Weile hatten wir Oktopus entdeckt, der alleine an einem Tisch saß und auf seine Kontrahenten wartete. Er trug zur Feier des Tages Hosenträger und hatte eine kurze Zigarre im Mund. Auf die Frage von Achim, ob er ihm die Schultern massieren solle, antwortete Oktopus, dass er topfit und auch mental gut drauf sei. Er hatte sich tatsächlich als »Oktopus« angemeldet und schien nicht nervös zu werden, als ihm seine Mitspieler zugeführt wurden: zwei verunsicherte Erstsemester von der Mercator-Universität. »Bürgersöhnchen«, raunte Lütz, »hübsch anzusehen, aber Kanonenfutter für einen wie Oktopus.« Die Jungen hatten vermutlich schon auf dem Gymnasium in jeder großen Pause Skat gedroschen und dachten nun, sie könnten es mal bei einem Turnier versuchen. Ich hatte auch so welche auf meiner Schule.

Oktopus nickte ihnen knapp zu, nahm die zweiunddreißig Karten, mischte und gab. Und zum ersten Mal sah ich, wie er seinem Spitznamen die Ehre erwies. Er hockte dort auf seinem Stühlchen wie ein Sack Zement, bewegte den Oberkörper und seinen riesigen Schädel mit den grauen Locken keinen Millimeter; aus seinem Gesicht quoll bloß von Zeit zu Zeit eine kleine Qualmwolke. Oktopus wirkte so langsam, so gefangen in diesem starren Leib, dass die Studenten vielleicht dachten, er spiele gar nicht mit und säße nur da herum. Die beiden fingen an zu quatschen, als sei niemand außer ihnen am Tisch. Sie setzten ihre Unterhaltung auch dann noch fort, als die Karten bereits gegeben wurden. »Kein Respekt«, zischte Achim mir zu. »Reden kannst du im Bundestag. Beim Skat wird nicht geredet. Außer über Skat.«

Die Studenten nahmen ihren Kontrahenten offenbar nicht ernst. Doch als sie die ersten vier Spiele allesamt an ihn abgeben mussten, erkannten sie ihren Irrtum. Der Alte war nicht nur sehr erfahren. Er war vor allen Dingen unfassbar schnell. Er spielte in einem Tempo, das die beiden Jungen völlig überforderte. Mit seinen acht Armen hielt er das Blatt, aschte seine Zigarre ab, steckte sie wieder in den Mundwinkel, trank von seinem Pils, schrieb die Spiele auf, winkte einem Freund aus Meiderich und zog vor allem Karte um Karte aus seinem Blatt, um sie dann immer auf denselben Fleck des Tisches zu knallen, immer mit einem Zischen und einem Klopfen, dass einem die Tischplatte leidtat. Die Spiele dauerten selten länger als eine Minute, höchstens zwei, und wenn, dann nur, weil die Studenten im Gegensatz zu Oktopus nachdenken mussten. Für mich war es unmöglich, mir zu merken, welche Karten schon draußen waren, wer bereits wie viele Punkte erspielt und wer noch den Trumpfkönig oder jene Dame oder die Herzsieben auf der Hand hatte. Offenbar erforderte es höchste Konzentration und einen wachen Verstand. Vor allem in einem lauten verrauchten Saal voller Arbeiter, die in ihrem Leben bereits Zehntausende von Partien hinter sich haben. In der Nachtschicht am Ofen und im Schrebergarten am Wochenende. Oktopus spielte unerbittlich und eiskalt. Wie Deep Blue, der berühmte Schachcomputer.

Ich habe erst Jahre später auf einer Reise dieses Spiel gelernt und beherrsche es bis heute nicht richtig. Umso mehr bewundere ich im Rückblick das spielerische Genie von Oktopus. Er nahm sein Blatt auf, rechnete in Windeseile sämtliche Chancen und seine daraus resultierenden Punkte aus, paffte einmal und stieg in den Wettbewerb ein. Wenn er spielte, gewann er. Und wenn er nicht das Spiel an sich riss, hieß das nicht, dass der Gegner gewann. Spätestens beim dritten Stich hatte Oktopus die Blätter der anderen vor Augen.

Er wusste genau, was sie spielen würden, und während die Studenten ihre Spielkarten verzagt aus dem Blatt rupften, welches sich dabei verschob und deshalb während des Spiels andauernd gerichtet werden musste, zauberte Oktopus seine Karten derart von der Hand auf den Tisch, dass man diesen Vorgang mit dem bloßen Auge nicht mehr verfolgen konnte. Es war, als lösten sich Schüsse. Lediglich das schmaler werdende Blatt in der linken Hand des Achtarmigen deutete darauf hin, dass er Karten ausspielte. Und da diese blitzartigen Bewegungen lediglich die Hände, vielleicht noch die Unterarme betrafen, während der Rest dieses Körpers in vollkommener Ruhe innerhalb einer ebenfalls erstarrten Zigarrenwolke verharrte, wirkte Oktopus umso bedrohlicher auf die beiden Jungen, die sich zwar jeweils über zwei gewonnene Spiele freuten, aber gleich einräumten, dass es sich dabei um Omablätter gehandelt hatte, also Spiele, die jeder gewinnt.

Oktopus ging darauf nicht ein, notierte, mischte und gab erneut drei Karten für jeden, dann den Skat, vier für jeden und noch einmal drei für jeden. Und obwohl er mit dem Geben an der Reihe war, also als letzter Spieler seine Karten auf die Hand nahm, hatte er sie vor den anderen sortiert und wartete ungeduldig darauf, dass Roland und Christoph endlich damit anfingen, sich gegenseitig zu reizen. Für ihn war ein Spiel in diesem Moment eigentlich schon vorbei.

Einmal, als die beiden sich nicht einigen konnten, ob sie über dreißig bieten wollten, brummte er: »Ostern krieg ich Besuch«, was seine Gegner derart einschüchterte, dass sie beide sofort ausstiegen. Er sagte: »Dreißig«, nahm den Skat auf, überlegte ungefähr eine Sekunde, dann hatte er bereits beide Karten einsortiert, zwei andere gedrückt, das Spiel angesagt und ausgespielt. Alles in einer einzigen fließenden Bewegung. Man kann angesichts dieser noblen Eleganz behaupten: Skat ist das Fliegenfischen unter den Kneipensportarten. Man darf sich keinesfalls von der möglicherweise wenig sportlichen Statur der Athleten oder ihrem Bierkonsum während der Ausübung ihres Sports täuschen lassen: Die Besten von ihnen können es, was die Anmut ihrer Bewegungen betrifft, mühelos mit Beach-Volleyballern aufnehmen. Fand jedenfalls Lütz, der jeden kleinen Sieg seines Freundes begeistert kommentierte. Während an anderen Tischen – es waren achtzehn besetzt –

die Spiele mitunter recht laut und munter wurden, fertigte Oktopus seine Mitspieler weitgehend schweigend ab, und diese rauften sich die Haare, weil sie so viele Fehler machten.

Nachdem er uneinholbar vorne lag, wurde Oktopus auf seine knurrige Art zuvorkommend und gab den verängstigten Novizen Tipps. Zu Roland sagte er: »Du überlegst, ob du die Pikdame spielen sollst oder die Pikneun. Spiel die Neun.« Was Roland tat. Und als der Student Christoph einen Grand ouvert ansagte, brummte er: »Tu's nicht.«

»Nicht?«

»Nein.«

»Dann vielleicht Grand ohne ouvert?«

»Versuch's.« Auch wenn der Versuch fehlschlug und in einem größeren Punkte-Desaster endete, war Christoph unfassbar begeistert davon, dass Oktopus ihm Ratschläge gab. Und nach einer guten Stunde war alles vorbei.

Die Studenten verließen den Tisch, Roland reichte Oktopus die Hand und sagte mit ehrlichem Pathos: »Es war mir eine Ehre, gegen Sie verlieren zu dürfen.« Oktopus drückte die Hand des Studenten und sagte: »Jaja.« Aber immerhin lächelte er. Die beiden Jungen erhielten als Trostpreis je eine Dose Bier. Immerhin gekühlt.

Die Tische lichteten sich. Bald waren es nur noch zwölf. Oktopus bekam es nun mit schwereren Kalibern zu tun. Raukes aus Voerde. Kampmann aus Unna, das war der am weitesten Gereiste, in Kamen und Holzwickede seit Jahren unbesiegt und hier doch nur Zaungast auf dem Durchmarsch des Achtarmigen. Dann Schwertfeger aus Dinslaken, Küppers aus Moers. Alles Männer mit Elektronengehirnen, schwieligen Händen und erstaunlicherweise alle ohne jeden Harndrang.

Bis um 17 Uhr hatte Oktopus sechzehn große Pilsener in seinen unergründlichen Schlund gegossen und sich dabei auf seinem Stuhl ungefähr so viel bewegt wie die Steinköpfe auf den Osterinseln. Irgendwann musste so ein Mensch doch mal auf die Toilette. Aber er konnte das mühelos zurückhalten und legte seine erste Pinkelpause um 18:10 Uhr ein. Da hatte er gerade eine Sechsunddreißiger-Runde mit 2145 Punkten absolviert, was auch vier Tische weiter zur Kenntnis genommen wurde. Dort saß »Der Nüper«, und mit jedem gewonnenen Tisch spielten er und Oktopus aufeinander zu.

Achim wurde unruhig. »Man muss den Gegner zu Fehlern zwingen«, sagte er entschlossen und stellte sich zwanzig Minuten lang an Nüpers Tisch, wo er versuchte, den Skat-Titanen niederzustarren. Er glotzte ihn an und versuchte, nicht zu blinzeln, aber wenn Nüper dies überhaupt bemerkte, schien es ihn nicht zu stören, jedenfalls beging er keineswegs die von Achim erhofften Fehler, sondern spielte Runde um Runde souverän und erbarmungslos.

Und als schließlich nur noch drei Spieler übrig waren, als es bloß noch einen Tisch im Saal gab, ließ sich Oktopus doch von Achim die Schulter massieren, wenn auch nur, weil Nüper ohne Anhang erschienen war und auf derartige Pflege verzichten musste. Oktopus hätte sich auch noch einen Zahnschutz einsetzen oder Luft zufächeln lassen, um Nüper zu ärgern.

Der dritte Spieler am letzten Tisch des Abends war ein Überraschungsfinalist aus Duisburg. Bommer, Ralf, ein bisher unbeschriebenes Blatt und sehr aufgeregt. Oktopus und Nüper begrüßten sich mit gegenseitiger Wertschätzung, aber nicht zu freundlich. »Wenn du den Schinken willst, musst du an mir vorbei«, sagte Nüper, zu allem entschlossen.

»Heute bist du fällig«, sagte Oktopus.

»Hallo, ich bin der Ralf«, sagte Ralf, dem aber niemand zuhörte.

Die drei setzten sich, Nüper wickelte ein neues Kartenspiel aus der Folie und ließ es durch seine Finger gleiten. Achim stellte bei Oktopus ein frisches Pils ab.

Und dann begann die epische Entscheidungsschlacht unter dem Patronat der Arbeiterwohlfahrt Rheinhausen. Alle ausgeschiedenen Spieler gruppierten sich um die Finalisten. Sie wollten den Besten der Allerbesten dabei zusehen, wie sie sich duellierten. Wer nichts sehen konnte, stieg auf einen Stuhl. Wer dahinter stand, stieg auf einen Tisch.

Oktopus entschied gleich die erste Runde für sich, spielte zur Eröffnung einen Grand mit Dreien, dann ein Pik-Hand und noch ein Null. Danach ging ein Spiel an Bommer, der sich darüber so sehr freute, dass er bei seinem nächsten Spiel vergaß zu drücken und dann mehrere Runden lang aus Gram über diesen Anfängerfehler nicht mehr mitreizte.

Nüper übernahm in Spiel sechzehn die Führung, indem er einen Grand ouvert gewann und Oktopus anschließend in eine Falle lockte, indem er scheinbar begeistert mit dem Reizen begann, dann aber sofort ausstieg und dem Achtarmigen das Spiel überließ, das der gar nicht haben wollte. Oktopus erhielt augenblicklich ein Pils, um die Nerven zu beruhigen, verlor aber dieses Herz ohne zwei und sann auf Rache.

Wenn ich heute an diesen Tag denke, dann denke ich natürlich an den Nebel in diesem Saal, an die vielen Hosenträgermänner und den Bierdunst. An die stumpfen fetten Bleistifte, die auf Blöcke krakeln, an den Schinken, der auf dem Tisch mit den Preisen liegt, und an das verkratzte Parkett, auf dem schon Hunderte Hochzeiten, Taufen, Beerdigungen, Karnevalssitzungen, Parteiabende und Skatturniere abgehalten wurden. Ich war das einzige Mädchen in diesem Kartenspieltumult, aber ich war nicht der einzige Fremdkörper. Gegenüber vom Tisch stand mein kleiner Vater, weißes Hemd, alte Hose, und er wirkte auf mich wie so häufig verzaubert. Als sei er aus einer anderen Zeit oder sogar von einem anderen Planeten hierhergereist. Er stand da mit einem Glas Wasser zwischen den Unrasierten und Unsortierten, zwischen den Alten und jung schon alt Aussehenden und schaute seinem Freund Oktopus beim Spielen zu. Und in seinem Blick lag eine Liebe zu den Menschen und zum Leben, die ich noch nie bei jemand anderem gesehen habe. Natürlich verstand Ronald Papen rein gar nichts vom Skatspiel. Er hätte Oktopus auch beim Kartoffelwettschälen oder beim Portugiesische-Gedichte-Aufsagen auf diese Weise zugesehen, mit einer unerschöpflichen Zuversicht. Das Drumherum wäre meinem Vater egal gewesen. Wir hätten auch im Regen auf einer Wiese stehen können. Seine Anteilnahme war unbedingt und grenzenlos. Und während ich ihn ansah, spürte ich einen tiefen Stich, denn ich war bis zu diesem Urlaub nie in den Genuss dieser Liebe gekommen. Ich spürte jetzt erst, was mir in den ersten fünfzehn Jahren meines Lebens gefehlt hatte. Für ein paar Minuten wurde ich wütend, weil ich dachte, dass Oktopus etwas bekam, was mir versagt worden war. Mein Vater war nicht da, als ich Radfahren lernte. Er war nicht da, als ich eingeschult wurde. Er war nicht da, als ich meinen ersten, und auch nicht, als ich meinen letzten Zahn verlor. Er war unscharf und weit weg. Aber in Wahrheit war er bloß eine Stunde entfernt und kümmerte sich einen Scheißdreck um sein Kind. Lieber stand er mit Lütz und Achim am Spielfeldrand oder saß in Klaus' Kneipe herum.

Diese Erwägungen mitten im Krach und in dem Qualm und der Aufregung des Finalspiels dauerten nur kurz. Dann sah ich Ronald Papen wieder ganz anders. Seine Neugier und die liebevolle Neigung, sich für andere über ihren Spaß zu freuen, nahmen mich wieder für ihn ein. Und ich war froh, dass ich hier war, in der Martinusklause. Und nicht in irgendeinem Hotel in Miami.

In Spiel Nummer achtundzwanzig erklomm Oktopus wieder die Spitze der Punkteliste, und nach dem nächsten schien er komfortabel zu führen. Der Nüper zeigte jedoch keine Nerven, holte sich drei Spiele, dann gewann Bommer eines, dann wieder Nüper zwei in Folge. Oktopus kam nicht mehr ans Spiel. Und wer nicht spielt, kann nicht punkten. Der Vorsprung schmolz auf ein paar Pünktchen ab. Weniger als dreißig. Man sah Oktopus nichts an, aber die Qualmwölkchen kamen nun schneller.

Und dann das sechsunddreißigste Spiel. Ralf Bommer gab das letzte Blatt der zwölften Runde und ließ seine Karten auf den Tisch fallen. Er wollte gar nicht erst ins Reizen einsteigen, für ihn war das egal, er würde so oder so den Tisch als Punktletzter verlassen und den dritten Preis gewinnen, einen Doppelpack Krönung mit Kaffeefiltern satt.

Oktopus sagte »sieben«.

Nüper, ohne in seine Karten zu sehen: »Ja.«

»Dreißig.«

»Ja.«

»Dreiunddreißig.«

»Ja.«

»Fünfunddreißig.«

»Ja.«

»Sechsunddreißig.«

»Ja.«

Oktopus reizte auf einen Grand mit Zweien, ein etwas heikles Spiel, weil er damit rechnen musste, dass Nüper die beiden anderen Buben auf der Hand hatte, und weil Nüper ausspielen würde. Das konnte bedeuten, dass Nüper mit Karoass kam, welches Oktopus wegtrumpfen musste, wodurch er jedoch trumpfarm werden würde, was Nüper ausnutzen konnte. Delikat. Aber Oktopus war bereit, für den Katenschinken der Metzgerei Fröhlich und für die Demütigung des Unbesiegbaren ins Risiko zu gehen. Andererseits war Bommer zumindest am Anfang bis vierundzwanzig dabei gewesen, was bedeuten konnte, dass er einen der Buben auf der Hand hatte, sich aber nicht traute, damit höher zu reizen. Der hatte die Hosen voll. Wenn Bommer einen der Buben besaß, kam Oktopus mit dem Blatt durch. Wenn nicht, war er auf Glück angewiesen. Und kein Pistolero diesseits des Mississippi will sich auf sein Glück verlassen.

»Vierzig.«

»Oh.«

»Vierzig!«

»Ohhh.«

»Heißt das Joo oder Noo?«, fragte Oktopus verärgert, weil er darin eine Finte des Gegners sah, der ihn offenbar aus dem Konzept bringen wollte. Nüper röchelte unverständlich, aber dramatisch, dann ließ er die Karten mit dem Bild nach oben auf den Tisch fallen.

»Spielaufgabe, Spielaufgabe! Wer das Blatt offen hinlegt,

gibt auf! Spielaufgabe!«, zeterte Achim von hinten, wild gestikulierend, während Nüper einen Herzinfarkt erlitt, der vielleicht auch mit der schlechten Luft zu tun hatte. Man weiß, dass Rheinhausen kein Kurort ist, aber in diesem Raum überlebte nur, wer eigentlich schon tot war.

Der Notarzt erschien innerhalb von wenigen Minuten und transportierte Nüper ab, der noch auf der Bahre ächzte, dass man sich im kommenden Jahr wiedersehe.

Nach kurzer Beratung kam das Preisgericht zu der Entscheidung, dass der Sieger feststehe. Nach Lage der Dinge und eindeutig aufgrund der geführten Punkteliste habe gewonnen: Oktopus. Dieser nahm schweigend den enormen Schinken entgegen und hob ihn über den Kopf. Dann trank er noch ein Pils, und wir fuhren nach Hause. Lütz und Achim waren außer sich vor Begeisterung, selbst mein Vater benahm sich für seine Verhältnisse ekstatisch und hupte zwei Mal, als wir auf den Hof fuhren, wo Klaus schon an der Beach-Bar wartete.

Der Schinken wurde von Lütz und Achim an den Tresen geschleppt und dort zur Schau gestellt. Klaus holte ein scharfes Messer, und es begann ein ausgedehntes Schinkengelage. Das Fleisch war zart, schmeckte aber recht rauchig, was nach Ansicht von Lütz aber rein nichts mit dem Qualm in der Martinusklause zu tun und im Gegenteil absolut seine Richtigkeit hatte.

Alle waren fröhlich, bloß Oktopus nicht, der sogar die Auszahlung der Wettschulden an ihn ablehnte. Lange Jahre hatte er auf diesen Moment gewartet, und dann siegte er auf diese zweitklassige Weise. Das missfiel ihm nicht einfach, es machte ihn regelrecht fertig. Er wollte nicht einmal etwas vom Schinken haben. »Ich hätte das Spiel verloren«, sagte er. »Ich habe ja sein Blatt gesehen. Der Nüper hatte zwei Buben. Er hätte das Ass gespielt, ich hätte es trumpfen müssen, dann hätte er einen Trumpf mehr gehabt. Wenn wir's zu Ende gespielt hätten, dann hätte ich den Grand verloren und Nüper hätte den Schinken.«

Achim war völlig anderer Meinung und rief kauend, dass dieses Arschloch Nüper dem Oktopus den Triumph versaut habe. Nüper habe sich, um eine Niederlage abzuwenden, in einen Herzinfarkt geflüchtet. Wie Napoleon in Waterloo. Der allerdings hatte Bandscheibenvorfall.

»Bandscheibenvorfall gab es vor tausend Jahren noch gar nicht«, sagte Lütz.

»Wetten?«

Ich hatte gehofft, Alik bei unserer Rückkehr zu sehen. Ich hatte mich darauf gefreut. Jetzt war es nach zweiundzwanzig Uhr, und ich wusste, dass er nicht mehr kommen würde. Ich fragte Klaus, ob er überhaupt da gewesen war.

»Nein«, sagte der. »Ich hätte ihn gebraucht. Und ich hätte sowieso gerne was mit ihm besprochen gehabt.« Klaus verwendete diese umständliche Wendung, die ich in ähnlicher Form wochenlang gehört hatte, und die ich heute noch sehr mag. Wenn man etwas gehört gehabt hat, dann war man vermutlich währenddessen im Ruhrgebiet gewesen.

»Vielleicht kommt er ja morgen«, sagte ich.

»Ja, dann will ich mal mit ihm reden. Weißt du, ob er sich vorstellen kann, dass er mir regelmäßig im Pilstreff hilft? Meinst du, das interessiert ihn?«

Ich antwortete, dass ich das nicht annahm. Für Alik gab es nur den Schrottplatz nebenan. Und mich, das ahnte ich. Aber wenn der Sommer vorbei war, würde er keine Gläser mehr abräumen und Theken abwischen und Deckel abrechnen. Der Gedanke, dass er jetzt nicht da war, weil ich ihn vertrieben hatte, bekam größeren Raum und machte mich traurig.

»Bestimmt kommt er morgen wieder«, sagte mein Vater und legte seine Hand auf meinen Kopf, eine Geste, die er sich nicht überlegte, die einfach so kam. Er strich über mein Haar und sagte: »Vielleicht hatte er zu Hause etwas zu tun?«

»Wir haben uns gestritten«, sagte ich leise, weil ich mich schämte. Natürlich war er deswegen nicht zurückgekommen. Es war mir klar. »Er hat mich gefragt, ob ich nicht nach den Ferien dableiben könnte. Er hat sich das so richtig ausgemalt, dass ich zu ihm auf die Schule komme und für immer bei dir wohne.«

Mein Vater nahm einen Schluck Wasser, und dann lachte er.

»Du? Hier wohnen? Nee, das ist wirklich eine komische Idee. Unerhört.«

Und da verstand ich, wie es Alik gegangen war: Man kann so etwas wirklich auch netter sagen. Alik und ich haben uns nicht ausgesprochen. Er kam nicht mehr zurück.

Tag 43

Sein Stolz verhinderte es. Und ich traute mich nicht, einfach hinzugehen und bei ihm zu klingeln. Das Schlimmste, was hätte passieren können, wäre gewesen, dass er unversöhnlich geblieben wäre. Und davor hatte ich Angst. Zudem wusste ich nicht, was ich ihm sagen sollte. Es blieben ja nur die Phrasen, die man einander am Ende des Urlaubes zuwirft: Wir sehen uns bald wieder. Wir bleiben in Kontakt. Bestimmt nächsten Sommer wieder. Sätze wie Trostpflaster, die nur ein paar Tage haften und abfallen, sobald die Wunde des Abschieds verheilt und in Vergessenheit gerät. Das kannte ich aus anderen Ferien. Immer lernte man jemanden kennen, immer entstand ein kleiner Schmerz, der nach der Rückkehr verheilte. So ungefähr stellte ich mir das auch bei Alik und mir vor. Wir hatten nicht einmal geknutscht. Also verabschiedete ich mich nicht von meinem Freund.

Stattdessen hing ich in der Halle und am Beach herum, aber ohne Alik war es nicht mehr dasselbe. Das Flugzeug aus Miami landete, und die Mikullas machten sich meckernd und gleichzeitig gut gelaunt auf den Weg nach Hause, ein Gemütszustand, den sie derart kultiviert hatten, dass ihnen gar nicht auffiel, wie anstrengend das für jeden war, der es mit ihnen zu tun bekam. Noch ein Tag, und dann würde ich dazustoßen. Die

Begegnung mit Geoffrey würde mir nicht leichtfallen. Aber ich freute mich auf ihn. Und ich war bereit, die Konsequenzen zu tragen. Worin auch immer sie bestehen würden. So, wie Ronald Papen die Konsequenzen für was auch immer trug. Ich stellte mir die Zugfahrt vor und auch, dass mich niemand abholte. Dann fuhr ich eben mit der Straßenbahn nach Rodenkirchen. Und von dort ging es zu Fuß nach Hahnwald. Ich würde zum ersten Mal ohne neuen Extrakoffer aus den Ferien zurückkehren, ohne den ganzen Krempel, den ich im Urlaub unbedingt haben musste und zu Hause sofort blöd fand. Diesmal kam ich nach Hause und hatte bloß ein paar neue Klamotten dabei, ein Buch und natürlich meine beiden CDs. *Bravo Hits 47* und *Bravo Hits 48*.

Vielleicht würde Geoffrey mir öffnen. Und ich würde mich trauen, ihn anzusehen. Vermutlich ging man dann in eine Pizzeria und fiel den armen Albanern, die sich dort als Italiener ausgaben, auf die Nerven. Und am Montag ging die Schule los. Mit Kim Papen als Alterspräsidentin.

In der Nacht hatte es ein Gewitter gegeben. Der MBC wurde nass, und die Pfütze füllte sich. Sie brauchte mich nicht mehr. Mein Vater half Klaus dabei, die Bar abzubauen, und wir schleppten die durchweichten Polstermöbel wieder unter die Plane neben der Halle. Alles an diesem letzten Tag fühlte sich nach Abschied an.

Wenigstens fuhren Ronald Papen und ich noch eine letzte Tour, die ich eher missgelaunt begleitete, zumal es eine Montagefahrt war, auf der wir nichts verkauften. Mein Vater lud zwei kleinere »Mumbais« in den Subaru, und wir brachen auf nach Mülheim und Oberhausen. Halbes Stündchen entfernt. Ich war noch nie mit ihm unterwegs gewesen, wenn er seine

Markisen installierte. Er sagte, das sei doch eine fabelhafte Möglichkeit, auch mal diesen Aspekt seines schönen Berufes kennenzulernen. Außerdem: *Akropolis* Oberhausen. Goldstandard, was Bratwurst betraf. Und zufällig lag zum Feierabend hin das *Venezia* in Mülheim quasi auf dem Weg. Das sei doch eine galaeske Abschlussreise. Er gab sich Mühe, diesen letzten Tag wenigstens ein kleines bisschen feierlich zu gestalten. Ich murmelte in mich hinein, dass ich vor lauter Begeisterung nicht zu bremsen sei.

Ich möchte mich für diesen Groll auch rückblickend nicht entschuldigen. Sechzehnjährige Mädchen sind so. Sie können entzückend, albern, aufgeregt und sogar klug sein, aber manchmal befiehlt die Stimmung einen unergründlichen Missmut, der durch nichts aufzubrechen ist. Außer vielleicht durch die Liebe eines Jungen. Väter sind da vergleichsweise chancenlos. Zum Glück verstand und ignorierte Ronald Papen derartige Unbill.

Ich war mit der Musik an der Reihe, und wir hörten *Bravo Hits. Scooter.* Wenn es überhaupt eine richtige Musik gibt, um im Ruhrgebiet inmitten von aufgebohrten bunten Kleinwagen zwischen Duisburg, Oberhausen und Mülheim herumzudonnern, dann ist es *Scooter.* Sie versetzten mich zwar im Gegensatz zu sonst nicht in Hochstimmung, halfen aber ein bisschen über meine Laune hinweg. Ronald Papen sang sein seltsames lautmalerisches Kauderwelsch, es klang nicht richtig falsch, aber auch nicht wirklich englisch. Eigentlich hätte er bei *Scooter* einsteigen können.

In Oberhausen wurde ich Zeuge, wie geschickt und schnell mein Vater so eine Markise anbringen konnte. Der Kunde freute sich sehr, uns zu sehen, und fragte sofort aufmerksam nach, wie es mir mit meiner Niere ging. Wir hatten ihm an der Tür erzählt, dass der Grund für meine häufigen Toilettenbesuche eine Nierenüberlastungsstörung sei, die ich durch allzu gesunde Lebensführung erworben habe. Die Ursache, nämlich der tägliche Verzehr von mindestens acht Litern Wasser, sei ebenfalls etwas Pathologisches, sogenannte juvenile Wassersucht. Meine linke Niere sei jedenfalls durch intensive Benutzung frühzeitig gealtert. Sie sei sozusagen bereits neunundfünfzig Jahre alt. Und das im Körper einer Sechzehnjährigen. Darf ich mal bei Ihnen aufs Klo? Danke.

Dieses Narrativ führte in der Regel zu Gegenfragen, und die Gegenfragen leiteten dann zu einem Kundengespräch über. Herr und Frau Sindemann waren jedenfalls sehr erfreut darüber, uns zu sehen. Mein Vater installierte nun die Gelenkmarkise »Mumbai«, und ich unterhielt die Kundschaft mit einem aktualisierten Bulletin zu meiner Nierenfunktion, die insgesamt in letzter Zeit keinen Anlass zu Klagen gab.

Zuerst maß Papen die Markise aus, bohrte dann die entsprechenden Löcher, dübelte und schraubte und spannte dann die Rolle ein. Er benötigte keine Hilfe, und ich denke, er hätte das auch auf einem Bein im Schlaf vermocht. Es gab allerdings einen spannenden Moment, an dem er eine etwa fingerdicke Schraube mit größter Vorsicht in die Halterung drehte und dann mit einem speziellen Werkzeug langsam anzog. Es schien sich dabei um eine empfindliche Operation zu handeln, bei der man viel falsch machen konnte. Und tatsächlich stellte sich dann heraus, dass das ganze Lebensschicksal meines Vaters von dieser dicken albernen Schraube bestimmt wurde.

Wir fuhren ins *Akropolis*, ich bekam eine Bratwurst mit Zigeunersoße, einmal Pommes mit Salbe sowie eine lauwarme

Fanta, und dann ging es nach Mülheim zu Familie Sorgalla, die sich ebenfalls sehr über die Lieferung von »Mumbai« freute und mindestens ebenso über den Umstand, dass mein Vater noch nicht von den Behörden verhaftet worden war. Die Sorgallas waren eher regierungskritisch eingestellt und nahmen an, dass der Staat hinter allen Bürgern her sei, die sich verdächtig äußerten oder verhielten.

Dem Ehepaar, immerhin Akademiker, hatten wir versichert, dass es bald eine Änderung in der steuerlichen Bewertung von Markisen geben werde. Markisen seien nämlich zwar ein Luxus, jedoch seit Menschengedenken von der Luxussteuer befreit. Dies wolle die aktuelle Regierung bald ändern, Markisen hart besteuern und jeden einsperren, der den Menschen so etwas unter Umgehung der Luxussteuer besorgte. Nur Bestandsmarkisen seien vor dieser Strafsteuer geschützt. Und wir verkauften jetzt noch schnell welche, auch um die hohen Prozesskosten für meinen Vater bezahlen zu können, diesen braven außerparlamentarischen Schattenspender.

»Venceremos«, rief Sorgalla mit erhobener Faust, nachdem er den Kaufvertrag für »Mumbai« unterschrieben hatte. Auch bei ihnen wieder die routinierte Arbeit meines Vaters auf dem Balkon, der ausmaß, bohrte, anlegte, schraubte und einspannte. Und wieder dabei der Umgang mit dieser dicken Schraube. Papen sah dabei aus, als würde er eine Bombe entschärfen. Ich liebte ihn sehr für diese Achtsamkeit und mindestens ebenso für die unfassbar freundliche, mitteilsame und doch zurückhaltende Art, mit der er den Menschen begegnete. Auch wenn er ihnen Lügen auftischte, was ihm inzwischen keine so großen Probleme mehr zu bereiten schien. Er gab ihnen ja trotzdem etwas, und zwar nicht nur eine Bahn hässlichen Markisenstoffs und eine altmodische Mechanik inklusive einer barock wirkenden Metallkurbel, die aussah wie der Bratenspieß von Ludwig dem Vierzehnten.

Diese Menschen bekamen außerdem noch: ihn. Er schenkte ihnen seine Zeit, seine Aufmerksamkeit, seine Freundlichkeit und die Hingabe, mit der er seine Markisen verkaufte. Nie wurde mir das so klar wie an diesem letzten Tag. Ronald Papen war ein Geschenk an die Menschheit. Auch wenn die wenigsten seiner Kunden das jemals verstanden haben, von jenen, die ihm die Tür vor der Nase zugeschlagen haben, ganz zu schweigen. Dass es für sie ein Glück war, ihm zu begegnen, weil es sicher eine der angenehmsten Begegnungen ihres Lebens darstellte, war zugegebenermaßen nicht einfach zu sehen, was am schlechten Ruf des Haustürgeschäftes an sich liegt. Inzwischen gibt es keine fahrenden Händler mehr, kaum noch Honigverkäufer und Messerschleifer, die mit bimmelnden Autos durch die Nachbarschaft rollen und ihre Waren und Dienstleistungen anbieten. Sie waren suspekt, immer schon. Das mochte Gründe haben, aber manchmal war es ungerecht.

Kann sein, dass jemand, der ein Nudelsieb, einen Gemüsehobel und eine Salatschleuder an der Haustür verkaufte, nicht unbedingt die qualitativ besten Produkte des Marktes anbot. Aber das änderte nichts an der tadellosen Gesinnung des Verkäufers. Ronald Papen konnte man alles bedenkenlos abkaufen, für kleines Geld und mit lebenslanger Garantie, die seiner Geschäftsidee leider jede Erfolgschance nahm.

Ich habe später, als ich eine eigene Wohnung bekam, nein, eigentlich habe ich seitdem immer auf jemanden wie ihn gewartet. Ich habe gehofft, dass mal so ein freundlicher Papen kommt und mir einen Grill verkaufen möchte. Oder eine Heizdecke, ein Gläserset oder eine sechs Meter lange Leiter. Aber diese Geschäfte gibt es wohl nicht mehr. Jedenfalls klingelt niemand. Oder ich bin nicht da. Ich bin nur wenig zu Hause in meinem Beruf.

Mein Vater war vielleicht einer der Letzten seiner Art, und auch wenn seine Arbeit eine selbst auferlegte Strafe war, so ging er ihr mit einer Freude und einer Demut nach, die man sich nur erklären kann, wenn man versteht, was es bedeutet, eine Strafe anzunehmen. Es heißt unter Umständen, sie sich zur Lebensaufgabe zu machen. Sie abzutragen wird zum Beruf. Und warum sollte man diesen nicht mit Freude absolvieren?

In Mülheim war es so heiß, dass der Asphalt beinahe an den Schuhen klebte. Wir gingen zu seinem aufgeheizten Subaru, diesem erratisch müffelnden Klumpen aus Blech, Polstern und klebrigen Betriebsstoffen. Wir setzten uns hinein, und die Luft entwich aus unseren Seelen. Es war, als hätten wir den gemeinsamen Sauerstoff für sechs Wochen aufgebraucht.

»Und jetzt?«, fragte Papen, während er den Anlasser betätigte. »*Venezia?*«, fügte er hinzu, als hätte er den Lockruf des Goldes ausgestoßen.

»Noch nicht«, sagte ich, denn ich wollte nicht, dass es vorbei war. Ich wollte noch nicht in meine Rolle zurück, in die Funktion des schwarzen Schafes, in mein Leben als Kim. Ich wollte noch ein bisschen Papens Tochter sein. Und ich wollte nicht nach Hause, ohne zu wissen, wer er eigentlich war. Denn so sehr er es vermieden hatte, so sehr hatte er sich doch in den vergangenen sechs Wochen zum Thema in meinem Leben gemacht. Er erschien mir nicht mehr unscharf, oder wenigstens nicht mehr ganz so verschwommen. Das machte mich sicherer. Ich sah ihn, und ich wollte Klarheit. Ich konnte diese Konfrontation jetzt aushalten, denn ich reiste ohnehin in ein paar Stunden ab. Und wie wir danach miteinander sein würden, das entschied sich jetzt. Sofort.

»Papa, ich will erst etwas von dir wissen.«

»Und das kann man nicht beim Eis besprechen?«

»Es ist zu viel für ein Eis.«

»Unerhört.«

Er fuhr los und überquerte die Mendener Brücke. Dann suchte er einen Parkplatz, und wir spazierten schweigend zum Ruhrstrand, wo er Schuhe und Strümpfe auszog. Von unserem Platz hatte man einen herrlichen Blick auf ein Terrassenhaus auf der anderen Seite der Ruhr. Sagenhafte Balkonsituation. Teilweise unbestückt, sehr gut eigentlich. Bis heute achte ich auf so etwas, egal, wo ich hinkomme.

Er schwieg und wartete, dass ich mit meinen Fragen anfing. Ich denke, er hat immer damit gerechnet und war froh, dass es bis zum Schluss dauerte. Er hatte einen kleinen Zweig in den Händen, an dem er herumschabte. Die Sonne schien in seine unfassbaren Haare.

»Warum habt ihr euch getrennt, Mama und du?«

Er antwortete schnell.

»Haben wir nicht. Wir haben uns nicht getrennt.«

»Aber Mama ist mit mir weggegangen. Sie hat dich verlassen.«

»Nein.«

»Dann hast du uns verlassen, was macht das für einen Unterschied? Für mich kommt es auf dasselbe hinaus.«

»Nein.«

»Was nein?« Ich wurde ungeduldig. Und wütend. Er schaffte es nach vierzehn Jahren nicht, seiner fast erwachsenen Tochter zu erklären, was zwischen ihm und meiner Mutter vorgefallen war? Oder er nahm mich doch nicht richtig ernst. Das Schlimmste, was man einem sechzehnjährigen Menschen antun kann, ist, ihn nicht ernst zu nehmen. Innerlich lud ich tonnenweise Munition in den Raketenwerfer. Bereit, das höllische Inferno einer Mädchenwut zu entfesseln.

»Ich habe euch nicht verlassen, Mama hat mich nicht verlassen. Die Wahrheit ist: Wir waren nie zusammen.«

Ich verstand kein Wort. Es war doch so gewesen: Pionierdings, Jugendweihe, große Liebe, Schwangerschaft, Flucht und dann irgendwann Trennung. Sie mit Heiko weg, er alleine. Und das sollte nicht stimmen?

»Deine Mutter und ich, wir waren nur Freunde. Leider.« Er lächelte schüchtern.

»Und was war mit Plitvice '88? Und dem Foto?« Es ist sehr mühsam, fast unmöglich, jedes Bruchstück einer Tasse festzuhalten, die gerade zerbricht. Und so war das auch mit meinen Gefühlen. Es flog alles unkontrolliert herum.

»Ich werde es dir erklären«, sagte Ronald Papen ruhig. »Du bist auch alt genug, um es zu erfahren. Ich finde, du bist ein sehr erwachsenes Mädchen.« So etwas hatte noch nie jemand zu mir gesagt. Auch wenn ich völlig durcheinander war, konnte ich das Kompliment annehmen. Ich nickte. Vielleicht stimmte es auch. Ich hatte in diesen Ferien Verantwortung übernommen und meine Bedürfnisse zurückgestellt. Mir fiel das nicht auf, ich handelte einfach so, wie es meine Situation erforderte. Es war eher eine Art Überlebenstraining als mein Wunsch. Ich wartete auf einen papenschen Themenwechsel. Aber zu meiner Überraschung kam der nicht. Mein Vater hatte sich dazu entschlossen, meine Reife mit Ehrlichkeit zu belohnen.

»Deine Mutter ist die Frau meines Lebens. Aber wir waren nie ein Paar. Es war immer Heiko. Von Anfang an.«

Und dann begann mein Vater zu erzählen, wie sich das alles abspielte, damals in den letzten Monaten der DDR. In Beelitz und in Österreich. Und wie alles so kam, dass ich schließlich mit ihm in Mülheim an der Ruhr am Strand saß. Während er erzählte, schaute er über den Fluss, manchmal auch auf seine Finger, die den Zweig schälten und rieben. Er vermied es, mich anzusehen, und wenn er es doch tat, dann um sicherzustellen, dass ich verstand, was er mir erzählte. Ich nickte dann vorsichtig. Und tatsächlich verstand ich jedes Wort. Ich habe genau zugehört, weil ich das Gefühl hatte, gerade dem wichtigsten Moment meines Lebens beizuwohnen.

Jeder Mensch möchte wissen, woher er kommt. Woher er seine schlechten Eigenschaften hat und wieso er sich so leicht verschluckt. In jeder Familie gibt es den Satz: Du bist ganz genau wie dein Vater. Oder: So guckt deine Mutter auch manchmal. Derartige Sätze habe ich nie gehört, denn Ronald Papen war nie ein Thema bei uns. Ich hatte keine Großeltern, keine Onkel, die über ihren Bruder herzogen, und keine Cousins, die sich ebenfalls leicht verschluckten, weil es in der Familie lag. Wenn nun also Ronald Papen von sich erzählte, dann erzählte er gleichzeitig von mir und von allem, was in mir steckte.

Aber er schien die richtigen Worte nicht zu finden. Ich bin sicher, dass er in den einsamen Jahren, in denen er durchs Ruhrgebiet geklappert ist, oft über diesen Moment nachgedacht hat. Und ich denke, dass er sich selbst seine Geschichte eine Million Mal erzählt hat. Aber als es nun darum ging, sie dem einzigen Menschen, den sie etwas anging, zu erzählen, versagte ihm die Stimme. Er schüttelte den Kopf. Und schließlich begann er.

»Heiko und ich sind in Beelitz aufgewachsen. Weißt du, wo das ist?«

Ich schüttelte den Kopf.

»Das ist bei Berlin, südwestlich davon. Berlin ist ganz weit da hinten. Ein paar Hundert Kilometer.« Er zeigte Richtung Osten und lächelte. »Das war damals DDR, da bin ich aufgewachsen.«

Er erzählte mir von seiner Kindheit in Beelitz. Wie die Menschen dort lebten, in diesem System, dass es zwar eine Art von Diktatur war, aber auch ziemlich gut organisiert und sicher. Man konnte zwar nicht hinfahren, wohin man wollte, aber niemand musste hungern. Das war ungefähr so viel, wie ich aus der Schule wusste: Mittendrin in der DDR lag Berlin, und drum herum lauerte das Böse in Gestalt von grau gekleideten Ossis sowie Russen, die uns Kapitalisten in die Luft sprengen wollten. Mein Vater gab sich Mühe, die Umstände etwas differenzierter darzustellen. Es war schließlich seine Heimat.

»Man war immer total bewusst DDR-Bürger«, sagte er. »Das war anders als hier im Westen. Es ging andauernd um die Unterschiede zwischen den Staatsformen und warum es im Sozialismus so viel besser war als in der BRD. Dabei war den meisten Menschen völlig klar, dass wir in einem Pleiteland lebten. Man hat sich damit arrangiert. Aber es gab immer welche, die aus der Reihe tanzten. Zum Beispiel Heiko und mich.«

Sie wuchsen in Beelitz auf, Ortsteil Fichtenwalde. Meine Großeltern, die ich nicht kennengelernt habe, waren Ärzte, beide in den Beelitzer Heilstätten. Und Heikos Vater war Handwerker. Ein Einzelkämpfer. »Das ist wichtig. In der DDR lief ja nicht alles über volkseigene Betriebe. Das denkt man immer bloß. Aber es gab Selbstständige. Auch wenn sie keine großen Unternehmen besaßen. Aber es gab sie. Sie hatten Buchhandlungen oder Frisiersalons oder Schreinereien. Im Grunde Kleinunternehmer. Und Ernst Mikulla war so einer. Ein Handwerker. Diese Leute waren dem Staat immer verdächtig.«

Ronald Papen erklärte mir, wie das in der DDR lief mit den freien Unternehmern. Sie wurden gegängelt, wo es nur ging. Es gab zwar kein Gesetz, demzufolge man seinen Betrieb dem Staat übereignen musste, aber Anfang der Siebzigerjahre begannen Regierungsstellen damit, die wenigen privaten Firmeninhaber unter Druck zu setzen. Sie mussten höhere Steuern bezahlen, erhielten keine Kredite, wurden bedroht und so lange bedrängt, bis sie endlich aufgaben und sich einer Produktionsgenossenschaft des Handwerks anschlossen. In diese PGHs brachten sie ihr Werkzeug, ihre Arbeitskraft und ihre Kunden ein und hatten danach nichts mehr zu melden. Auf diese Weise kontrollierte der Staat seine Bürger bis in winzigste Lebensbereiche wie zum Beispiel der Reparatur eines verstopften Klos. Und nur die allerwenigsten Bürger hielten diesem Apparat stand.

Ernst Mikulla war so einer. Wenn er Ziegel brauchte, um ein Dach zu decken, musste er entweder tagelang danach suchen oder lange warten, denn die volkseigenen Betriebe wurden bevorzugt beliefert. Angestellte konnte er sich kaum leisten, und es hätte auch niemand gerne bei ihm gearbeitet, weil er im Gegensatz zu einer PGH weder Weihnachts- noch Urlaubsgeld zahlen durfte. Wer ihn beauftragte, konnte fast sicher sein, von der Staatssicherheit bespitzelt zu werden, und auf ein Auto konnte er noch länger warten als die meisten anderen. Ein Handwerker ohne Auto: Es war beinahe unmöglich, so zu arbeiten. Ernst Mikulla zahlte außerdem über neunzig Prozent Steuern und kam eigentlich auf keinen grünen Zweig. Und trotzdem machte er nicht mit. Jetzt erst recht nicht. Und sein Sohn Heiko auch nicht.

Mein Vater sprach von Mikulla und seinem Sohn mit dem größten Respekt. »Heiko war mutig. Er hatte eine große Klappe. Für ihn war dieser Staat, dieses ganze System ein Feind, den er nicht einmal ernst nahm. Und dabei wurde er überall ausgeschlossen. Heiko durfte nicht in die Fußball-Auswahl, obwohl er besser kickte als die anderen. Er bekam schlechtere Noten, er wurde verunglimpft, aber wenn man ihn fragte, ob er darunter litt, sagte er so etwas wie: ›Von denen gelobt zu werden wäre die größte Niederlage überhaupt.‹ Die ganze Familie Mikulla wurde andauernd bespitzelt und drangsaliert. Mit Heiko befreundet zu sein war deshalb gar nicht mal so angenehm.«

»Und wieso warst du dann mit ihm befreundet?«, fragte ich.

Mein Vater sah erst auf den Zweig, den er völlig von seiner dünnen Rinde befreit hatte, warf ihn dann weg, rieb seine Finger und verschränkte sie. »Ich habe ihn bewundert. Er war lustig. Mit ihm befreundet zu sein bedeutete, dass immer etwas Aufregendes passierte. Man besorgte irgendwas. Organisierte Stromkabel für den Vater. Oder tauschte Ziegel gegen Zement. Wir hörten Musik, rauchten und stellten uns vor, wie wir im Westen leben würden. Heiko war der personifizierte Gegenentwurf zur DDR. Wenn ich die Wahl hatte, bei der

Kampfreserve der Partei, also in der FDJ, einen Nachmittag mit Schulungsfilmen aus der Sowjetunion zu verbringen oder mit Heiko durch den Fichtenwald zu streifen, entschied ich mich automatisch für ihn. Auch wenn mich das ebenfalls zum Außenseiter machte. Aber das war ich sowieso. Nur anders als er. Und ich glaube, deswegen mochte er mich. Ich passte auch nicht ins System.«

Dass mein Vater als Erwachsener ein Außenseiter war, darauf war ich schon selbst gekommen. Ich hatte beinahe den Eindruck, dass er diese Rolle ein wenig pflegte. Aber ich hätte nicht geglaubt, dass er sie schon seit seiner Kindheit einnahm. Und doch war es so. Es hatte nur gar nichts mit ihm selbst zu tun, sondern mit seinen Eltern. Als Ärzte wurden sie im Arbeiter- und Bauernstaat zwar dringend benötigt, waren aber keineswegs privilegiert. Im Gegenteil, man begegnete dem Ehepaar Papen mit einer gewissen Herablassung, weil sie nichts Produktives beitrugen. Hätten sie Beelitzer Spargel angebaut, wären sie womöglich besser gelitten gewesen. Aber sie arbeiteten in den Beelitzer Heilstätten, wo sich hohe Parteifunktionäre behandeln ließen und dabei sehr auf die Fachkenntnis der Mediziner bauten. Während die innerhalb der Klinik eine wichtige Rolle innehatten, wurden sie außerhalb des Geländes wenig geschätzt.

Und so galt auch ihr Sohn Ronald als akademischer Eierkopf. Mein Vater erzählte, er sei so schüchtern und so wenig sportlich gewesen, dass ihm sogar einmal eine Fahne runterfiel, die er, in der ersten Reihe stehend, bei der Abschlussveranstaltung der Kinder- und Jugendspartakiade schwenken sollte. Später hieß es, der Papen sei sich zu fein für seine Klassenkameraden, dabei hatte er einfach Angst vor ihnen. Der

Einzige, der ihn immer anlächelte und ihm niemals das Gefühl gab, ein Sonderling zu sein, war Heiko, der Sohn vom Asozialen, wie Ernst Mikulla im Ort genannt wurde, wenn man ihn nicht gerade dringend für eine Reparatur am Haus brauchte.

Und so wurden Heiko und »Ronny« unzertrennliche Freunde. Der eine ein feinsinniges Kind aus einem Akademikerhaushalt, der andere ein sturer Pragmatiker und heimlicher Klassenfeind, genau wie sein Vater. Nichts auf der Welt hätte sie trennen können.

»Wenn Heiko sich etwas in den Kopf setzte, dann zog er es durch. Als wir ungefähr vierzehn waren, brütete er ständig neue Fluchtmethoden aus, um diesen Staat hinter sich zu lassen. Mit dem U-Boot durch die Ostsee, mit Raketenantrieb über die Mauer nach Westberlin oder sich einfach im Harz durch einen Berg sprengen. Heikos Fantasie kannte im Gegensatz zu diesem engen kleinen Land keine Grenzen. Und immer neben ihm im Moos sitzend ich, staunend und aufgeregt.«

Heiko verfolgte das Ziel, abzuhauen und im Westen steinreich zu werden. Und zwar bloß, um die in der DDR Gebliebenen zu ärgern. Er ersann eine Geschäftsidee nach der anderen und träumte sich in einen schwelgerischen Luxus. Man konnte sagen, dass er sich diesen Teil seiner Jungsfantasie erfüllt hat. Als Ronald Papen so von seinem besten Freund berichtete und schwärmte, wurde mir klar, wer oder was mein Stiefvater Heiko Mikulla eigentlich war. Unerträglich und angeberisch, das auch. Aber jemand, der sein ganzes Leben darauf verwendete, seine Kindheit hinter sich zu lassen und sich für die Ungerechtigkeiten eines Regimes zu rächen, selbst wenn es bedeutete, Wasabi-Erbsen aus Indonesien unter dem Markennamen *The Art of Fart* unter die Menschen zu bringen. Heiko erschien mir damit in einem anderen Licht, so als sei seine Begeisterung für alles, was mit Kapitalismus und Konsum zu tun hatte, eine Form des Widerstandes und der Befreiung.

»Er hatte damals andauernd Ideen, die man in der DDR nicht umsetzen konnte und die diesem System derart zuwiderliefen, dass man sich schon unbeliebt machte, wenn man sie laut aussprach.«

»Zum Beispiel?«

»Einmal hat er in einer Schulung vor der Jugendweihe vorgeschlagen, sämtliche Gelder, die für das Programm des DDR-Fernsehens investiert wurden, einfach in bessere Jeansstoffe zu stecken, weil erstens die Jeans in der DDR scheiße waren und zweitens sowieso die meisten Leute mehr oder weniger heimlich Westfernsehen sehen würden. Für diesen Vorschlag wurde er von der Jugendweihe ausgeschlossen. Und auch wenn er genau das bezweckt hatte, so war es doch ziemlich unangenehm. Dabei sagte er nur die Wahrheit. Alle haben andauernd Westfernsehen geguckt. Und damit auch die Werbung. Die Bilder der westlichen Konsumwelt waren für Heiko wie eine Droge.

Einmal kam er mit einer Geschäftsidee, die ich wirklich sensationell fand. Er hatte die Vorstellung, eine Art sozialistisches McDonald's in der DDR zu gründen. Und zwar mit kubanischem Essen, weil er das so exotisch fand, und weil das Bruderland Kuba geografisch nah bei Amerika liegt. Wir saßen also auf seinem Bett, und er schmückte diese Fast-Food-Kette aus. ›Von Rostock bis Karl-Marx-Stadt und Dresden. Überall, wo du hinkommst, in jeder Innenstadt. Nicht mehr diese langweiligen Kantinen, wo es sowieso nüscht gibt, sondern bunte Einrichtung und kubanisches Essen.‹ Ich glaube, er hatte überhaupt keine Ahnung davon, was man in Kuba isst, aber der Name für seine Restaurant-Kette war einfach genial: *Fidel Gastro.*«

Ronald Papen sah verträumt über die Ruhr. Er war dabei, sich in der Erinnerung an seinen Jugendfreund zu verlieren.

»Und wieso habt ihr euch zerstritten?«

»Tja. Weil ich es nicht ausgehalten habe. Weil einfach der Moment kam, in dem ich das getan habe, was ich getan habe. Und vielleicht, weil Heiko einfach nicht abgehauen ist. Er hat ja immer davon geredet rüberzugehen. Aber er ging nicht. Er hätte vielleicht sogar einen Ausreiseantrag stellen können. Ich könnte mir vorstellen, dass sie ganz froh gewesen wären, wenn die Mikullas einfach verschwunden wären. Aber er hat es nicht getan. Und er ist nicht geflüchtet. Weißt du, warum?«

Das war natürlich eine rhetorische Frage. Ich schüttelte sachte den Kopf. Ronald Papen nahm sich viel Zeit, um mir und sich selbst diese Frage zu beantworten.

»Er ist wegen mir nicht gegangen. Wenn er mir einen seiner verrückten Fluchtpläne schilderte, sagte er immer: Keine Sorge, ich mach das nicht. Ich kann dich doch hier nicht alleine lassen. Du kannst dich doch nicht wehren. Das klang ein bisschen überheblich, aber er hatte recht. Ohne Heiko wäre ich dem Leben ausgeliefert gewesen. Er machte mich stark. Er hatte die Ideen. Und er hielt zu mir. Immer. Er war der treueste Freund, den man sich denken konnte. Er hatte auch sonst keinen, aber das ist unwichtig. Was zählt, war seine Loyalität. Er wäre niemals ohne mich gegangen. Und ich traute mich nicht. Also blieb er da. Und dann kam Susanne.«

»Du hast gesagt, ihr habt euch beim Jugendtanz kennengelernt. Und da hättest du dich verliebt. War es nicht so?«

»Doch, das war so. Wir lernten uns kennen, freundeten uns an, und ich verliebte mich in deine Mutter. Aber ich war viel zu schüchtern, um es ihr zu sagen. Wir hatten trotzdem eine schöne Zeit. Und die hatten wir natürlich zu dritt. Es war so, als hätten wir deine Mama in unsere Bande aufgenommen. Fortan haben wir alles im Trio unternommen. Susanne hat es gemocht, mit uns bösen Jungs herumzuziehen. Wir hatten ja den schlechtesten Ruf. Der Asoziale und der Junge aus besserem Hause. Ich glaube, sie fand das spannend.«

»Also hat Mama Heiko nicht erst kennengelernt, als ich schon auf der Welt war.«

»Nein. Hat sie das gesagt?«

»Nicht direkt. Sie hat nur immer erzählt, dass sie dich verlassen hat und dann mit Heiko zusammen war.«

»Sie wollte dich schützen. Sie wollte dir nicht die Wahrheit darüber sagen, was wirklich geschehen ist.«

»Warum nicht?«

»Weil du nicht das Wunschkind einer funktionierenden Beziehung warst. Ich glaube, sie wollte nicht, dass du dich deswegen schlecht fühlst.«

Ich habe mich nie als Wunschkind zwischen den Mikullas gefühlt, deswegen traf mich dieser ehrliche Satz meines Vaters nicht. Er machte mich eher neugierig.

»Erzähl weiter.«

Ronny, Heiko und Susi bildeten also ein verschworenes Trio, und Ronald Papen wünschte sich sehr, dass Susanne ihn ein bisschen mehr mochte. Aber sie zeigte es nicht, und er wäre viel zu vorsichtig gewesen, um sich ihr zu nähern. Auch, um Heiko nicht zu verletzen. Schließlich hätte ihn das ausgeschlossen.

Und dann kam der Tag, an dem er zum Treffpunkt kam, zu dem Schuppen, in dem Ernst Mikulla Dachpappe lagerte, die er einmal aus der Tschechoslowakei geholt hatte und nun hütete wie den Heiligen Gral. Ronald Papen kam etwas zu früh, es regnete, er polterte durchnässt in den Schuppen. Und da lag sein Freund Heiko auf seiner Freundin Susanne, und er konnte es nicht fassen, es war ein so absurder Anblick, so völlig unerwartet, jedenfalls für ihn, der natürlich nicht begriffen hatte, was schon wochenlang lief. Er konnte sich nicht sammeln, japste nur etwas, stürzte wieder hinaus in den Regen und lief nach Hause.

Heiko kam eine Stunde später, erklärte ihm, was man nicht erklären kann. Etwas von der Liebe seines Lebens, und dass es ihm leidtäte. Aber Ronny, ach, Ronny war nicht zu beruhigen. Er war so verletzt, auch weil er dachte, dass er selbst so rücksichtsvoll gehandelt hatte, indem er Susanne nicht zur Freundin nahm. Als hätte Susanne gar nicht darüber zu bestimmen, mit wem sie gehen wollte.

Sie gingen sich wochenlang aus dem Weg. Und Ronald versuchte sich aus Kummer und Trotz doch in der Schule und bei der FDJ zu integrieren, im Kollektiv mitzuarbeiten, Interessen zu entwickeln, die Spartakiade vorzubereiten und dem Klassenkampf zu dienen. Klappte aber nicht. Er blieb nach der jahrelangen Freundschaft zu Heiko ein Außenseiter. Heiko versuchte währenddessen alles, um ihre Freundschaft zu retten. Tauchte bei ihm auf, redete auf ihn ein. Dass doch deswegen nicht alles kaputt sein müsse. Und dass er Susi vor Ronny nicht mehr küssen werde. Versprochen. Es lag Heiko an seinem einzigen Freund, weil es nun einmal auch Dinge und Themen gab, die er mit Susanne nicht teilen konnte, die ein braves

Mädchen war und den Fluchtgedanken ihres Freundes eher kritisch bis ablehnend gegenüberstand. Sie war eine regelrechte Gefahr für Heiko. Und weil er das einsah, brauchte er meinen Vater für diesen Teil seiner Fantasie.

»Also trafen wir uns wieder zu dritt. Es war ein Fehler. Ich hätte mich fernhalten sollen. Ich hätte schon irgendwann ein anderes Mädchen kennengelernt, und die DDR wäre sowieso zusammengebrochen. Aber das konnte ja keiner wissen. Jedenfalls waren wir wieder die Dreierbande. Aber es wurde nicht wie vorher. Susanne und Heiko haben sich Mühe gegeben, aber natürlich spürte ich, dass ich bei ihnen mitlief wie ein Ersatzkolben in einer Dampfmaschine. Ich wusste nicht, wohin sonst. Also habe ich es ertragen, solange ich konnte.«

»Wie alt warst du da?«

»So alt wie du jetzt. Und es ging gute vier Jahre. Wir wurden langsam erwachsen. Und unser Land war dabei zu sterben. Erst kam Gorbatschow und rüstete die Atomwaffen ab. Er machte das nicht, weil er so ein großer Pazifist war, sondern weil der Warschauer Pakt wirtschaftlich am Wettrüsten zugrunde ging. Wir waren einfach pleite.«

Und das merkten die Menschen in der DDR. Mein Vater erzählte, wie die Leute buchstäblich vom Staat beklaut wurden. Dass die Stasi Pakete aus dem Westen plünderte, in denen sie Geschenke an die armen Verwandten im Osten vermutete; dass es endlose Schlangen gab, wenn mal Orangen erhältlich waren. Zwar konnte man sich den Untergang des ganzen Landes noch nicht vorstellen, zumal die Staatsführung ununterbrochen erklärte, dass man vor goldenen Jahren stünde. Aber zumindest Veränderungen waren denkbar, seit der Generalsekretär Gorbatschow von Offenheit und Umgestaltung sprach.

Der beendete den Krieg in Afghanistan, schlug die einseitige Abrüstung der Sowjetunion vor.

Im Herbst 1988 zeichnete sich das Ende des Warschauer Paktes ab, in Polen sprach die Regierung mit Oppositionellen, in Ungarn trat nach über dreißig Jahren der Ministerpräsident zurück. In der DDR versuchte der Staat aber noch, die Oberhand über die nervösen Werktätigen zu behalten. Man wollte dafür möglichst viel über die Menschen wissen.

»Ziemlich genau ein Jahr vor dem Mauerfall kam Heiko zu mir und erzählte mir, er sei von der Staatssicherheit angesprochen worden, also von der Geheimpolizei. Im September 1988 war das. Es war ein paar Wochen nach unserem gemeinsamen Urlaub in Plitvice. Das waren die Ferien, in denen das Foto aufgenommen wurde. Heiko hat es gemacht.«

»Ihr wart zu dritt dort?«

»Ja, auf einem Zeltplatz. Mit zwei Zelten. In einem habe ich geschlafen, in dem anderen Heiko und deine Mama. Und als wir zurückkehrten, wurde Heiko von diesem Stasi-Mann angesprochen.«

»Was wollte der von ihm?«

»Heiko sollte der Stasi alles Mögliche über mich und meine Eltern erzählen. Sie galten als politisch unzuverlässig. Und diese Geheimdienstmenschen dachten wohl, dass Heiko mit irgendwelchen Vergünstigungen zu ködern sei. Aber er machte sich darüber lustig. ›Stell dir vor, ich soll mir irgendwas über dich und deine Eltern ausdenken, um euch in den Knast zu bringen. Und dafür bekomme ich einen Trabant und zehn Kilo Gulasch.‹ Er stolzierte in seinem Zimmer herum und imitierte den Minister der Staatssicherheit, Erich Mielke. Wir lachten uns kaputt. Für Heiko war es eine völlig abstruse Vorstellung, mich zu verraten. ›Ausgerechnet dich soll ich zum Staatsfeind machen‹, rief er. Er sagte, dass er lieber sterben würde, als mich zu verraten. Er warf sich auf den Boden, krümmte sich wie ein Fisch auf dem Trockenen und tat so, als wäre er tot. Ich habe ihm ein Kissen an den Kopf geworfen, und dann haben wir geraucht und Musik gehört.«

»Und dann?«

»Dann habe ich das mit ihm gemacht.«

»Was hast du gemacht?«

»Ich habe Heiko verraten.«

»An diese Stasi?«

»Ja. Genau.«

Heute weiß ich: Das war die Stelle in der Erzählung, vor der er sich so lange gedrückt hatte. Es war der blinde Fleck in seinem Leben, das Wundmal seiner Existenz, der Ursprung eines nicht vergehenden Gefühls von Schande und Schuld, das ihn stumm gemacht hatte. Der Grund für fünfzehn Jahre Sprachlosigkeit mir gegenüber. Jedenfalls bis zu diesem Moment.

»Wie ist das passiert?«

»Ich habe es nicht mehr ausgehalten. Etwa zu der Zeit, als dieser Stasi-Mann auftauchte, fingen Heiko und Susanne an, darüber zu sprechen, was sie machen würden, wenn Glasnost und Perestroika erst einmal richtig von diesem Land Besitz ergriffen. Und mir wurde klar, dass sie dann weggehen würden. Irgendwohin, vielleicht nicht einmal in den Westen, aber weg. Ich wusste, dass es dann bei ihnen keinen Platz mehr für mich geben würde. Vielleicht würden sie eine Familie gründen, ein Hotel für Künstler eröffnen. Aber eben zu zweit. Nicht zu dritt. Sie sprachen immer öfter davon, und ich bekam Panik. Ich hätte ein Leben als Mitläufer dieser Beziehung bestimmt noch lange akzeptiert, was verrückt genug war. Ich liebte Susanne so sehr, dass ich es ertragen hätte. Das glaubte ich jedenfalls, ich war so jung. Und ich liebte auch Heiko. Es gibt eine Form der Liebe, in der du sagen kannst: Ich liebe dich so sehr, dass ich dich lasse. Aber die Aussicht, irgendwann nach den Opfern, die ich gebracht hatte, wie ein abgeschraubtes Holzbein zurückzubleiben, die machte mich verrückt. Und außerdem hielten sich die beiden nicht mehr an unsere Abmachung. Die Sache mit dem Nicht-Küssen. Sie knutschten unentwegt vor mir herum.«

Es war ihm unangenehm, darüber zu sprechen. Ich hatte fast das Gefühl, neben einem Gleichaltrigen zu sitzen. Mein Vater war plötzlich neunzehn, unglücklich verliebt und verzweifelt, weil er nicht wusste, wohin er gehörte.

»Im Oktober kam dieser Stasi-Mann auch zu uns nach Hause. Er bot meinen Eltern an, sie zu unterstützen.«

»Wobei?«

»Bei meiner Ausbildung. Eigentlich hat er sie bedroht. Er hat ihnen klipp und klar gesagt, dass ich nicht würde studieren können. Dass man mich in der Produktion gebrauchen könne, nicht aber an einer Universität. Und dann hat er ihnen vorgeschlagen, dass sie über Kollegen auspacken sollten. Die Honeckers haben damals schon auf dem Gelände der Heilstätten gewohnt, weil der große Erich bereits schwer krank war. Die von der Stasi hatten Angst, dass Details der Behandlung nach außen dringen könnten. Und sie suchten daher nach Mitarbeitern, die mit ihnen zusammenarbeiteten. Sie dachten wohl: Wer für uns spitzelt, der ist auch loyal. Es war so etwas wie ein Test. Aber meine Eltern haben ihn rausgeschmissen. Mein Vater wurde richtig laut. Ich bin hinterher und habe den

Typen dann auf der Straße angesprochen. Und mich als Informant angeboten.«

»Warum hast du das gemacht?«

»Tja.«

Warum hast du das gemacht. Diese Frage kenne ich nur zu gut. Und manchmal findet man darauf keine Antwort. Jedenfalls keine, die einem das Leben leichter macht.

»Weil ich meinen Eltern helfen wollte. Wenn ich mit der Stasi zusammenarbeitete, verloren die vielleicht das Interesse an meinen Eltern. Und weil ich es nicht mehr ausgehalten habe. Diese Situation mit Heiko und Susanne. Weißt du, es war eigentlich gar kein Entschluss, sondern so etwas wie eine Entladung. Natürlich habe ich sofort gewusst, dass es falsch war, aber manchmal macht man falsche Dinge mit derselben Überzeugung wie Sachen, die man für richtig hält. Einfach, weil man sie dann loswird.

Ich denke seit Jahren darüber nach, ob ich es gemacht hätte, wenn Heiko mir nicht erzählt hätte, dass er den Typen hatte auflaufen lassen. Es war so seltsam: Heiko erzählt mir, dass er es abgelehnt hat, mich zu verraten. Und anstatt mich darüber zu freuen, fühle ich mich klein und schwach und abhängig von dem Jungen, der mit meiner großen Liebe ins Bett geht. Es war demütigend, alles. Ich habe mich dafür gerächt. Und dafür, dass er der Mutigere von uns war. Indem ich so feige war, ihn zu verraten.«

Ronald Papen suchte nach etwas, was er in der Hand drehen und drücken konnte, und fand einen kleinen Stein. Um uns herum wurde der Strand voller. Es war jetzt später Nachmittag, wenn ein Sommertag seinen zweiten Atem bekommt und der Teil beginnt, von dem man möchte, dass er nicht endet. Ich gab meinem Vater die Zeit, die er brauchte, um weiterzuerzählen.

»Ich habe ihnen erzählt, dass Heiko seit Langem die Republikflucht plane. Dass er andere dazu überreden wolle. Und dann noch Unsinn, den ich einfach dazuerfand, weil sie mich dazu anspornten. Sie haben alles mitgeschrieben. Seite um Seite. Ich habe dafür ausgehandelt, dass sie meine Eltern in Ruhe ließen und Susanne auch.«

»Was war das für Unsinn?«

»Ich erzählte ihnen von der antisozialistischen Gesinnung der Mikullas. Dass ich glaubte, sie hätten Kontakt zu westlichen Geheimdiensten. Dass sie an irgendwelchen elektronischen Geräten herumbastelten. Lauter so ein Zeug. Ich fantasierte mir da einen Schwachsinn zusammen. Über meinen einzigen Freund.«

»Und dann?«

»Dann wurde er abgeholt. Er kam nach Hohenschönhausen in den Stasi-Knast. Jedenfalls nehme ich das an. Er war einfach weg. Und das habe ich ausgenutzt.«

»Wie meinst du das?«

Niemand wusste, wo Heiko steckte. Susanne, krank vor Sorge, besuchte Ronald, und beide saßen lange in seinem Zimmer, hörten Musik, und schließlich rückte Ronald Papen damit heraus, dass ihr gemeinsamer Freund Heiko alleine an die Ostsee gefahren sei. Er habe sich Material organisiert und ein großes Schlauchboot konstruiert, mit dem er in der Nacht geflohen sei. Gott wisse, ob er es geschafft habe, ertrunken sei oder sich in Gewahrsam befinde. Er habe sich nicht von ihr verabschiedet, um Susanne nicht in Gefahr zu bringen. Er habe niemandem etwas erzählt, bloß ihm, seinem besten Freund. Heiko habe ihm am Abend seiner Abreise das Versprechen abgenommen, sich gut um seine Susanne zu kümmern. Er werde nicht zurückkehren. Das sei die Wahrheit.

»Ich habe damals wirklich gedacht, dass sie sich dann für mich entscheidet. Dass sie es einfach so akzeptiert. Zuerst hat sie es aber nicht geglaubt, vor allem nicht, dass Heiko rübermachen würde, ohne sie ins Vertrauen zu ziehen. Aber nach ein paar Wochen ohne ein Lebenszeichen von ihm fing sie an, es zumindest für möglich zu halten. Sie wurde wütend auf ihn. Sie schimpfte. Und ich war immer da. Da ist es passiert.«

»Da seid ihr dann zusammengekommen?«, fragte ich. Jetzt ging es auch um mich.

»Ich hätte es mir so sehr gewünscht. Aber letztlich war es bloß eine Nacht. Wir hatten etwas getrunken, sie war so enttäuscht von Heiko. Und ich habe es ausgenutzt. Eine Nacht. Und da bist du entstanden.«

»Hast du es bereut?«

»Ich habe vieles bereut. Viele Jahre lang. Es gibt keinen Tag, an dem ich nicht bereue, dass ich Heiko ins Gefängnis gebracht habe. Diesen Verrat, die Lügen. Vor allem, dass ich deine Mutter belogen habe, um sie zu bekommen. Das bereue ich sehr. Aber dass es dich gibt, das bereue ich nicht.«

Er versuchte ein Lächeln, aber er brachte nur ein Zittern seiner Oberlippe zustande.

»Und was ist dann passiert?«

»Dann ist die DDR untergegangen. Und ob du es mir glaubst oder nicht, mir hat das erst gar nicht gefallen.«

Susanne wurde in dieser einen Nacht schwanger, spätestens im März konnte das jeder sehen. Und ihr Freund war offensichtlich weg. Also blieb meiner Mutter nichts anderes übrig, als Ronald Papen vor ihren Eltern als Kindsvater anzugeben, der er ja auch war. Die beiden spielten das Paar, das Ronny sich immer erträumt hatte. Dabei war ihnen klar, dass es nicht passte. Dass es nicht ging. Dass es für Susi nur Heiko gab, von dem sie weiterhin nichts hörte.

Im Mai und im Juni fingen die Leute an, über Ungarn abzuhauen, die SED-Regierung hatte diesem Exodus wenig entgegenzusetzen. Und Ronald Papen bekam Angst. Wenn dieser Staat auseinanderbrach, drohte Chaos. Kein Mensch konnte sagen, ob die Angelegenheit friedlich ausging. Ob Moskau nicht doch mit Gewalt eingriff für den Fall, dass Gorbatschow sich nicht würde halten können. Niemand konnte vorhersehen, wie so ein Land abgewickelt werden und welche Rolle das Ministerium für Staatssicherheit dabei spielen würde. Womöglich war es bloß eine Frage der Zeit, bis die Gefängnisse sich öffneten und die politischen Häftlinge freikamen. Und dann würde Heiko zurückkehren. Vermutlich wissend, wer ihn an die Geheimpolizei verraten hatte.

Also bekniete Ronald Susanne, mit ihm in den Westen abzuhauen. Sie, immer noch halbwegs überzeugt von der Zukunft dieses Landes, lehnte jedoch ab. Zu viel Angst. Und dann auch noch schwanger.

»Und dann, das war am 29. Juli 1989, habe ich Heiko gesehen.«

»Wie, gesehen?«

»Auf der Straße. Er war wieder frei. Entlassen. Warum, musst du ihn fragen. Sie haben das Interesse an ihm verloren.

Oder die Untersuchungshaft war beendet. Oder seine Strafe verbüßt. Oder sie haben eingesehen, dass ihre Zeit ohnehin abgelaufen war. Oder er hat kooperiert. Ich weiß es nicht. Es war ein Tag wie heute, warm und schön. Und ich sehe Heiko plötzlich mitten in Beelitz vor der Sankt-Nikolai-Kirche stehen. Er hat mich nicht gesehen, und ich bin sofort abgehauen.

Ich bin zu Susanne, habe ihr gesagt, sie solle packen und mitkommen. Nach Ungarn, von da nach Österreich und nach Westdeutschland. Sie wollte nicht, immerhin stand sie kurz vor der Geburt. Aber ich habe behauptet, dass ich in Gefahr sei, dass man mich einsperren wolle, und dass wir nicht mehr sicher seien. Am Ende wollte sie nicht, dass ihr Kind ohne Vater auf die Welt kommt. Da ist sie mitgekommen.«

Ich wurde am 1. August 1989 geboren, in Österreich. Nicht im Urlaub. Sondern auf der Flucht. Zehntausende von DDR-Bürgern türmten damals vor ihrem Staat. Nur Ronald Papen nicht: Der flüchtete vor Heiko Mikulla. Es war, als tarnte er seine Flucht mit einer Flucht.

Die erste Zeit blieben sie in der Nähe von Hannover, dann zogen sie weiter nach Hessen. Ronald nahm einfache Arbeiten an, und meine Mutter hatte mich.

»Ich hatte andauernd Angst, dass Heiko auftauchte. Ich nahm ja an, dass er nach uns suchte. An dem Tag, an dem ich ihn gesehen habe, damals in Beelitz, ist er tatsächlich gerade angekommen. Er war zwei Stunden später bei Susannes Eltern, da waren wir gerade weg. Und niemand wusste, wohin. Ich habe dann den Kontakt zu meinen Eltern abgebrochen, auch weil ich sie schützen wollte.«

»Und Mama? Hat die nicht nach Heiko gesucht?«

»Sie dachte ja, er hätte sie verlassen. Deine Mama war unheimlich stolz, sie rannte niemandem hinterher. Außerdem hatte sie ja dich. Und das hätte sie Heiko erklären müssen. Sie hat also nicht nach ihm gesucht. Ich habe immer befürchtet, dass sie einmal bei Heikos Vater anruft und dann erfährt, dass er gar nicht über die Ostsee weg war, sondern im Gefängnis saß. Weil ihn jemand verraten hat. Aber sie hat es nicht getan. Sie hatte Sehnsucht, aber sie war auch wütend auf ihn. Wir sprachen nicht darüber, was mir sehr recht war. Ich hatte Angst vor dem Thema. Und ich unternahm alles, um nicht zurück nach Beelitz zu müssen. Heiko noch einmal auf der Straße zu begegnen hätte alles zerstört. Ich hätte Verantwortung übernehmen müssen. Aber dafür war ich zu feige.«

Ronald Papen versuchte immer noch, die Mutter seines Kindes für sich zu gewinnen. Und die Menschen in ihrer Umgebung hielten sie auch für eine junge Familie, die es im Westen versuchte, nachdem ihr Land untergegangen war. Tatsächlich bildeten sie bloß eine Zweckgemeinschaft, die von mir zusammengehalten wurde. Sie lebten wie ein Geschwisterpaar. Und dann kam der November 1991.

»Es lief in den Nachrichten. Man hatte lange darüber gestritten und diskutiert. Und schließlich hat die Bundesregierung das Stasi-Unterlagen-Gesetz verabschiedet. Jeder Bürger der DDR konnte jetzt seine Akten beim Geheimdienst einsehen. Wenn ich Heiko gewesen wäre, hätte mich auch interessiert, wer mich verpfiffen hat. Hunderttausende stellten damals einen Antrag auf Einsicht. Man muss sich das vorstellen: Da lagerten Millionen von Dokumenten, Fotos und Filmen, die von der Stasi über die Bewohner des eigenen Landes gesammelt worden waren. Leute wie mich, die aus irgendwelchen Motiven dabei mitmachten, gab es zu Tausenden. Und die Opfer wollten zwei Jahre nach dem Fall der Mauer endlich wissen, wer die Verräter waren. Ab Januar 1992 gab es die Möglichkeit, sich seine Akte anzusehen. Ich rechnete täglich damit, dass Heiko vor der Tür stand.«

»Und wann war das dann?«

»Im März. Ich weiß nicht, wie er uns gefunden hat. Er muss zu den Ersten gehört haben, die ihre Akte studieren konnten. Ich nehme an, dass sie nicht gerade klein war, denn die Familie Mikulla stand ja immer unter Verdacht. Und ein Puzzlestück in diesem Haufen von Dokumenten war meine dreiseitige Aussage vom Oktober 1988. Mein Name als Informant war nicht besonders gut verschlüsselt. Sie bezeichneten mich als ›Kumpan‹. Und natürlich standen Sachen drin, die nur ich wusste. Für Heiko muss es ein Schock gewesen sein, das zu lesen.«

Die Scham überwältigte meinen Vater, der lange schwieg. Ich tat es ihm gleich, denn mir fiel nichts ein, womit ich ihn trösten konnte. Vielleicht wollte ich das auch gar nicht. Es gab ja nichts zu beschönigen. Er hatte getan, was er getan hatte.

»Er stand plötzlich neben mir an der Bushaltestelle und sagte: ›Hallo, Ronny.‹ Mehr nicht. Ich habe immer damit gerechnet, dass er irgendwann auftauchen würde. Trotzdem habe ich mich furchtbar erschreckt. Ich habe ihn angesehen wie einen Geist. Er sagte: ›Komm, wir gehen einen Kaffee trinken.‹ Und das haben wir dann auch gemacht. Im Stehen, bei Tchibo. Ich war total überfordert. Eigentlich musste ich zur Arbeit. Ich bin dann nie wieder hingegangen.«

»Was hat er zu dir gesagt?«

»›Warum hast du das getan?‹«

Ich wusste genau, wie schwer diese Frage zu beantworten ist. Es gibt auch keine Antwort, die ganz alleine gültig war.

Sonst hätte ich sie gegeben, als mir diese Frage gestellt wurde. Warum? Weil es so einfach ging. Weil ich nicht weiterwusste. Ich konnte die Situation nicht ertragen. Ich habe gehofft, dass nichts Schlimmes passiert. Ich wollte nur Luft zum Atmen haben. Ich habe alle um mich herum gehasst. Und am meisten mich selbst. Das wären meine Antworten gewesen, und ich denke, jede einzelne traf auch auf meinen Vater zu.

»Ich habe es gemacht, weil ich es nicht verhindern konnte. Es steckte einfach in mir. Ich muss akzeptieren, dass ich auch so bin. Ich bat Heiko um Verzeihung.«

Dann erzählte mein Vater seinem Freund Heiko von mir. Dass er gehofft hatte, Heiko nie wiederzusehen, und dass er immer vorhatte, mit Susanne eine Familie zu gründen. Was diese nicht wollte. Für sie gebe es nur Heiko und immer wieder nur Heiko. »Das mit dem Kind wusste Heiko schon. Er hatte es bei seinen Recherchen herausgefunden. Er wusste nur nicht, dass es von mir war. Aber es wunderte ihn nicht. Es schien ihm sogar egal zu sein. Er war ja mit einer bestimmten Absicht gekommen. Er hatte einen Plan.«

»Er wollte Mama zurück.«

Heiko Mikulla eröffnete seinem Freund, dass er eine Kopie von dessen Aussage bei der Staatssicherheit habe. Und die würde er notfalls Susanne vor die Nase halten. Sie würde dann erfahren, was Ronald Papen für ein Mensch war. Und wie er nicht nur Heiko, sondern auch Susanne belogen hatte.

»Heiko hat mich dann gewissermaßen erpresst. Entweder ich verschwinde sofort, oder er verrät Susanne alles. Er hat mir eine Art Geschäft angeboten.«

»Was denn für ein Geschäft?«

Heiko hatte zu jener Zeit bereits damit begonnen, seine ersten Geschäftsideen zu entwickeln. Sein Talent, Dinge zu besorgen, Geschichten darum zu spinnen und andere zu begeistern, fiel in dem neuen gesellschaftlichen System auf fruchtbaren Boden. Heiko war wagemutig, er war schnell und ehrgeizig. Es war, als habe jemand bei ihm die Handbremse gelöst. Die Tatsache, dass er wenig linientreu, man kann schon sagen, staatsfeindlich eingestellt gewesen war, begünstigte seine Karriere nach der Wende enorm.

Schon Monate bevor die Treuhand überhaupt gegründet wurde, verfolgte Heiko die Idee, marode volkseigene Betriebe aufzukaufen und ihren Warenbestand, ihre Maschinen oder ihr technisches Know-how zu versilbern. Das machten sonst nur Glücksritter aus dem Westen, die schamlos über die wehrlosen und meistens heruntergewirtschafteten Unternehmen der ehemaligen DDR herfielen, um sie auszunehmen. Heiko genoss bei seinen Landsleuten einen gewissen Vertrauensbonus, und es gelang ihm, einige Schnäppchen zu machen. Zum Beispiel den kompletten Warenbestand eines volkseigenen Betriebes zur Herstellung von Markisen.

»Heiko hat mir seine Markisen und die Halle überlassen. Dafür sollte ich mich von Susanne und dir fernhalten.«

»Du hast mich gegen ein paar Schrottmarkisen eingetauscht?« Es traf mich, letztlich nicht nur ein Betriebsunfall, sondern danach auch noch Verhandlungsmasse gewesen zu sein.

»Nein, nein«, wehrte er ab. »Es war kein Geschäft unter Kaufleuten oder so was. Es war ganz anders. Da war Heiko, der seine Frau zurückwollte, von dem Mann, der ihn ins Gefängnis gebracht und ihr Lügengeschichten über ihn erzählt hatte. Heiko wollte sein Leben zurück. Und auf der anderen

Seite ich. Ich war an allem schuld. Und er machte mir trotzdem noch das Angebot, etwas Eigenes aufzubauen, damit ich sie in Ruhe ließ. Es war fair. Ich hätte dich ohnehin niemals bekommen. Nie hätte deine Mama dich abgegeben. Dass ich keinen Kontakt haben durfte, war der Preis dafür, dass er Susanne nicht erzählt hat, was ich für ein Schwein war. Damals. Und als ich wenig später nach Duisburg kam und mit den Markisen anfing, wurde mir klar, dass sie meine Strafe sein sollten.«

»Das verstehe ich nicht.«

Ronald Papen nahm Heiko Mikulla direkt von Tchibo mit nach Hause. Er schloss die Tür auf, Heiko trat ein, sah seine Susanne, und die beiden fielen sich um den Hals. Am nächsten Tag packte Ronald einen Koffer und verabschiedete sich von mir. Ich habe keine Erinnerung daran.

»Ich habe dich auf den Arm genommen und geküsst, ich habe an dir gerochen und gesagt, dass ich bald wiederkommen würde. Seitdem sitze ich meine Strafe ab.«

Er reiste nach Duisburg und nahm die Halle mitsamt den Markisen in Besitz. Die Idee, diese alten Dinger im Ruhrgebiet an der Haustür zu verkaufen, stammte noch von Heiko. Allerdings hatte er sehr schnell festgestellt, dass die Teile im Grunde unbrauchbar waren. Er hat selbst nicht mehr als drei oder vier Stück davon verkauft und war froh, dass er sie Ronald zuschustern konnte wie den Schwarzen Peter im Kartenspiel. Was er da vom VEB Sonnenschein in Luckau abgestaubt hatte, war ganz einfach totaler Mist. Und das lag an der Schraube. Es war jene Schraube, die mein Vater bei der Montage eindrehte, als sei sie hochexplosiv.

»Heiko hat sehr schnell gemerkt, dass die Markisen eine

Fehlkonstruktion waren. Diese Schraube brach entweder beim Eindrehen ab, oder die Konstruktion hielt nicht, oder das Gewinde ging kaputt. Aber ohne diese Schraube geht es nicht.«

»Du kannst andere Schrauben nehmen, oder nicht?«

»Ich habe alles ausprobiert. Es liegt irgendwie am Material. Und die Schraube hat ein ganz eigenes Gewinde. Es passt nur diese eine Schraube. Wenn sie passt. Wenn nicht, bricht sie. Oder das Gewinde.«

Jahre verbrachte Ronald Papen mit Versuchen, die Schraube nachzubauen und zu verbessern, was ihm nicht gelang. Also entwickelte er Techniken, damit sie wenigstens nicht bereits bei der Montage der Markise brach oder das Gewinde zerstörte. Und er ging aus Schuldbewusstsein und Freundlichkeit schnell dazu über, den Kunden eine lebenslange Garantie einzuräumen, weil die Schraube auch gerne mal brach, wenn man die Kurbel betätigte. Oder wenn Wind aufkam. Das bedeutete, dass mein Vater häufig darüber in Kenntnis gesetzt wurde, dass er mal wieder eine Markise zu reparieren hatte. Die Ersatzschrauben entnahm er den Packungen in der Halle. Und das bedeutete, dass er zwar noch Tausende Meter Stoff besaß, aber mit jeder Ersatzschraube eine Markise weniger montieren konnte. Im Grunde genommen verbrauchte jede Markise mindestens vier oder fünf Schrauben. Solange er kaum Markisen verkaufte, hatte ihn das nicht gestört. Es waren ja immer noch Hunderte von Schrauben übrig.

Doch sein plötzlicher Geschäftserfolg würde das Schraubenkontingent viel schneller abfließen lassen. Es war eine Frage der Zeit, bis er die Garantie nicht mehr würde bedienen können. Er hatte sechs Wochen lang keinen Ton darüber verloren, weil er so glücklich war, Zeit mit seinem Kind zu verbringen. Und weil er nicht wusste, was er dann machen sollte.

Wir gingen zurück zum Auto. Ich war verwirrt und voller Bilder. Das Eis ließen wir aus und fuhren zurück zur Halle. Es war meine letzte Dienstfahrt mit der Firma Papen.

»Was meinst du damit, dass du eine Strafe absitzt?«

Ronald Papen hatte das Fenster geöffnet, und der Fahrtwind pustete durch seine Haare. Es fiel ihm schwer, darüber zu sprechen, aber dann entschied er sich dafür. Er hatte ja auch schon alles andere gesagt.

»Ich finde bis heute, dass ich es nicht anders verdient habe. Ich habe das alles getan, und ich muss es wiedergutmachen. Es wäre nicht angemessen, wenn ich danach einfach ein erfolgreiches angenehmes Leben geführt hätte. Mit einer anderen Frau, irgendwo, mit einem tollen Job. Ich habe akzeptiert, dass diese Halle mit diesen Markisen und den Schrauben und dem alten Kombi mein Leben sein soll. Ich muss das so lange machen, bis keine Markisen mehr da sind.«

»Oder keine Schrauben.«

»Ja. Ganz genau, mein Kind.« Wir bogen in den Hof ein. »Und man arrangiert sich damit. Es dauert lange. Aber irgendwann nimmt man es an. Vielleicht wird man sogar glücklich. Oder wenigstens zufrieden mit seinem Leben. Am Ende habe ich nichts studiert. Ich habe nichts gelernt. Ich habe nur mich und dieses Leben. Und es war in Ordnung die ganzen Jahre.«

»Bis Mama dich wegen mir angerufen hat.«

»Ja. Sie fand, dass es an der Zeit wäre, dass wir uns kennenlernen. Vor allem nach dem, was du getan hast. Eine Tat, die niemand verstehen kann.«

Er sagte es nicht, aber ich fügte in Gedanken hinzu: Genau wie bei dir, Papa.

»Ich bin sehr froh, dass du bei mir warst«, sagte er noch, nachdem wir vor der Halle angehalten hatten. »Wirklich sehr froh.«

Er schnallte sich ab. Ich hatte aber noch eine Frage: »Als Mama dich angerufen hat, war das euer erster Kontakt nach den ganzen Jahren?«

Mein Vater lächelte und sagte: »Nein, gar nicht. Normalerweise telefonieren wir einmal im Jahr. Immer am ersten August.«

Tag 44

Sie telefonierten an meinem Geburtstag. Dann berichtete Mama Ronald Papen von meinem vergangenen Lebensjahr. Ich weiß nicht, was sie ihm dabei alles erzählte, wie gut er im Bilde war. Oder ob es bloß eine stumpf absolvierte Angewohnheit war. Und ob er Sehnsucht nach seinem einzigen Kind hatte, dessen Vater er nie hat sein dürfen.

Auf jeden Fall war ich für ihn offensichtlich viel weniger unscharf als er für mich. Und wenn ich heute darauf zurückschaue, empfinde ich das als Ungerechtigkeit. Wir haben fast eineinhalb Jahrzehnte verloren damals. Und wir haben die Zeit später nicht mehr aufgeholt. Wir waren dann nie wie Vater und Tochter, wir sind uns immer auf eine traurige, aber vollkommen einvernehmliche Art fremd geblieben.

Natürlich habe ich ihn kennengelernt in den sechs Wochen der Sommerferien 2005. Ronald Papen und viele seiner bezaubernden Eigenschaften. Ich mochte, wie er mir zuhörte. Es lag in seinem Blick nicht nur Neugier oder die Vorstufe davon, nämlich Interesse. Er sah mich oft an, als versuchte er ganz ernsthaft, einem wissenschaftlichen Vortrag zuzuhören. Natürlich war seine Lebenswelt unendlich weit von meiner entfernt. Er hätte meinen Wunsch, einmal zu »The Dome« zu gehen, auch einfach durchlaufen lassen können. Aber er fragte dann, worum es sich dabei handelte, und ich, auf dem Beifahrersitz wild gestikulierend, erläuterte ihm dies, während er nickend durch Hamm fuhr. Am Ende sagte er »unerhört« oder auch »sag bloß«. Und es lag keine Spur Ironie darin.

Ich lernte ihn kennen, wenn wir an der Emscher saßen und Käsebrote aßen, während er mir die Geschichte der Wupperorchidee nahebrachte, die überall an den kleinen Flüssen und Kanälen rosa blühte und die einheimischen Arten verdrängte. Ich lernte ihn kennen, wenn ich abends noch einmal auf die Toilette ging und ihn auf der Couch liegen sah, schlafend, ein Buch auf der Nase. Wenn ich dann zu ihm schlich, um das Licht zu löschen, nahm er das Buch vom Gesicht und sagte: »Da bin ich doch tatsächlich eingenickt. So kann man die Welt natürlich nicht retten.«

Ich lernte ihn kennen, wenn er milde mit seinem alten Auto schimpfte oder feststellte, dass jemand im Supermarkt umgeräumt hatte, was das Auffinden von Ravioli quasi unmöglich machte. Das war eine der wenigen Gelegenheiten, wo ich den Eindruck hatte, dass er Stress ausgesetzt war. Ich lernte ihn kennen, wenn ich mit ihm am Beach saß und er Achim zu erklären versuchte, dass der Begriff Landesvater nichts mit der überragenden Zeugungsfähigkeit des Ministerpräsidenten zu tun hatte.

Ich lernte meinen Vater kennen, wenn er niedergeschlagen, aber ungebrochen von seinen einsamen Verkaufstouren kam, und wenn er heiter bis euphorisch seine Abschlüsse notierte. Am Ende kannte ich sogar die traurige Lebensgeschichte von Ronald Papen. Nur meinen Vater habe ich selten gespürt, denn diese Rolle vermochte er nicht zu spielen. Und ich denke, er wollte es auch nicht. Nach so vielen Jahren ins Leben seiner

Tochter zu fallen wie ein Konzertflügel aus dem fünften Stock und nach dem Aufprall einfach dort weiterzuspielen, wo er knapp vierzehn Jahre vorher aufgehört hatte, wäre unmöglich gewesen.

Und so genossen wir aneinander nicht große pathetische Gesten der Wiedervereinigung einer Familie, die ja auch gar nicht stattfand, sondern die Momente stiller Übereinkunft, wie man sie nur unter Eltern und Kindern haben kann: kurze Berührungen, Blicke, das Einvernehmen von Menschen, die viele Gene teilen. Aber wir sprachen nicht darüber. Er nahm mich nicht in den Arm. Und ich ihn auch nicht, denn dafür fehlte uns die Routine.

Seine Lebensbeichte, die ich bis heute immer mit dem Ruhrstrand in Mülheim in Verbindung bringe, rührte mich tief. Er war mir in dem Bericht über seine völlige Unzulänglichkeit so nahegekommen, dass ich seine Worte körperlich in mir fühlte. Ich war wie Ronald Papen. Nur hatte er die Strafe für seine Handlungen angenommen. Mehr noch: Er hatte die Strafe zum Teil seiner Identität erklärt.

Abends fragte ich ihn, was er vorhabe, wenn die Halle einmal leer sei. Wir waren dabei aufzuräumen und bereiteten Tortellini aus der Tüte zu. Er schlug vor, mikroskopisch klein geschnittene Bifi-Würstchen darüberzustreuen, was sich später als weniger köstlich erwies als angenommen. Er säbelte mit seinem stumpfen Küchenmesser an den Würstchen herum und sagte: »Keine Ahnung. Dann bin ich auch leer.«

»Du könntest reisen.«

»Ich reise seit vierzehn Jahren.«

»Aber du könntest über das Ruhrgebiet hinaus reisen.«

»Ich könnte mal nach Kamtschatka fahren.« Er verharrte

einen Augenblick, dann legte er das Messer weg, lief zu seinem Regal, suchte nach einer Platte und rief: »Das habe ich ewig nicht gehört. Manfred Krug und der geniale Günther Fischer.« Er zerrte die Schallplatte aus dem Cover und legte sie auf.

Wenn der Urlaub kommt
Gibt es ein Problem
Was man damit macht,
Wohin soll's denn?

Soll's denn diesmal geh'n nach Kamtschatka rauf
Auf dem halben Weg hört es langsam
Mit deinen Devisen auf
Du drehst womöglich um
Denk dir bloß was andres aus
Da wärst du ganz schön duuuuuuumm

Also nimm dein Zelt
Und fahr wieder rauf
Hoch zur Küste, da auf den Zeltplatz
Da passt einer auf, ob du 'n Zeltschein hast
Und wenn nicht, oh, dann kriegst du Ärger!

Du bist so ein Enthusiast
Und kommst nicht an die Bucht
Ohne Zeltschein haben das
Ganz andere schon versucht

Es war das einzige Mal, dass ich meinen Vater tanzen sah. Er winkte mich zu sich. Mit dem eigenen Vater zu tanzen ist wundervoll, wenn man sehr klein ist oder wenn man gerade heiratet. Dazwischen ist es grauenhaft. Er drehte die Anlage auf. Saxofon-Solo. Und winkte mir. Er war so fröhlich, es war unser letzter Abend. Also ging ich zu ihm, er nahm meine rechte Hand, und wir tanzten zu diesem schrägen Lied.

Wir tanzten durch die Halle, Manfred Krug sang, und mein Vater summte leise mit. Näher bin ich ihm nie wieder gekommen. Er war zart, aber in diesem Augenblick auch männlich, weil er führte.

Später habe ich gedacht, dass er sicher ein ganz toller Mann sein könnte. Für die richtige Frau. Aber er hatte sich vor langer Zeit für die eine entschieden, und die einzige andere Frau, mit der er danach jemals getanzt hat, war seine Tochter, war ich. Man kann bei diesem Gedanken traurig werden, aber da er nicht den Eindruck machte, dass es ihn bekümmerte, habe ich ihn auch später nie darauf angesprochen. Als das Lied zu Ende ging, hob er die Nadel von der Platte und sagte: »Ich weiß nicht, was ich dann mache. Aber ich habe noch Zeit. Ich bin jung, und das Lager ist voll.« Zumindest der zweite Teil des Satzes stimmte.

Danach trödelten wir. Der Abschied musste kommen, aber wenigstens konnten wir bestimmen, wann es so weit war. Die Züge nach Köln fuhren stündlich. Wir sprachen nicht darüber. Stattdessen gingen wir runter ans Wasser, wo bis gestern noch die Bar gestanden hatte.

Wir setzten uns auf die Steine und sahen über das Wasser. Es kühlte sich etwas ab, der Sommer 2005 schien nahtlos in den Herbst 2005 überzugehen. Ich hatte bereits gepackt. Schließlich stand ich auf und sagte: »Papa, ich muss jetzt nach Hause.«

»Unerhört!«

Wir gingen zur Halle, ich holte meinen Koffer, und er schob ihn über die Ladekante seines Subaru. Wenn der nicht angesprungen wäre, hätte ich noch ein wenig bleiben müssen. Dürfen. Können. Aber natürlich startete der alte Kombi einwandfrei, und wir tuckerten vom Hof.

Über die Brücke, Richtung Innenstadt, aber dann auf die A3, Richtung Süden. In wenigen Kilometern würden wir das Ruhrgebiet verlassen. Ich machte Ronald Papen auf diesen unheilvollen Moment aufmerksam, aber er lachte und sagte: »Ich fahre dich nach Hause. Dann haben wir noch eine Stunde.« Diese Stunde verbrachten wir sinnvoll, indem wir die Puhdys hörten. Er war nun einmal an der Reihe. Und diesmal sangen wir gemeinsam.

Alt wie ein Baum möchte ich werden
Genau wie der Dichter es beschreibt
Alt wie ein Baum mit einer Krone, die weit, weit, weit, weit
Die weit über Felder zeigt

Die Weizenfelder neben der Autobahn 3 Richtung Köln waren vom Regen und vom Wind niedergedrückt worden. Wie ländlich es wurde, sobald man aus der Stadt herauskam. Achtzig Kilometer von Haustür zu Haustür. Man hätte das auch früher machen können. Je weiter wir nach Süden kamen, desto trauriger wurde ich. Nicht wegen der Gegenwart, sondern wegen der Vergangenheit. Ich war das Kind von Eltern, die sich nie viel zu sagen hatten. Und alle meine früheren Bilder vom Unscharfen waren falsch. Nichts hatte gestimmt. Das war vielleicht das Schlimmste daran. Dass er völlig anders war als in meinen Vorstellungen.

Er war so voller Liebe für meine Mutter und auch für mich, dass er lieber für immer wegblieb, als in einer peinvollen Nähe zu vergehen. Das hatte ich verstanden. Und auch, dass er mit seiner Schuld gegenüber seinem besten Freund nicht leben konnte. Er lebte nur dafür, es zu lernen.

Hinter Leverkusen gab es eine kurze Irritation, weil er sich fragte, ob wir immer noch richtig waren. Ab dem Kreuz Köln-Ost sagte ich ihm, wo es langging, was er sehr genoss. Er fand, es müsste irgendwie im Auto immer so eine Stimme sein, die beispielsweise sagte: »Nächste rechts.« Oder »Für sechzig Kilometer geradeaus fahren«. Es müsste ein Gerät sein wie in einem Flugzeug, das immer wüsste, wo man gerade ist. Ich brachte nicht den Mut auf, ihm zu sagen, dass Heiko so ein Gerät besaß. Es war damals sehr teuer, und Heiko hatte es auf »Männerstimme« eingestellt, weil er sich von einer Frau nichts sagen ließ.

Am Dreieck Heumar Richtung Köln. Es fing leise an zu regnen, und die Scheibenwischer von Ronald Papen setzten sich ächzend in Bewegung, so wie ein alter Mann von einer Bank aufsteht, weil es ein wenig tröpfelt. Eile brächte jetzt nichts, man würde ohnehin nass, das sagt die Lebenserfahrung.

Über die Rodenkirchener Brücke. Ich war aufgeregt. Nicht nur, weil ich eineinhalb Monate weg gewesen war und mich erst wieder an zu Hause gewöhnen musste. Das ist nach den Ferien immer der schöne Teil des Heimkommens. Wenn man in sein Zimmer kommt und sein Zuhause riecht. Und sich aufs Bett fallen lässt.

Die Aufregung kam aber vor allem wegen Mama und Papa. Wenn ich das richtig sah, waren sie sich vierzehn Jahre nicht mehr begegnet. Und Heiko. Wie würde er sein? Hasste er

Ronald Papen? Oder war er ihm gleichgültig? Immerhin hatte Heiko Mikulla auf ganzer Linie gewonnen. Fast jedenfalls. Seinen besten Freund hatte er verloren.

Es schien, als würde mein Vater dieselben Gedanken hin und her bewegen. Jedenfalls sagte er, als wir noch einmal die Autobahn wechselten: »Ich glaube, es ist nicht so klug, wenn ich mit reinkomme. Ich möchte nicht stören.«

Ich antwortete nicht, weil ich nicht sicher war, ob er nicht recht hatte. Vielleicht warf er mich einfach mit laufendem Motor vor der Tür ab und startete durch.

Ich lotste ihn durch Hahnwald, eine Gegend, in der es für ihn praktisch nichts zu bestücken gab und wo er unter normalen Umständen nie hingefahren wäre. Er machte die Musik aus. Zum ersten Mal, seit ich ihn kannte, schien er ängstlich zu sein. Wir bogen in unsere Straße ein. »Das dritte Haus auf der linken Seite«, sagte ich. »Fahr doch auf die Auffahrt.«

Aber er blieb auf der Straße stehen, gegenüber vom Haus, auf der anderen Straßenseite. »Ich möchte euch keine Ölflecken auf die Auffahrt tropfen«, sagte er sanft. Aber ich wusste, dass er einfach so schnell wie möglich weiterfahren wollte. Bloß nicht auffallen, einfach abhauen. Er fühlte sich unwohl. Aber er stieg aus, öffnete die Heckklappe und holte meinen Koffer heraus. Er stellte ihn auf die Straße, auf der der Sommerregen in großen dunkelgrauen Flecken trocknete. Und er sah genauso aus wie sechs Wochen zuvor. Ich glaube, er trug sogar dieselben Sachen. Damals hatte er mir am Gleis des Duisburger Hauptbahnhofes gegenübergestanden. Und ich war so enttäuscht gewesen.

Das war ein halbes langes Leben her.

Und ich schämte mich für meine Enttäuschung von damals.

Er lächelte vorsichtig und sagte: »Nun denn. Ich habe heute ja noch unbeschreiblich viele Termine zu absolvieren. Ich bin nämlich ein sehr beschäftigter Unternehmer.« Da fing ich an zu heulen, was ihn sofort aus der Bahn warf. »Was denn? Was denn? Wir sehen uns doch bald wieder. Kim. Nicht doch.« Er konnte mit meinen Tränen überhaupt nicht umgehen und hampelte unsicher vor mir herum. In den Arm nehmen wäre nun eine zweckdienliche Maßnahme gewesen, aber die fiel ihm nicht ein. Oder sie fiel ihm ein, aber er traute sich nicht. Zum Glück für ihn ging die Haustür auf, und Mama kam heraus. Sie wehte auf uns zu wie eine Windböe in einem weißen Sommerkleid von Chloé, nahm mich in den Arm, gab mir einen Kuss und sagte: »Da bist du ja wieder«, gerade so, als sei ich ihr verloren gegangen und von einem Fremden zurückgebracht worden. Dann wandte sie sich Ronald Papen zu.

Der hob verzagt seine rechte Hand wie zum Schwur: »Hallo, Susanne. Hier ist die Tochter zurück. Alles noch dran.« Es war ihm überhaupt nicht recht, dass sie vor uns stand.

»Hallo, Ronny«, sagte sie.

»Hallo, Susi.«

»Und? Wie war es?«

»Schön. Wirklich. Sehr.«

Er hielt sich an der offenen Autotür fest, und ich spürte, dass er nichts lieber wollte, als einfach wieder zu verschwinden.

»Du siehst toll aus«, sagte er.

»Wollen wir nicht reingehen?«, sagte sie und machte Anstalten, den Koffer zu nehmen. Aber ich ließ sie nicht.

»Ich weiß nicht. Ich habe Termine. Eigentlich«, sagte mein Vater und sah mich schutzbedürftig an. In unserem Verkaufsmodus würde ich jetzt reagieren, den Ball aufnehmen und darüber klagen, dass mein Vater so unfassbar vielen Verpflichtungen nachkommen musste, dass man praktisch gar kein Privatleben mehr hatte. Aber ich sprang nicht an, stand einfach zwischen meinen entfremdeten Eltern und wusste nicht, was ich tun sollte.

Dann tauchte Heiko auf. Ich hatte ihn gar nicht kommen sehen. Er war einfach plötzlich da und sagte: »Hallo, Ronny.« Das letzte Mal, dass er das gesagt hatte, war an einer Bushaltestelle gewesen, und damals hatte es meinem Vater einen furchtbaren Schreck eingejagt. Und auch jetzt zuckte er zusammen. Ich sah ihm an, dass er sich dringend auf die Autobahn wünschte. Er wäre sogar lieber in der *Akropolis* von Bottrop gewesen, einer völligen Enttäuschung, was die Krakauer anging, als hier in Hahnwald vor seinem Ankläger zu stehen.

»Warum steht ihr rum wie angepisste Bäume? Kommt rein. Es gibt Eistee. Kim, ich habe in Florida einen Eistee aufgetan, der wird deine Sicht auf Eistee für immer verändern.«

Er tat einfach so, als wäre gar nichts. Als stünde er nicht seinem besten Freund gegenüber, der ihn ins Gefängnis gebracht und versucht hatte, ihm die Frau auszuspannen. Aber er war ja auch der Gewinner. Er trug meinen Koffer, und bevor Ronald einwenden konnte, dass er dringend wegmüsse, waren wir schon auf dem Weg ins Haus. Im Gänsemarsch. Heiko mit meinem Koffer, dann seine Frau, dann ich und Ronald Papen hinterher, die eine Hand in der Tasche seines Jacketts, wo der Autoschlüssel war. Er hielt ihn fest umklammert, das sah ich.

Heiko stellte den Koffer ab, dann lief er durchs Haus auf die Terrasse zu. »Setzt euch«, rief er und machte eine ausladende Geste. Er trug weiße Leinenhosen und ein weißes Leinenhemd zu beigen Slippern. Der Boden war weiß, die Lounge-Möbel waren weiß, und die Markise war weiß. Er betätigte sie mit der Fernbedienung, und sie fuhr lautlos einen halben Meter weiter heraus, um die Terrasse komplett zu verschatten. Das wäre zwar nicht nötig gewesen, aber alle wussten, dass es sich hier um eine Machtdemonstration handelte. Und nicht um Gastfreundschaft.

Ronald Papen setzte sich auf den Rand eines Sessels, rutschte aber von dort nach hinten in das Möbel hinein und verschwand förmlich darin. Mühsam rappelte er sich wieder nach vorne, um das Glas von Heiko entgegennehmen zu können. »Peach-Ananas, meiner Meinung nach die Krone der Softdrink-Kunst. Ich will es importieren.«

Mein Vater nahm einen Schluck und sagte: »Unerhört.« Ich liebte ihn so sehr dafür.

»Ist mal was anderes als immer nur Karena, was?«

»Ach ja, Karena«, sagte meine Mutter, die bisher geschwiegen hatte, weil ihr die Situation auch nicht angenehm war. Der Einzige, dem sie gefiel, war offensichtlich Heiko. »Kim, weißt du, was Karena ist?«

»Nein.«

»Eine DDR-Limo. Karena war die Abkürzung für Kalorien-Reduziert-Naturtrüb. Totale Katzenpisse. Ich finde, alleine für diesen Eistee hier hat es sich damals schon gelohnt, auf die Straße zu gehen.«

Ronald Papen lächelte freundlich, auch wenn ich nicht ganz sicher war, ob er Karena ebenfalls für Katzenpisse hielt. Er war in der DDR gegen das System gewesen, aber nicht notwendigerweise gegen die Limonade. Heiko Mikulla hingegen ließ selten eine Gelegenheit aus, über die DDR zu lästern und zu schimpfen. Bis zu diesen Ferien hatte ich das für ein relativ normales arrogantes Verhalten eines Westdeutschen gehalten. Ich wusste ja gar nicht, dass Heiko genau wie seine Frau und mein Vater aus dem Osten stammte. Aus Beelitz südwestlich von Berlin. Er benahm sich immer so, als habe er mit diesem Staat überhaupt nichts am Hut. Er machte öfters Witze darüber, die meisten verstand ich nicht.

Einmal, als wir in Rodenkirchen in der Metzgerei standen, sagte er: »Kim, weißt du, warum sie in der DDR immer mindestens eine Wurst beim Metzger in der Auslage haben mussten?«

Und ich sagte Nein. Erstens, weil ich es nicht wusste, und zweitens, weil er es von mir erwartete.

»Weil die Leute sich sonst für die Kacheln angestellt hätten.«

Ich lächelte dann freundlich, kapierte nichts und hielt ihn für einen Spinner. Mit dem Blick, den ich heute auf ihn habe, denke ich, dass Heiko in diesen Momenten an seine Vergangenheit erinnert wurde. Es war ein bitterer Moment, dem man sich durch Scherzen entzog. Für ihn waren die Jahre in der DDR verlorene Lebenszeit, er blickte nicht mit Nostalgie darauf zurück. Erst recht nicht als ehemaliger politischer Häftling. Dieser Zusammenhang war mir vorher nie bewusst gewesen.

»Und? Was macht das Markisen-Business?«

»Gut, gut«, gab mein Vater eilig zurück. »Läuft ganz gut. Besonders mit Kims Hilfe. Sie ist ein Verkaufstalent.«

»Ach? Wirklich?«, sagte meine Mutter, die dann aufstand, um sich einen Gin Tonic zu mixen. Sie war nervös. Und das hatte mehr als nur einen Grund. Es lag etwas in der Luft.

»Die Markisen sind ein Hit«, fügte Ronald hinzu, als müsse

er sich mit Heiko messen. Oder ihm vorspielen, dass er am Ende mit den Dingern das ganz große Los gezogen hatte. Er trank seinen Eistee.

»Klar, die sind toll«, sagte Heiko. »Und was habt ihr sonst so getrieben, sechs Wochen lang im Ruhrpott?« Er sagte das mit einer Geringschätzung, die mich wütend machte. Und ich fand, es ging ihn einen Scheißdreck an. Ich hatte absolut keine Lust, ihm vom Beach zu erzählen, von Alik, von unseren Touren. Von den Top-5-*Akropolissen* und von Oktopus' Skat-Triumph. Das gehörte nur mir und meinem Papa. Also verschränkte ich die Arme und sagte stolz: »Wir haben die Puhdys gehört.« Ich sah zu Ronald Papen rüber, der nickte und mich beseelt anlächelte.

»Erichs schlimmste Gräueltat: Silly, Puhdys und Karat«, sagte Heiko, lachte und füllte sein Glas auf.

Ich fasste den Spruch als Beleidigung gegenüber Ronald Papen auf. »Wir haben fantastisch gegessen«, fügte ich hinzu. »Ich habe Freunde gefunden. Und dann immer nur Badewetter. Es war der Urlaub meines Lebens.«

»Das ist schön, Schatz«, sagte meine Mutter beschwichtigend. Es war auch gar nicht gelogen. Es hatte sich zwar im Wesentlichen um Bratwurst gehandelt, die Freunde waren durchschnittlich vierzig Jahre älter als ich, aber das mit dem Wetter stimmte, und wenn man beim Baden den leicht modrigen Geruch des Rhein-Herne-Kanals ignorierte, ergab sich eine durchaus glamouröse Stranderfahrung. Jedenfalls meinte ich das ernst.

Es trat eine Stille ein, die alle vier lähmte. Ronald kannte das von manchen Kundenbesuchen. Niemand war so gestählt im Auf-fremden-Sofas-Sitzen wie er. Meine Mutter fühlte sich unwohl, weil sie vermutlich Mitleid mit dem schmalen Mann hatte, der sich an seinem Glas festhielt, als würde er sonst hundert Meter in die Tiefe stürzen. Und Heiko dachte womöglich darüber nach, auf welche Weise er seinen alten Freund und Verräter noch demütigen konnte, bevor er ihn rauswarf.

Als ich gerade entschieden hatte, die Szene aufzumischen und einfach von Mesut Özil zu schwärmen, kam Geoffrey auf die Terrasse. Nach Wochen der Behandlung durfte er ohne Pflaster und Kompressen herumlaufen. Die verbrannte Haut an seinem Hals und der linken Gesichtshälfte war nicht mehr rot, aber dünn, vernarbt und wolkig. Ich erschrak bei seinem Anblick, nicht nur, weil ich daran schuld war, sondern auch, weil es wirklich schlimm aussah.

Er ging auf Ronald Papen zu und begrüßte ihn sehr freundlich, indem er ihm die Hand gab und sagte: »Hallo, ich bin Geoffrey.« Es lag so viel Anmut und Unschuld in dieser Geste, dass ich mich doppelt beschissen fühlte. Ronald erhob sich umständlich aus seinem Sessel, verneigte sich halb vor dem Jungen und sagte: »Hallo, ich bin Ronald. Ich bin Kims Papa.« Geoffrey sagte: »Ich weiß, Kim ist extra nicht mit uns in den Urlaub gefahren, weil sie Sie mal besuchen wollte.«

Dieser Satz fuhr mir in die Beine. So, wie der Kleine das sagte, klang es so, als hätte ich es vorgezogen, nicht mit ihm zu reisen. Und so, als hätte er sich gewünscht, mit mir in Florida zu sein. Und das nach dem, was geschehen war. Mir schossen Tränen in die Augen. Ich stand auf, ging zu ihm und umarmte ihn. Er drückte mich, hielt mich jedoch gleichzeitig auf Distanz, aber nicht, weil er die Nähe nicht wollte. Im Gegenteil. »Du musst ein bisschen aufpassen, sonst tut es noch weh.«

Dann fragte er seine Mutter, ob er ein Eis haben dürfe, und

verschwand in der Küche. Ich war völlig fertig. Ich hätte es normal gefunden, wenn er mich ignoriert oder mit Steinen beworfen hätte.

»So. Ich werde dann mal. Die Arbeit ruft«, verkündete mein Vater, als habe er soeben aus dem Gespräch herausgefiltert, dass die Herrschaften keine neue Markise benötigten, weder »Kopenhagen« noch »Mumbai«.Er stellte das Glas ab und quälte sich abermals aus dem tiefen Lounge-Möbel. Dann ging er zu Heiko rüber, gab ihm die Hand und sagte: »Du hast es gut getroffen. Freut mich für dich.« Er sagte es steifer, als er es meinte. Heiko nahm die Hand und sagte: »Mach's gut, Ronny.«

Es lag keine Rivalität zwischen den Männern, dafür war ihre Position zu ungleich. Eher ein Respekt, eine Anerkennung. Der Motor der Angebermaschine in Heiko kam zum Stillstand. Jetzt standen sich nur alte entfremdete Freunde gegenüber.

Mama und ich gingen mit Papa zu seinem Auto.

»Es war schön, dass du mit reingekommen bist. Es hat Heiko eine Menge bedeutet«, sagte meine Mutter. »Nach all den Jahren. Dass ihr beide friedlich auf der Terrasse gesessen habt. Vielleicht war es an der Zeit.«

»Das war aber auch wirklich herrlich. Dieser Eistee. Aus Amerika. Unerhört«, sagte Ronald Papen und lächelte. Ich wusste genau, wie viel Prozent Ironie darin lag. Es war viel weniger, als meine Mutter wahrscheinlich annahm. Er drehte sich zu mir und umarmte mich ungeübt. Dabei sagte er: »Das waren die schönsten Ferien, die ich je hatte.«

»Du hattest ja gar keine.«

»Ja. Sag mal!«

Ich wollte ihn nicht loslassen.

»Du kannst mich anrufen, wann immer du magst. Und es sind bloß achtzig Kilometer«, sagte er. Ich fing wieder an zu weinen, was bei ihm wiederum diese Hampelei auslöste. Als würde ich vor seinen Augen verbluten.

Schließlich fasste ich mich und sagte: »Fahr vorsichtig, Papa. Und wir telefonieren.«

Damit stieg er in sein Auto und fuhr langsam los, leicht desorientiert ohne seine Lotsin, aber entschlossen in diesen Augustabend hinein.

Als wir wieder im Haus waren, trug ich den Koffer in mein Zimmer. Nach sechs Wochen in Ronald Papens Halle kam ich mir wie eine Besucherin in meinem alten Leben vor. Ich legte mich aufs Bett und sah an die Decke. Die Tür öffnete sich, und Mama kam herein. »Wir würden gerne etwas mit dir besprechen. Kommst du mal runter?«

Ich nahm an, dass es um den Urlaub gehen würde. Wahrscheinlich wurde ich nun mit Berichten über kostspielige Ausflüge oder exotische Gerichte vollgestopft. Oder Heiko würde neue Geschäftsideen präsentieren. Außerdem musste man entscheiden, welches Restaurant für den Ferienausklang infrage kam. Tatsächlich ging es dann aber um etwas völlig anderes.

Auf dem Couchtisch auf der Terrasse lagen mehrere Broschüren. Heiko saß breitbeinig mit einem Glas Weißwein im Sessel und wartete auf uns. Ich setzte mich, Mama bereitete sich noch einen Gin Tonic zu. Heiko übernahm das Reden, es war ja auch mit Sicherheit seine Idee.

»Kim, wir haben lange nachgedacht. Und wir haben uns die Entscheidung nicht leicht gemacht. Aber wir sind beide der Meinung, dass wir hier etwas verändern müssen.«

Ich versuchte, einen Blick auf die Kataloge zu werfen, aber ich konnte nichts erkennen. »Dass es so nicht weitergeht, war doch völlig klar. Nach dem, was passiert ist. Wir können so nicht mehr unter einem Dach wohnen. Ich denke, da stimmst du zu.« Worauf sollte das hinauslaufen? Ich sah zu Mama herüber, aber sie konzentrierte sich voll darauf, in ihrem Glas nachzugucken, was die Eiswürfel so trieben.

»Deine Mutter und ich haben daher entschieden, dass es für uns alle das Beste ist, wenn du zukünftig auf ein Internat gehst.«

»Was?«

»Wir haben uns verschiedene Institutionen angesehen und uns letztlich für diese hier entschieden.« Damit nahm er den obersten Prospekt und warf ihn mir zu.

»Und ich? Werde ich gar nicht gefragt?«, rief ich. Ich wollte nicht. Auf keinen Fall. Man wollte mich abschieben. Schon wieder. Für immer. Eine Kriegserklärung. Ich schaltete sofort auf Sperrfeuer. Gleichzeitig spürte ich eine völlige Ohnmacht. Das war längst entschieden. Es würde keine Diskussionen geben. Was ich tun konnte, war, den Mikullas augenblicklich das Leben zur Hölle machen. Oder mich fügen.

»Nein!«, schrie ich, schmiss die Broschüre so weit weg, wie ich konnte, und sprang auf. Ich raste ins Haus und die Treppe hoch. Dabei hörte ich noch, wie Heiko meiner Mutter zurief, sie solle mich lassen. Dann knallte ich die Tür zu und ließ mich bäuchlings aufs Bett fallen.

Man muss einem weinenden Kind seine Ruhe lassen. Nicht sofort hinterherkommen. Die Dinge müssen sich setzen. Dann ist man auch mit sechzehn erstaunlich anpassungsfähig, was neue Situationen angeht. Das hatte ich bereits beim Anblick meines Zimmers in Ronald Papens Halle bewiesen.

Ich lag eine Stunde lang auf meinem Bett, es war ganz still. Und ganz langsam sickerte in mir das Gefühl ein, dass die Entscheidung der Mikullas auch Vorteile hatte. Vielleicht war es sogar eine gute Idee. Ein Neustart. Nicht mehr die Blödeste in der Schule sein. Keine Streiterei mit Heiko und meiner Mutter. Und dann Geoffrey. Der verletzte kleine Junge, der nun älter werden würde und damit leben musste, dass seine Schwester ihn entstellt hatte. Im Moment trug er es mir nicht nach. Aber was war, wenn er mich weiterhin jeden Tag sah, wenn ich die Manifestation seines Leidens wurde. Wenn er gehänselt würde und sich nach und nach klarmachte, dass er ein anderes Leben führen würde, wenn ich nicht da wäre, wenn es mich überhaupt nie gegeben hätte. Wäre es dann nicht besser, einfach aus seinem Leben zu verschwinden? Oder war das Feigheit? Ich dachte lange darüber nach und entschied, dass ich nicht feige sein wollte. Und dass ich diesen kleinen Jungen viel zu lange als Gegner betrachtet hatte. Dabei war er wenigstens zur Hälfte mein Bruder. Es steckte zwar kein bisschen Ronald in ihm, aber Heiko. Und an dem war viel weniger übel, als ich bis zum Beginn der Ferien geglaubt hatte. Ich entschied mich am Ende: für Frieden. Nicht für Waffenstillstand aus Kampfesmüdigkeit. Sondern für einen ehrlichen und ewigen Frieden. Und ich wusste, wie ich den aushandeln konnte.

Ich ging wieder runter. Meine Mutter hatte sich inzwischen zurückgezogen, aber Heiko saß auf der Terrasse in seinen albernen weißen Möbeln und trank nach wie vor Weißwein. Das war mir sehr recht. Mama hätte ich für dieses Gespräch nicht brauchen können. Als Heiko mich sah, setzte er das Glas ab und sagte: »Und?«

»Ich gehe ins Internat. Friedlich. Ohne Terror, ohne Szene. Aber ich will etwas dafür haben.«

»Okay«, sagte Heiko, der Geschäftsmann. »Ich höre.«

Wir redeten dann beinahe zwei Stunden. Es war das erste Mal, dass er mir zuhörte. Und ich ihm. Ich glaube, dass wir das früher hätten machen müssen. Einfach nur reden. Nicht brüllen. Nicht beleidigen, nicht wehtun. Einfach reden. Und zuhören. Aber es hatte diese sechs Wochen gebraucht. Und alles, was währenddessen geschehen war. Als wir fertig waren, ging ich nach oben und klopfte leise an Geoffreys Tür. Er schlief schon. Ich legte mich vorsichtig zu meinem Bruder ins Bett und hörte zu, wie er aufgeregt träumte, bis ich einschlief.

Vier Tage später fuhr ich in den Süden Deutschlands in das Internat. Familie Mikulla brachte mich zu dritt auf das Schloss, ich bezog mein Zimmer und lernte Fanny kennen, meine beste Freundin für die nächsten vier Jahre.

Genau um die Uhrzeit, wo es im Internat Kaffee und Kuchen für alle Neuankömmlinge und deren Eltern gab, fuhr in Duisburg-Meiderich ein Auto auf den Gewerbehof. Zwei Männer stiegen aus, gingen zur Halle, vor der das Auto von Ronald Papen stand, und klopften an die Metalltür.

Teil 2

Der Frühling
ohne meinen Vater

Fidel Gastro

Die Entfernung tat uns gut. Sie machte nichts ungeschehen, aber der Schmerz wird langsam weniger, wenn man nicht dauernd auf die Wunde sehen muss. Das war es wohl auch, was meinem Vater und Heiko durchs Leben half. Sie haben sich danach nicht mehr gesehen. Falls doch, haben sie es mir nicht erzählt. Und ich habe Ronald Papen gegenüber dichtgehalten, was mein Geschäft mit Heiko anging.

Als ich auf meinem Bett lag und darüber nachdachte, ob das Internat nicht doch ein Weg war, um uns alle vor Jahren der Wut und des Grabenkampfs zu bewahren, dachte ich auch daran, wie mein Vater weiterleben würde. Ich konnte nicht zurück in mein Leben, ohne seines mitzudenken. Wenn ich nun meine Strafe antrat, dann sollte seine endlich abgetragen sein. Und genau das bot ich Heiko an.

Dieser Mikulla, der mein Leben lang Feind war, von dem ich immer dachte, dass er meinem Vater die Frau geraubt und damit eine hoffnungsvolle Familie zerstört hatte, konnte genauso mein Verbündeter sein. Also musste ich auf ihn zugehen, so schwer es mir auch fiel. Es wäre wohl leichter gewesen, noch ein paar Jahre die Gedemütigte, Bestrafte und Beleidigte zu spielen. Später im Leben würde man sich aus dem Weg gehen und ihn nicht zur Taufe der eigenen Kinder einladen. Die Scheiße würde dann eben noch bis in die kommende Generation stinken, und irgendwann würde es einem egal sein. Oder ich ging zu ihm.

Nachdem ich mich gesetzt hatte, fragte er: »Wie war es für dich, ihn kennenzulernen?« Hinter seiner Frage vermutete ich eine Neugier darauf, ob Ronald Papen mir von sich erzählt hatte, und natürlich, ob er *es* erzählt hatte.

»Es war schön. Aufregend. Und traurig«, sagte ich.

»Was war traurig?«

»Na, die Sache mit euch.«

Er beugte sich vor, und ich sah ihm die Aufregung an. »Was hat er genau erzählt?«

»Ich denke, alles.«

Und dann berichtete ich, was mein Vater mir über sich, Heiko und Mama erzählt hatte. Über Fichtenwalde, über die Jugend in Beelitz, den Traum von der Flucht, von der Liebe und der Enttäuschung; von den Geschäftsideen und von seiner Ausbootung beim Fußballclub von der Dreierbande und dem Verrat. Ich gab wieder, was ich von der Flucht über Ungarn und Österreich wusste und wie Heiko dann doch aufgetaucht war. Während ich sprach, nickte Heiko an manchen Stellen. Er hatte nichts zu korrigieren oder nachzujustieren. Offensichtlich hatte mein Vater nichts geschönt und nichts weggelassen.

»So hat er mir das erzählt. Und auch, dass er die Markisen von dir hat.«

»Totaler Schrott. Unbrauchbar. Man kann sie kaum montieren.«

»Wegen der Schraube«, sagte ich.

»Ja. Eine Fehlkonstruktion. Ich habe es sofort gemerkt, als ich das Lager übernommen habe.«

»Du wolltest beides aus deinem Leben haben. Die Markisen und meinen Vater.«

»So kann man das sagen. Man könnte auch sagen: Ich wollte deine Mama in meinem Leben haben. Es hat mir wehgetan, Ronny zu verlieren.«

Dann erzählte Heiko, wie er seinen besten Freund immer bewundert hatte. Wie sehr er ihn für seine Gelassenheit mochte. Und dass Ronald ihm immer zugehört hatte. Keine Spinnerei war dem zu viel. Mit Ronald konnte er stundenlang über die absurdesten Ideen brüten, zum Beispiel über ein sozialistisches Disneyland, in dem Stalin und Marx als überlebensgroße Plüschfiguren herumliefen und DDR-Pralinen aus mit Rinderblut-Kuvertüre überzogenem Bohnenmus verteilten. Heiko schilderte meinen Vater als einen harmlosen Fantasten, der nie irgendwo ankam, außer bei ihm, bei Heiko.

Und dann eben das Trio, mit Susanne. Ja, natürlich spürten beide Ronnys Kummer. Aber sie wollten ihn trotzdem dabeihaben, jedenfalls meistens. Sogar im Urlaub in Plitvice waren sie zu dritt, einfach unzertrennlich, weil sie doch Freunde waren. Auch wenn Heiko und Susanne ein bisschen mehr Freunde waren.

Und eines Tages, völlig aus heiterem Himmel, war es damit vorbei. Natürlich hatte die Stasi die Jungen immer im Blick. Das wusste Heiko, er grüßte die Mitarbeiter der Staatssicherheit immer ausgiebig, wenn er welche erkannte, was nicht allzu schwierig war. »Sie saßen im Auto vor unserem Haus und gaben sich gar keine Mühe, nicht aufzufallen. Sie wollten meinem Vater Angst machen.«

Die eigensinnigen Mikullas gaben aber keinen Anlass für Maßnahmen wie eine Festnahme, was die Behörden wohl verstimmte. Bis zu diesem Tag im Oktober 1988. Heiko hatte vor, einen bestimmten Draht für seinen Vater zu besorgen. Den ganzen Tag lang wollte er dafür unterwegs sein. Mit Vaters Auto. Als die Stasi ihn vor der Tür festnahm und mit ihm »zur Klärung eines Sachverhalts« nach Hohenschönhausen fuhr, begriff er überhaupt nicht, was das sollte. Und als sie ihm vorlasen, er werde wegen Devisenbetruges, Planung eines ungesetzlichen Grenzübertritts, Spionage und staatsfeindlicher Hetze eingesperrt, fiel er aus allen Wolken.

Späße hatte er sich gemacht. Regelmäßig. Subversiv, das war er, und das bestritt er nicht. Über das Regime gelacht wurde doch überall. Aber ein Spion? Falls er ein Staatsfeind war, weil er sich über die Sprache der Behörden lustig machte, dann solle man ihn dafür verurteilen. Und: Man möge mal seine angeblichen Fluchtpläne herzeigen. Er habe keine. Er fragte nach Beweisen.

Aber sie schlossen ihn in eine Einzelzelle und holten ihn jeden Tag zum Verhör. Dann brüllten sie den neunzehn Jahre alten Jungen an, knallten Türen, ließen ihn stundenlang bis zu den Knöcheln in eiskaltem Wasser stehen und demütigten ihn mit Beleidigungen und Drohungen. Er könne seinen Vater retten, wenn er endlich auspacke. Dabei gab es nichts auszupacken. Irgendwann fing Heiko in seiner Verzweiflung an, sich Antworten auszudenken, von denen er glaubte, dass sie das Untersuchungsorgan zufriedenstellen würden. Aber sie reagierten nicht darauf, stellten alte Fragen erneut oder schüttelten sacht den Kopf.

Wenn sie mit ihm fertig waren, brachten sie ihn zurück in seine Zelle, knallten die Tür zu und warteten ab, bis er beinahe schlief, um ihn dann wieder zu wecken. Schlafentzug nannten sie das. Sechs Mal pro Nacht wecken, um die empfindliche REM-Phase zu zerstören, um alles, was an Träumen übrig ist, in reinen Wahnsinn zu verwandeln.

Und am nächsten Tag wieder ins Verhör, Appelle an seine Ehrlichkeit. Man müsse immer aufrichtig sein, ob das in der Familie nicht üblich sei. Ob man mit dem Vater an der Ostsee gewesen sei. Wie man über die DDR denke. Heiko hatte es immer mit demselben Mann zu tun. Er sah nie jemand anderen, und in den stundenlangen Gesprächen änderte sich der Ton manchmal innerhalb von Minuten. Dann tat der Stasi-Mann freundlich, erzählte ihm etwas Privates, um gleich darauf wieder zu drohen. Man sei doch bisher sehr geduldig. Und was der Papen eigentlich für einer sei. Ob man die Eltern kenne. Ob sie sich auch an staatsfeindlicher Hetze beteiligten. Ob es stimme, dass der Sohn mit gestohlenem Volkseigentum aus den Krankenanstalten handele. Heiko verneinte alles, sogar als man ihm Straferleichterung für den Fall anbot, dass er Namen nannte. Heiko machte nicht mit. Er war nie ein Mitmacher gewesen. Und jetzt erst recht nicht. Er bezahlte dafür mit peinigender Helligkeit in der Nacht, mit dem höllischen Krach, den die Wärter machten, mit Einschüchterung und Brüllerei.

Als Heiko einmal fragte, woher die Anschuldigungen eigentlich stammten, sagte der Verhörer, man habe dazu Zeugenaussagen. Er sei verpfiffen worden und habe womöglich zwanzig Jahre lang Zeit, sich darüber Gedanken zu machen, wen er mit in seine Machenschaften gezogen habe. Heiko bat darum, dass endlich Anklage erhoben wurde, aber das geschah nicht. Man informierte die Familie und drohte ihr gleichzeitig. Es sei keine sehr gute Idee, die Verhaftung des eigenen Sohnes an die große Glocke zu hängen. Man solle froh sein, dass er lebe. Er lasse recht schön grüßen.

Und dann, nach über neun Monaten, ließen sie ihn einfach laufen. Ohne Erklärung, ohne Entschuldigung. Ob sie ihn für unschuldig hielten oder angesichts der sich verändernden Situation im Land kalte Füße bekamen, weil sie einen Jugendlichen grundlos über Monate festhielten, konnte ihm später niemand sagen. Heiko hätte ein Recht darauf gehabt, dass man sich ihm erklärte. Aber sie schlossen die Tür auf, er durfte die blaue Häftlingskluft ausziehen und bekam seine Kleidung zurück. Abzüglich seiner West-Jeans, die einer der Wärter gegen eine kaputte alte »Wisent« aus DDR-Produktion ausgetauscht hatte.

Heiko durfte zusehen, wie er nach Hause kam, aber das war sein geringstes Problem. Nach Monaten der Isolation und nach Hunderten Stunden Vernehmung hatte er eine panische Angst davor, dass seine Freilassung bloß ein Trick war und man ihn ermorden wollte. Auf der Flucht erschossen, so etwas in der Art.

Während ich Heiko zuhörte, begriff ich manche seiner Eigenheiten. Von dem Trauma der Haft ist ihm einiges geblieben. Heiko hasste es, wenn Türen zugeschlagen wurden. Er bemaß die Qualität eines Hotelzimmers vor allem daran, ob man es richtig verdunkeln konnte. Er aß immer schnell, weil man ihm das so eingetrichtert hatte. Und er hatte immer Hunger.

»Ich bin dann nach Hause. Weißt du, das war seltsam. Ich war fast ein Dreivierteljahr vorher aus dem Haus gegangen, und dann war ich einfach wieder da. Steckte den Schlüssel ins

Schloss und sah meinen Vater in der Küche sitzen. Der ist fast gestorben vor Schreck.« Und dann erfuhr Heiko, dass sich innerhalb von wenigen Monaten das Leben in der DDR ziemlich grundsätzlich verändert hatte. Demonstrationen überall im Land, die Leute hauten reihenweise ab, das Politbüro orgelte Durchhalteparolen durchs Staatsfernsehen, und die Werktätigen bereiteten sich auf eine Revolution vor.

Heiko hatte davon nichts mitbekommen. Kaum, dass er zu Hause war, lief er wieder los, zu Susanne. Deren Eltern konnten ihm aber nicht sagen, wo sie war. Und sie wollten es auch nicht, weil sie ihm als entlassenem Straftäter nicht vertrauten. Außerdem war sie nun mit Ronald zusammen, was ihnen besser gefiel. Sie wollten nicht, dass sich der subversive Heiko dazwischenschob, und wimmelten ihn ab. Zu diesem Zeitpunkt war sie bereits hinter Leipzig. Und als man ihm noch sagte, dass sie schwanger war, konnte er sich ausrechnen, dass das Kind nicht von ihm sein würde. Sondern von Ronny. Seinem besten Freund. Mit dem sie abgehauen war.

Er nahm die gemeinsame Flucht von zwei Dritteln ihres Trios als unausgesprochene Trennung und half seinem Vater durch die nächste Zeit. Er selbst floh nicht, denn nach den Monaten seiner Abwesenheit, die Ernst Mikulla bereits das Herz gebrochen hatte, brachte er es nicht fertig, in den Westen zu verschwinden. Auch wenn er es noch so gerne wollte. »Die Ironie war: Ich wollte immer weg. Dann wurde ich fürs Wollen eingesperrt, und als ich gekonnt hätte, ging ich nicht, weil ich nicht konnte.«

Heiko gehörte dafür zu den ersten DDR-Bürgern, die ihre Stasi-Akte einsehen durften. »Als ich sah, was da stand, als ich die Protokolle von Ronny gelesen habe, bin ich fast vom Stuhl gefallen. Ich hätte beinahe gekotzt. Seitenweise Märchen. Er hat da ein Zeug über mich erzählt, Kim. Manche Sachen stimmten auch. Dinge, über die wir gemeinsam Witze gemacht haben. Und dann wieder diese angeblichen Fluchtpläne, zu denen ich andere überreden wollte, unter anderem ihn. Ich habe das gelesen und immer wieder nur eins gedacht: Warum, du Arschloch? Ich verstehe es bis heute nicht. Warum hat er das getan?«

Ich wusste, warum, aber ich war nicht die Anwältin meines Vaters. Also schwieg ich. Es ist furchtbar schwer, darüber zu sprechen. Die Scham ist so unermesslich groß, die muss man erst einmal überwinden. Sofort kam mir mein eigenes Warum in den Sinn. Manchmal macht man Dinge, die man später kaum noch erklären kann. Hunderte Entscheidungen, die man über den ganzen Tag trifft, bleiben unergründet. Es lohnt sich auch gar nicht, ihnen hinterherzusinnen, denn sie haben ganz einfache Ursachen: Man hat Hunger. Man möchte in die Sonne. Man will reden. Man möchte einen Film sehen. Man braucht eine Luftpumpe. Es sind schnelle Entscheidungen, und sie sind unwichtig. Doch manchmal kommen sie aus einem Teil der Seele, den man nicht kontrollieren kann. Man muss sich von einem Schmerz befreien, von einem Schmerz, den man nicht in Worte fassen kann, der so unerträglich ist, dass es für die Linderung nur eine einzige Möglichkeit zu geben scheint. Und dann explodiert der Schmerz, und man hat diese verdammte Flasche in der Hand. Der Stasi-Offizier steht auf der Straße. Es ist exakt so klein. Wir sind so klein. Wir Menschen. Oder jedenfalls wir Papens.

»Den Rest kennst du. Ich habe dann angefangen, nach den beiden zu suchen. Das hat eine Weile gedauert, aber ich habe sie gefunden. Zwei Tage lang habe ich vor dem Haus gestanden und mich nicht getraut. Ich wusste ja nicht, dass Susanne von der ganzen Sache keine Ahnung hatte. Und dann habe ich Ronny angesprochen.«

»Und wie ist es jetzt mit Mama? Weiß sie es heute?«

Heiko überlegte einen Moment, als sei er nicht ganz sicher. »Ich glaube, dass sie es ahnt. Natürlich weiß sie, dass ich im Stasi-Knast war. Aber ich habe ihr nie etwas über Ronnys Anteil daran erzählt.«

»Warum nicht?«

»Weil ich es ihm versprochen habe und ich diese Dinge hinter mir lassen wollte. Ich habe deshalb auch nie nach ihrer Affäre mit deinem Vater gefragt. Wenn ich hätte reden müssen, hätte sie auch reden müssen. Also haben wir einen Deckel draufgemacht und unser Leben gelebt.«

Sie tabuisierten ihre Vergangenheit und meinen Vater, von ein paar ungnädigen Spitzen mal abgesehen. Dass sie mich damit als Stellvertreter meines Vaters aus ihrem Leben ausschlossen, nahmen sie wohl in Kauf. Oder sie merkten es nicht. Aber es war zu spät, etwas einzuklagen. Es war, wie es war.

»Seid ihr glücklich miteinander?«, fragte ich ihn.

»Ja, Kim, das sind wir. Auf unsere ganz eigene Weise. Auch wenn es manchmal nicht danach aussieht. Wir ergänzen uns wirklich gut.«

»Eine richtige Win-win-Situation«, sagte ich und dachte an meinen Vater, wie er in Holzwickede im Eiscafé plötzlich unter dem Spaghetti-Eis noch ein Fleischbällchen in Gestalt einer kleinen Schokoeis-Kugel entdeckte und dies ebenfalls eine

Win-win-Situation nannte. Zwei Ideen zum Preis von einer. Unerhört.

Heiko Mikulla goss sich Wein nach. Die Flasche stand in einem Kühler, den er einmal in einem Restaurant in Kopenhagen entdeckt und dem Laden sofort abgekauft hatte. Die Kälte kam von einem winzigen Generator im Boden des Gefäßes. Am Ende Mist. Zu laut. Und brauchte pro Abend vier Batterien. Er verzichtete darauf, in das Business einzusteigen. Aber vielleicht brachte ihn der Anblick des Weinkühlers auf den Themenwechsel, der nun folgte.

»Apropos Win-win. Du wolltest mir ein Geschäft vorschlagen, hast du vorhin gesagt.«

»Ja.« Ich straffte mich. »Ich verstehe, dass es besser ist, wenn wir eine Distanz haben. Und dass ich sonst vielleicht auch keinen richtigen Schulabschluss mache. Und wir haben uns ja nie verstanden. Vielleicht konntest du ja auch nicht anders zu mir sein als fies.«

An der Stelle versuchte Heiko Mikulla ein Lächeln, das ihm nicht recht gelang. Aber ich wollte auch nicht alles auf mich nehmen. Schließlich trug die Allianz aus Vater, Mutter und Sohn, mit der ich all die Jahre zu kämpfen hatte, auch etwas dazu bei, dass es nicht lief. Nie gelaufen war. Sosehr ich mich als Täterin ansah, was Jeff betraf, ich war auch ein Opfer des mikullaschen Familienterrors, eine Aussortierte. Und das hatte ich mir nicht ausgesucht. Es war nicht fair. Ich war ein ungewolltes Kind und unverschuldet zwischen die Fronten geraten. Heiko verstand das. Er presste die Lippen aufeinander und sagte dann leise durch die Zähne: »Stimmt schon.«

»Auf jeden Fall gehe ich freiwillig und ohne Terror, auf den ihr euch mit Sicherheit eingestellt habt. Ich werde das mit der

Schule hinkriegen. Und ich werde die Schwester sein, die mein Bruder verdient hat.«

»Okay«, sagte Heiko gedehnt. Als erfahrener Geschäftsmann wusste er, dass dies nur der halbe Deal war. Er würde dafür bezahlen müssen.

»Dafür möchte ich, dass du Papa hilfst. So, wie ich das sehe, hat er gebüßt. Er hat Mama nicht bekommen, er hat mich nicht bekommen, und er hat vierzehn Jahre in Gefangenschaft gesessen. So kann man das auch mal betrachten.«

»Und was hast du dir vorgestellt?«

»Du kaufst ihm seine Markisen ab. Alle. Komplett. Dann ist er frei.«

»Das wird er nicht machen. Wie stellst du dir das vor? Ich kann doch nicht zu ihm gehen und sagen: Alter Freund, du hast so schöne Markisen, ich kaufe die jetzt alle. Er würde das als Demütigung auffassen. So, als wolle ich ihm zeigen, dass ich es einfach kann.«

»Du musst es ja nicht selbst machen. Es wäre mir auch lieber, wenn er gar nicht wüsste, dass du sie hast.«

»Und was fange ich dann mit den Dingern an?«

Ich schnippte mit den Fingern, lächelte mein breitestes Kim-Lächeln und sagte: »Fidel Gastro.«

Er zog die Augenbrauen hoch. »Davon hat er dir erzählt? Ich hatte das völlig vergessen. Fidel Gastro.« Er lachte.

Es war immer faszinierend zu sehen, wenn Heikos Motor ansprang. Dann griff ein Rädchen ins andere, und innerhalb von Minuten hatte er ein Geschäft durchdekliniert. Bis hin zum Markennamen. In diesem Fall war der zuerst da, aber das war egal. Heiko nickte langsam, er lächelte mich an und sagte: »Ich denke mir was aus.«

Er brauchte vier Tage, um einen Businessplan zu entwerfen, Partner zu finden und sich in die Materie einzuarbeiten. Die Maschine arbeitete jetzt unaufhaltsam, fräste sich durch alle Widerstände und wurde von Heikos Ehrgeiz und seinem Entrepreneurship befeuert, dass es nur so qualmte.

Als Erstes schickte er zwei Strohmänner zu Ronald Papen, um den Stoff zu kaufen. Papa hat mir später erzählt, wie das ablief, und ich wäre weiß Gott gerne dabei gewesen. Die Männer klopften nachmittags an seiner Tür, was ihn sehr verwundert haben wird, weil er nie Besuch bekam, außer von Klaus, Achim oder Lütz. Die beiden Männer stellten sich als Herr Leinemann und Herr Görtz vor und behaupteten, im Vorbeifahren an einem Balkon diese schöne Markise gesehen zu haben. In Braun-Orange. Sie hätten dort geklingelt und seine Adresse erfahren. Es sei nun so, dass sie gerne alle Markisen hätten. Ja, auch die blau-grünen. An den Gelenken und den Kurbeln sowie dem ganzen Installationsklimbim hätten sie weiter kein Interesse. Bloß an dem Stoff.

Ich stelle mir vor, wie Ronald Papen verwirrt sagt: »Alle? Aber das heißt ja, dass ich anschließend keine mehr habe. Ich kann Ihnen nicht das ganze Lager verkaufen, denn dann bin ich ja ausverkauft. Und ich kann die Ware nicht nachbestellen. Das sind weltweit die letzten Reste, die es überhaupt noch gibt.«

»Eben, das ist das letzte Material dieser Art. Und wir würden Sie davon quasi befreien«, erklärte Herr Leinemann, was Ronald Papen noch mehr verunsicherte. Gerade erst hatte er sein Geschäft richtig ans Laufen gebracht, und nun sollte es beendet sein? Und den Rest würden sie nicht brauchen?

»Nein, nur den Stoff. Den ganzen Stoff«, sagte Görtz.

Mein Vater musste sich wohl erst mal setzen und ein Glas Wasser trinken. Dann sagte er: »Aber billig wird das nicht. Da müssen Sie schon tief in die Tasche greifen, wenn Sie mein ganzes Lager wollen.«

»Damit haben wir gerechnet«, sagte Görtz.

»Fünftausend«, hätte dann mein Vater stolz verlangt.

Leinemann wäre daraufhin kurz aus der Halle gegangen und hätte mit Heiko telefoniert und daraufhin meinem Vater ein Gegenangebot unterbreitet. Bei fünftausend Euro würden sie niemals zusammenkommen: »Herr Papen, wir haben ein etwas anderes Budget. Und daran müssen wir uns leider halten.«

»Na gut. Dann eben viertausend«, sagte Papen mit unverändert stolzem Ton.

»Wir dachten eher so an zweihundertfünfzigtausend«, sagte Leinemann.

»Das ist doch wohl ein Scherz.«

»Das ist unser Budget.«

»Unerhört.«

Ronald Papen verkaufte ganz »Mumbai« und »Kopenhagen« für eine Viertelmillion Euro. Später hat er mir gesagt, das habe er nur gemacht, weil er sich vorgestellt habe, was ich wohl dazu gesagt hätte. Und weil seine Kim das sicher eine gute Idee gefunden hätte, schlug er ein. Gleich am nächsten Tag kam ein Lastwagen und holte den Stoff ab. Und den Rest der Woche war Papen damit beschäftigt, sämtliche Metallteile aus dem Lager nach nebenan zu schaffen, zum Recycling. Alik, Lütz und Achim halfen ihm dabei, und für den ganzen Kram bekam er noch einmal fünftausend Euro. Alles, was ihm blieb, war ein Karton mit Schrauben, die er sorgfältig aussortiert hatte.

Er rief mich abends auf meinem Handy an, im Hintergrund sangen Oktopus und Achim »Money, Money, Money«. Er war immer noch völlig fassungslos und konnte sich überhaupt keinen Reim auf die ganze Angelegenheit machen.

»Ist das zu fassen?«

»Freu dich doch.«

»Ich weiß nicht, es ist so ein merkwürdiges Gefühl.«

»Papa, ich finde das fantastisch. Du bist jetzt frei.«

Darauf entstand eine merkwürdige Pause. Man hörte immer noch die Saufbrüder lärmen, aber mein Vater wurde ganz still. Dann sagte er: »Ich habe noch meinen Wartungsauftrag. Ich habe die Schrauben behalten, weißt du. Es sind über sechshundert Stück. Ich brauche sie ja ständig.«

Daran hatte ich gar nicht gedacht. Die lebenslange Garantie. Der Verkauf des Stoffs hatte ihn zwar reich gemacht, aber das interessierte ihn gar nicht. Er würde einfach weitermachen mit diesem Leben. Das Einzige, was von dieser verdammten Schraube perfekt und untrennbar zusammengehalten wurde, waren mein Vater und das Ruhrgebiet. Und das schien ihn nicht so zu beunruhigen wie mich.

»Egal. Ich habe gedacht, ich mache mal Ferien«, sagte mein Vater nun fröhlich. Ich wusste, dass das nicht passieren würde, jedenfalls nicht auf die Art, wie ich Ferien kannte. Wahrscheinlich fuhr er nach Essen, kaufte sich ein Eis und legte sich auf die Wiese im Grugapark.

»Was die wohl mit dem ganzen Stoff anfangen wollen?«, sagte er nachdenklich, bevor wir uns verabschiedeten. Ich antwortete, dass ich keine Ahnung hatte. Aber das war gelogen. Ich wusste es ganz genau.

Als ich den Begriff »Fidel Gastro« fallen ließ und den Markisenstoff erwähnte, begann es augenblicklich in Heikos Kopf zu rattern. Er bastelte innerhalb von wenigen Stunden aus diesen beiden Versatzstücken ein gigantisches gastronomisches Konzept, in dem auch der Eistee aus Florida, das Essen in einem kubanischen Restaurant in Miami und seine Vorstellung von einem spektakulären Design zusammenflossen.

Nur drei Monate später eröffnete das erste *Fidel Gastro* in Köln auf dem Hohenzollernring. Heute kommt man in kaum einer deutschen Großstadt daran vorbei, aber damals war das Konzept ganz neu. Seit der Einführung des China-Restaurants mit Aquarium und Pflaumenwein hat es so eine Neuerung in der Gastronomie nicht mehr gegeben.

Heiko ließ einen kubanischen Koch wochenlang zu Hause für sich kochen und fummelte mit ihm eine Speisekarte zusammen, die zwar sehr kubanisch klingen sollte, aber die Kölner Klientel nicht überfordern durfte. Schließlich wurde Chop Suey auch nicht in China erfunden, sondern in Kalifornien.

Er probierte sämtliche Gerichte immer wieder aus und ersetzte dabei typische kubanische Zutaten wie Kochbananen oder Maniok durch günstigere und weniger exotische Alternativen. Was bei manchen Spaniern die Tapas waren, wurden im *Fidel Gastro* die Croquetas, die man dort bis heute mit acht verschiedenen Füllungen bestellen kann. Täglich werden die Dinger zu Zehntausenden verspeist. Es gibt sie sogar tiefgefroren zu kaufen.

Man kann sagen, dass *Fidel Gastro* die kubanische Lebensart nach Europa gebracht hat. Das liegt auch an den Drinks. Durch Heiko Mikulla wurden Malta, Guarapo, Mojito und Cuba Libre populär, und auch der Rum-Trend der vergangenen Jahre ist ganz maßgeblich von der Getränkekarte des *Fidel Gastro* inspiriert. Der erste Versuch in Köln schlug ein wie ein Meteorit in der Fußgängerzone.

Das lag auch an der Einrichtung. Heiko vertraute seinem Instinkt sowie einer holländischen Innenarchitektin, die ein Ambiente schuf, welches einerseits karibisches, aber dazu auch das Flair der Siebzigerjahre im Sozialismus verbreitete. Es war eine wilde und originelle Mischung, die den intellektuellen Trinkern ebenso gefiel wie den Partygängern am Wochenende. Maßgeblich für den schrillen Effekt der Einrichtung waren unter anderem die Bezüge der Bänke und Sitzpolster, die mit einem strapazierfähigen Stoff bezogen waren, der völlig irre aussah: braun-orange und blau-grün. So etwas gab es sonst nirgends. Die Leute waren ganz außer sich und fragten, wo das herkam. Aber Heiko lächelte nur und sagte: »Das könnt ihr vergessen. Das Design haben wir exklusiv.«

Nach dem Erfolg des ersten Restaurants folgten weitere und dann noch mehr. Innerhalb von nur vier Jahren eröffnete Heiko nicht weniger als 134 *Fidel Gastros* in Deutschland. Heute gibt es 381 in siebzehn Ländern, gerade hat eines auf dem Moskauer Flughafen eröffnet.

Mein Vater hat davon nie etwas erfahren. Ich bezweifle stark, dass er jemals ein *Fidel Gastro* betreten hat. Vielleicht hat er auf seinen Fahrten mal das Logo an einer Fassade gesehen. Es bestand aus dem stilisierten Kopf des jungen Fidel Castro, der eine Mütze trägt und eine Zigarre im Mund. Er grinst breit und kneift schelmisch ein Auge zu. Kann schon sein, dass Papa so einen Laden mal bemerkt hat. Aber da er sich nur von Bratwurst ernährte, war das Risiko gering, dass er seinen Stoffen dort begegnete.

Ich bin deswegen so sicher, weil er mich bestimmt angerufen hätte, um mitzuteilen, dass er in einem entsetzlich lauten Lokal gewesen sei, wo die Leute, »stell dir das mal vor«, dieselben Stoffe auf den Polstern hatten wie er früher in seiner Halle.

»Unerhört«, hätte ich dann gesagt und das Thema gewechselt.

Zu meinem achtzehnten Geburtstag schenkte Heiko mir fünf Prozent des Unternehmens, weil ich ihn auf die Idee gebracht hatte. Das bedeutete, dass ich reich war. Jedenfalls theoretisch. Aber ich brauchte kein Geld. Meine Freiheit war mir wichtiger. Nachdem ich fünf Jahre auf dem Internat zugebracht hatte, reiste ich einmal um die Welt und begann dann meine Ausbildung.

Ich bin Schauspielerin geworden. Ohne die Sommerferien und das Improvisationstheater mit Ronald Papen wäre ich vielleicht nie darauf gekommen. Aber danach ergab es sich ganz zwangsläufig. Es ist das, was ich am besten kann und am liebsten mache.

Ich lebte immer dort, wo mich ein Engagement hinführte. Ein paar Jahre in Hamburg, dann Berlin, München und Wien. Manchmal drehte ich fürs Fernsehen, dann rief mich mein Vater an, und wir absolvierten eine ausführliche Besprechung der Rolle und des Films. Er hatte sich inzwischen sowohl einen Fernseher zugelegt als auch Internet. Als spät Digitalisierter zeigte er sich besonders von Online-Shops begeistert. Wie man da diese Markisen hätte verkaufen können. In die ganze Welt!

Mein Vater rief mich selten an. Eigentlich meldete er sich vor allem, wenn jemand starb. Als Erstes traf es sein Auto. Der

Subaru Legacy hauchte sein Leben im Frühjahr 2012 aus. Auf dem Seitenstreifen der A40 in Bochum. »Der Lütz sagt, das Auto ist tot. Nichts mehr zu machen. Was sagt man dazu?«

»Kauf dir ein neues.«

»Jaja, so was. Sag bloß.«

Er kaufte einen VW Polo, weil er nicht mehr so viel Ladefläche benötigte. Er hatte ja nur noch Schrauben dabei.

Dann starb Oktopus.

Mein Vater rief mich an, um mir zu sagen, wann die Beerdigung stattfand. Ich konnte nicht kommen, was mir sehr leidtat. Zu der Zeit war ich in Zürich engagiert und musste die Olga in den *Drei Schwestern* von Tschechow spielen. Für einen Verwandten hätte ich abreisen dürfen, aber nicht, um den Saufkumpan meines Vaters zu Grabe zu tragen.

Später erzählte er mir von dieser denkwürdigen Beerdigung. Oktopus war überfahren worden, an einem Mittwochabend von einem tschechischen Lastwagen, der den armen Oktopus glatt übersah, als der von *Rosi's Pilstreff* nach Hause ging. Er war ausnahmsweise zu Fuß unterwegs. Jahrelang war er mit dem Fahrrad gefahren, nur dieses eine Mal kam er ohne, weil es einen Platten hatte. Der Mann konnte mit hundert Pils im Bauch gerade auf dem Rad fahren, aber einmal zu Fuß unterwegs kostete ihn das Leben. Schon sehr merkwürdig.

Auf der Beerdigung erfuhren die anderen auch Oktopus' richtigen Namen. Er hieß Günther Maria von Goddenthow, alter baltischer Adel. Die Wette hatte er also gewonnen, wenn auch posthum. Zur Feier des Tages erschienen einige Angehörige, die dann allesamt betrunken wie hundert Russen am Grab standen. Zwei Schwestern, mehrere Cousins und ein etwa hundertjähriger Onkel. »Ob du es glaubst oder nicht«, sagte mein Vater am Telefon, »wir stehen also am Grab, und der Pfarrer spricht. Wir sind wirklich ergriffen. Und in dem Moment größter Heiligkeit öffnet seine Schwester Hildegund ihre Handtasche, kotzt rein und schließt sie wieder. In aller Seelenruhe. Das hätte dem Oktopus gefallen.«

Anstatt Erde warf Klaus mit dem Ausdruck größter Trauer vier unbezahlte Deckel auf den Sarg.

Ich fuhr ein oder zwei Mal im Jahr zu meinem Vater. Der Gewerbehof veränderte sich kaum, aber die Spedition asphaltierte irgendwann den Platz, und die Pfütze verschwand. Die Halle hingegen blieb über Jahre, wie sie war. Immer noch trennte ein riesiger Vorhang die Bereiche, auch wenn es den einen gar nicht mehr gab. Er fuhr nach wie vor durchs Ruhrgebiet, um seine Kunden mit Ersatzschrauben zu versorgen, auch wenn ihre Zahl stetig abnahm, denn wenn eine Wohnung weitergegeben wurde, erlosch normalerweise auch der Wartungsauftrag, weil niemand daran dachte, Ronald Papens Telefonnummer ins Übergabeprotokoll zu schreiben. Die Markisen wurden nach und nach ersetzt, und die Anrufe wurden weniger.

Wir fuhren herum, aßen Eis oder hörten Musik. Auch an Weihnachten besuchte ich ihn einmal. Damals war ich mit einem Kollegen vom Berliner Ensemble liiert, der eher widerwillig mitkam. Ronald Papen hatte einen riesigen Baum in der leeren Halle aufgestellt, und am ersten Weihnachtstag reservierte er einen Tisch. Ich freute mich wahnsinnig darüber, denn der Tisch stand tatsächlich im *Akropolis* in Unna, der absolut ersten Adresse, wenn es um Zwiebelwurst geht. Dort saßen wir, und mein Vater und ich amüsierten uns prächtig, während Robert erkennbar fremdelte. Er hatte einfach keinen Sinn für Pointen. Ich musste mich bald darauf von ihm trennen.

Manchmal fragte ich Ronald Papen, was er noch vorhatte, aber er verstand die Frage nicht. Er lebte einfach friedlich vor sich hin. Bis vorletzte Woche.

Die Halle

Mein Vater starb, wie er gelebt hat: still und ohne jemanden damit zu belästigen. Er wurde nicht krank, er fuhr nicht gegen einen parkenden Lastwagen, er verübte keinen Selbstmord, und deshalb verabschiedete er sich auch nicht.

Lütz rief mich an. Die Nummer hatte er aus Papas Adressbuch. Er war vollkommen fertig und sprach für seine Verhältnisse sanft. »Dein Vater ist gestorben.« Ich stand gerade an der Käsetheke in einem Supermarkt in Köln, wo ich ein Engagement hatte und probte. Komischerweise weiß man so etwas hinterher immer noch ganz genau: Ich überlegte gerade, ob ich mittelalten oder jungen Gouda kaufen sollte. Schock und Trauer stellten sich erst später ein, sie sickerten durch den Körper und rissen mir erst den Boden unter den Füßen weg, als ich schon in Hahnwald in meinem früheren Kinderzimmer saß. Ich wohnte für vier Monate bei den Mikullas, während die Proben liefen. Und ich hatte für das Wochenende einen Besuch bei Papa geplant. Er freute sich darauf, wollte sogar backen. Marmorkuchen. Wir waren fest verabredet, da stirbt man doch nicht vorher.

In dem Moment, als Lütz sagte, dass mein Vater tot war, reagierte ich daher eher gelassen, weil ich ihm nicht glaubte. Vielleicht dachte Lütz ja bloß, dass er gestorben sei. Vielleicht war

Papa für ein paar Tage weggefahren. Auch wenn allein dieser Gedanke dafür sprach, dass er tot war. Er war eher tot als verreist. Aber das wollte ich in diesem Moment nicht wahrhaben.

»Quatsch.«

»Kim, es tut mir so leid.«

Lütz war eine gute Stunde zuvor in die Halle gekommen, um sich ein Werkzeug von Ronald Papen auszuleihen. Er hatte von der Tür aus hineingerufen.

»Pappe? Pappe! Hallo?«

Dann war er hineingegangen und gleich hinter den Vorhang in den Teil der Halle, wo mein Vater sein Werkzeug aufbewahrte, seit er meinen kleinen Raum zum Schlafzimmer umgebaut hatte. Lütz fand, was er brauchte, und kam wieder nach vorne, um Ronald einen Zettel zu schreiben. Der lag später auf der Küchenanrichte: »Ich hab mir Deine Berliner Schere gelihen. Und die orangene Kabeltromel. Aber die war sowiso meine. Lütz.«

Irgendwie kam Lütz die Ruhe komisch vor, zumal das Auto vor der Tür stand. Und normalerweise wurde Ronald Papen wach, wenn man ihn rief. Außerdem war es schon elf Uhr durch. Also schaute Lütz ins Schlafzimmer. Und da lag mein Papa, als würde er schlafen. Er war nicht zugedeckt und komplett bekleidet. Es sah aus, als habe er sich noch einmal hingelegt. Es war ihm nicht wohl gewesen, er dachte vielleicht, er müsse sich etwas ausruhen. Auf die Idee, seinem Freund Lütz Bescheid zu sagen oder einen Krankenwagen zu rufen, kam er nicht. Er wollte sich nicht zumuten. Also legte er sich aufs Bett und schlief ein.

»Ronald? Ronald? Ronald! Scheiße!«

Lütz rief sofort einen Notarzt, Achim kam herübergelaufen, und gemeinsam versuchten sie, Ronald Papen wiederzubeleben. Dann traf der Arzt ein und stellte den Tod fest. Mein Vater hatte einen Herzstillstand erlitten. Kurz darauf rief Lütz mich an. Ich fuhr nach Hahnwald und informierte Mama und Heiko, die im Garten ein ziemlich absurdes Trainingsgerät für Golfspieler ausprobierten.

Mama und ich umarmten uns, Heiko schaltete das Gerät ab und sagte: »Schöne Scheiße.« Dann stellte er sich zu uns, und gemeinsam begannen wir, Abschied von meinem Vater zu nehmen. Heiko bot an, mich zu begleiten, aber das wollte ich nicht. Er litt darunter, sich nie mit Ronald Papen ausgesprochen zu haben. Man sollte so etwas nicht zu lange vor sich herschieben, denn man weiß nie, ob einem nicht ein überraschender Herzstillstand dazwischenkommt. Ich packte eine Tasche, lieh mir ein Auto von Heiko und fuhr nach Duisburg.

Man hatte ihn bereits abgeholt. Sein Auto stand vor der Halle wie immer. Ich parkte und schaffte es nicht, hineinzugehen. Erst stand ich eine Weile herum, dann entschied ich, in *Rosi's Pilstreff* zu gehen. Mir war nach Schnaps. Das ist ein Satz, den ich in meinem Leben nicht häufiger als zwei oder drei Mal ausgesprochen habe.

Ich rechnete damit, den irgendwie immer müde wirkenden Klaus hinter der Theke vorzufinden, vielleicht auch Lütz, wenn der nicht viel zu tun hatte. Achim kam meistens erst am späten Nachmittag. Es war mir egal, wer von ihnen da war, aber ich brauchte wenigstens einen von ihnen. Und vielleicht würde er mich dann in die Halle begleiten. Ich war nicht sicher, ob ich das schaffen würde.

Ich drückte die Klinke herunter, die Tür öffnete schwer wie eh und je, und ich trat in die Finsternis von *Rosi's Pilstreff*.

Das Erste, was ich sah, war Klaus' kantiges Gesicht, das mich müde ansah. Aber Klaus stand nicht hinter dem Tresen, sondern hockte davor auf einem der abgeschubberten Barhocker. Hinter der Theke stand: Alik.

»Hey, Kim«, sagte Alik.

»Hallo«, sagte ich.

Klaus stand auf und umarmte mich. Das tat mir gut. Hinter ihm wurde Lütz sichtbar, der sich ebenfalls erhob und mich umarmte. Schließlich kam Alik hinter der Theke hervor. Er war natürlich gealtert, seine Locken waren kürzer, und offenbar hatte er den Verlust von Haaren zu betrauern, jedenfalls sah man eine Lichtung. Und er hatte einen kleinen Bauch. Was er aber auch hatte, waren die schönen braunen Augen seines Vaters und der breite Mund seiner Mutter. Daran war nichts einunddreißig, es war derselbe Mund, den er bereits mit vierzehn Jahren besessen hatte. Er nahm mich in den Arm, und es fühlte sich an, als wäre ich von einer jahrzehntelangen Reise zurückgekehrt. Dann tranken wir Schnaps.

Auch wenn Ronald Papen höchstens aus Höflichkeit ein einziges Gläschen mitgetrunken und vermutlich nicht einmal geleert hätte, hielten wir das für ein angemessenes Gedenken. Lütz erzählte noch einmal detailliert, wie er meinen Vater entdeckt hatte. Und dass der sehr zufrieden gewirkt habe, »ob du's glaubst oder nicht«.

Dann berichteten alle von ihren Lieblingsgeschichten, die sie mit Papa erlebt hatten. Und dass er eigentlich ein großes Wunder gewesen sei.

»Warum?«, fragte ich. Ich fand das zwar auch, aber mich interessierte, wie Achim das meinte. Er war nach Feierabend zu uns gestoßen.

»Er passte doch gar nicht hierher, ist aber trotzdem dreißig Jahre lang geblieben. Ausgerechnet hier. Der hätte es doch viel beschaulicher haben können. Mit Frau und Wohnmobil und allen Schikanen. Und dann stirbt der an Herz, dabei hat der nie getrunken. Nicht mal geraucht hat der.«

»Da siehst du mal, dass sich das überhaupt nicht lohnt«, sagte Klaus düster.

»Dass sich was nicht lohnt?«

»Nicht zu saufen und nicht zu rauchen.«

»Aber doch nicht mit zweiundfünfzig«, sagte Achim, und es klang, als wolle er meinem Vater einen Vorwurf machen. Recht hatte er trotzdem. Das war viel zu jung. Und Ronald Papen war gesund. Er hatte kein Übergewicht und wurde niemals krank. Ich fand, dass er überhaupt keinen Grund hatte zu sterben. Man konnte im Schmerz auch sagen: Er hatte nicht das Recht dazu. Je länger wir im Pilstreff saßen, desto stärker wurde diese Empfindung. Später ging ich dann doch noch in die Halle. Alik begleitete mich. Wir setzten uns aufs Sofa und redeten.

Alik hat nie geheiratet. Und studiert hat er auch nicht. Es hat sich dann doch nicht ergeben. Nach den Ferien damals blieb er irgendwie an Klaus hängen. Erst half er ihm nur ein bisschen. Dann bekam er die Theke, und als er volljährig wurde, auch den Einkauf. Schließlich übernahm er den Laden vor fünf Jahren. Er wollte ihn gerne umgestalten, aber Klaus ließ ihn nicht. Kam jeden Tag, um nachzusehen, ob Alik alles richtig machte.

»Und das Recycling? Das war doch dein großer Traum?«, fragte ich ihn.

Alik zuckte mit den Schultern. Und dann lachte er. »Da war

ich früher ziemlich drauf versessen. Ich weiß auch nicht. Ich find's gut, wie es ist.«

»Und eine Frau Cherif gibt es nicht?«

»Gab es mal. Aber es hat nicht funktioniert. Egal. Bin ja noch jung«, sagte er verlegen. »Man lernt im Pilstreff nicht viele Frauen kennen.«

Alik schien sehr mit sich im Reinen zu sein. Ich hätte es gerne gehabt, wenn er in dieser Nacht geblieben wäre, aber ich traute mich nicht, ihn zu fragen. Also ging er nach Hause, und ich schlief auf dem Sofa.

Am nächsten Morgen streifte ich durch die Halle. Ich kochte Kaffee, ließ das Radio laufen und setzte mich an seinen Tisch. Ich betrachtete die Karte vom Ruhrgebiet mit den vielen Nadeln und fing an zu weinen. Schließlich machte ich eine Liste mit den Dingen, die ich nun zu erledigen hatte. Und ich begann mit ersten Gedanken daran, was ich jetzt tun würde. Immerhin war ich die Erbin seines Vermächtnisses, worin auch immer es bestehen würde.

Alles, was dieses Erbe umfasste, befand sich in und neben dieser Halle. Im Grunde genommen war alles, was ich sah, meins. Tage später erst wurde klar, dass ich mich in dem Punkt getäuscht hatte. Es gab noch etwas außerhalb dieser Halle, und zwar seine Konten bei der Duisburger Sparkasse.

Als Heikos Finanzchef alles für mich gesichtet hatte, teilte er mir feierlich mit, dass Ronald Papen ein vermögender Mann gewesen war. Nachdem dieser die faszinierende Welt des Internets für sich entdeckt hatte, begann er, online Aktien zu kaufen, und entwickelte dabei ein Gespür für fallende und steigende Kurse. Er betrachtete das offenbar als Spiel, und er erzählte mir nie davon, es blieb so etwas wie ein geheimes

Steckenpferd meines Vaters. Dass er sein Geld nicht ausgab, spricht dafür, dass es ihn nicht interessierte, wie viel er auf der Bank hatte. Es ging ihm wohl eher darum, das System auszutricksen, indem ausgerechnet er darin Erfolg hatte. Er nahm den Mächtigen das Geld, ohne selbst im Geringsten mächtig sein zu wollen. Er entzog dem System Mittel, die daher nicht für irgendetwas Schlechtes eingesetzt werden konnten. Mehr noch: Sie wurden sogar für gar nichts eingesetzt, was das Prinzip des Kapitalismus auf die allergröbste Art verhöhnt. Ich kann mir gut vorstellen, dass er so dachte.

Vielleicht hat er es aber auch für mich getan und für meine ungeborenen Kinder. Auf jeden Fall hinterließ er mir ein beinahe absurdes Vermögen. Und eben die Halle, die ich nun durchstreifte. Jeder Zentimeter darin war er. Er hatte den vorderen Teil mit der Zeit wohnlicher gemacht und vergrößert. Er hatte in die Küche investiert und in seine Stereoanlage. Auf dem Tisch stand ein teurer Rechner.

Ich besaß als schauspielernde Nomadin keine Wohnung, für die ich seine Einrichtung hätte brauchen können. Ich hatte ein Appartement in Berlin, zwei Zimmer mit einem uralten Mietvertrag. Ich hatte die Wohnung untervermietet und war seit Jahren nicht mehr dort gewesen. Im Grunde passte mein Leben in drei Koffer und vier Kartons.

Nach der Inspektion des vorderen Teils der Halle widmete ich mich dem Krempel, der draußen unter verschiedenen Planen stand, und kam zu dem Schluss, dass man ihn nach nebenan zum Recycling würde bringen müssen. Ich ging wieder hinein und hinter den Vorhang, wo früher die Markisen lagen. Zu meiner Überraschung war dieser Teil der Halle nahezu leer. Der Staub wiegte sich in der Luft, und alles, was

Papa dort hatte, waren seine Werkbank, ein Tisch mit Konstruktionszeichnungen, die Regale, die früher in meinem kleinen Zimmer gestanden hatten, fünf recht seltsame Geräte, die er selbst konstruiert und gebaut hatte; Erfindungen, mit denen er womöglich eine neue Attacke in der Kaltakquise reiten wollte. Und eine riesige Maschine.

Die Maschine stand in der Mitte der Halle, und ich brauchte eine Weile, bis ich verstanden hatte, was mein Vater damit anzufertigen versuchte: die Schraube.

Es ist ihm nicht gelungen. Auf dem Boden und in Eimern lagen seine Guss-Versuche. Er besaß auch verschiedene Gewindeschneider, und er probierte wohl, die Schicksalsschraube aus unterschiedlichen Materialien herzustellen. Aber entweder waren die Schrauben zu weich und verformten sich beim Eindrehen, oder sie waren zu hart und zerstörten das Gewinde. Oder sie gerieten zu schwer, zu leicht, oder sie brachen schon bei der Herstellung. Mein Vater unternahm alles, um die lebenslange Wartung seiner Markisen zu organisieren. Doch er scheiterte an der Schraube, was wiederum bedeutete, dass er nach dem Einschrauben des letzten Original-Ersatzteils keine Arbeit mehr hatte. Und wenn er keine Arbeit mehr hatte, war er frei.

Als ich das verstand, lief ich wieder nach vorne. Auf seinem Schreibtisch hatte eines seiner Kassenbücher gelegen, jenes, in das er zuletzt eine Eintragung gemacht hatte. Ich schlug es auf, suchte und fand sie. Sie war genau zwei Tage alt. Reparatur an der Markise der Familie Sorgalla. Die kannte ich noch. Das waren die Markisen-Marxisten gewesen. Siebzehn Jahre war das her. Die Sorgallas hatten die allerletzte Schraube von Ronald Papen bekommen.

Um mich zu vergewissern, lief ich nach draußen, öffnete

den Kofferraum des Polo und sah nach. Ein leerer kleiner Karton, sein Werkzeug, keine Schraube. Ich suchte vorne im Auto, ich suchte in der Halle, unter der Werkbank, im Schlafzimmer, sogar im Bad, und dann war mir klar: Ronald Papen hatte sämtliche Schrauben aufgebraucht, er konnte nicht mehr liefern. Er war mit einem Wort: fertig. Die lebenslange Wartung hat sich am Ende nicht auf das Leben der Markisen bezogen, sondern auf seines.

Er fuhr nach Hause, trug diese letzte Wartungsarbeit ein und schloss das Buch. Dann machte er sich ein Würstchen, überprüfte die Börsenkurse, sah fern und ging ins Bett. Und am nächsten Tag erlosch er. Genau in dem Moment, an dem er sich hätte entscheiden können, seinem Leben noch einmal eine ganz neue Richtung zu geben, legte er sich nach dem Aufstehen hin, weil ihm komisch war. Er schloss die Augen und starb. Er hat das nicht mit Absicht getan, bestimmt nicht. Dann hätte er sich bei mir verabschiedet. Und er hätte sich von mir daran hindern lassen, ganz sicher. Oder er war so müde von seiner Strafe, dass die ganze Energie eines Lebens verbraucht war. Ich werde es nicht mehr erfahren, und eigentlich passt das ganz gut zu Ronald Papen. Auf diese Weise bleibt er über seinen Tod hinaus ein Rätsel.

Ich trank Kaffee und sah durch die Halle, und dann fiel mir ein, was ich machen würde. Nein, eigentlich fiel es mir nicht ein, es stürzte mir geradezu ein. Ich lief herum, sah in jeden Winkel der Halle, fing an zu lachen und brauchte sofort Musik.

Ich ging an seine Anlage. Er hatte zuletzt eine alte Schallplatte gehört. Ich schaltete alles ein und ließ die Nadel sinken. Ich drehte auf, die Musik fing an, und Alik kam herein. Ich lief auf ihn zu, schnappte ihn, und wir tanzten. Manfred Krug.

Wenn ich dich seh'
Dann werd' ich froh
Ob dich das kümmert oder nicht:
Es ist mal so

Wenn ich dich seh'
Dann werd' ich wach
Und schon dein feines kleines Lächeln
Macht mich schwach und ach

Ich weiß nicht, ob
Du das kapierst
Das wird ganz schlimm für mich
Wenn du mich mal verlierst

Alik mochte es, aber er war irritiert. »Was ist los? Warum bist du so gut gelaunt?«, fragte er. Es schien ihm geradezu anrüchig.

»Ich weiß, was ich mache. Und ich glaube, das würde meinem Papa gut gefallen. Und dir wird es auch gefallen. Ich lade dich hiermit ein, mein Partner zu werden.«

Die Doppeldeutigkeit dieses Angebotes war mir nicht so klar wie ihm, glaube ich. Jedenfalls lächelte er mich an, und ich legte meinen Kopf an seine Schulter. Wir tanzten, bis die Platte zu Ende war, dann erläuterte ich ihm meine Vision. Unterhalb von Vision machen wir Papens es nicht. Auch klar.

»Wir bauen die Halle um. Und zwar zu einem Theater. Der mittlere Teil wird Bühne und Zuschauerraum. Die Garderoben und die Lager kommen nach ganz hinten. Und vorne gibt es ein Foyer und eine Gastronomie. Dafür bauen wir dieses alte Rolltor am Kopf der Halle aus und erweitern den Raum.

Es wird auch einen Außenbereich für die Gastro geben, ungefähr dort, wo früher mal die Pfütze war.« Ich redete schnell, aber Alik hörte gespannt zu.

»Neben der Halle ist genug Platz für Parkplätze. Und weißt du, wer die Gastronomie macht?«

»Nein.«

»Du.«

»Ich?«

»Du. Es gibt tunesisches und russisches Essen. Mein Stiefvater berät uns. Heiko kennt sich aus damit. Wir machen aus diesem Ding ein Theater und ein Restaurant. Verstehst du? Und wir behalten ein paar Sachen von meinem Papa. Hier: seine Kassenbücher. Für mich sind das die Spielpläne aller vergangenen Saisons. Da stehen die Stücke drin, die wir damals aufgeführt haben. Ohne ihn gäbe es die alle nicht. Wir stellen die Bücher als Erinnerung an ihn in eine Vitrine. Und seine riesige sinnlose Schraubenmaschine stellen wir ins Foyer.« Ich war atemlos vor Aufregung.

»Und was wird es für ein Theater?«, fragte Alik. An seiner Stimme merkte ich schon, dass er angebissen hatte.

»Ein Improvisationstheater. Das war Papas und mein Anfang.«

»Ah. Gut«, sagte Alik, der gerne letzte Zweifel beseitigen wollte. »Das wird furchtbar viel Geld kosten.«

»Egal. Echt egal. Vertrau mir«, sagte ich. Und dabei wusste ich zu diesem Zeitpunkt noch gar nichts von der Größe meines Erbes.

»Wie soll das Theater heißen?«

»Papentheater.«

Als ich Heiko am selben Abend davon erzählte, war er entgegen meiner Erwartung ziemlich angetan. Im Allgemeinen fand er Investitionen in Kultur rausgeschmissenes Geld, Künstler allesamt Eierköpfe und das Publikum schlechte Gäste, weil sie lieber in einem Theatersaal hockten, statt Getränkeumsatz zu machen. Aber die Idee vom Papentheater fand er gut. »Ich mag die Story«, sagte er. Die Story ist für Investoren alles.

Er mochte auch Alik und unsere Idee, Essen aus Tomsk und Tunis miteinander zu verbinden. Die Maschine in Heikos Kopf begann zu rattern. Und so machen wir das jetzt. Ich werde noch mein Engagement in Köln beenden, wir haben einen Architekten gefunden, und in der kommenden Woche sprechen wir mit der Stadt.

Die Beerdigung war vorgestern.

Mein Vater liegt in seinem Sarg auf dem Friedhof in Meiderich. Das hat er sich so gewünscht. Wir sprachen nicht oft über den Tod. Aber einmal fragte ich ihn, ob er verbrannt werden wolle. Da fuhren wir gerade von Recklinghausen nach Herten. Es war heiß, und ich fand, die Fahrt in seinem Kombi glich einer Feuerbestattung. Deshalb fragte ich ihn danach. Er riss die Augen auf und sagte: »Verbrannt werden? Nein. Himmel. Stell dir das mal vor. Wie heiß das ist. Nein, da schwitzt man sich ja am Ende tot. Unerhört.«

Wir waren immerhin zu zwölft. Heiko und Mama kamen und auch Geoffrey, was mir eine große Freude machte. Wir sehen uns nicht oft. Er ist sechsundzwanzig und studiert etwas, das ich mir nicht merken kann. Wenn wir uns sehen, fallen wir uns in die Arme und lachen miteinander. Aber es passiert nicht oft. Geoffrey brachte seine Freundin mit, ein stilles hübsches Mädchen. Alik kam mit seiner Mutter. Sein Vater kann christliche Beerdigungen nicht ausstehen, ließ aber grüßen. Zu meiner Überraschung erschienen meine Großeltern. Die Papens aus Beelitz. Wir hatten nie Kontakt. Heiko rief sie an, und ich lernte sie vorgestern kennen. Auch zu spät. Und dann natürlich Klaus, Achim und Lütz.

Für den Grabstein habe ich einen Spruch ausgesucht. Außer meiner Mama, Heiko und mir kapiert den zwar niemand, aber das ist mir egal. Auf dem Stein stehen sein Name, seine Lebensdaten und ein Zweizeiler:

Wenn ein Mensch kurze Zeit lebt
Sagt die Welt, dass er zu früh geht

Heiko beugt sich zu mir und sagt leise: »Das ist aber sehr aufmerksam von dir. Das gefällt ihm bestimmt.«

»Ja«, sage ich leise. Das glaube ich auch.

Wir stehen also am offenen Grab meines Vaters, der Pfarrer spricht freundliche Worte und dann höre ich Achim und Lütz hinter mir tuscheln. Erst will ich mich umdrehen und den beiden sagen, dass sie gefälligst die Klappe halten sollen. Aber dann lasse ich sie reden. Sie können ja sowieso nicht anders.

»Meinst du, der trägt da jetzt seine Brille?«

»Wie? Im Sarg?«

»Klar im Sarg. Ob der da jetzt seine Brille aufhat?«

»Quatsch. Sicher nicht.«

»Wetten?«

ENDE

Songs

Den Soundtrack zu dieser Geschichte mit allen Songs, die darin vorkommen und noch einigen weiteren, gibt es bei Spotify.

Dort »Der Markisenmann« ins Suchfeld eingeben oder folgenden QR-Code scannen:

Danke

an Jana Jacobs, Leander Haußmann, Tilman Spengler und Christoph Weiler

Quellennachweis zitierter Songs

S. 74 und 285: Alt wie ein Baum (Puhdys)
Musik: Dieter Birr; Text: Burkhard Lasch. Mit freundlicher Genehmigung von © BMG Rights Management GmbH. All Rights Reserved. Used by permission of Hal Leonard Europe Limited und © BL Musikverlag. Stefan Pössnicker & Sören Baumeister GBR

S. 144 und 333: Wenn ein Mensch lebt (Puhdys)
Mit freundlicher Genehmigung des Verlagshauses Gotthardt, Berlin (Music); Lyrics: Ulrich Richard Plenzdorf © Verlagshaus Gotthardt, Inh. Peter Gotthardt/Nordton Edition with courtesy of Budde Music Publishing

S. 178: Zero to Hero
© Alan Menken / David Zippel

S. 179: Emanuela (Fettes Brot)
Mit freundlicher Genehmigung von © Fettes Brot Schallplatten

S. 185: Perfekte Welle (Juli)
Musik & Text: Andreas Herde, Simon Triebel
© Edition Juli / EMI Music Publishing Germany GmbH.
Song No: 2162597

S. 283: Wenn der Urlaub kommt (Manfred Krug)
© Manfred Krug. Mit freundlicher Genehmigung der Erben

S. 330: Wenn ich dich seh' (Manfred Krug)
© Manfred Krug. Mit freundlicher Genehmigung der Erben

Die Liedpassagen sind im Text als Zitate markiert, es wurden alle Rechtegeber kontaktiert.
Sollte es Nachfragen geben, so richten Sie diese bitte an das Heyne Belletristik Lektorat in der Penguin Random House Verlagsgruppe GmbH, Neumarkter Straße 28, 81673 München.